प्रेमचंद

हिन्दी साहित्य में प्रेमचंद का अपना एक विशिष्ट स्थान है। वह बीसवीं सदी के उन लेखकों में से थे जिन्होंने अपनी रचनाओं में यथार्थ की जीती-जागती तस्वीर पाठकों के सामने रखी। उनकी अधिकांश रचनाएं ग्रामीण भारत की पृष्ठभूमि में लिखी गई हैं।

31 जुलाई, 1880 को बनारस के पास स्थित छोटे-से गांव लमही में प्रेमचंद का जन्म हुआ था। उनका पूरा नाम था धनपत राय श्रीवास्तव। बचपन से ही उन्हें पुस्तकों से बहुत लगाव था। सबसे पहले उन्होंने 'नवाबराय' उपनाम से अपनी रचनाएं लिखीं। बाद में उन्होंने 'प्रेमचंद' उपनाम अपनाया। उनकी अन्य प्रसिद्ध पुस्तकें हैं—*गबन, गोदान, सेवासदन* और *रंगभूमि*। उपन्यास के अतिरिक्त प्रेमचंद ने सैकड़ों कहानियां भी लिखीं।

8 अक्टूबर, 1936 को 56 वर्ष की उम्र में उनकी मृत्यु हो गई।

बड़े घर की बेटी
और
अन्य कहानियाँ

प्रेमचंद

चयन व सम्पादन

सुरेश सलिल

शिक्षा भारती

₹ 240

ISBN : 9788174831613

पहला संस्करण : 2015, पाँचवाँ संस्करण : 2025

BADE GHAR KI BETI AUR ANYA KAHANIYAN (Stories)

by Premchand

मुद्रक : शीतल प्रिंट्स, दिल्ली

शिक्षा भारती

1590, मदरसा रोड, कश्मीरी गेट, दिल्ली-110006

आत्मकथ्य

मेरी पहली रचना

उस वक्त मेरी उम्र कोई 13 साल की रही होगी। हिन्दी बिलकुल नहीं जानता था। उर्दू के उपन्यास पढ़ने-लिखने का उन्माद था। मौलाना शरर, पंडित रतननाथ सरशार, मिर्ज़ा रुसवा, मौलवी मुहम्मद अली हरदोई निवासी, उस वक्त के सर्वप्रिय उपन्यासकार थे। इनकी रचनाएँ जहाँ मिल जाती थीं, स्कूल की याद भूल जाती थी और पुस्तक समाप्त करके ही दम लेता था। उस ज़माने में रेनॉल्ड के उपन्यासों की धूम थी। उर्दू में उनके अनुवाद धड़ाधड़ निकल रहे थे और हाथों-हाथ बिकते थे। मैं भी उनका आशिक था। स्व. हज़रत रियाज़ ने, जो उर्दू के प्रसिद्ध कवि थे और जिनका हाल में देहान्त हुआ है, रेनॉल्ड की एक रचना का अनुवाद *हरम सरा* के नाम से किया था। उसी ज़माने में लखनऊ के साप्ताहिक *अवध पंच* के सम्पादक स्व. मौलाना सज्जाद हुसैन ने, जो हास्य रस के अमर कलाकार हैं, रेनॉल्ड के दूसरे उपन्यास का *धोखा* या *तिलस्मी फानूस* के नाम से अनुवाद किया था। ये सारी पुस्तकें मैंने उसी ज़माने में पढ़ीं और पं. रतननाथ सरशार से तो मुझे तृप्ति ही न होती थी। उनकी सारी रचनाएँ मैंने पढ़ डालीं। उन दिनों मेरे पिता गोरखपुर में रहते थे और मैं भी गोरखपुर ही के मिशन स्कूल में आठवीं में पढ़ रहा था, जो तीसरा दरजा कहलाता था। रेती पर बुद्धिलाल नाम का एक बुकसेलर रहता था। मैं उसकी दूकान पर जा बैठता था और उसके स्टॉक से उपन्यास ले-ले कर पढ़ता था; मगर दूकान पर सारे दिन तो बैठ न सकता था, इसलिए मैं उसकी दूकान से अंग्रेज़ी पुस्तकों की कुंजियाँ और नोट्स ले कर अपने स्कूल के लड़कों के हाथ बेचा करता था और इसके मुआवज़े से दूकान से उपन्यास घर ला कर पढ़ता था। दो-तीन वर्षों में मैंने सैकड़ों ही उपन्यास पढ़ डाले होंगे। जब उपन्यासों का स्टॉक समाप्त हो गया, तो मैंने नवलकिशोर प्रेस से निकले हुए पुराणों के उर्दू अनुवाद भी पढ़े, और *तिलस्मी होशरुबा* के कई भाग भी पढ़े। इस वृहद् तिलस्मी ग्रन्थ के 17 भाग उस वक़्त निकल चुके थे और एक-एक

भाग बड़े सुपर रॉयल के आकार के दो-दो हज़ार पृष्ठों से कम न होगा। और इन 17 भागों के उपरान्त उसी पुस्तक के अलग-अलग प्रसंगों पर पचीसों भाग छप चुके थे। इनमें से भी मैंने पढ़े। जिसने इतने बड़े ग्रन्थ की रचना की, उसकी कल्पना-शक्ति कितनी प्रबल होगी, इसका केवल अनुमान किया जा सकता है। कहते हैं, ये कथाएँ मौलाना फ़ैज़ी ने अकबर के विनोदार्थ फ़ारसी में लिखी थीं। इसमें कितना सत्य है, कह नहीं सकता; लेकिन इतनी वृहद् कथा शायद ही संसार की किसी भाषा में हो। पूरी एनसाइक्लोपीडिया समझ लीजिए। एक आदमी तो अपने 60 वर्ष के जीवन में उनकी नकल भी करना चाहे, तो नहीं कर सकता। रचना तो दूसरी बात है।

उसी ज़माने में मेरे एक नाते के मामू कभी-कभी हमारे यहाँ आया करते थे। अधेड़ हो गए थे; लेकिन अभी तक बिन-ब्याहे थे। पास में थोड़ी-सी ज़मीन थी, मकान था, लेकिन घरनी के बिना सब कुछ सूना था। इसलिए घर पर जी नहीं लगता था। नातेदारियों में घूमा करते थे, और सबसे यही आशा रखते थे, कि कोई उनका ब्याह करा दे। इसके लिए सौ-दो सौ खर्च करने को भी तैयार थे। क्यों उनका ब्याह नहीं हुआ, यह आश्चर्य था। अच्छे-खासे हृष्ट-पुष्ट आदमी थे, बड़ी-बड़ी मूँछें, औसत कद, साँवला रंग। गाँजा पीते थे, इससे आँखें लाल रहती थीं। अपने ढंग के धर्मनिष्ठ भी थे। शिवजी को रोजाना जल चढ़ाते थे और माँस-मछली नहीं खाते थे।

आख़िर एक बार उन्होंने भी वही किया, जो बिन-ब्याहे लोग अक्सर किया करते हैं। एक चमारिन के नयन-बाणों से घायल हो गए। वह उनके यहाँ गोबर पाथने, बैलों को सानी-पानी देने और इसी तरह के दूसरे फुटकर कामों के लिए नौकर थी। जवान थी, छबीली थी और अपने वर्ग की अन्य रमणियों की भाँति प्रसन्नमुख और विनोदनी थी। 'एक समय सखि सुअरि सुन्दरि'—वाली बात थी। मामू साहब का तृषित हृदय मीठे जल की धारा देखते ही फिसल पड़ा। बातों-बातों में उससे छेड़छाड़ करने लगे। वह इनके मन का भाव ताड़ गई। ऐसी अल्हड़ न थी। और नखरे करने लगी। केशों में तेल भी पड़ने लगा, चाहे सरसों का ही क्यों न हो। आँखों में काजल भी चमका, ओठों पर मिस्सी भी आई, और काम में ढिलाई भी शुरू हुई। कभी दोपहर को आई और झलक दिखा कर चली गई, कभी साँझ को आई और एक तीर चला कर चली गई। बैलों को सानी-पानी मामू साहब खुद दे देते, गोबर दूसरे उठा ले जाते, युवती से बिगड़ते क्योंकर? वहाँ तो अब प्रेम उदय हो गया था। होली में उसे प्रथानुसार एक साड़ी दी; मगर अबकी गजी की साड़ी न थी, खूबसूरत-सी सवा दो रुपये की चुँदरी थी। होली की त्योहारी भी मामूल से चौगुनी दी। और यह सिलसिला यहाँ तक बढ़ा कि वह चमारिन ही घर की मालकिन हो गई।

एक दिन संध्या-समय चमारों ने आपस में पंचायत की। बड़े आदमी हैं तो हुआ करें, क्या किसी की इज़्ज़त लेंगे। एक इन लाला के बाप थे कि कभी किसी

मेहरिया की ओर आँख उठा कर न देखा, (हालाँकि यह सरासर ग़लत था) और एक यह है कि नीच जाति की बहू-बेटियों पर भी डोरे डालते हैं। समझाने-बुझाने का मौका न था। समझाने से लाला मानेंगे तो नहीं, उलटे और कोई मामला खड़ा कर देंगे। इनके क़लम घुमाने की तो देर है। इसलिए निश्चय हुआ कि लाला साहब को ऐसा सबक देना चाहिए कि हमेशा के लिए याद हो जाए। इज़्ज़त का बदला खून ही चुकाता है, लेकिन मरम्मत से भी कुछ उसकी पुरौती हो सकती है।

दूसरे दिन शाम को जब चम्पा मामू साहब के घर में आई तो उन्होंने अन्दर का द्वार बन्द कर दिया। महीनों के असमंजस और हिचक और धार्मिक संघर्ष के बाद आज मामू साहब ने अपने प्रेम को व्यावहारिक रूप देने का निश्चय किया था। चाहे कुछ हो जाए, कुल-मरजाद रहे या जाए, बाप-दादा का नाम डूबे या उतराय!

उधर चमारों का जत्था ताक में था ही। इधर किवाड़ बन्द हुए, उधर उन्होंने द्वार खटखटाना शुरू किया। पहले तो मामू साहब ने समझा, कोई आसामी मिलने आया होगा, किवाड़ बन्द पा कर लौट जाएगा; लेकिन जब आदमियों का शोरगुल सुना तो घबराये। जा कर किवाड़ों की दराज से झाँका। कोई बीस-पचीस चमार लाठियाँ, लिए, द्वार रोके खड़े किवाड़ों को तोड़ने की चेष्टा कर रहे थे। अब करें तो क्या करें? भागने का कहीं रास्ता नहीं, चम्पा को कहीं छिपा नहीं सकते। समझ गए कि शामत आ गई। आशिकी इतनी जल्दी गुल खिलायेगी यह क्या जानते थे, नहीं इस चमारिन पर दिल को आने ही क्यों देते। उधर चम्पा इन्हीं को कोस रही थी—तुम्हारा क्या बिगड़ेगा, मेरी तो इज़्ज़त लुट गई। घरवाले मूड़ ही काट कर छोड़ेंगे, कहती थी, कभी किवाड़ बन्द न करो, हाथ-पाँव जोड़ती थी, मगर तुम्हारे सिर पर तो भूत सवार था। लगी मुँह में कालिख कि नहीं?

मामू साहब बेचारे इस कूचे में कभी न आए थे। कोई पक्का खिलाड़ी होता तो सौ उपाय निकाल लेता; लेकिन मामू साहब की तो जैसे सिट्टी-पिट्टी भूल गई। बरौठे में थर-थर काँपते 'हनुमान चालीसा' का पाठ करते हुए खड़े थे। कुछ न सूझता था।

और उधर द्वार पर कोलाहल बढ़ता जा रहा था, यहाँ तक कि सारा गाँव जमा हो गया। बाम्हन, ठाकुर, कायस्थ सभी तमाशा देखने और हाथ की खुजली मिटाने के लिए आ पहुँचे। इससे ज़्यादा मनोरंजक और स्फूर्तिवर्द्धक तमाशा और क्या होगा कि एक मर्द एक औरत के साथ घर में बन्द पाया जाए! फिर वह चाहे कितना ही प्रतिष्ठित और विनम्र क्यों न हो, जनता उसे किसी तरह क्षमा नहीं कर सकती। बढ़ई बुलाया गया, किवाड़ फाड़े गए और मामू साहब भूसे की कोठरी में छिपे हुए मिले। चम्पा आँगन में खड़ी रो रही थी। द्वार खुलते ही भागी। कोई उससे नहीं बोला। मामू साहब भाग कर कहाँ जाते? वह जानते थे, उनके लिए भागने का रास्ता

नहीं है। मार खाने के लिए तैयार बैठे थे। मार पड़ने लगी और बेभाव की पड़ने लगी। जिसके हाथ जो कुछ लगा—जूता, छड़ी, छाता, लात, घूँसा सभी अस्त्र चले। यहाँ तक कि मामू साहब बेहोश हो गए और लोगों ने उन्हें मुर्दा समझ कर छोड़ दिया। अब इतनी दुर्गति के बाद वह बच भी गए, तो गाँव में नहीं रह सकते और उनकी ज़मीन पट्टीदारों के हाथ आएगी।

इस दुर्घटना की खबर उड़ते-उड़ते हमारे यहाँ भी पहुँची। मैंने भी उसका खूब आनन्द उठाया। पिटते समय उनकी रूप-रेखा कैसी रही होगी, इसकी कल्पना करके मुझे खूब हँसी आई।

एक महीने तक तो वह हल्दी और गुड़ पीते रहे। ज्योंही चलने-फिरने लायक हुए, हमारे यहाँ आए। यहाँ अपने गाँव वालों पर डाके का इस्तग़ासा दायर करना चाहते थे।

अगर उन्होंने कुछ दीनता दिखाई होती, तो शायद मुझे हमदर्दी हो जाती; लेकिन उनका वही दम-खम था। मुझे खेलते या उपन्यास पढ़ते देख कर बिगड़ना और रोब जमाना और पिताजी से शिकायत करने की धमकी देना, यह अब मैं क्यों सहने लगा था! अब तो मेरे पास उन्हें नीचा दिखाने के लिए काफी मसाला था!

आखिर एक दिन मैंने यह सारी दुर्घटना एक नाटक के रूप में लिख डाली और अपने मित्रों को सुनाई। सब-के-सब खूब हँसे। मेरा साहस बढ़ा। मैंने उसे साफ-साफ लिख कर वह कॉपी मामू साहब के सिरहाने रख दी और स्कूल चला गया। दिल में कुछ डरता भी था, कुछ खुश भी था और कुछ घबराया हुआ भी था। सबसे बड़ा कोतूहल यह था कि ड्रामा पढ़ कर मामू साहब क्या कहते हैं। स्कूल में जी न लगता था। दिल उधर ही टँगा हुआ था। छुट्टी होते ही घर चला गया। मगर द्वार के समीप आ कर पाँव रुक गए। भय हुआ, कहीं मामू साहब मुझे मार न बैठें; लेकिन इतना जानता था कि वह एकाध थप्पड़ से ज़्यादा मुझे मार न सकेंगे, क्योंकि मैं मार खाने वाले लड़कों में न था।

मगर यह मामला क्या है! मामू साहब चारपाई पर नहीं हैं, जहाँ वह नित्य लेटे हुए मिलते थे। क्या घर चले गए? आ कर कमरा देखा वहाँ भी सन्नाटा। मामू साहब के जूते, कपड़े, गठरी सब लापता। अन्दर जा कर पूछा। मालूम हुआ, मामू साहब किसी ज़रूरी काम से घर चले गए। भोजन तक नहीं किया।

मैंने बाहर आ कर सारा कमरा छान मारा मगर मेरा ड्रामा—मेरी वह पहली रचना—कहीं न मिली। मालूम नहीं, मामू साहब ने उसे चिरागअली के सुपुर्द कर दिया या अपने साथ स्वर्ग ले गए?

—प्रेमचन्द

क्रम

बड़े घर की बेटी

बेनीमाधव सिंह गौरीपुर गाँव के ज़मींदार और नम्बरदार थे। उनके पितामह किसी समय बड़े धन-धान्य संपन्न थे। गाँव का पक्का तालाब और मंदिर जिनकी अब मरम्मत भी मुश्किल थी, उन्हीं की कीर्ति-स्तंभ थे। कहते हैं, इस दरवाज़े पर हाथी झूमता था, अब उसकी जगह एक बूढ़ी भैंस थी, जिसके शरीर में अस्थि-पंजर के सिवा और कुछ शेष न रहा था; पर शायद दूध बहुत देती थी; क्योंकि एक न एक आदमी हाँड़ी लिए उसके सिर पर सवार ही रहता था। बेनीमाधव सिंह अपनी आधी से अधिक संपत्ति वकीलों को भेंट कर चुके थे। उनकी वर्तमान आय एक हज़ार रुपये वार्षिक से अधिक न थी। ठाकुर साहब के दो बेटे थे। बड़े का नाम श्रीकंठ सिंह था। उसने बहुत दिनों के परिश्रम और उद्योग के बाद बी. ए. की डिग्री प्राप्त की थी। अब एक दफ्तर में नौकर था। छोटा लड़का लालबिहारी सिंह दोहरे बदन का, सजीला जवान था। भरा हुआ मुखड़ा, चौड़ी छाती। भैंस का दो सेर ताज़ा दूध वह उठ कर सबेरे पी जाता था। श्रीकंठ सिंह की दशा बिलकुल विपरीत थी। इन नेत्रप्रिय गुणों को उन्होंने बी. ए.—इन्हीं दो अक्षरों पर न्यौछावर कर दिया था। इन दो अक्षरों ने उनके शरीर को निर्बल और चेहरे को कांतिहीन बना दिया था। इसी से वैद्यक ग्रंथों पर उनका विशेष प्रेम था। आयुर्वेदिक औषधियों पर उनका अधिक विश्वास था। शाम-सबेरे से उनके कमरे से प्रायः खरल की सुरीली कर्णमधुर ध्वनि सुनाई दिया करती थी। लाहौर और कलकत्ते के वैद्यों से बड़ी लिखा-पढ़ी रहती थी।

श्रीकंठ इस अंग्रेज़ी डिग्री के अधिपति होने पर भी अंग्रेज़ी सामाजिक प्रथाओं के विशेष प्रेमी न थे। बल्कि वह बहुधा बड़े ज़ोर से उसकी निंदा और तिरस्कार किया करते थे। इसी से गाँव में उनका बड़ा सम्मान था। दशहरे के दिनों में वह बड़े उत्साह से रामलीला में सम्मिलित होते और स्वयं किसी-न-किसी पात्र का पार्ट

लेते थे। गौरीपुर में रामलीला के वही जन्मदाता थे। प्राचीन हिंदू सभ्यता का गुणगान उनकी धार्मिकता का प्रधान अंग था। सम्मिलित कुटुम्ब के तो वह एकमात्र उपासक थे। आजकल स्त्रियों को कुटुम्ब में मिल-जुल कर रहने की जो अरुचि होती है, उसे वह जाति और देश—दोनों के लिए हानिकारक समझते थे। यही कारण था कि गाँव की ललनाएँ उनकी निंदक थीं। कोई-कोई तो उन्हें अपना शत्रु समझने में भी संकोच न करती थीं। स्वयं उनकी पत्नी को ही इस विषय में उनसे विरोध था। यह इसलिए नहीं कि उसे अपने सास-ससुर, देवर या जेठ आदि से घृणा थी, बल्कि उसका विचार था कि यदि बहुत कुछ सहने और तरह देने पर भी परिवार के साथ निर्वाह न हो सके, तो आए दिन की कलह से जीवन को नष्ट करने की अपेक्षा यही उत्तम है कि अपनी खिचड़ी अलग पकायी जाए।

आनंदी एक बड़े उच्च कुल की लड़की थी। उसके बाप एक छोटी-सी रियासत के ताल्लुकेदार थे। विशाल-भवन, एक हाथी, तीन कुत्ते, बाज, बहरी-शिकरे, झाड़-फानूस, ऑनरेरी मजिस्ट्रेटी, और ऋण, जो एक प्रतिष्ठित ताल्लुकेदार के भोग्य पदार्थ हैं, सभी यहाँ विद्यमान थे। नाम था—भूपसिंह। बड़े उदार-चित्त और प्रतिभाशाली पुरुष थे, पर दुर्भाग्य से लड़का एक भी न था। सात लड़कियाँ हुईं और दैवयोग से सब-की-सब जीवित रहीं। पहली उमंग में तो उन्होंने तीन ब्याह दिल खोल कर किए; पर पंद्रह-बीस हज़ार रुपयों का कर्ज़ सिर पर हो गया, तो आँखें खुलीं, हाथ समेट लिया। आनंदी चौथी लड़की थी। वह अपनी सब बहनों से अधिक रूपवती और गुणवती थी। इससे ठाकुर भूपसिंह उसे बहुत प्यार करते थे। सुन्दर संतान को कदाचित् उसके माता-पिता भी अधिक चाहते हैं। ठाकुर साहब बड़े धर्म-संकट में थे कि इसका विवाह कहाँ करें ? न तो यही चाहते थे कि ऋण का बोझ बढ़े और न यही स्वीकार था कि उसे अपने को भाग्यहीन समझना पड़े। एक दिन श्रीकंठ उनके पास किसी चंदे का रुपया माँगने आया। शायद नागरी-प्रचार का चंदा था। भूपसिंह उनके स्वभाव पर रीझ गए और धूमधाम से श्रीकंठ सिंह का आनंदी के साथ ब्याह हो गया।

आनंदी अपने नए घर में आई, तो यहाँ का रंग-ढंग कुछ और ही देखा। जिस टीम-टाम की उसे बचपन से ही आदत पड़ी हुई थी, वह यहाँ नाम-मात्र को भी न थी। हाथी-घोड़ों का तो कहना ही क्या, कोई सजी हुई सुंदर बहली तक न थी। रेशमी स्लीपर साथ लाई थी, पर यहाँ बाग कहाँ। मकान में खिड़कियाँ तक न थीं। न ज़मीन पर फर्श, न दीवार पर तस्वीरें। यह एक सीधा-सादा देहाती गृहस्थ का मकान था, किन्तु आनंदी ने थोड़े ही दिनों में अपने को इस नई अवस्था के ऐसा अनुकूल बना लिया, मानो उसने विलास के सामान कभी देखे ही न थे।

एक दिन दोपहर के समय लालबिहारी सिंह दो चिड़िया लिए हुए आया और भावज से बोला–जल्दी से पका दो, मुझे भूख लगी है। आनंदी भोजन बना कर उसकी राह देख रही थी। अब वह नया व्यंजन बनाने बैठी। हाँडी में देखा, तो घी पाव-भर से अधिक न था। बड़े घर की बेटी, किफायत क्या जाने? उसने सब घी मांस में डाल दिया। लालबिहारी खाने बैठा, तो दाल में घी न था, बोला–दाल में घी क्यों नहीं छोड़ा ?

आनंदी ने कहा–घी सब मांस में पड़ गया।

लालबिहारी ज़ोर से बोला–अभी परसों घी आया है। इतने जल्द उठ गया ?

आनंदी ने उत्तर दिया–आज तो कुल पाव-भर रहा होगा। वह सब मैंने मांस में डाल दिया।

जिस तरह सूखी लकड़ी जल्दी से जल उठती है–उसी तरह क्षुधा से बावला मनुष्य ज़रा-ज़रा सी बात पर तिनक जाता है। लालबिहारी को भावज की यह ढिठाई बहुत बुरी मालूम हुई। तिनक कर बोला–मैके में तो चाहे घी की नदी बहती हो !

स्त्री गालियाँ सह लेती है, मार भी सह लेती है; पर मैके की निंदा उससे नहीं सही जाती। आनंदी मुँह फेर कर बोली–हाथी मरा भी, तो नौ लाख का। वहाँ इतना घी नित्य नाई-कहार खा जाते हैं।

लालबिहारी जल गया, थाली उठा कर पलट दी, और बोला–जी चाहता है, जीभ पकड़ कर खींच लूँ।

आनंदी को भी क्रोध आ गया। मुँह लाल हो गया, बोली–वह होते तो आज इसका मज़ा चखाते।

अब अपढ़, उजड्ड ठाकुर से न रहा गया। उसकी स्त्री एक साधारण ज़मींदार की बेटी थी। जब जी चाहता, उस पर हाथ साफ कर लिया करता था। खड़ाऊँ उठा कर आनंदी की ओर ज़ोर से फेंकी, और बोला–जिसके गुमान पर भूली हुई हो, उसे भी देखूँगा और तुम्हें भी।

आनंदी ने हाथ से खड़ाऊँ रोकी, सिर बच गया। पर उँगली में बड़ी चोट आई। क्रोध के मारे हवा से हिलते पत्ते की भाँति काँपती हुई अपने कमरे में आ कर खड़ी हो गई। स्त्री का बल और साहस, मान और मर्यादा पति तक है। उसे अपने पति के ही बल और पुरुषत्व का घमंड होता है। आनंदी खून का घूँट पी कर रह गई।

श्रीकंठ सिंह शनिवार को घर आया करते थे। बृहस्पतिवार को यह घटना हुई थी। दो दिन तक आनंदी कोप-भवन में रही। न कुछ खाया न पिया, उनकी बाट देखती रही। अंत में शनिवार को वह नियमानुकूल संध्या समय घर आए और बाहर बैठ

कर कुछ इधर-उधर की बातें, कुछ देश-काल संबंधी समाचार तथा कुछ नए मुकदमों आदि की चर्चा करने लगे। यह वार्तालाप दस बजे रात तक होता रहा। गाँव के भद्र पुरुषों को इन बातों में ऐसा आनंद मिलता था कि खाने-पीने की भी सुधि न रहती थी। श्रीकंठ को पिंड छुड़ाना मुश्किल हो जाता था। ये दो-तीन घंटे आनंदी ने बड़े कष्ट से काटे! किसी तरह भोजन का समय आया। पंचायत उठी। एकांत हुआ, तो लालबिहारी ने कहा—भैया, आप जरा भाभी को समझा दीजिएगा कि मुँह सँभाल कर बातचीत किया करें, नहीं तो एक दिन अनर्थ हो जाएगा।

बेनीमाधव सिंह ने बेटे की ओर से साक्षी दी—हाँ, बहू-बेटियों का यह स्वभाव अच्छा नहीं कि मर्दों के मुँह लगें।

लालबिहारी—वह बड़े घर की बेटी हैं, तो हम भी कोई कुर्मी-कहार नहीं हैं। श्रीकंठ ने चिंतित स्वर से पूछा—आखिर बात क्या हुई ?

लालबिहारी ने कहा—कुछ भी नहीं; यों ही आप ही आप उलझ पड़ीं। मैके के सामने हम लोगों को कुछ समझतीं ही नहीं।

श्रीकंठ खा-पी कर आनंदी के पास गए। वह भरी बैठी थी। यह हज़रत भी कुछ तीखे थे। आनंदी ने पूछा—चित्त तो प्रसन्न है?

श्रीकंठ बोले—बहुत प्रसन्न है। पर तुमने आजकल घर में यह क्या उपद्रव मचा रखा है ?

आनंदी की त्योरियों पर बल पड़ गए, झुंझलाहट के मारे बदन में ज्वाला-सी दहक उठी। बोली—जिसने तुमसे यह आग लगाई है, उसे पाऊँ, तो मुँह झुलस दूँ।

श्रीकंठ—इतनी गरम क्यों होती हो, बात तो कहो।

आनंदी—क्या कहूँ, यह मेरे भाग्य का फेर है ! नहीं तो गँवार छोकरा, जिसको चपरासगिरी करने का भी शऊर नहीं, मुझे खड़ाऊँ से मार कर यों न अकड़ता।

श्रीकंठ—सब हाल साफ-साफ कहो, तो मालूम हो। मुझे तो कुछ पता नहीं।

आनंदी—परसों तुम्हारे लाडले भाई ने मुझसे मांस पकाने को कहा। घी हाँडी में पाव-भर से अधिक न था। वह सब मैंने मांस में डाल दिया। जब खाने बैठा तो कहने लगा—दाल में घी क्यों नहीं है? बस, इसी पर मेरे मैके को बुरा-भला कहने लगा। मुझसे न रहा गया। मैंने कहा कि वहाँ इतना घी तो नाई-कहार खा जाते हैं, और किसी को जान भी नहीं पड़ता। बस, इतनी सी बात पर इस अन्यायी ने मुझ पर खड़ाऊँ फेंक मारी। यदि हाथ से न रोक लेती, तो सिर फट जाता। उसी से पूछो, मैंने जो कुछ कहा है, वह सच है या झूठ?

श्रीकंठ की आँखें लाल हो गईं। बोले—यहाँ तक हो गया, इस छोकरे का यह साहस !

आनंदी स्त्रियों के स्वभावानुसार रोने लगी, क्योंकि आँसू उनकी पलकों पर

रहते हैं। श्रीकंठ बड़े धैर्यवान और शांत पुरुष थे। उन्हें कदाचित् ही कभी क्रोध आता था; स्त्रियों के आँसू पुरुषों की क्रोधाग्नि भड़काने में तेल का काम देते हैं। रात भर करवटें बदलते रहे। उद्विग्नता के कारण पलक तक नहीं झपकी। प्रातःकाल अपने बाप के पास जा कर बोले—दादा, अब इस घर में मेरा निबाह न होगा।

इस तरह की विद्रोह-पूर्ण बातें कहने पर श्रीकंठ ने कितनी ही बार अपने कई मित्रों को आड़े हाथों लिया था; परन्तु दुर्भाग्य, आज उन्हें स्वयं वे ही बातें अपने मुँह से कहनी पड़ीं। दूसरों को उपदेश देना भी कितना सहज है।

बेनीमाधव सिंह घबरा उठे और बोले—क्यों ?

श्रीकंठ—इसलिए कि मुझे भी अपनी मान-प्रतिष्ठा का कुछ विचार है। आपके घर में अब अन्याय और हठ का प्रकोप हो रहा है। जिनको बड़ों का आदर-सम्मान करना चाहिए, वे उनके सिर चढ़ते हैं। मैं दूसरे का नौकर ठहरा, घर पर रहता नहीं। यहाँ मेरे पीछे स्त्रियों पर खड़ाऊँ और जूतों की बौछारें होती हैं। कड़ी बात तक चिन्ता नहीं। कोई एक की दो कह ले, वहाँ तक मैं सह सकता हूँ किन्तु यह कदापि नहीं हो सकता कि मेरे ऊपर लात-घूँसे पड़ें और मैं दम न मारूँ।

बेनीमाधव सिंह कुछ जवाब न दे सके। श्रीकंठ सदैव उनका आदर करते थे। उनके ऐसे तेवर देख कर बूढ़ा ठाकुर अवाक् रह गया। केवल इतना ही बोला—बेटा, तुम बुद्धिमान हो कर ऐसी बातें करते हो ? स्त्रियाँ इस तरह घर का नाश कर देती हैं। उनको बहुत सिर चढ़ाना अच्छा नहीं।

श्रीकंठ—इतना मैं जानता हूँ, आपके आशीर्वाद से ऐसा मूर्ख नहीं हूँ। आप स्वयं जानते हैं कि मेरे ही समझाने-बुझाने से, इसी गाँव में कई घर सँभल गए, पर जिस स्त्री की मान-प्रतिष्ठा का मैं ईश्वर के दरबार में उत्तरदाता हूँ, उसके प्रति ऐसा घोर अन्याय और पशुवत् व्यवहार मुझे असह्य है। आप सच मानिए, मेरे लिए यही कुछ कम नहीं है कि लालबिहारी को कुछ दंड नहीं देता।

अब बेनीमाधव सिंह भी गरमाए। ऐसी बातें और न सुन सके। बोले—लालबिहारी तुम्हारा भाई है। उससे जब कभी भूल-चूक हो, उसके कान पकड़ो लेकिन...

श्रीकंठ—लालबिहारी को मैं अब अपना भाई नहीं समझता।

बेनीमाधव सिंह—स्त्री के पीछे ?

श्रीकंठ—जी नहीं, उसकी क्रूरता और अविवेक के कारण।

दोनों कुछ देर चुप रहे। ठाकुर साहब लड़के का क्रोध शांत करना चाहते थे, लेकिन यह नहीं स्वीकार करना चाहते थे कि लालबिहारी ने कोई अनुचित काम किया है। इसी बीच में गाँव के और कई सज्जन हुक्के-चिलम के बहाने वहाँ आ बैठे। कई स्त्रियों ने जब यह सुना कि श्रीकंठ पत्नी के पीछे पिता से लड़ने को तैयार है, तो उन्हें बड़ा हर्ष हुआ। दोनों पक्षों की मधुर वाणियाँ सुनने के लिए उनकी आत्माएँ

तिलमिलाने लगीं। गाँव में कुछ ऐसे कुटिल मनुष्य भी थे, जो इस कुल की नीतिपूर्ण गति पर मन ही मन जलते थे। वे कहा करते थे—श्रीकंठ अपने बाप से दबता है, इसीलिए वह दब्बू है। उसने विद्या पढ़ी, इसीलिए वह किताबों का कीड़ा है। बेनीमाधव सिंह उसकी सलाह के बिना कोई काम नहीं करते, यह उनकी मूर्खता है। इन महानुभावों की शुभकामनाएँ आज पूरी होती दिखाई दीं। कोई हुक्का पीने के बहाने और कोई लगान की रसीद दिखाने आ कर बैठ गया। बेनीमाधव सिंह पुराने आदमी थे। इन भावों को ताड़ गए। उन्होंने निश्चय किया चाहे कुछ ही क्यों न हो, इन द्रोहियों को ताली बजाने का अवसर न दूँगा। तुरंत कोमल शब्दों में बोले—बेटा, मैं तुमसे बाहर नहीं हूँ। तुम्हारा जो जी चाहे करो, अब तो लड़के से अपराध हो गया।

इलाहाबाद का अनुभव-रहित झल्लाया हुआ ग्रेजुएट इस बात को न समझ सका। उसे डिबेटिंग-क्लब में अपनी बात पर अड़े रहने की आदत थी, इन हथकंडों की उसे क्या खबर ? बाप ने जिस मतलब से बात पलटी थी, वह उसकी समझ में न आई। बोला—लालबिहारी के साथ अब इस घर में नहीं रह सकता।

बेनीमाधव—बेटा, बुद्धिमान लोग मूर्खों की बात पर ध्यान नहीं देते। वह बेसमझ लड़का है। उससे जो कुछ भूल हुई, उसे तुम बड़े हो कर क्षमा करो।

श्रीकंठ—उसकी इस दुष्टता को मैं कदापि नहीं सह सकता। या तो वही घर में रहेगा, या मैं ही। आपको यदि वह अधिक प्यारा है, तो मुझे विदा कीजिए, मैं अपना भार आप सँभाल लूँगा। यदि मुझे रखना चाहते हैं तो उससे कहिए, जहाँ चाहे चला जाए। बस यह मेरा अंतिम निश्चय है।

लालबिहारी सिंह दरवाज़े की चौखट पर चुपचाप खड़ा बड़े भाई की बातें सुन रहा था। वह उनका बहुत आदर करता था। उसे कभी इतना साहस न हुआ था कि श्रीकंठ के सामने चारपाई पर बैठ जाए, हुक्का पी ले या पान खा ले। बाप का भी वह इतना मान न करता था। श्रीकंठ का भी उस पर हार्दिक स्नेह था। अपने होश में उन्होंने कभी उसे घुड़का तक न था। जब वह इलाहाबाद से आते, तो उसके लिए कोई न कोई वस्तु अवश्य लाते। मुगदर की जोड़ी उन्होंने ही बनवा दी थी। पिछले साल जब उसने अपने से ड्योढ़े जवान को नागपंचमी के दिन दंगल में पछाड़ दिया, तो उन्होंने पुलकित हो कर अखाड़े में ही जा कर उसे गले से लगा लिया था, पाँच रुपये के पैसे लुटाए थे। ऐसे भाई के मुँह से आज ऐसी हृदय-विदारक बात सुन कर लालबिहारी को बड़ी ग्लानि हुई। वह फूट-फूट कर रोने लगा। इसमें संदेह नहीं कि अपने किए पर पछता रहा था। भाई के आने से एक दिन पहले से उसकी छाती धड़कती थी कि देखूँ, भैया क्या कहते हैं? मैं उनके सम्मुख कैसे जाऊँगा, उनसे कैसे बोलूँगा, मेरी आँखें उनके सामने कैसे उठेंगी? उसने समझा था कि भैया मुझे बुला कर समझा देंगे। इस आशा के विपरीत आज उसने उन्हें निर्दयता की

मूर्ति बने हुए पाया। वह मूर्ख था। परंतु उसका मन कहता था कि भैया मेरे साथ अन्याय कर रहे हैं। यदि श्रीकंठ उसे अकेले में बुला कर दो-चार बातें कह देते; इतना ही नहीं, दो-चार तमाचे भी लगा देते तो कदाचित् उसे इतना दुःख न होता; पर भाई का यह कहना कि अब मैं इसकी सूरत नहीं देखना चाहता, लालबिहारी से सहा न गया। वह रोता हुआ घर आया। कोठरी में जा कर कपड़े पहने, आँखें पोंछीं, जिससे कोई यह न समझे कि रोता था। तब आनंदी के द्वार पर आ कर बोला—भाभी, भैया ने निश्चय किया है कि वह मेरे साथ इस घर में न रहेंगे। अब वह मेरा मुँह नहीं देखना चाहते, इसलिए अब मैं जाता हूँ। उन्हें फिर मुँह न दिखाऊँगा। मुझसे जो कुछ अपराध हुआ, उसे क्षमा करना।

यह कहते-कहते लालबिहारी का गला भर आया।

जिस समय लालबिहारी सिंह सिर झुकाए आनंदी के द्वार पर खड़ा था, उसी समय श्रीकंठ सिंह भी आँखें लाल किये बाहर से आए। भाई को खड़ा देखा, तो घृणा से आँखें फेर लीं, और कतरा कर निकल गए मानो उसकी परछाईं से दूर भागते हों।

आनंदी ने लालबिहारी की शिकायत तो की थी, लेकिन अब मन में पछता रही थी। वह स्वभाव से ही दयावती थी। उसे इसका तनिक भी ध्यान न था कि बात इतनी बढ़ जाएगी। वह मन में अपने पति पर झुंझला रही थी कि यह इतने गरम क्यों होते हैं। उस पर यह भय भी लगा हुआ था कि कहीं मुझसे इलाहाबाद चलने को कहें, तो कैसे क्या करूँगी? इस बीच में जब उसने लालबिहारी को दरवाज़े पर खड़े यह कहते सुना कि अब मैं जाता हूँ, मुझसे जो कुछ अपराध हुआ, क्षमा करना, तो उसका रहा-सहा क्रोध भी पानी हो गया। वह रोने लगी। मन का मैल धोने के लिए नयन-जल से उपयुक्त और कोई वस्तु नहीं है।

श्रीकंठ को देख कर आनंदी ने कहा—लाला बाहर खड़े बहुत रो रहे हैं।

श्रीकंठ—तो मैं क्या करूँ ?

आनंदी—भीतर बुला लो। मेरी जीभ में आग लगे। मैंने कहाँ से यह झगड़ा उठाया?

श्रीकंठ—मैं न बुलाऊँगा।

आनंदी—पछताओगे। उन्हें बहुत ग्लानि हो गई है। ऐसा न हो, कहीं चल दें।

श्रीकंठ न उठे। इतने में लालबिहारी ने फिर कहा—भाभी, भैया से मेरा प्रणाम कह दो। वह मेरा मुँह नहीं देखना चाहते। इसलिए मैं भी अपना मुँह उन्हें न दिखाऊँगा।

लालबिहारी इतना कह कर लौट पड़ा और शीघ्रता से दरवाज़े की ओर बढ़ा। अंत में आनंदी कमरे से निकली और उसका हाथ पकड़ लिया। लालबिहारी ने पीछे

फिरकर देखा और आँखों में आँसू भरे बोला—मुझे जाने दो।

आनंदी—कहाँ जाते हो ?

लालबिहारी—जहाँ कोई मेरा मुँह न देखे।

आनंदी—मैं न जाने दूँगी।

लालबिहारी—मैं तुम लोगों के साथ रहने योग्य नहीं हूँ।

आनंदी—तुम्हें मेरी सौगंध, अब एक पग भी आगे न बढ़ाना।

लालबिहारी—जब तक मुझे यह न मालूम हो जाए कि भैया का मन मेरी तरफ से साफ हो गया, तब तक मैं इस घर में कदापि न रहूँगा।

आनंदी—मैं ईश्वर को साक्षी दे कर कहती हूँ कि तुम्हारी ओर से मेरे मन में तनिक भी मैल नहीं है।

अब श्रीकंठ का हृदय भी पिघला। उन्होंने बाहर आ कर लालबिहारी को गले लगा लिया। दोनों भाई खूब फूट-फूटकर रोए। लालबिहारी ने सिसकते हुए कहा—भैया, अब कभी मत कहना कि तुम्हारा मुँह न देखूँगा। इसके सिवा आप जो दंड देंगे, मैं सहर्ष स्वीकार करूँगा।

श्रीकंठ ने काँपते हुए स्वर से कहा—लल्लू ! इन बातों को बिलकुल भूल जाओ। ईश्वर चाहेगा, तो फिर ऐसा अवसर न आएगा।

बेनीमाधव सिंह बाहर से आ रहे थे। दोनों भाइयों को गले मिलते देख कर आनंद से पुलकित हो गए। बोल उठे—बड़े घर की बेटियाँ ऐसी ही होती हैं। बिगड़ता हुआ काम बना लेती हैं।

गाँव में जिसने यह वृत्तांत सुना, उसी ने इन शब्दों में आनंदी की उदारता को सराहा—'बड़े घर की बेटियाँ ऐसी ही होती हैं।'

कफ़न

झोंपड़े के द्वार पर बाप और बेटा दोनों एक बुझे हुए अलाव के सामने चुपचाप बैठे हुए थे और अन्दर बेटे की जवान बीवी बुधिया प्रसव-वेदना से पछाड़ खा रही थी। रह-रहकर उसके मुंह से ऐसी दिल हिला देने वाली आवाज़ निकलती थी कि दोनों कलेजा थाम लेते थे। जाड़ों की रात थी, प्रकृति सन्नाटे में डूबी हुई, सारा गाँव अन्धकार में लय हो गया था।

घीसू ने कहा—''मालूम होता है, बचेगी नहीं। सारा दिन दौड़ते हो गया, जा देख तो आ।''

माधव चिढ़कर बोला—''मरना ही है तो जल्दी मर क्यों नहीं जाती? देखकर क्या करूं?''

''तू बड़ा बेदर्द है बे! साल-भर जिसके साथ सुख-चैन से रहा, उसी के साथ इतनी बेवफाई!''

''तो मुझसे तो उसका तड़पना और हाथ-पांव पटकना नहीं देखा जाता।''

चमारों का कुनबा था और सारे गाँव में बदनाम। घीसू एक दिन काम करता तो तीन दिन आराम करता। माधव इतना कामचोर था कि आध घण्टे काम करता तो घण्टे-भर चिलम पीता। इसीलिए उन्हें कहीं मज़दूरी नहीं मिलती थी। घर में मुट्ठी-भर अनाज मौजूद हो, तो उनके लिए काम करने की कसम थी। जब दो चार फाके हो जाते तो घीसू पेड़ पर चढ़कर लकड़ियां तोड़ लाता और माधव बाज़ार में बेच आता। और जब तक वह पैसे रहते, दोनों इधर-उधर मारे-मारे फिरते। गाँव में काम की कमी न थी। किसानों का गाँव था, मेहनती आदमी के लिए पचास काम थे। मगर इन दोनों को उसी वक्त बुलाते, जब दो आदमियों से एक का काम पाकर भी सन्तोष कर लेने के सिवा और कोई चारा न होता। अगर दोनों साधु होते, तो उन्हें सन्तोष और धैर्य के लिए संयम और नियम की बिलकुल जरूरत न होती।

यह तो इनकी प्रकृति थी। विचित्र जीवन था इनका! घर में मिट्टी के दो-चार बर्तनों के सिवा कोई सम्पत्ति न थी। फटे चीथड़ों में अपनी नग्नता को ढांके हुए जिए जाते थे। संसार की चिन्ताओं से मुक्त, कर्ज़ दे देते थे। मटर, आलू की फसल में दूसरों के खेतों में मटर या आलू उखाड़ लाते और भून-भानकर खा लेते या दस-पाँच ईख उखाड़ लाते और रात को चूसते। घीसू ने इसी आकाश-वृत्ति से साठ साल की उम्र काट दी और माधव भी सपूत बेटे की तरह बाप ही के पद-चिन्हों पर चल रहा था। बल्कि उसका नाम और भी उजागर कर रहा था। इस वक्त भी दोनों अलाव के सामने बैठकर आलू भून रहे थे, जोकि किसी खेत से खोद लाए थे। घीसू की स्त्री का तो, बहुत दिन हुए, देहान्त हो गया था। उसने इस खानदान में व्यवस्था की नींव डाली थी और इन दोनों बे-गैरतों का दोज़ख भरती रहती थी। जब वह आयी, ये दोनों और भी आरामतलब हो गये थे। बल्कि कुछ अकड़ने भी लगे थे। कोई कार्य को बुलाता, तो निर्व्याज भाव से दुगनी मज़दूरी मांगते। वह औरत प्रसव-वेदना से मर रही थी और ये दोनों शायद इसी इन्तज़ार में थे कि वह मर जाए, तो आराम से सोएं।

घीसू ने आलू निकालकर छीलते हुए कहा—"जाकर देख तो, क्या दशा है उसकी? चुड़ैल का फिसाद होगा, और क्या, यहाँ तो ओझा भी एक रुपया माँगता है!"

माधव को भय था कि वह कोठरी में गया, तो घीसू आलुओं का बड़ा भाग साफ कर देगा। बोला—"मुझे वहाँ जाते डर लगता है।"

"डर किस बात का है, मैं तो यहाँ हूँ ही।"

"तो तुम्हीं जाकर देखो न।"

"मेरी औरत जब मरी थी, तो मैं तीन दिन तक उसके पास से हिला तक नहीं। और फिर मुझसे लजाएगी कि नहीं? जिसका कभी मुँह नहीं देखा, आज उसका उघड़ा हुआ बदन देखूँ! उसे तन की सुध भी तो न होगी! मुझे देख लेगी तो खुलकर हाथ-पाँव भी न पटक सकेगी!"

"मैं सोचता हूँ कोई बाल-बच्चा हुआ, तो क्या होगा? सोंठ, गुड़, तेल कुछ भी तो नहीं है घर में!"

"सब कुछ आ जाएगा। भगवान दें तो! जो लोग अभी एक पैसा नहीं दे रहे हैं, वे ही कल बुलाकर रुपये देंगे। मेरे नौ लड़के हुए, घर में कभी न था; मगर भगवान ने किसी न किसी तरह बेड़ा पार ही लगाया।"

जिस समाज में रात-दिन मेहनत करने वालों की हालत उनकी हालत से बहुत कुछ अच्छी न थी, और किसानों के मुकाबले में वे लोग, जो किसानों की दुर्बलताओं से लाभ उठाना चाहते थे, कहीं ज्यादा सम्पन्न थे, यहाँ इस तरह की मनोवृत्ति का पैदा हो जाना कोई अचरज की बात न थी। हम तो कहेंगे, घीसू किसानों से कहीं

ज्यादा विचारवान था और किसानों के विचार-शून्य समूह में शामिल होने के बदले बैठकबाजों की कुत्सित मण्डली में जा मिला था। हाँ, उसमें यह शक्ति न थी कि बैठकबाजों के नियम और नीति का पालन करता। इसीलिए जहाँ उसकी मण्डली के और लोग गाँव के सरगना और मुखिया बने हुए थे, उस पर सारा गाँव उँगली उठाता था। फिर भी उसे यह तसकीन तो थी ही कि अगर वह फटे हाल है तो कम से कम उसे किसानों की-सी जी-तोड़ मेहनत तो नहीं करनी पड़ती, और उसकी सरलता और निरीहता से दूसरे लोग बेजा फायदा तो नहीं उठाते! दोनों आलू निकाल-निकालकर जलते-जलते खाने लगे। कल से कुछ नहीं खाया था। इतना सब्र न था कि उन्हें ठण्डा हो जाने दें। कई बार दोनों की ज़बाने जल गयीं। छिल जाने पर आलू का बाहरी हिस्सा बहुत ज्यादा गर्म न होता; लेकिन दांतों के तले पड़ते ही अन्दर का हिस्सा जबान, हलक और तालू को जला देता था और उस अँगारे को मुँह में रखने से ज्यादा खैरियत इसी में थी कि वह अन्दर पहुँच जाए, वहाँ उसे ठण्डा करने के लिए काफी समान थे, इसलिए दोनों जल्द-जल्द निगल जाते। हालाँकि इस कोशिश में उनकी आँखों से आँसू निकल आते।

घीसू को उस वक्त ठाकुर की बरात याद आयी, जिसमें बीस साल पहले वह गया था। उस दावत में उसे जो तृप्ति मिली थी, वह उसके जीवन में एक याद रखने लायक बात थी, और आज भी उसकी याद ताजी थी। बोला—"वह भोज नहीं भूलता। तब से फिर उस तरह का खाना और भरपेट कभी नहीं मिला। लड़कीवालों ने सबको भरपेट पूड़ियाँ खिलायी थीं, सबको! छोटे-बड़े सबने पूड़ियाँ खायी और असली घी की! चटनी, रायता, तीन तरह के सूखे साग, एक रसेदार तरकारी, दही, चटनी, मिठाई, अब क्या बताऊँ कि उस भोज में क्या स्वाद मिला! कोई रोक-टोक नहीं थी, जो चीज़ चाहो, मांगो, जितना चाहो, खाओ। लोगों ने ऐसा खाया, कि किसी से पानी न पिया गया। मगर परोसने वाले हैं कि पत्तल में गर्म-गर्म गोल-गोल सुवासित कचौड़ियाँ डाल देते हैं। मना करते हैं कि नहीं चाहिए, पत्तल पर हाथ रोके हुए हैं, मगर वे हैं कि दिए जाते हैं। और जब सबने मुँह धो लिया, तो पान-इलायची भी मिली। मगर मुझे पान लेने की कहाँ सुध थी? खड़ा हुआ न जाता था। चटपट जाकर अपने कम्बल पर लेट गया। ऐसा दिल-दरियाव था वह ठाकुर!"

माधव ने इन पदार्थों का मन ही मन मज़ा लेते हुए कहा—"अब हमें कोई ऐसा भोज नहीं खिलाता।"

"अब कोई क्या खिलाएगा? वह जमाना दूसरा था। अब तो सबको किफायत सूझती है। शादी-ब्याह में मत खर्च करो, क्रिया-कर्म में मत खर्च करो। पूछो, गरीबों का माल बटोर-बटोरकर कहाँ रखोगे? बटोरने में तो कमी नहीं है। हाँ, खर्च में किफायत सूझती है।"

"तुमने बीस एक पूरियाँ खायी होंगी?"

"बीस से ज्यादा खायी थीं!"

"मैं पचास खा जाता!"

"पचास से कम मैंने न खायी होंगी। अच्छा पट्ठा था। तू तो मेरा आधा भी नहीं है।"

आलू खाकर दोनों ने पानी पिया और वहीं अलाव के सामने अपनी धोतियाँ ओढ़कर पाँव पेट में डाले सो रहे। जैसे दो बड़े-बड़े अजगर गेंडुलियाँ मारे पड़े हों।

और बुधिया अभी तक कराह रही थी।

सबेरे माधव ने कोठरी में जाकर देखा तो उसकी स्त्री ठण्डी हो गयी थी। उसके मुँह पर मक्खियाँ भिनक रही थी। पथराई हुई आँखें ऊपर टँगी हुई थीं। सारी देह धूल से लथपथ हो रही थी। उसके पेट में बच्चा मर गया था।

माधव भागा हुआ घीसू के पास आया। फिर दोनों ज़ोर-ज़ोर से हाय-हाय करने और छाती पीटने लगे। पड़ोसवालों ने यह रोना-धोना सुना, तो दौड़े हुए आए और पुरानी मर्यादा के अनुसार इन अभागों को समझाने लगे।

मगर ज्यादा रोने-पीटने का अवसर न था। कफ़न की और लकड़ी की फिक्र करनी थी। घर में तो पैसा इस तरह गायब था जैसे चील के घोंसले में माँस।

बाप-बेटे रोते हुए गाँव के ज़मींदार के पास गये। वह इन दोनों की सूरत से नफरत करते थे। कई बार इन्हें अपने हाथों पीट चुके थे—चोरी करने के लिए, वादे पर काम पर न आने के लिए। पूछा—"क्या है बे घिसुआ, रोता क्यों है? अब तो तू कहीं दिखायी भी नहीं देता! मालूम होता है, इस गाँव में रहना नहीं चाहता।"

घीसू ने ज़मीन पर सिर रखकर आँखों में आँसू भरे हुए कहा—"सरकार! बड़ी विपत्ति में हूँ। माधव की घरवाली रात को गुज़र गयी। रात-भर तड़पती रही सरकार! हम दोनों उसके सिरहाने बैठे रहे। दवा-दारू जो कुछ हो सका, सब कुछ किया, मगर वह हमें दगा दे गयी। अब कोई एक रोटी देनेवाला भी न रहा मालिक! तबाह हो गये। घर उजड़ गया। आपका गुलाम हूँ, अब आपके सिवा कौन उसकी मिट्टी पार लगाएगा! हमारे हाथ में तो जो कुछ था, वह सब दवा-दारू में उठ गया। सरकार ही की दया होगी, तो उसकी मिट्टी उठेगी। आपके सिवा किसके द्वार पर जाऊँ?"

ज़मीदार साहब दयालु थे। मगर घीसू पर दया करना काले कम्बल पर रंग चढ़ाना था। जी में तो आया, कह दें, चल, दूर हो यहाँ से। यों तो बुलाने से भी नहीं आता, आज जब गरज़ पड़ी तो आकर खुशामद कर रहा है! हरामखोर कहीं का, बदमाश! लेकिन यह क्रोध या दण्ड का अवसर न था। जी में कुढ़ते हुए दो रुपये निकालकर फेंक दिए। मगर सान्त्वना का एक शब्द भी मुँह से न निकला। उसकी तरफ ताका तक नहीं। जैसे सिर का बोझ उतारा हो।

जब ज़मीदार साहब ने दो रुपये दिए, तो गाँव के बनिये-महाजनों को इनकार का साहस कैसे होता? घीसू जमींदार के नाम का ढिंढोरा भी पीटना जानता था।

किसी ने दो आने दिए, किसी ने चार आने। एक घण्टे में घीसू के पास पाँच रुपए की अच्छी रकम जमा हो गयी। कहीं से नाज मिल गया, कहीं से लकड़ी। और दोपहर को घीसू और माधव बाज़ार से कफ़न लाने चले। इधर लोग बाँस-वाँस काटने लगे।

गाँव की नर्मदिल स्त्रियाँ आ-आकर लाश देखती थीं और उसकी बेकसी पर दो बूँद आँसू गिराकर चली जाती थीं।

बाजार में पहुँचकर घीसू बोला—"लकड़ी तो उसे जलाने-भर को मिल गयी है, क्यों माधव?"

माधव बोला—"हाँ, लकड़ी तो बहुत है, अब कफ़न चाहिए।"

"तो चलो, कोई हलका-सा कफ़न ले लें।"

"हाँ, और क्या! लाश उठते-उठते राते हो जाएगी। रात को कफ़न कौन देखता है?"

"कैसा बुरा रिवाज है कि जिसे जीते-जी तन ढाँकने को चीथड़ा भी न मिले, उसे मरने पर नया कफ़न चाहिए।"

"कफ़न लाश के साथ जल ही तो जाता है।"

"और क्या रखा रहता है? यही पाँच रुपये पहले मिलते, तो कुछ दवा-दारू करा लेते।"

दोनों एक-दूसरे के मन की बात ताड़ रहे थे। बाजार में इधर-उधर घूमते रहे। कभी इस बजाज की दूकान पर गये, कभी उसकी दूकान पर। तरह-तरह के कपड़े, रेशमी और सूती देखे, मगर कुछ जँचा नहीं। यहाँ तक कि शाम हो गयी। तब दोनों न जाने किस दैवी प्रेरणा से एक मधुशाला के सामने आ पहुँचे। और जैसे किसी पूर्व-निश्चित व्यवस्था से अन्दर चले गये। वहाँ जरा देर तक दोनों असमंजस में खड़े रहे। फिर घीसू ने गद्दी के सामने जाकर कहा—"साहुजी, एक बोतल हमें भी देना।"

उसके बाद कुछ चिखौना आया, तली हुई मछली आयी और दोनों बरामदे में बैठकर शान्तिपूर्वक पीने लगे।

कई कुज्जियाँ ताबड़तोड़ पीने के बाद दोनों सरूर में आ गये।

घीसू बोला—"कफ़न लगाने से क्या मिलता? आखिर जल ही तो जाता। कुछ बहू के साथ तो न जाता।"

माधव आसमान की तरफ देखकर बोला, मानो देवताओं को अपनी निष्पापता का साक्षी बना रहा हो—"दुनिया का दस्तूर है, नहीं लोग बामनों को हज़ारों रुपये क्यों दे देते हैं! कौन देखता है, परलोक में मिलता है या नहीं!"

"बड़े आदमियों के पास धन है, फूंकें। हमारे पास फूंकने को क्या है?"

"लेकिन लोगों को जवाब क्या दोगे? लोग पूछेंगे नहीं, कफ़न कहाँ है?"

घीसू हँसा—"अबे, कह देंगे कि रुपए कमर से खिसक गये। बहुत ढूँढ़ा मिले नहीं। लोगों को विश्वास न आएगा, लेकिन फिर वही रुपये देंगे।"

माधव भी हँसा, इस अनपेक्षित सौभाग्य पर। बोला—"बड़ी अच्छी थी बेचारी! मरी भी तो खूब खिला-पिलाकर।"

आधी बोतल से ज्यादा उड़ गयी। घीसू ने दो सेर पूड़ियाँ मँगायी। चटनी, अचार, कलेजियाँ। शराबखाने के सामने ही दुकान थी। माधव लपककर दो पत्तलों में सारे सामान ले आया। पूरा डेढ़ रुपया खर्च हो गया। सिर्फ थोड़े-से पैसे बच रहे।

दोनों इस वक्त इस शान से बैठे पूड़ियाँ खा रहे थे जैसे जंगल में कोई शेर अपना शिकार उड़ा रहा हो। न जवाबदेही का खौफ था, न बदनामी का फिक्र। इन सब भावनाओं को उन्होंने बहुत पहले ही जीत लिया था।

घीसू दार्शनिक भाव से बोला—"हमारी आत्मा प्रसन्न हो रही है तो क्या उसे पुन्न न होगा?"

माधव ने श्रद्धा से सिर झुकाकर तसदीक की—"जरूर से जरूर होगा। भगवान, तुम अन्तर्यामी हो। उसे बैकुण्ठ ले जाना। हम दोनों हृदय से आशीर्वाद दे रहे हैं। आज जो भोजन मिला वह उम्र-भर न मिला था।"

एक क्षण बाद माधव के मन में एक शंका जागी। बोला—"क्या दादा, हम लोग भी तो एक न एक दिन वहाँ जाएँगे ही?"

घीसू ने इस भोले सवाल का कुछ उत्तर न दिया। वह परलोक की बातें सोचकर इस आनन्द में बाधा न डालना चाहता था।

"जो वहाँ हम लोगों से पूछे कि तुमने हमें कफ़न क्यों नहीं दिया, तो क्या कहोगे?"

"कहेंगे तुम्हारा सिर!"

"पूछेगी तो जरूर।"

"तू कैसे जानता है कि उसे कफ़न न मिलेगा! तू मुझे ऐसा गधा समझता है? साठ साल क्या दुनिया में घास खोदता रहा हूँ? उसको कफ़न मिलेगा और बहुत अच्छा मिलेगा।"

माधव को विश्वास न आया। बोला—"कौन देगा? रुपये तो तुमने चट कर दिये। वह तो मुझसे पूछेगी। उसकी माँग में तो सिंदूर मैंने डाला था।"

घीसू गर्म होकर बोला—"मैं कहता हूँ, उसे कफ़न मिलेगा, तू मानता क्यों नहीं?"

"कौन देगा, बताते क्यों नहीं।"

"वही लोग देंगे, जिन्होंने कि अब की दिया। हाँ, अब की रुपये हमारे हाथ न आएँगे।"

ज्यों-ज्यों अंधेरा बढ़ता जाता था और सितारों की चमक तेज होती जाती थी, मधुशाला की रौनक भी बढ़ती जाती थी। कोई गाता था, कोई डींग मारता था, कोई अपने संगी के गले लिपटा जाता था, कोई अपने दोस्त के मुँह में कुल्हड़ लगाये देता था।

वहाँ के वातावरण में सरूर था, हवा में नशा। कितने तो यहाँ आकर एक चुल्लू मे मस्त हो जाते थे। शराब से ज्यादा यहाँ की हवा उन पर नशा करती थी। जीवन की बाधाएं यहाँ लाती थीं और कुछ देर के लिए यह भूल जाते थे कि वे जीते हैं या मरते हैं। या न जीते हैं, न मरते हैं।

और ये दोनों बाप-बेटे अब भी मजे ले-लेकर चुसकियाँ ले रहे थे। सबकी निगाहें इनकी ओर जमी थी। दोनों कितने भाग्य के बली हैं! पूरी बोतल बीच में है।

भरपेट खाकर माधव ने बची हुई पूड़ियों की पत्तल उठाकर एक भिखारी को दे दी, जो खड़ा उनकी ओर भूखी आँखों से देख रहा था, और देने के गौरव, आनन्द और उल्लास का अपने जीवन में पहली बार अनुभव किया।

घीसू ने कहा–''ले जा, खूब खा और आशीर्वाद दे, जिसकी कमाई है, वह मर गयी, मगर तेरा आशीर्वाद उसे जरूर पहुँचेगा। रोएँ-रोएँ से आशीर्वाद दे, बड़ी गाढी कमायी के पैसे हैं।''

माधव ने फिर आसमान की तरफ देखकर कहा–''वह बैकुण्ठ में जाएगी दादा, बैकुण्ठ की रानी बनेगी।''

घीसू खड़ा हो गया और जैसे उल्लास की लहरों में तैरता हुआ बोला–''हाँ बेटा, बैकुण्ठ में जाएगी। किसी को सताया नहीं, किसी को दबाया नहीं। मरते-मरते हमारी जिन्दगी की सबसे बड़ी लालसा पूरी कर गयी। वह बैकुण्ठ में न जाएगी तो क्या ये मोटे-मोटे लोग जाएँगे, जो गरीबों को दोनों हाथों से लूटते हैं, और अपने आप को धोने के लिए गंगा में नहाते हैं और मन्दिरों में जल चढ़ाते हैं?''

श्रद्धालुता का यह रंग तुरन्त ही बदल गया। अस्थिरता नशे की खासियत है। दुःख और निराशा का दौरा हुआ।

माधव बोला–''मगर दादा, बेचारी ने जिन्दगी में बड़ा दुःख भोगा। कितना दुःख और निराशा झेलकर मरी।

वह आँखों पर हाथ रखकर रोने लगा, चीखें मार-मारकर।

घीसू ने समझाया–''क्यों रोता है बेटा, खुश हो कि वह मायाजाल से मुक्त हो गयी, जंजाल से छूट गयी। बड़ी भाग्यवान थी, जो इतनी जल्द माया-मोह के बन्धन तोड़ दिये।''

और दोनों खड़े होकर गाने लगे–

''ठगिनी क्यों नैना झमकावे! ठगिनी...!''

पियक्कड़ों की आँखें इनकी ओर लगी हुई थीं और ये दोनों अपने दिल में मस्त गाये जाते थे। फिर दोनों नाचने लगे। उछले भी, कूदे भी। गिरे भी, मटके भी। भाव भी बताये, अभिनय भी किये। और आखिर नशे से मदमस्त होकर वहीं गिर पड़े।

बूढ़ी काकी

बुढ़ापा बहुधा बचपन का पुनरागमन हुआ करता है। बूढ़ी काकी में जिह्वा-स्वाद के सिवा और कोई चेष्टा शेष न थी और न अपने कष्टों की ओर आकर्षित करने का, रोने के अतिरिक्त कोई दूसरा सहारा ही। समस्त इन्द्रियाँ—नेत्र, हाथ और पैर जवाब दे चुके थे। पृथ्वी पर पड़ी रहती और घर वाले कोई बात उनकी इच्छा के प्रतिकूल करते, भोजन का समय टल जाता या उसका परिमाण पूर्ण न होता, अथवा बाजार से कोई वस्तु आती और न मिलती तो वे रोने लगती थीं। उनका रोना-सिसकना साधारण रोना न था, वे गला फाड़-फाड़ कर रोती थीं।

उनके पतिदेव को स्वर्ग सिधारे कालांतर हो चुका था। बेटे तरुण हो-हो कर चल बसे थे। अब एक भतीजे के सिवाय और कोई न था। उसी भतीजे के नाम उन्होंने अपनी सारी सम्पत्ति लिख दी। भतीजे ने सारी सम्पत्ति लिखाते समय खूब लम्बे-चौड़े वादे किए, किंतु वे सब वादे केवल कुली डिपो के दलालों के दिखाये हुए सब्ज़बाग थे। यद्यपि उस सम्पत्ति की वार्षिक आय डेढ़-दो सौ रुपये से कम न थी तथापि बूढ़ी काकी को पेट भर भोजन भी कठिनाई से मिलता था। इसमें उनके भतीजे पंडित बुद्धिराम का अपराध था अथवा उनकी अर्द्धांगिनी श्रीमती रूपा का—इसका निर्णय करना सहज नहीं। बुद्धिराम स्वभाव के सज्जन थे, किन्तु उसी समय तक जब कि उनके कोष पर कोई आँच न आए। रूपा स्वभाव से तीव्र थी सही, पर ईश्वर से डरती थी। अतएव बूढ़ी काकी को उसकी तीव्रता उतनी न खलती थी जितनी बुद्धिराम की भलमनसाहत।

बुद्धिराम को कभी-कभी अपने अत्याचार का खेद होता था। विचारते कि इसी सम्पत्ति के कारण मैं इस समय भलामानुष बना बैठा हूँ। यदि मौखिक आश्वासन और सूखी सहानुभूति से स्थिति में सुधार हो सकता तो उन्हें कदाचित् कोई आपत्ति

न होती, परंतु विशेष व्यय का भय उनकी सुचेष्टा को दबाये रखता था। यहाँ तक कि यदि द्वार पर कोई भला आदमी बैठा होता और बूढ़ी काकी उस समय अपना राग अलापने लगतीं तो वह आग हो जाते और घर में आ कर उन्हें ज़ोर से डाँटते। लड़कों को बुड्ढों से स्वाभाविक विद्वेष होता ही है और फिर जब माता-पिता का यह रंग देखते तो वे बूढ़ी काकी को और सताया करते। कोई चुटकी काट कर भागता, कोई उन पर पानी की कुल्ली कर देता ! काकी चीख मार कर रोतीं, परंतु यह बात प्रसिद्ध थी कि वह केवल खाने के लिए रोती हैं, अतएव उनके संताप और आर्त्तनाद पर कोई ध्यान नहीं देता था। हाँ, काकी क्रोधातुर हो कर बच्चों को गालियाँ देने लगतीं तो रूपा घटनास्थल पर आ पहुँचती। इस भय से काकी अपनी जिह्वा कृपाण का कदाचित् ही प्रयोग करती थीं, यद्यपि उपद्रव-शांति का यह उपाय रोने से कहीं अधिक उपयुक्त था।

सम्पूर्ण परिवार में यदि काकी से किसी को अनुराग था, तो वह बुद्धिराम की छोटी लड़की, लाडली थी। लाडली अपने दोनों भाइयों के भय से अपने हिस्से की मिठाई-चबैना बूढ़ी काकी के पास बैठ कर खाया करती थी। यही उसका रक्षागार था और यद्यपि काकी की शरण उनकी लोलुपता के कारण बहुत महँगी पड़ती थी, तथापि भाइयों के अन्याय से कहीं सुलभ थी। इसी स्वार्थानुकूलता ने उन दोनों में सहानुभूति का आरोपण कर दिया था।

रात का समय था। बुद्धिराम के द्वार पर शहनाई बज रही थी और गाँव के बच्चों का झुंड विस्मयपूर्ण नेत्रों से गाने का रसास्वादन कर रहा था। चारपाइयों पर मेहमान विश्राम करते हुए नाइयों से मुक्कियाँ लगवा रहे थे। समीप ही खड़ा हुआ भाट विरदावली सुना रहा था और कुछ भावज्ञ मेहमानों की 'वाह, वाह' पर ऐसा खुश हो रहा था मानो इस वाह-वाह का यथार्थ में वही अधिकारी है। दो-एक अंग्रेज़ी पढ़े हुए नवयुवक इन व्यवहारों से उदासीन थे। वे इस गँवार मंडली में बोलना अथवा सम्मिलित होना अपनी प्रतिष्ठा के प्रतिकूल समझते थे।

आज बुद्धिराम के बड़े लड़के, मुखराम का तिलक आया है। यह उसी का उत्सव है। घर के भीतर स्त्रियाँ गा रही थीं और रूपा मेहमानों के लिए भोजन के प्रबन्ध में व्यस्त थी। भट्ठियों पर कड़ाह चढ़ रहे थे। एक में पूड़ियाँ-कचौड़ियाँ निकल रही थीं, दूसरे में अन्य पकवान बनते थे। एक बड़े हण्डे में मसालेदार तरकारी पक रही थी। घी और मसाले की क्षुधावर्द्धक सुगंधि चारों ओर फैली हुई थी।

बूढ़ी काकी अपनी कोठरी में शोकमय विचार की भाँति बैठी हुई थीं। यह स्वाद-मिश्रित सुगंधि उन्हें बेचैन कर रही थी। वे मन-ही-मन विचार कर रही थीं,

सम्भवतः मुझे पूड़ियाँ न मिलेंगी। इतनी देर हो गई, कोई भोजन ले कर नहीं आया। मालूम होता है, सब लोग भोजन कर चुके हैं। मेरे लिए कुछ न बचा। यह सोच कर उन्हें रोना आया, परन्तु अशकुन के भय से वह रो न सकीं।

'आहा ! कैसी सुगंधि है ? अब मुझे कौन पूछता है ? जब रोटियों ही के लाले पड़े हैं तब ऐसे भाग्य कहाँ कि भरपेट पूड़ियाँ मिलें ?' यह विचार कर उन्हें रोना आया, कलेजे में हूक-सी उठने लगी। परन्तु रूपा के भय से उन्होंने फिर मौन धारण कर लिया।

बूढ़ी काकी देर तक इन्हीं दुःखदायक विचारों में डूबी रहीं। घी और मसालों की सुगंधि रह-रह कर मन को आपे से बाहर किये देती थी। मुँह में पानी भर-भर आता था। पूड़ियों का स्वाद स्मरण करके हृदय में गुदगुदी होने लगती थी। किसे पुकारूँ, आज लाडली बेटी भी नहीं आई। दोनों छोकड़े सदा दिक किया करते हैं। आज उनका भी कहीं पता नहीं। कुछ मालूम तो होता कि क्या बन रहा है।

बूढ़ी काकी की कल्पना में पूड़ियों की तस्वीर नाचने लगी। खूब लाल-लाल, फूली-फूली, नरम-नरम होंगी। रूपा ने भली-भाँति भोजन किया होगा। कचौड़ियों में अजवाइन और इलायची की महक आ रही होगी। एक पूड़ी मिलती तो ज़रा हाथ में ले कर देखती। क्यों न चल कर कड़ाह के सामने ही बैठूँ। पूड़ियाँ छन-छन कर तैयार होंगी। कड़ाह से गरम-गरम निकाल कर थाल में रखी जाती होंगी। फूल हम घर में भी सूँघ सकते हैं; परन्तु वाटिका में कुछ और बात होती है। इस प्रकार निर्णय करके बूढ़ी काकी उकड़ूँ बैठ कर हाथों के बल सरकती हुई बड़ी कठिनाई से चौखट से उतरीं और धीरे-धीरे रेंगती हुई कड़ाह के पास आ बैठीं। यहाँ आने पर उन्हें उतना ही धैर्य हुआ जितना भूखे कुत्ते को खाने वाले के सम्मुख बैठने में होता है।

रूपा उस समय कार्य-भार से उद्विग्न हो रही थी। कभी इस कोठे में जाती, कभी उस कोठे में। कभी कड़ाह के पास आती, कभी भंडार में जाती। किसी ने बाहर से आ कर कहा—'महाराज ठंडाई माँग रहे हैं।' ठंडाई देने लगी। इतने में फिर किसी ने आ कर कहा—'भाट आया है, उसे कुछ दे दो।' भाट के लिए सीधा निकाल रही थी कि एक तीसरे आदमी ने आ कर पूछा—'अभी भोजन तैयार होने में कितना विलम्ब है ? ज़रा ढोल-मजीरा उतार दो।' बेचारी अकेली स्त्री दौड़ते-दौड़ते व्याकुल हो रही थी, झुँझलाती थी, कुढ़ती थी, परन्तु क्रोध प्रकट करने का अवसर न पाती थी। भय होता, कहीं पड़ोसिनें यह न कहने लगें कि इतने में उबल पड़ीं। प्यास से स्वयं कंठ सूख रहा था। गर्मी के मारे फुँकी जाती थी, परन्तु इतना अवकाश भी नहीं था कि ज़रा पानी पी ले अथवा पंखा ले कर झले। यह भी खटका था कि ज़रा आँख हटी और चीज़ों की लूट मची। इस अवस्था में उसने बूढ़ी काकी को कड़ाह के पास बैठी देखा तो जल गई। क्रोध न रुक सका। इसका भी ध्यान न

रहा कि पड़ोसिनें बैठी हुई हैं, मन में क्या कहेंगी, पुरुषों में लोग सुनेंगे तो क्या कहेंगे। जिस प्रकार मेंढक केंचुए पर झपटता है, उसी प्रकार वह बूढ़ी काकी पर झपटी और उन्हें दोनों हाथों से झटक कर बोली—ऐसे पेट में आग लगे, पेट है या भाड़ ? कोठरी में बैठते हुए क्या दम घुटता था ? अभी मेहमानों ने नहीं खाया, भगवान् को भोग नहीं लगा, तब तक धैर्य न हो सका ? आ कर छाती पर सवार हो गई। जल जाए ऐसी जीभ। दिन भर खाती न होती तो न जाने किसकी हाँड़ी में मुँह डालती ? गाँव देखेगा तो कहेगा कि बुढ़िया भरपेट खाने को नहीं पाती तभी तो इस तरह मुँह बाये फिरती है। डायन न मरे न माँचा छोड़े। नाम बेचने पर लगी है। नाक कटवा कर दम लेगी। इतना ठूँसती है, न जाने कहाँ भस्म हो जाता है? भला चाहती हो तो जा कर कोठरी में बैठो जब घर के लोग खाने लगेंगे तब तुम्हें भी मिलेगा। तुम कोई देवी नहीं हो कि चाहे किसी के मुँह में पानी न जाए, परन्तु तुम्हारी पूजा पहले ही हो जाए।

बूढ़ी काकी ने सिर उठाया; न रोईं न बोलीं। चुपचाप रेंगती हुई अपनी कोठरी में चली गईं। आवाज़ ऐसी कठोर थी कि हृदय और मस्तिष्क की सम्पूर्ण शक्तियाँ, सम्पूर्ण विचार और सम्पूर्ण भार उसी ओर आकर्षित हो गए थे। नदी में जब कगार का कोई वृहद् खंड कट कर गिरता है तो आस-पास का जलसमूह चारों ओर उसी स्थान को पूरा करने के लिए दौड़ता है !

भोजन तैयार हो गया है। आँगन में पत्तलें पड़ गईं, मेहमान खाने लगे। स्त्रियों ने जेवनार-गीत गाना आरम्भ कर दिया। मेहमानों के नाई और सेवक-गण भी उसी मंडली के साथ किंतु कुछ हट कर भोजन करने बैठे थे, परन्तु सभ्यतानुसार जब तक सब-के-सब खा न चुके, कोई उठ नहीं सकता था। दो-एक मेहमान जो कुछ पढ़े-लिखे थे, सेवकों के दीर्घाहार पर झुंझला रहे थे। वे इस बंधन को व्यर्थ और बे-सिर-पैर की बात समझते थे।

बूढ़ी काकी अपनी कोठरी में जा कर पश्चात्ताप कर रही थीं कि मैं कहाँ से कहाँ गई। उन्हें रूपा पर क्रोध नहीं था। अपनी जल्दबाज़ी पर दुःख था। सच ही तो है जब तक मेहमान लोग भोजन कर न चुकेंगे, घर वाले कैसे खाएँगे। मुझसे इतनी देर भी न रहा गया? सबके सामने पानी उतर गया। अब जब तक कोई बुलाने न आएगा, न जाऊँगी।

मन ही मन इसी प्रकार का विचार कर वह बुलावे की प्रतीक्षा करने लगीं। परन्तु घी की रुचिकर सुबास बड़ी धैर्य-परीक्षक प्रतीत हो रही थी। उन्हें एक-एक पल एक-एक युग के समान मालूम होता था। अब पत्तलें बिछ गई होंगी ! अब मेहमान

आ गए होंगे। लोग हाथ-पैर धो रहे हैं, नाई पानी दे रहा है। मालूम होता है लोग खाने बैठ गए। जेवनार गाया जा रहा है, यह विचार कर वह मन को बहलाने के लिए लेट गईं। धीरे-धीरे एक गीत गुनगुनाने लगीं। उन्हें मालूम हुआ कि मुझे गाते देर हो गई। क्या इतनी देर तक लोग भोजन कर ही रहे होंगे? किसी की आवाज नहीं सुनाई देती। अवश्य ही लोग खा-पी कर चले गए। मुझे कोई बुलाने नहीं आया। रूपा चिढ़ गई है, क्या जाने न बुलाए। सोचती हो कि आप ही आवेंगी, वह कोई मेहमान तो नहीं जो उन्हें बुलाऊँ। बूढ़ी काकी चलने के लिए तैयार हुईं। यह विश्वास कि एक मिनट में पूड़ियाँ और मसालेदार तरकारियाँ सामने आएँगी, उनकी स्वादेन्द्रियों को गुदगुदाने लगा। उन्होंने मन में तरह-तरह के मनसूबे बाँधे—पहले तरकारी से पूड़ियाँ खाऊँगी, फिर दही और शक्कर से, कचौड़ियाँ रायते के साथ मज़ेदार मालूम होंगी। चाहे कोई बुरा माने चाहे भला, मैं तो माँग-माँग कर खाऊँगी। यही न लोग कहेंगे कि इन्हें विचार नहीं? कहा करें, इतने दिन के बाद पूड़ियाँ मिल रही हैं तो मुँह जूठा करके थोड़े ही उठ जाऊँगी?

वह उकड़ूँ बैठ कर हाथों के बल सरकती हुई आँगन में आईं। परंतु हाय दुर्भाग्य ! अभिलाषा ने अपने पुराने स्वभाव के अनुसार समय की मिथ्या कल्पना की थी। मेहमान मंडली अभी बैठी हुई थी। कोई खा कर उँगलियाँ चाटता था, कोई तिरछे नेत्रों से देखता था कि और लोग अभी खा रहे हैं या नहीं। कोई इस चिंता में था कि पत्तल पर पूड़ियाँ छूटी जाती हैं किसी तरह इन्हें भीतर रख लेता। कोई दही खा कर जीभ चटकारता था, परंतु दूसरा दोना माँगते संकोच करता था कि इतने में बूढ़ी काकी रेंगती हुई उनके बीच में जा पहुँचीं। कई आदमी चौंक कर उठ खड़े हुए। पुकारने लगे—अरे, यह बुढ़िया कौन है? यह कहाँ से आ गई ? देखो, किसी को छू न दे।

पंडित बुद्धिराम काकी को देखते ही क्रोध से तिलमिला गए। पूड़ियों का थाल लिए खड़े थे। थाल को जमीन पर पटक दिया और जिस प्रकार निर्दयी महाजन अपने किसी बेईमान और भगोड़े कर्ज़दार को देखते ही झपट कर उसका टेंटुआ पकड़ लेता है उसी तरह लपक कर उन्होंने काकी के दोनों हाथ पकड़े और घसीटते हुए ला कर उन्हें अँधेरी कोठरी में धम-से पटक दिया। आशा-रूपी वाटिका लू के एक झोंके में नष्ट-विनष्ट हो गई।

मेहमानों ने भोजन किया। घरवालों ने भोजन किया। बाजे वाले, धोबी, चमार भी भोजन कर चुके, परंतु बूढ़ी काकी को किसी ने न पूछा। बुद्धिराम और रूपा—दोनों ही बूढ़ी काकी को उनकी निर्लज्जता के लिए दंड देने का निश्चय कर चुके थे। उनके बुढ़ापे पर, दीनता पर, हतज्ञान पर किसी को करुणा न आई थी। अकेली लाडली उनके लिए कुढ़ रही थी।

लाडली को काकी से अत्यंत प्रेम था। बेचारी भोली लड़की थी। बाल-विनोद

और चंचलता की उसमें गंध तक न थी। दोनों बार जब उसके माता-पिता ने काकी को निर्दयता से घसीटा तो लाडली का हृदय ऐंठ कर रह गया। वह झुँझला रही थी कि ये लोग काकी को क्यों बहुत-सी पूड़ियाँ नहीं दे देते? क्या मेहमान सब-की-सब खा जाएँगे ? और यदि काकी ने मेहमानों के पहले खा लिया तो क्या बिगड़ जाएगा ? वह काकी के पास जा कर उन्हें धैर्य देना चाहती थी, परंतु माता के भय से न जाती थी। उसने अपने हिस्से की पूड़ियाँ बिलकुल न खाई थीं। अपनी गुड़ियों की पिटारी में बन्द कर रक्खी थीं। उन पूड़ियों को काकी के पास ले जाना चाहती थी। उसका हृदय अधीर हो रहा था। बूढ़ी काकी मेरी बात सुनते ही उठ बैठेंगी, पूड़ियाँ देख कर कैसी प्रसन्न होंगी ! मुझे खूब प्यार करेंगी।

रात को ग्यारह बज गए थे। रूपा आँगन में पड़ी सो रही थी। लाडली की आँखों में नींद न आती थी। काकी को पूड़ियाँ खिलाने की खुशी उसे सोने न देती थी। उसने गुड़ियों की पिटारी सामने ही रखी थी। जब विश्वास हो गया कि अम्माँ सो रही हैं, तो वह चुपके-से उठी और विचारने लगी, कैसे चलूँ? चारों ओर अँधेरा था। केवल चूल्हों में आग चमक रही थी और चूल्हों के पास एक कुत्ता लेटा हुआ था। लाडली की दृष्टि द्वार के सामने वाले नीम की ओर गई। उसे मालूम हुआ कि उस पर हनुमान जी बैठे हुए हैं। उनकी पूँछ, उनकी गदा—सब स्पष्ट दिखलाई दे रही है। मारे भय के उसने आँखें बन्द कर लीं। इतने में कुत्ता उठ बैठा, लाडली को ढाढ़स हुआ। कई सोये हुए मनुष्यों के बदले एक भागता हुआ कुत्ता उसके लिए अधिक धैर्य का कारण हुआ। उसने पिटारी उठाई और बूढ़ी काकी की कोठरी की ओर चली।

बूढ़ी काकी को केवल इतना स्मरण था कि किसी ने मेरे हाथ पकड़ कर घसीटे, फिर ऐसा मालूम हुआ कि जैसे कोई पहाड़ पर उड़ाये लिए जाता है। उनके पैर बार-बार पत्थरों से टकराए। तब किसी ने उन्हें पहाड़ पर से पटका, वे मूर्छित हो गईं।

जब वे सचेत हुईं तो किसी की ज़रा भी आहट न मिलती थी। समझीं कि सब लोग खा-पी कर सो गए और उनके साथ मेरी तकदीर भी सो गई। रात कैसे कटेगी ? राम ! क्या खाऊँ ? पेट में अग्नि धधक रही है। हा ! किसी ने मेरी सुधि न ली ! क्या मेरा पेट काटने से धन जुड़ जाएगा ? इन लोगों को इतनी भी दया नहीं आती कि न जाने बुढ़िया कब मर जाए ? उसका जी क्यों दुखावें ? मैं पेट की रोटियाँ ही खाती हूँ कि और कुछ ? इस पर यह हाल! मैं अंधी, अपाहिज ठहरी, न कुछ सुनूँ न बूझूँ। यदि आँगन में चली गई तो क्या बुद्धिराम से इतना कहते

न बनता था कि काकी, अभी लोग खा रहे हैं, फिर आना। मुझे घसीटा, पटका। उन्हीं पूड़ियों के लिए रूपा ने सबके सामने गालियाँ दीं। उन्हीं पूड़ियों के लिए इतनी दुर्गति करने पर भी उनका पत्थर का कलेजा न पसीजा। सबको खिलाया, मेरी बात तक न पूछी। जब तब ही न दीं, तब अब क्या देंगे ?

यह विचार कर काकी निराशामय संतोष के साथ लेट गईं। ग्लानि से गला भर-भर आता था, परन्तु मेहमानों के भय से रोती न थीं।

सहसा उनके कानों में आवाज़ आई—'काकी उठो, मैं पूड़ियाँ लायी हूँ।' काकी ने लाडली की बोली पहचानी। चटपट उठ बैठीं। दोनों हाथों से लाडली को टटोला और उसे गोद में बैठा लिया। लाडली ने पूड़ियाँ निकाल कर दीं।

काकी ने पूछा—क्या तुम्हारी अम्माँ ने दी हैं ?

लाडली ने कहा—नहीं, ये मेरे हिस्से की हैं।

काकी पूड़ियों पर टूट पड़ीं। पाँच मिनट में पिटारी खाली हो गई।

लाडली ने पूछा—काकी, पेट भर गया?

जैसी थोड़ी-सी वर्षा ठंडक के स्थान पर और भी गर्मी पैदा कर देती है उसी भाँति इन थोड़ी पूड़ियों ने काकी की क्षुधा और इच्छा को और उत्तेजित कर दिया था। बोलीं—नहीं बेटी, जा कर अम्माँ से और माँग लाओ।

लाडली ने कहा—अम्माँ सोती हैं, जगाऊँगी तो मारेंगी।

काकी ने पिटारी को फिर टटोला। उसमें कुछ खुर्चन गिरे थे। उन्हें निकाल कर वे खा गईं। बार-बार होंठ चाटती थीं, चटखारें भरती थीं।

हृदय मसोस रहा था कि और पूड़ियाँ कैसे पाऊँ? संतोष-सेतु जब टूट जाता है तब इच्छा का बहाव अपरिमित हो जाता है। मतवालों को मद का स्मरण करना उन्हें मदांध बनाता है। काकी का अधीर मन इच्छा के प्रबल प्रवाह में बह गया। उचित और अनुचित का विचार जाता रहा। वे कुछ देर तक उस इच्छा को रोकती रहीं। सहसा लाडली से बोलीं—मेरा हाथ पकड़ कर वहाँ ले चलो जहाँ मेहमानों ने बैठ कर भोजन किया है।

लाडली उनका अभिप्राय समझ न सकी। उसने काकी का हाथ पकड़ा और ले जा कर जूठे पत्तलों के पास बैठा दिया। दीन, क्षुधातुर, हतज्ञान बुढ़िया पत्तलों से पूड़ियों के टुकड़े चुन-चुन कर भक्षण करने लगी। ओह, दही कितना स्वादिष्ट था, कचौड़ियाँ कितनी सलोनी, खस्ता कितनी सुकोमल। काकी बुद्धिहीन होते हुए भी इतना जानती थीं कि मैं वह काम कर रही हूँ, जो मुझे कदापि न करना चाहिए। मैं दूसरों की जूठी पत्तल चाट रही हूँ। परन्तु बुढ़ापा तृष्णा रोग का अंतिम समय है, जब सम्पूर्ण इच्छाएँ एक ही केंद्र पर आ लगती हैं। बूढ़ी काकी में यह केन्द्र उनकी स्वादेन्द्रिय थी।

ठीक उसी समय रूपा की आँखें खुलीं। उसे मालूम हुआ कि लाडली मेरे पास नहीं है। वह चौंकी, चारपाई के इधर-उधर ताकने लगी कि कहीं नीचे तो नहीं गिर पड़ी? उसे वहाँ न पा कर वह उठी तो क्या देखती है कि लाडली जूठे पत्तलों के पास चुपचाप खड़ी है और बूढ़ी काकी पत्तलों पर से पूड़ियों के टुकड़े उठा-उठा कर खा रही है। रूपा का हृदय सन्न हो गया। किसी गाय की गर्दन पर छुरी चलते देख कर जो अवस्था उसकी होती, वही उस समय हुई। एक ब्राह्मणी दूसरों की जूठी पत्तल टटोले, इससे अधिक शोकमय दृश्य असम्भव था। पूड़ियों के कुछ ग्रासों के लिए उसकी चचेरी सास ऐसा पतित और निकृष्ट कर्म कर रही है। यह वह दृश्य था जिसे देख कर देखने वालों के हृदय काँप उठते हैं। ऐसा प्रतीत होता मानो ज़मीन रुक गई, आसमान चक्कर खा रहा है। संसार पर कोई आपत्ति आने वाली है। रूपा को क्रोध न आया। शोक के सम्मुख क्रोध कहाँ ? करुणा और भय से उसकी आँखें भर आईं ! इस अधर्म के पाप का भागी कौन है ? उसने सच्चे हृदय से गगन-मंडल की ओर हाथ उठा कर कहा—परमात्मा, मेरे बच्चों पर दया करो। इस अधर्म का दण्ड मुझे मत दो, नहीं तो मेरा सत्यानाश हो जाएगा।

रूपा को अपनी स्वार्थपरता और अन्याय इस प्रकार प्रत्यक्ष रूप में कभी न देख पड़े थे। वह सोचने लगी—हाय ! कितनी निर्दयी हूँ। जिसकी सम्पत्ति से मुझे दो सौ रुपया वार्षिक आय हो रही है, उसकी यह दुर्गति ! और मेरे कारण !! हे दयामय भगवान् ! मुझसे बड़ी भारी चूक हुई है, मुझे क्षमा करो ! आज मेरे बेटे का तिलक था। सैकड़ों मनुष्यों ने भोजन पाया। मैं उनके इशारों की दासी बनी रही। अपने नाम के लिए सैकड़ों रुपये व्यय कर दिये; परंतु जिसकी बदौलत हज़ारों रुपये खाये, उसे इस उत्सव में भी भरपेट भोजन न दे सकी। केवल इसी कारण तो, वह वृद्धा असहाय है।

रूपा ने दीया जलाया, अपने भंडार का द्वार खोला और एक थाली में सम्पूर्ण सामग्रियाँ सजा कर लिए हुए बूढ़ी काकी की ओर चली।

आधी रात जा चुकी थी, आकाश पर तारों के थाल सजे हुए थे और उन पर बैठे हुए देवगण स्वर्गीय पदार्थ सजा रहे थे, परंतु उनमें किसी को वह परमानंद प्राप्त न हो सकता था, जो बूढ़ी काकी को अपने सम्मुख थाल देख कर प्राप्त हुआ। रूपा ने कंठावरुद्ध स्वर में कहा—काकी उठो, भोजन कर लो। मुझसे आज बड़ी भूल हुई, उसका बुरा न मानना। परमात्मा से प्रार्थना कर दो कि वह मेरा अपराध क्षमा कर दें।

भोले-भाले बच्चे की भाँति, जो मिठाइयाँ पा कर मार और तिरस्कार सब भूल जाता है, बूढ़ी काकी वैसे ही सब भुला कर बैठी हुई खाना खा रही थीं। उनके एक-एक रोयें से सच्ची सदिच्छाएँ निकल रही थीं और रूपा बैठी इस स्वर्गीय दृश्य का आनन्द लेने में निमग्न थी।

अलग्योझा

भोला महतो ने पहली स्त्री के मर जाने के बाद दूसरी सगाई की तो उसके लड़के रग्घू के लिए बुरे दिन आ गए। रग्घू की उम्र उस समय केवल दस वर्ष की थी। चैन से गाँव में गुल्ली-डंडा खेलता फिरता था। माँ के आते ही चक्की में जुतना पड़ा। पन्ना रूपवती स्त्री थी और रूप और गर्व में चोली-दामन का नाता है। वह अपने हाथों से कोई मोटा काम न करती। गोबर रग्घू निकालता, बैलों को सानी रग्घू देता। रग्घू ही जूठे बरतन माँजता। भोला की आँखें कुछ ऐसी फिरीं कि उसे अब रग्घू में सब बुराइयाँ-ही-बुराइयाँ नज़र आतीं। पन्ना की बातों को वह प्राचीन मर्यादानुसार आँखें बन्द करके मान लेता था। रग्घू की शिकायतों की ज़रा भी परवाह न करता। नतीजा यह हुआ कि रग्घू ने शिकायत करना छोड़ दिया। किसके सामने रोए ? बाप ही नहीं, सारा गाँव उसका दुश्मन था। बड़ा ज़िद्दी लड़का है, पन्ना को कुछ समझता ही नहीं; बेचारी उसको दुलार करती है, खिलाती-पिलाती है। यह उसी का फल है। दूसरी औरत होती, तो निबाह न होता ! वह तो कहो, पन्ना इतनी सीधी-सादी है कि निबाह होता जाता है। सबल की शिकायतें सब सुनते हैं, निर्बल की फ़रियाद भी कोई नहीं सुनता। रग्घू का हृदय माँ की ओर से दिन-दिन फटता जाता था। यहाँ तक कि आठ साल गुज़र गए। और एक दिन भोला के नाम मृत्यु का सन्देश आ पहुँचा।

पन्ना के चार बच्चे थे—तीन बेटे और एक बेटी। इतना बड़ा खर्च और कमाने वाला कोई नहीं। रग्घू अब क्यों पूछने लगा? यह मानी हुई बात थी। अपनी स्त्री लाएगा और अलग रहेगा। स्त्री आ कर और भी आग लगाएगी। पन्ना को चारों ओर अंधेरा-ही-अंधेरा दिखाई देता था। पर कुछ भी हो, वह रग्घू की आसरैत बनकर घर में न रहेगी। जिस घर में उसने राज किया, उसमें अब लौंडी न बनेगी। जिस

लौंडे को अपना गुलाम समझा, उसका मुँह न ताकेगी। वह सुन्दर थी, अवस्था भी कुछ ऐसी ज़्यादा न थी। जवानी अपनी पूरी बहार पर थी। क्या वह कोई दूसरा घर नहीं कर सकती ? यही न होगा, लोग हँसेंगे। बला से ! उसकी बिरादरी में क्या ऐसा होता नहीं? ब्राह्मण-ठाकुर थोड़े ही थी कि नाक कट जाएगी? यह तो ऊँची जातों में होता है कि घर में चाहे जो कुछ करो, बाहर परदा ढँका रहे। वह तो संसार को दिखा कर दूसरा घर कर सकती है। फिर वह रग्घू की दबैल बन कर क्यों रहे ?

भोला को मरे एक महीना गुज़र चुका था। संध्या हो गई थी। पन्ना इसी चिन्ता में पड़ी हुई थी कि सहसा उसे ख़याल आया, लड़के घर में नहीं हैं। यह बैलों के लौटने की बेला है, कहीं कोई लड़का उनके नीचे न आ जाए। अब द्वार पर कौन है, जो उनकी देखभाल करेगा? घर से बाहर निकली, तो देखा, रग्घू अपने झोंपड़े में बैठा ऊख की गँडेरियाँ बना रहा है, तीनों लड़के उसे घेरे खड़े हैं और छोटी लड़की गर्दन में हाथ डाले उसकी पीठ पर सवार होने की चेष्टा कर रही है। पन्ना को अपनी आँखों पर विश्वास न आया। आज तो यह नई बात है ! शायद दुनिया को दिखाता है कि मैं अपने भाइयों को कितना चाहता हूँ और मन में छुरी रक्खी हुई है। घात मिले तो जान ही ले ले। काला साँप है, काला साँप। कठोर स्वर में बोली—तुम सब-के-सब वहाँ क्या करते हो? घर में आओ, साँझ की बेला है, गोरू आते होंगे।

रग्घू ने विनीत नेत्रों से देख कर कहा—मैं तो हूँ ही काकी, डर किस बात का है ?

बड़ा लड़का केदार बोला—काकी, रग्घू दादा ने हमारे लिए दो गाड़ियाँ बना दी हैं। यह देख, एक पर हम और खुन्नू बैठेंगे, दूसरी पर लछमन और झुनिया। दादा दोनों गाड़ियाँ खींचेंगे।

यह कह कर वह कोने से छोटी-छोटी गाड़ियाँ निकाल लाया, चार-चार पहिए लगे थे, बैठने के लिए तख्ते और रोक के लिए दोनों तरफ बाजू थे।

पन्ना ने आश्चर्य से पूछा—ये गाड़ियाँ किसने बनाईं ?

केदार ने चिढ़ कर कहा—रग्घू दादा ने बनाई हैं, और किसने? भगत के घर से बसूला और रुखानी माँग लाए और झटपट बना दीं। खूब दौड़ती हैं, काकी। बैठ खुन्नू, मैं खींचूँ।

खुन्नू गाड़ी में बैठ गया। केदार खींचने लगा। चर-चर का शोर हुआ, मानो गाड़ी भी इस खेल में लड़कों के साथ शरीक है।

लछमन ने दूसरी गाड़ी पर बैठ कर कहा—दादा खींचो।

रग्घू ने झुनिया को भी गाड़ी में बैठा दिया और गाड़ी खींचता हुआ दौड़ा। तीनों लड़के तालियाँ बजाने लगे। पन्ना चकित नेत्रों से यह दृश्य देख रही थी और सोच रही थी कि यह वही रग्घू है या और?

थोड़ी देर के बाद दोनों गाड़ियाँ लौटीं; लड़के घर में आ कर इस यान-यात्रा के अनुभव बयान करने लगे। कितने खुश थे सब, मानो हवाई जहाज़ पर बैठ आए हों।

खुन्नू ने कहा—काकी सच, पेड़ दौड़ रहे थे।

लछमन—और बछिया कैसी भागीं, सब-की-सब दौड़ीं।

केदार—काकी, रग्घू दादा दोनों गाड़ियाँ एक साथ खींच ले जाते हैं।

झुनिया सबसे छोटी थी। उसकी व्यंजना-शक्ति उछल-कूद और नेत्रों तक परिमित थी—तालियाँ बजा-बजा कर नाच रही थी।

खुन्नू—अब हमारे घर गाय भी आ जाएगी, काकी। रग्घू दादा ने गिरधारी से कहा है कि हमें एक गाय ला दो।

गिरधारी बोला—कल लाऊँगा।

केदार—तीन सेर दूध देती है, काकी। खूब दूध पीएँगे।

इतने में रग्घू भी अन्दर आ गया। पन्ना ने अवहेलना की दृष्टि से देख कर पूछा—क्यों रग्घू, तुमने गिरधारी से कोई गाय माँगी है ?

रग्घू ने क्षमा-प्रार्थना के भाव से कहा—हाँ माँगी तो है, कल लावेगा।

पन्ना—रुपये किसके घर से आएँगे ? यह भी सोचा है ?

रग्घू—सब सोच लिया है, काकी। मेरी यह मुहर नहीं है। इसके पच्चीस रुपये मिल रहे हैं; पाँच रुपये बछिया के मुज़रा दे दूँगा। बस गाय अपनी हो जाएगी।

पन्ना सन्नाटे में आ गई। अब उसका अविश्वासी मन भी रग्घू के प्रेम और सज्जनता को अस्वीकार न कर सका। बोली—मुहर को क्यों बेचे देते हो ? गाय की अभी कौन जल्दी है? हाथ में पैसे हो जाएँ, तो ले लेना। सूना-सूना गला अच्छा न लगेगा। इतने दिनों गाय नहीं रही; तो क्या लड़के नहीं जिये ?

रग्घू दार्शनिक भाव से बोला—बच्चों के खाने-पीने के यही दिन हैं, काकी। इस उम्र में न खाया, तो फिर क्या खाएँगे? मुहर पहनना मुझे अच्छा भी नहीं मालूम होता। लोग समझते होंगे कि बाप तो मर गया, इसे मुहर पहनने की सूझी है।

भोला महतो तो गाय की चिन्ता ही में चल बसे। न रुपये आए और न गाय मिली, मजबूर थे। रग्घू ने वह समस्या कितनी सुगमता से हल कर दी। आज जीवन में पहली बार पन्ना को रग्घू पर विश्वास आया। बोली—जब गहना ही बेचना है, तो अपनी मुहर क्यों बेचोगे? मेरी हँसली ले लेना।

रग्घू—नहीं काकी ! वह तुम्हारे गले में बहुत अच्छी लगती है। मर्दों को क्या, मुहर पहनें या न पहनें?

पन्ना—चल, मैं बूढ़ी हुई। मुझे अब हँसली पहन कर क्या करना है? तू अभी लड़का है, तेरा सूना गला अच्छा न लगेगा।

रग्घू मुस्करा कर बोला—तुम अभी से कैसे बूढ़ी हो गईं ? गाँव में, कौन तुम्हारे

बराबर है ?

रग्घू की सरल आलोचना ने पन्ना को लज्जित कर दिया। उसके रूखे-मुरझाए मुख पर प्रसन्नता की लाली दौड़ गई।

पाँच साल गुज़र गए। रग्घू का-सा मेहनती, ईमानदार, बात का धनी दूसरा किसान गाँव में न था। पन्ना की इच्छा के बिना कोई काम न करता। उसकी उम्र अब 23 साल की हो गई थी। पन्ना बार-बार कहती—भइया, बहू को बिदा करा लाओ। कब तक नैहर में पड़ी रहेगी? सब लोग मुझी को बदनाम करते हैं कि यही बहू को नहीं आने देती। मगर रग्घू टाल देता था। कहता कि अभी जल्दी क्या है। उसे अपनी स्त्री के रंग-ढंग का कुछ परिचय दूसरों से मिल चुका था। ऐसी औरत को घर में ला कर वह अपनी शान्ति में बाधा नहीं डालना चाहता था।

आखिर एक दिन पन्ना ने ज़िद करके कहा—तो तुम न लाओगे ?

'कह दिया कि अभी कोई जल्दी नहीं है।'

'तुम्हारे लिए जल्दी न होगी, मेरे लिए तो जल्दी है। मैं आज आदमी भेजती हूँ।'

'पछताओगी काकी, उसका मिज़ाज अच्छा नहीं है।'

'तुम्हारी बला से! जब मैं उससे बोलूँगी ही नहीं; तो क्या हवा से लड़ेगी? रोटियाँ तो बना लेगी। मुझसे भीतर-बाहर का सारा काम नहीं होता, मैं आज बुलाए लेती हूँ।'

'बुलाना चाहती हो, बुला लो; मगर फिर यह न कहना कि यह मेहरिया को ठीक नहीं करता, उसका गुलाम हो गया।'

'न कहूँगी, जा कर दो साड़ियाँ और मिठाई ले आ।'

तीसरे दिन मुलिया मैके से आ गई। दरवाज़े पर नगाड़े बजे। शहनाइयों की मधुर ध्वनि आकाश में गूँजने लगी। मुँह-दिखावे की रस्म अदा हुई। वह इस मरुभूमि में निर्मल जल-धारा थी। गेहुआँ रंग था, बड़ी-बड़ी नोकीली पलकें, कपोलों पर हल्की सुर्खी, आँखों में प्रबल आकर्षण! रग्घू उसे देखते ही मन्त्र-मुग्ध हो गया।

प्रातःकाल पानी का घड़ा ले कर चलती, तब उसका गेहुँआ रंग प्रभात की सुनहली किरणों से कुन्दन हो जाता, मानो उषा अपनी सारी सुगन्ध, सारा विकास और सारा उन्माद लिए मुस्कराती चली जाती हो।

मुलिया मैके से ही जली-भुनी आई थी। मेरा शौहर छाती फाड़ कर काम करे, और

पन्ना रानी बनी बैठी रहे, उसके लड़के रईसज़ादे बने घूमें। मुलिया से यह बरदाश्त न होगा। वह किसी की गुलामी न करेगी। अपने लड़के तो अपने होते ही नहीं, भाई किसके होते हैं? जब तक पर नहीं निकलते हैं, रग्घू को घेरे हुए हैं। ज्यों ही ज़रा सयाने हुए, पर झाड़ कर निकल जाएँगे। बात भी न पूछेंगे।

उस दिन उसने रग्घू से कहा—तुम्हें इस तरह गुलामी करनी हो तो करो, मुझसे न होगी।

रग्घू—तो फिर क्या करूँ, तू ही बता ? लड़के तो अभी घर का काम करने लायक भी नहीं हैं।

मुलिया—लड़के रावत के हैं, कुछ तुम्हारे नहीं हैं। यही पन्ना है, जो तुम्हें दाने-दाने को तरसाती थी। सब सुन चुकी हूँ। मैं लौंडी बन कर न रहूँगी। रुपये-पैसे का मुझे कुछ हिसाब नहीं मिलता। न जाने तुम क्या लाते हो और वह क्या करती है? तुम समझते हो रुपये घर ही में तो हैं; मगर देख लेना, तुम्हें जो एक फूटी कौड़ी भी मिले।

रग्घू—रुपये-पैसे तेरे हाथ में देने लगूँ, तो दुनिया क्या कहेगी? यह तो सोच।

मुलिया—दुनिया जो चाहे कहे। दुनिया के हाथों बिकी नहीं हूँ। देख लेना, भाड़ लीप कर हाथ काला ही रहेगा। फिर तुम अपने भाइयों के लिए मरो, मैं क्यों मरूँ ?

रग्घू ने जवाब न दिया—उसे जिस बात का भय था, वह इतनी जल्द सिर पर आ पड़ी। अब अगर उसने बहुत तत्थोथंभी किया, तो साल-छह महीने और काम चलेगा। बस, आगे यह डोंगा चलता नज़र नहीं आता। बकरे की माँ कब तक खैर मनाएगी ?

एक दिन पन्ना ने महुए का सुखावन डाला। बरसात शुरू हो गई थी। बखार में अनाज गीला हो रहा था। मुलिया से बोली—बहू, ज़रा देखती रहना। मैं तालाब से नहा आऊँ।

मुलिया ने लापरवाही से कहा—मुझे नींद आ रही है, तुम बैठ कर देखो। एक दिन न नहाओगी तो क्या होगा?

पन्ना ने साड़ी उठा कर रख दी, नहाने न गई। मुलिया का वार खाली गया।

कई दिन के बाद एक शाम को पन्ना धान रोप कर लौटी, अँधेरा हो गया था। दिन भर की भूखी थी, आशा थी, बहू ने रोटी बना रखी होगी, मगर देखा तो यहाँ चूल्हा ठंडा पड़ा हुआ था, और बच्चे मारे भूख के तड़प रहे थे। मुलिया से आहिस्ते-से पूछा—आज अभी चूल्हा नहीं जला ?

केदार ने कहा—आज दोपहर को भी चूल्हा नहीं जला, काकी ! भाभी ने कुछ बनाया ही नहीं।

पन्ना—तो तुम लोगों ने खाया क्या ?

केदार—कुछ नहीं, रात की रोटियाँ थीं, खुन्नू और लछमन ने खाईं। मैंने सत्तू खा लिया।

पन्ना—और बहू ?

केदार—वह तो पड़ी सो रही है, कुछ नहीं खाया।

पन्ना ने उसी वक्त चूल्हा जलाया और खाना बनाने बैठ गई। आटा गूँथती थी और रोती थी। क्या नसीब है, दिन-भर खेत में जली, घर आई तो चूल्हे के सामने जलना पड़ा।

केदार का चौदहवाँ साल था। भाभी के रंग-ढंग देख कर सारी स्थिति समझ रहा था। बोला—काकी, भाभी अब तुम्हारे साथ रहना नहीं चाहती।

पन्ना ने चौंक कर पूछा—क्या कुछ कहती थी ?

केदार—कहती कुछ नहीं थी; मगर है उसके मन में यही बात। फिर तुम क्यों नहीं छोड़ देतीं ? जैसे चाहे रहे; हमारा भी भगवान है।

पन्ना ने दाँतों से जीभ दबा कर कहा—चुप, मेरे सामने ऐसी बात भूल कर भी न कहना। रग्घू तुम्हारा भाई नहीं, तुम्हारा बाप है। मुलिया से कभी बोलोगे, तो समझ लेना ज़हर खा लूँगी।

दशहरे का त्योहार आया। इस गाँव से कोस-भर पर एक पुरवे में मेला लगता था। गाँव के सब लड़के मेला देखने चले। पन्ना भी लड़कों के साथ चलने को तैयार हुई; मगर पैसे कहाँ से आएँ ? कुंजी तो मुलिया के पास थी।

रग्घू ने आ कर मुलिया से कहा—लड़के मेले जा रहे हैं, सबों को दो-दो आने पैसे दे दे।

मुलिया ने त्योरियाँ चढ़ा कर कहा—पैसे घर में नहीं हैं।

रग्घू—अभी तो तेलहन बिका था, क्या इतनी जल्दी रुपये उठ गए ?

मुलिया—हाँ, उठ गए।

रग्घू—कहाँ उठ गए ? ज़रा सुनूँ, आज त्योहार के दिन लड़के मेला देखने न जाएँगे ?

मुलिया—अपनी काकी से कहो, पैसे निकालें। गाड़ कर क्या करेंगी?

खूँटी पर कुंजी लटक रही थी। रग्घू ने कुंजी उतारी और चाहा कि संदूक खोले कि मुलिया ने उसका हाथ पकड़ लिया और बोली—कुंजी मुझे दे दो, नहीं तो ठीक न होगा। खाने-पहनने को भी चाहिए, काग़ज़-किताब को भी चाहिए, उस पर मेला देखने को भी चाहिए। हमारी कमाई इसलिए नहीं है कि दूसरे खाएँ और मूँछों पर ताव दें।

पन्ना ने रग्घू से कहा—भइया, पैसे क्या होंगे? लड़के मेले देखने न जाएँगे?

रग्घू ने झिड़क कर कहा—मेला देखने क्यों न जाएँगे ? सारा गाँव जा रहा है। हमारे ही लड़के न जाएँगे?

यह कह कर रग्घू ने अपना हाथ छुड़ा लिया और पैसे निकाल कर लड़कों को दे दिये; मगर कुंजी जब मुलिया को देने लगा, तब उसने उसे आँगन में फेंक दिया और मुँह लपेट कर लेट गई। लड़के मेला देखने न गए।

इसके बाद दो दिन गुज़र गए। मुलिया ने कुछ नहीं खाया, और पन्ना भी भूखी रही। रग्घू कभी इसे मनाता, कभी उसे; पर न यह उठती न वह। आखिर रग्घू ने हैरान हो कर मुलिया से पूछा—कुछ मुँह से कह, चाहती क्या है ?

मुलिया ने धरती को सम्बोधित करके कहा—मैं कुछ नहीं चाहती, तू मुझे मेरे घर पहुँचा दे।

रग्घू—अच्छा उठ, बना खा। पहुँचा दूँगा।

मुलिया ने रग्घू की ओर आँखें उठाईं। रग्घू उसकी सूरत देख कर डर गया। वह माधुर्य, वह मोहकता, वह लावण्य गायब हो गया था। दाँत निकल आए थे, आँखें फट गई थीं और नथुने फड़क रहे थे। अंगारे की-सी लाल आँखों से देख कर बोली—अच्छा, तो काकी ने यह सलाह दी है, यह मन्त्र पढ़ाया है ? तो यहाँ ऐसी कच्ची नहीं हूँ। तुम दोनों की छाती पर मूँग दलूँगी। हो किस फेर में?

रग्घू—अच्छा, तो मूँग ही दल लेना। कुछ खा-पी लेगी, तभी तो मूँग दल सकेगी?

मुलिया—अब तो तभी मुँह में पानी डालूँगी, जब घर अलग हो जाएगा। बहुत झेल चुकी, अब नहीं झेला जाता।

रग्घू सन्नाटे में आ गया। एक मिनट तक तो उसके मुँह से आवाज़ ही न निकली। अलग होने की उसने स्वप्न में भी कल्पना न की थी। उसने गाँव में दो-चार परिवारों को अलग होते देखा था। वह खूब जानता था, रोटी के साथ लोगों के हृदय भी अलग हो जाते हैं। अपने हमेशा के लिए ग़ैर हो जाते हैं। फिर उनमें वही नाता रह जाता है, जो गाँव के और आदमियों में। रग्घू ने मन में ठान लिया था कि इस विपत्ति को घर न आने दूँगा; मगर होनहार के सामने उसकी एक न चली। आह ! मेरे मुँह में कालिख लगेगी। दुनिया यही कहेगी कि बाप के मर जाने पर दस साल भी एक में निबाह न हो सका। फिर किससे अलग हो जाऊँ? जिनको गोद में खिलाया, जिनको बच्चों की तरह पाला, जिनके लिए तरह-तरह के कष्ट झेले, उन्हीं से अलग हो जाऊँ? अपने प्यारों को घर से निकाल बाहर करूँ? उसका गला फँस गया। काँपते हुए स्वर में बोला—तू क्या चाहती है कि मैं अपने भाइयों से अलग हो जाऊँ ? भला सोच तो; कहीं मुँह दिखाने लायक रहूँगा ?

मुलिया—तो मेरा इन लोगों के साथ निबाह न होगा।

रग्घू—तो तू अलग हो जा। मुझे अपने साथ क्यों घसीटती है।

मुलिया—तो मुझे क्या तुम्हारे घर में मिठाई मिलती है, मेरे लिए क्या संसार में जगह नहीं है ?

रग्घू—तेरी जैसी मर्ज़ी, जहाँ चाहे रह। मैं अपने घरवालों से अलग नहीं हो सकता। जिस दिन इस घर में दो चूल्हे जलेंगे, उस दिन मेरे कलेजे के दो टुकड़े हो जाएँगे। मैं यह चोट नहीं सह सकता। तुझे जो तकलीफ़ हो, वह मैं दूर कर सकता हूँ। माल-असबाब की मालकिन तू है ही, अनाज-पानी तेरे ही हाथ है, अब रह क्या गया है ? अगर कुछ काम-धन्धा करना नहीं चाहती, मत कर। भगवान ने मुझे समाई दी होती, तो तुझे तिनका तक उठाने न देता। तेरे यह सुकुमार हाथ-पाँव मेहनत-मजूरी करने के लिए बनाये ही नहीं गए हैं; मगर क्या करूँ, अपना कुछ बस ही नहीं है। फिर भी तेरा जी कोई काम करने को न चाहे, मत कर; मगर मुझसे अलग होने को न कह, तेरे पैरों पड़ता हूँ।

मुलिया ने सिर से आंचल खिसकाया और ज़रा समीप आ कर बोली—मैं काम करने से नहीं डरती, न बैठे-बैठे खाना चाहती हूँ; मगर मुझसे किसी की धौंस नहीं सही जाती। तुम्हारी ही काकी घर का काम-काज करती हैं, तो अपने लिए करती हैं, अपने बाल-बच्चों के लिए करती हैं। मुझ पर कुछ एहसान नहीं करतीं। फिर मुझ पर धौंस क्यों जमाती हैं? उन्हें अपने बच्चे प्यारे होंगे, मुझे तो तुम्हारा आसरा है। मैं अपनी आँखों से यह नहीं देख सकती कि सारा घर तो चैन करे, ज़रा-ज़रा से बच्चे तो दूध पीयें, और जिसके बल-बूते पर गृहस्थी थमी हुई है, वह मट्ठे को तरसे। कोई उसको पूछने वाला न हो। ज़रा अपना मुँह तो देखो, कैसे सूरत निकल आई है? औरों के तो चार बरस में अपने पट्ठे तैयार हो जाएँगे। तुम तो दस साल में खाट पर पड़ जाओगे। बैठ जाओ, खड़े क्यों हो ? क्या मार कर भागोगे ! मैं तुम्हें ज़बरदस्ती न बाँध लूँगी। जानती कि ऐसे निर्मोहिये से पाला पड़ेगा, तो इस घर में भूल से न आती। आती भी तो मन न लगाती, मगर अब तो मन तुमसे लग गया। घर भी जाऊँ, तो मन यहाँ ही रहेगा। और तुम जो हो, मेरी बात नहीं पूछते।

मुलिया की ये रसीली बातें रग्घू पर कोई असर न डाल सकीं। वह उसी रुखाई से बोला—मुलिया, मुझसे यह न होगा। अलग होने का ध्यान करते ही मेरा मन न जाने कैसा हो जाता है। यह चोट मुझसे न सही जाएगी।

मुलिया ने परिहास करके कहा—तो चूड़ियाँ पहन कर अन्दर बैठो न! लाओ, मैं मूँछें लगा लूँ। मैं तो समझती थी कि तुममें भी कुछ कस-बल है। अब देखती हूँ, तो निरे मिट्टी के लोंदे हो।

पन्ना दालान में खड़ी दोनों की बातचीत सुन रही थी। अब उससे न रहा गया। सामने आ कर रग्घू से बोली—जब वह अलग होने पर तुली हुई है, फिर तुम

क्यों उसे ज़बरदस्ती मिलाए रखना चाहते हो ? तुम उसे ले कर रहो, हमारे भगवान मालिक हैं। जब महतो मर गए थे, और कहीं पत्ती की भी छाँह न थी, जब उस वक्त भगवान ने निबाह दिया, तो अब क्या डर ? अब तो भगवान की दया से तीनों लड़के सयाने हो गए हैं। अब कोई चिन्ता नहीं।

रग्घू ने आँसू भरी आँखों से पन्ना को देख कर कहा—काकी, तू भी पागल हो गई है क्या ? जानती नहीं, दो रोटियाँ होते ही दो मन हो जाते हैं?

पन्ना—जब वह मानती ही नहीं, तब तुम क्या करोगे ? भगवान की यही मर्ज़ी होगी, तो कोई क्या करेगा? परारब्ध में जितने दिन एक साथ रहना लिखा था, उतने दिन रहे, अब उसकी यही मर्ज़ी है, तो यही सही। तुमने मेरे बाल-बच्चों के लिए जो कुछ किया, वह मैं भूल नहीं सकती। तुमने इनके सिर पर हाथ न रक्खा होता तो आज इनकी न जाने क्या गति होती, न जाने किसके द्वार पर ठोकरें खाते होते, न जाने कहाँ-कहाँ भीख माँगते फिरते? तुम्हारा जस मरते दम तक गाऊँगी, अगर मेरी खाल तुम्हारे जूते बनाने के काम आए, तो खुशी से दे दूँ। चाहे तुमसे अलग हो जाऊँ, पर जिस घड़ी तुम पुकारोगे, कुत्ते की तरह दौड़ी आऊँगी। यह भूल कर भी न सोचना कि तुमसे अलग हो कर मैं तुम्हारा बुरा चेतूँगी। जिस दिन तुम्हारा अनभल मेरे मन में आएगा, उसी दिन विष खा कर मर जाऊँगी। भगवान करे, तुम दूधों नहावो, पूतों फलो। मरते दम तक यही असीस मेरे रोएँ-रोएँ से निकलती रहेगी। और अगर लड़के भी अपने बाप के हैं, तो मरते दम तुम्हारा पोस मानेंगे।

यह कह कर पन्ना रोती हुई वहाँ से चली गई। रग्घू वहीं मूर्ति की तरह खड़ा रहा। आसमान की ओर टकटकी लगी थी और आँखों से आँसू बह रहे थे।

पन्ना की बातें सुन कर मुलिया समझ गई कि अब अपने पौ-बारह हैं। चटपट उठी, घर में झाड़ू लगाया, चूल्हा जलाया और कुएँ से पानी लाने चली। उसकी टेक पूरी हो गई थी।

गाँव में स्त्रियों के दो दल होते हैं—एक बहुओं का, दूसरा सासों का। बहुएँ सलाह और सहानुभूति के लिए अपने दल में जाती हैं, सासें अपने दल में। दोनों की पंचायतें अलग होती हैं। मुलिया को कुएँ पर दो-तीन बहुएँ मिल गईं। एक ने पूछा—आज तो तुम्हारी बुढ़िया बहुत रो-धो रही थी।

मुलिया ने विजय के गर्व से कहा—इतने दिनों से घर की मालकिन बनी हुई हैं, राज-पाट छोड़ते किसे अच्छा लगता है? बहन, मैं उनका बुरा नहीं चाहती; लेकिन एक आदमी की कमाई में कहाँ तक बरकत होगी? मेरे भी तो यही खाने-पीने, पहनने-ओढ़ने के दिन है। अभी उनके पीछे मरो, फिर बाल-बच्चे हो जाएँ, उनके

पीछे मरो। सारी ज़िन्दगी रोते ही कट जाए।

एक बहू–बुढ़िया यही चाहती है कि यह बस जन्म भर लौंडी बनी रहे। मोटा-झोटा खाए और पड़ी रहे।

दूसरी बहू–किस भरोसे पर कोई मरे। अपने लड़के तो बात नहीं पूछते, पराये लड़कों का क्या भरोसा ? कल इनके हाथ-पाँव हो जाएँगे, फिर कौन पूछता है? अपनी-अपनी मेहरियों का मुँह देखेंगे। पहले से ही फटकार देना अच्छा है। फिर तो कोई कलंक न होगा।

मुलिया पानी ले कर गई, खाना बनाया और रग्घू से बोली–'जाओ, नहा आओ। रोटी तैयार है।'

रग्घू ने मानो सुना ही नहीं। सिर पर हाथ रख कर द्वार की तरफ ताकता रहा।

मुलिया–क्या कहती हूँ, कुछ सुनाई देता है ? रोटी तैयार है, जाओ नहा आओ।

रग्घू–सुन तो रहा हूँ, क्या बहरा हूँ ? रोटी तैयार है, तो जा कर खा ले। मुझे भूख नहीं है।

मुलिया ने फिर कुछ नहीं कहा। जा कर चूल्हा बुझा दिया, रोटियाँ उठा कर छींके पर रख दीं और मुँह ढाँक कर लेट रही।

ज़रा देर में पन्ना आ कर बोली–खाना तो तैयार है, नहा-धोकर खा लो ! वह भी तो भूखी होगी ?

रग्घू ने झुँझला कर कहा–काकी, तू घर में रहने देगी कि मुँह में कालिख लगा कर कहीं निकल जाऊँ ? खाना तो खाना ही है, आज न खाऊँगा, कल खाऊँगा; लेकिन अभी मुझसे न खाया जाएगा। केदार क्या अभी मदरसे से नहीं आया ?

पन्ना–अभी तो नहीं आया, आता ही होगा।

पन्ना समझ गई कि जब तक वह खाना बना कर लड़कों को न खिलाएगी और खुद न खाएगी, रग्घू न खाएगा। इतना ही नहीं, उसे रग्घू से लड़ाई करनी पड़ेगी, उसे जली-कटी सुनानी पड़ेगी, उसे यह दिखाना पड़ेगा कि मैं ही उससे अलग होना चाहती हूँ, नहीं तो वह इसी चिन्ता में घुल-घुलकर प्राण दे देगा। यह सोच कर उसने अलग चूल्हा जलाया और खाना बनाने लगी। इतने में केदार और खुन्नू मदरसे से आ गए। पन्ना ने कहा–'आओ बेटा, खा लो रोटी तैयार है।'

केदार ने पूछा–भइया को बुला लूँ न ?

पन्ना–तुम आ कर खा लो। उनकी रोटी बहू ने अलग बनाई है।

खुन्नू–जा कर भइया से पूछ न आऊँ ?

पन्ना–जब उनका जी चाहेगा, खाएँगे। तू बैठ कर खा, तुझे इन बातों से क्या मतलब ? जिसका जी चाहेगा, खाएगा, जिसका जी न चाहेगा न खाएगा। जब

वह और उसकी बीवी अलग रहने पर तुले हैं, तो कौन मनाए ?

केदार–तो क्या अम्माँजी, क्या हम अलग घर में रहेंगे ?

पन्ना–उनका जी चाहे एक घर में रहें, जी चाहे आँगन में दीवार डाल लें।

खुन्नू ने दरवाज़े पर आ कर झाँका, सामने फूस की झोपड़ी थी। वहीं खाट पर पड़ा रग्घू नारियल पी रहा था।

खुन्नू–भइया तो अभी नारियल लिए बैठे हैं।

पन्ना–जब जी चाहेगा खाएँगे।

केदार–भइया ने भाभी को डाँटा नहीं ?

मुलिया अपनी कोठरी में पड़ी सुन रही थी। बाहर आ कर बोली–भइया ने तो नहीं डाँटा, अब तुम आ कर डाँटो।

केदार के चेहरे का रंग उड़ गया। फिर ज़बान न खोली। तीनों लड़कों ने खाना खाया और बाहर निकले। लू चलने लगी थी। आम के बाग में गाँव के लड़के-लड़कियाँ हवा गिरे हुए आम चुन रहे थे। केदार ने कहा–आज हम भी आम चुनने चलें, खूब आम गिर रहे हैं।

खुन्नू–दादा जी बैठे हैं...

लछमन–मैं न जाऊँगा, दादा घुड़केंगे।

केदार–वह तो अब अलग हो गए।

लछमन–तो अब हमको कोई मारेगा, तब भी दादा न बोलेंगे ?

केदार–वाह, तब क्यों न बोलेंगे ?

रग्घू ने तीनों लड़कों को दरवाज़े पर खड़े देखा, पर कुछ बोला नहीं। पहले तो वह घर से बाहर निकलते ही उन्हें डाँट बैठता था; पर आज वह मूर्ति के समान निश्चल बैठा रहा। अब लड़कों को कुछ साहस हुआ। कुछ दूर और आगे बढ़े, रग्घू अब भी न बोला, कैसे बोले। वह सोच रहा था, काकी ने लड़कों को खिला-पिला दिया, मुझसे पूछा तक नहीं। क्या उसकी आँखों पर भी परदा पड़ गया है; अगर मैंने लड़कों को पुकारा और वह न आए तो ? मैं उनको मार-पीट तो सकूँगा। लू में सब-के-सब मारे-मारे फिरेंगे। कहीं बीमार न पड़ जाएँ। उसका दिल मसोस कर रह जाता था; लेकिन मुँह से कुछ कह न सकता था। लड़कों ने देखा कि यह बिलकुल नहीं बोलते, तो निर्भय हो कर चल पड़े।

सहसा मुलिया ने आ कर कहा–अब तो उठोगे कि अब भी नहीं ? जिनके नाम पर फाका कर रहे हो, उन्होंने मज़े से लड़कों को खिलाया और आप खाया, अब आराम से सो रही हैं। 'मोर पिया मोरी बात न पूछें मोर सुहागिन नाँव।' एक भी तो मुँह से न फूटा कि भइया, खा लो।

रग्घू को इस समय मर्मान्तक पीड़ा हो रही थी। मुलिया के इन कठोर शब्दों

ने घाव पर नमक छिड़क दिया। दुःखित नेत्रों से देख कर बोला—तेरी जो मर्ज़ी थी, वही तो हुआ। अब जा ढोल बजा !

मुलिया—नहीं, तुम्हारे लिए थाली परोसे बैठी हैं !

रग्घू—मुझे चिढ़ा मत। तेरे पीछे मैं भी बदनाम हो रहा हूँ। जब तू किसी की हो कर नहीं रहना चाहती; तो दूसरे को क्या ग़रज़ है, जो तेरी खुशामद करे? जाकर काकी से पूछ, लड़के आम चुनने गए हैं, उन्हें पकड़ लाऊँ?

मुलिया अँगूठा दिखा कर बोली—यह जाता है ! तुम्हें सौ बार ग़रज़ हो जाकर पूछो।

इतने में पन्ना भी भीतर से निकल आई। रग्घू ने पूछा—लड़के बगीचे में चले गए काकी, लू चल रही है।

पन्ना—अब उनका कौन पुछत्तर है? बगीचे में जाएँ, पेड़ पर चढ़ें, पानी में डूबें। मैं अकेली क्या-क्या करूँ ?

रग्घू—जा कर पकड़ लाऊँ ?

पन्ना—जब तुम्हें अपने मन से नहीं जाना है, तो फिर मैं जाने को क्यों कहूँ ? तुम्हें रोकना होता, तो रोक न देते ? तुम्हारे सामने ही तो गए होंगे।

पन्ना की बात पूरी न हुई थी कि रग्घू ने नारियल कोने में रख दिया और बाग की तरफ चला।

रग्घू लड़कों को ले कर बाग से लौटा, तो देखा, मुलिया अभी तक झोपड़े में खड़ी है। बोला—तू जा कर खा क्यों नहीं लेती? मुझे तो इस बेला भूख नहीं है।

मुलिया ऐंठ कर बोली—हाँ, भूख क्यों लगेगी? भाइयों ने खाया, वह तुम्हारे पेट में पहुँच ही गया होगा।

रग्घू ने दाँत पीस कर कहा—मुझे जला मत मुलिया, नहीं तो अच्छा न होगा। खाना कहीं भागा नहीं जाता। एक बेला न खाऊँगा, तो मर न जाऊँगा? क्या तू समझती है, घर में आज कोई छोटी बात हो गई है ? तूने घर में चूल्हा नहीं जलाया, मेरे कलेजे में आग लगाई है। मुझे घमंड था कि और चाहे कुछ हो जाए, पर मेरे घर में फूट का रोग न आने पाएगा, पर तूने मेरा घमंड चूर कर दिया। परारब्ध की बात है।

मुलिया तिनक कर बोली—सारा मोह-छोह तुम्हीं को है कि और किसी को भी है ? मैं तो किसी को तुम्हारी तरह बिसूरते नहीं देखती।

रग्घू ने ठण्डी साँस खींच कर कहा—मुलिया, घाव पर नोन न छिड़क। तेरे ही कारन मेरी पीठ में धूल लग रही है। मुझे इस गृहस्थी का मोह न होगा, तो किसे

होगा ? मैंने ही तो इसे मर-मर जोड़ा। जिनको गोद में खेलाया, वही अब मेरे पट्टीदार होंगे। जिन बच्चों को मैं डाँटता था, उन्हें आज कड़ी आँखों से भी नहीं देख सकता। मैं उनके भले के लिए भी कोई बात करूँ, तो दुनिया यही कहेगी कि यह अपने भाइयों को लूटे लेता है। जा, मुझे छोड़ दे, अभी मुझसे कुछ न खाया जाएगा।

मुलिया—मैं क़सम रखा दूँगी, नहीं चुपके से चले चलो।

रग्घू—देख, अब भी कुछ नहीं बिगड़ा है। अपनी हठ छोड़ दे।

मुलिया—हमारा ही लहू पिये, जो खाने न उठे।

रग्घू ने कानों पर हाथ रख कर कहा—यह तूने क्या किया मुलिया ? मैं तो उठ ही रहा था। चल खा लूँ। नहाने-धोने कौन जाए, लेकिन इतना कहे देता हूँ कि चाहे चार की जगह छः रोटियाँ खा जाऊँ, चाहे तू मुझे घी के मटके में ही डुबो दे; पर यह दाग मेरे दिल से न मिटेगा।

मुलिया—दाग-साग सब मिट जाएगा। पहले सबको ऐसा ही लगता है। देखते नहीं हो, उधर कैसी चैन की बंसी बज रही है? वह तो मना ही रही थी किसी तरह यह सब अलग हो जाएँ। अब वह पहले की-सी चाँदी तो नहीं है कि जो कुछ घर में आवे, सब ग़ायब ! अब क्यों हमारे साथ रहने लगीं?

रग्घू ने आहत स्वर में कहा—इसी बात का तो मुझे ग़म है। काकी से ऐसी आशा न थी।

रग्घू खाने बैठा, तो कौर विष के घूँट-सा लगता था। जान पड़ता था, रोटियाँ भूसी की हैं। दाल पानी-सी लगती थी। पानी भी कंठ के नीचे न उतरता था। दूध की तरफ देखा तक नहीं। दो-चार ग्रास खा कर उठ आया, जैसे किसी प्रियजन के श्राद्ध का भोजन हो।

रात का भोजन भी उसने इसी तरह किया। भोजन क्या किया, कसम पूरी की। रात-भर उसका चित्त उद्विग्न रहा। एक अज्ञात शंका उसके मन पर छाई हुई थी, जैसे भोला महतो द्वार पर बैठा रो रहा हो। वह कई बार चौंक कर उठा। ऐसा जान पड़ा, भोला उसकी ओर तिरस्कार की आँखों से देख रहा है।

वह दोनों जून का भोजन करता था; पर जैसे शत्रु के घर। भोला की शोकमग्न मूर्ति आँखों से न उतरती थी। रात को उसे नींद न आती। वह गाँव में निकलता, तो इस तरह मुँह चुराए, सिर झुकाए, मानो गोहत्या की हो।

पाँच साल गुज़र गए। रग्घू अब दो लड़कों का बाप था। आँगन में दीवार खिंच गई थी, खेतों में मेड़ें डाल दी गई थीं, और बैल-बधिये बाँट लिए गए थे। केदार ने पढ़ना छोड़ दिया था और खेती का काम करता था। खुन्नू गाय चराता था। केवल लछमन

अब तक मदरसे जाता था। पन्ना और मुलिया—दोनों एक दूसरे की सूरत से जलती थीं। मुलिया के दोनों लड़के बहुधा पन्ना के पास ही रहते। वही उन्हें उबटन मलती, वही काजल लगाती, वही गोद में लिए फिरती; मगर मुलिया के मुँह से अनुग्रह का एक शब्द भी न निकलता। न पन्ना ही इसकी इच्छुक थी। वह जो कुछ करती, निर्व्याज भाव से करती थी। उसके दो-दो लड़के कमाऊ हो गए थे। लड़की खाना पका लेती थी। वह खुद ऊपर का काम-काज कर लेती। इसके विरुद्ध रग्घू अपने घर का अकेला था, वह भी दुर्बल, अशक्त और जवानी में बूढ़ा। अभी आयु तीस वर्ष से अधिक न थी; लेकिन बाल खिचड़ी हो गए थे, कमर भी झुक चली थी। खाँसी ने जीर्ण कर रक्खा था। देख कर दया आती थी। और खेती पसीने की वस्तु है। खेतों की जैसी सेवा होनी चाहिए, वह उससे न हो पाती। फिर अच्छी फसल कहाँ से आती ! कुछ ऋणी भी हो गया था। वह चिन्ता और भी मारे डालती थी। चाहिए तो यह था कि अब उसे कुछ आराम मिलता। इतने दिनों के निरन्तर परिश्रम के बाद सिर का बोझ कुछ हल्का होता ; किन्तु मुलिया की स्वार्थपरता और अदूरदर्शिता ने लहलहाती हुई खेती उजाड़ दी; अगर सब एकसाथ रहते, तो वह अब तक पेंशन पा जाता, मज़े से द्वार पर बैठा हुआ नारियल पीता। भाई काम करता, वह सलाह देता। महतो बना फिरता। कहीं किसी के झगड़े चुकाता। कहीं साधु-सन्तों की सेवा करता; पर वह अवसर हाथ से निकल गया। अब तो चिन्ताभार दिन-दिन बढ़ता जाता था।

आखिर उसे धीमा-धीमा ज्वर रहने लगा। हृदय-शूल, चिन्ता, कड़े परिश्रम और अभाव का यही पुरस्कार है। पहले कुछ परवाह न की। समझा, आप ही अच्छा हो जाएगा; मगर कमज़ोरी बढ़ने लगी, तो दवा की फिक्र हुई। जिसने जो बता दिया, खा लिया। डाक्टरों और वैद्यों के पास जाने की सामर्थ्य कहाँ ? और सामर्थ्य भी होती, तो रुपये खर्च कर देने के सिवा और नतीजा ही क्या था? जीर्ण ज्वर की औषधि आराम है और पुष्टिकारक भोजन। न वह बसन्त-मालती का सेवन कर सकता था और न आराम से बैठ कर बलवर्धक भोजन कर सकता था, कमज़ोरी बढ़ती ही गई।

पन्ना को अवसर मिलता तो वह आ कर उसे तसल्ली देती; लेकिन उसके लड़के अब रग्घू से बात भी न करते थे। दवा-दारू तो क्या करते, उसका और मज़ाक उड़ाते। भैया समझते थे कि हम लोगों से अलग हो कर सोने की ईंट रख लेंगे। भाभी भी समझती थीं, सोने से लद जाऊँगी। अब देखें, कौन पूछता है? सिसक-सिसक कर न मरें, तो कह देना। बहुत 'हाय ! हाय !' भी अच्छी नहीं होती। आदमी उतना काम करे, जितना हो सके। यह नहीं कि रुपये के लिए जान ही दे दे।

पन्ना कहती—रग्घू बेचारे का कौन दोष है?

केदार कहता—चल, मैं खूब समझता हूँ। भैया की जगह मैं होता तो डंडे से बात करता। मजाल थी कि औरत यों ज़िद करती? यह सब भैया की चाल थी। सब सधी-बदी बात थी।

आखिर एक दिन रग्घू का टिमटिमाता हुआ जीवन-दीपक बुझ गया। मौत ने सारी चिन्ताओं का अन्त कर दिया।

अन्त समय उसने केदार को बुलाया था, पर केदार को ऊख में पानी देना था। डरा, कहीं दवा के लिए न भेज दें। बहाना बना दिया।

मुलिया का जीवन अन्धकारमय हो गया। जिस भूमि पर उसने मंसूबों की दीवार खड़ी की थी, अब नीचे से खिसक गई थी। जिस खूँटे के बल पर वह उछल रही थी, वह उखड़ गया था। गाँववालों ने कहना शुरू किया, ईश्वर ने कैसा तत्काल दण्ड दिया। बेचारी मारे लाज के अपने बच्चों को लिए रोया करती। गाँव में किसी को मुँह दिखाने का साहस न होता। प्रत्येक प्राणी उससे यह कहता हुआ मालूम होता था—'मारे घमंड के धरती पर पाँव न रखती थी, आखिर सज़ा मिल गई कि नहीं?' अब इस घर में कैसे निबाह होगा ? वह किसके सहारे रहेगी ? किसके बल पर खेती होगी। बेचारा रग्घू बीमार था, दुर्बल था; पर जब तक जीता रहा, अपना काम करता रहा। मारे कमज़ोरी के कभी-कभी सिर पकड़ कर बैठ जाता, और ज़रा दम ले कर फिर हाथ चलाने लगता था। सारी खेती तहस-नहस हो रही थी, उसे कौन सँभालेगा ? अनाज की डाँठें खलिहान में पड़ी थीं, ऊख अलग सूख रही थी। वह अकेली क्या-क्या करेगी ? फिर सिंचाई अकेले आदमी का तो काम नहीं। तीन-तीन मजूरों को कहाँ से लाए ? गाँव में मजूर थे ही कितने ? आदमियों के लिए खींचातानी हो रही थी। क्या करे, क्या न करे ?

इस तरह तेरह दिन बीत गए। क्रिया-कर्म से छुट्टी मिली। दूसरे ही दिन सबेरे मुलिया ने दोनों बालकों को गोद में उठाया और अनाज माँड़ने चली। खलिहान में पहुँच कर उसने एक को तो पेड़ के नीचे घास के नर्म बिस्तर पर सुला दिया और दूसरे को वहीं बैठा कर अनाज माँड़ने लगी। बैलों को हाँकती थी और रोती थी। क्या इसीलिए भगवान ने उसको जन्म दिया था ? देखते- देखते क्या-से-क्या हो गया ? इन्हीं दिनों पिछले साल भी अनाज माँड़ा गया था, वह रग्घू के लिए लोटे में शरबत और मटर की घुँघनी ले कर आई थी। आज कोई उसके न आगे है न पीछे ! लेकिन किसी की लौंडी तो नहीं हूँ ? उसे अलग होने का अब भी पछतावा न था।

एकाएक छोटे बच्चे का रोना सुन कर उसने उधर ताका, तो बड़ा लड़का उसे चुमकार कर कह रहा था—बैया, तुप रहो, तुप रहो। धीरे-धीरे उसके मुँह पर हाथ

फेरता था और चुप करने के लिए विकल था। जब बच्चा किसी तरह न चुप हुआ तो वह खुद उसके पास लेट गया और उसे छाती से लगा कर प्यार करने लगा; मगर जब यह प्रयत्न भी सफल न हुआ, तो वह रोने लगा।

उसी समय पन्ना दौड़ी आई और छोटे बालक को गोद में उठा कर प्यार करती हुई बोली—लड़कों को मुझे क्यों न दे आई बहू ? हाय ! हाय ! अभी बेचारा धरती पर पड़ा लोट रहा है। जब मैं मर जाऊँ, तो जो चाहे करना, अभी तो जीती हूँ। अलग हो जाने से बच्चे तो नहीं अलग हो गए।

मुलिया ने कहा—तुम्हें भी तो छुट्टी नहीं थी अम्माँ, क्या करती?

पन्ना—तो तुझे यहाँ आने की ऐसी क्या जल्दी थी? डाँठ माँड़ न जाती तीन-तीन लड़के तो हैं, और किस दिन काम आएँगे? केदार तो कल ही माँड़ने को कह रहा था; पर मैंने कहा—पहले ऊख में पानी दे लो; फिर अनाज माँड़ना। मँड़ाई तो दस दिन बाद भी हो सकती है, ऊख की सिंचाई न हुई तो सूख जाएगी। कल से पानी चढ़ा हुआ है, परसों तक खेत पुर जाएगा। तब मँड़ाई हो जाएगी। तुझे विश्वास न आवेगा, जब से भैया मरे हैं, केदार को बड़ी चिंता हो गई है। दिन में सौ-सौ बार पूछता है, भाभी बहुत रोती तो नहीं हैं ? देख, लड़के भूखे तो नहीं हैं? कोई लड़का रोता है, तो दौड़ा आता है देख अम्माँ क्या हुआ, बच्चा क्यों रोता है ? कल रो कर बोला—अम्माँ, मैं जानता कि भैया इतनी जल्दी चले जाएँगे, तो उनकी सेवा कर लेता। कहाँ जगाए-जगाए उठता था, अब देखती हो; पहर रात से उठ कर काम में लग जाता है। खुन्नू कल ज़रा-सा बोला—पहले हम अपनी ऊख में पानी दे लेंगे, तब भैया की ऊख में देंगे। उस पर केदार ने ऐसा डाँटा कि खुन्नू के मुँह से फिर बात न निकली। बोला—कैसी तुम्हारी और कैसी हमारी ऊख? भैया ने जिला न लिया होता, तो आज या तो मर गए होते या कहीं भीख माँगते। आज तुम बड़े ऊख वाले बने हो ! यह उन्हीं का पुन-परताप है कि आज भले आदमी बने बैठे हो। परसों रोटी खाने को बुलाने गई; तो मड़ैया में बैठा रो रहा था। पूछा—क्यों रोता है ? तो बोला—अम्माँ, भैया इसी 'अलग्योझे' के दुख से मर गए, नहीं अभी उनकी उम्र ही क्या थी। यह उस बखत न सूझा; नहीं उनसे क्यों बिगाड़ करते।

यह कह कर पन्ना ने मुलिया की ओर संकेतपूर्ण दृष्टि से देख कर कहा—तुम्हें वह अलग न रहने देगा बहू; कहता है, भैया हमारे लिए मर गए तो हम भी उनके बाल-बच्चों के लिए मर जाएँगे?

मुलिया की आँखों से आँसू जारी थे, पन्ना की बातों में आज सच्ची वेदना, सच्ची सांत्वना, सच्ची सद्‌चिन्ता भरी हुई थी। मुलिया का मन कभी उसकी ओर इतना आकर्षित न हुआ था। जिनसे उसे व्यंग्य और प्रतिकार का भय था, वे इतने दयालु, इतने शुभेच्छु हो गए थे।

आज पहली बार उसे अपनी स्वार्थपरता पर लज्जा आई, पहली बार आत्मा ने अलग्योझे पर धिक्कारा !

इस घटना को हुए पाँच साल गुज़र गए। पन्ना आज बूढ़ी हो गई है। केदार घर का मालिक है। मुलिया घर की मालकिन है। खुन्नू और लछमन के विवाह हो चुके हैं; मगर केदार अभी तक क्वाँरा है। कहता है—मैं विवाह न करूँगा। कई जगहों से बातचीत हुई, कई सगाइयाँ आईं; पर उसने हामी न भरी। पन्ना ने कम्पे लगाए, जाल फैलाए; पर वह न फँसा। कहता—औरतों से कौन सुख? मेहरिया घर में आई और आदमी का मिज़ाज बदला। फिर जो कुछ है, वह मेहरिया है। माँ-बाप, भाई-बन्धु सब पराये हैं। जब भैया-जैसे आदमी का मिज़ाज बदल गया, तो फिर दूसरों की क्या गिनती? दो लड़के भगवान के दिये हैं, और क्या चाहिए? बिना ब्याह किये दो बेटे मिल गए, इससे बढ़ कर और क्या होगा? जिसे अपना समझो, वह अपना है, जिसे ग़ैर समझो, वह ग़ैर है।

एक दिन पन्ना ने कहा—तेरा वंश कैसे चलेगा ?

केदार—मेरा वंश तो चल रहा है। दोनों लड़कों को अपना ही समझता हूँ।

पन्ना—समझने ही पर है, तो तू मुलिया को भी अपनी मेहरिया समझता होगा?

केदार ने झेंपते हुए कहा—तुम तो गाली देती हो अम्माँ !

पन्ना—गाली कैसी, तेरी भाभी ही तो है।

केदार—मेरे जैसे लट्ठ-गँवार को वह क्या पूछने लगी !

पन्ना—तू करने को कह, तो मैं उससे पूछूँ ?

केदार—नहीं मेरी अम्माँ, कहीं रोने-गाने न लगे।

पन्ना—तेरा मन हो, तो मैं बातों-बातों में उसके मन की थाह लूँ ?

केदार—मैं नहीं जानता, जो चाहे कर।

पन्ना केदार के मन की बात समझ गई। लड़के का दिल मुलिया पर आया हुआ है; पर संकोच और भय के मारे कुछ नहीं कहता।

उसी दिन उसने मुलिया से कहा—क्या करूँ बहू, मन की लालसा मन में ही रही जाती है। केदार का घर भी बस जाता; तो मैं निश्चिन्त हो जाती।

मुलिया—वह तो करने ही को नहीं कहते।

पन्ना—कहता है, ऐसी औरत मिले, जो घर में मेल से रहे, तो कर लूँ।

मुलिया—ऐसी औरत कहाँ मिलेगी ? कहीं ढूँढ़ो।

पन्ना—मैंने तो ढूँढ लिया है।

मुलिया—सच ! किस गाँव की है ?

पन्ना—अभी न बताऊँगी, मुदा यह जानती हूँ कि उससे केदार की सगाई हो जाए, तो घर बस जाए और केदार की ज़िन्दगी भी सफल हो जाए। न जाने लड़की मानेगी कि नहीं !

मुलिया—मानेगी क्यों नहीं, अम्माँ? ऐसा सुन्दर, कमाऊ, सुशील वर और कहाँ मिला जाता है। उस जनम का कोई साधु-महात्मा है, नहीं तो लड़ाई-झगड़े के डर से कौन बिन ब्याहा रहता है? कहाँ रहती है, मैं जा कर उसे मना लाऊँ।

पन्ना—तू चाहे, तो मना ले। तेरे ही ऊपर है।

मुलिया—मैं आज ही चली जाऊँगी, अम्माँ ! उसके पैरों पड़ कर मना लाऊँगी।

पन्ना—बता दूँ ! वह तू ही है !

मुलिया लजा कर बोली—तुम तो अम्माँ जी, गाली देती हो।

पन्ना—गाली कैसी, देवर ही तो है।

मुलिया—मुझ जैसी बुढ़िया को वह क्यों पूछेंगे?

पन्ना—वह तुझी पर दाँत लगाये बैठा है। तेरे सिवा कोई और उसे भाती ही नहीं। डर के मारे कहता नहीं; पर उसके मन की बात मैं जानती हूँ।

वैधव्य के शोक से मुरझाया हुआ मुलिया का पीत बदन कमल की भाँति अरुण हो उठा। दस वर्षों में जो कुछ खोया था, उसी एक क्षण में मानो ब्याज के साथ मिल गया। वही लावण्य, वही विकास, वही आकर्षण, वही लोच !

दो बैलों की कथा

जानवरों में गधा सबसे ज़्यादा बुद्धिहीन समझा जाता है। हम जब किसी आदमी को परले दरजे का बेवकूफ कहना चाहते हैं, तो उसे गधा कहते हैं। गधा सचमुच बेवकूफ है, या उसके सीधेपन, उसकी निरापद सहिष्णुता ने उसे यह पदवी दे दी है, इसका निश्चय नहीं किया जा सकता। गायें सींग मारती हैं, ब्यायी हुई गाय तो अनायास ही सिंहनी का रूप धारण कर लेती है। कुत्ता भी बहुत गरीब जानवर है, लेकिन कभी-कभी उसे भी क्रोध आ ही जाता है; किन्तु गधे को कभी क्रोध करते नहीं सुना, न देखा। जितना चाहो गरीब को मारो, चाहे जैसी खराब, सड़ी हुई घास सामने डाल दो, उसके चेहरे पर कभी असन्तोष की छाया भी न दिखायी देगी। वैशाख में चाहे एकाध बार कुलेल कर लेता हो; पर हमने तो उसे कभी खुश होते नहीं देखा। उसके चेहरे पर एक स्थायी विषाद स्थायी रूप से छाया रहता है। सुख-दुःख, हानि-लाभ—किसी भी दशा में उसे बदलते नहीं देखा। ऋषियों-मुनियों के जितने गुण हैं, वे सभी उसमें पराकाष्ठा को पहुँच गए हैं; पर आदमी उसे बेवकूफ कहता है। सद्‌गुणों का इतना अनादर कहीं नहीं देखा। कदाचित् सीधापन संसार के लिए उपयुक्त नहीं है। देखिये न, भारतवासियों की अफ्रीका में क्यों दुर्दशा हो रही है ? क्यों अमरीका में उन्हें घुसने नहीं दिया जाता ? बेचारे शराब नहीं पीते, चार पैसे कुसमय के लिए बचा कर रखते हैं, जी तोड़ कर काम करते हैं, किसी से लड़ाई-झगड़ा नहीं करते, चार बातें सुन कर गम खा जाते हैं फिर भी बदनाम हैं। कहा जाता है, वे जीवन के आदर्श को नीचा करते हैं। अगर वे भी ईंट का जवाब पत्थर से देना सीख जाते, तो शायद सभ्य कहलाने लगते। जापान की मिसाल सामने है। एक ही विजय ने उसे संसार की सभ्य जातियों में गण्य बना दिया।

लेकिन गधे का एक छोटा भाई और भी है, जो उससे कम ही गधा है, और

वह है 'बैल'। जिस अर्थ में हम गधे का प्रयोग करते हैं, कुछ उसी से मिलते-जुलते अर्थ में 'बछिया के ताऊ' का भी प्रयोग करते हैं। कुछ लोग बैल को शायद बेवकूफों में सर्वश्रेष्ठ कहेंगे; मगर हमारा विचार ऐसा नहीं है। बैल कभी-कभी मारता भी है, कभी-कभी अड़ियल बैल भी देखने में आता है। और भी कई रीतियों से अपना असन्तोष प्रकट कर देता है; अतएव उसका स्थान गधे से नीचा है।

झूरी काछी के दोनों बैलों के नाम थे—हीरा और मोती। दोनों पछाईं जाति के थे—देखने में सुन्दर, काम में चौकस, डील में ऊँचे। बहुत दिनों साथ रहते-रहते दोनों में भाईचारा हो गया था। दोनों आमने-सामने या आस-पास बैठे हुए एक-दूसरे से मूक-भाषा में विचार-विनिमय करते थे। एक, दूसरे के मन की बात कैसे समझ जाता था, हम नहीं कह सकते। अवश्य ही उनमें कोई ऐसी गुप्त शक्ति थी, जिससे जीवों में श्रेष्ठता का दावा करने वाला मनुष्य वंचित है। दोनों एक-दूसरे को चाट कर और सूँघ कर अपना प्रेम प्रकट करते, कभी-कभी दोनों सींग भी मिला लिया करते थे—विग्रह के नाते से नहीं, केवल विनोद के भाव से, आत्मीयता के भाव से, जैसे दोस्तों में घनिष्ठता होते ही धौल-धप्पा होने लगता है। इसके बिना दोस्ती कुछ फुसफुसी, कुछ हलकी-सी रहती है, जिस पर ज़्यादा विश्वास नहीं किया जा सकता। जिस वक्त ये दोनों बैल हल या गाड़ी में जोत दिये जाते और गरदन हिला-हिलाकर चलते, उस वक्त हर एक की यही चेष्टा होती थी कि ज़्यादा-से-ज़्यादा बोझ मेरी ही गरदन पर रहे। दिन-भर के बाद दोपहर या सन्ध्या को दोनों खुलते, तो एक-दूसरे को चाट-चूटकर अपनी थकान मिटा लिया करते। नाँद में खली-भूसा पड़ जाने के बाद दोनों साथ उठते, साथ नाँद में मुँह डालते और साथ ही बैठते थे। एक मुँह हटा लेता, तो दूसरा भी हटा लेता था।

संयोग की बात, झूरी ने एक बार गोईं को ससुराल भेज दिया। बैलों को क्या मालूम, वे क्यों भेजे जा रहे हैं? समझे, मालिक ने हमें बेच दिया। अपना यों बेचा जाना उन्हें अच्छा लगा या बुरा, कौन जाने, पर झूरी के साले गया को घर तक गोईं ले जाने में दाँतों पसीना आ गया। पीछे से हाँकता तो दोनों दाएँ-बाएँ भागते; पगहिया पकड़ कर आगे से खींचता, तो दोनों पीछे को ज़ोर लगाते। मारता तो दोनों सींग नीचे करके हुँकारते। अगर ईश्वर ने उन्हें वाणी दी होती, तो झूरी से पूछते—तुम हम गरीबों को क्यों निकाल रहे हो ? हमने तो तुम्हारी सेवा करने में कोई कसर नहीं उठा रखी। अगर इतनी मेहनत से काम न चलता था तो और काम ले लेते। हमें तो तुम्हारी चाकरी में मर जाना कबूल था। हमने कभी दाने-चारे की शिकायत नहीं की। तुमने जो कुछ खिलाया, वह सिर झुका कर खा लिया, फिर तुमने हमें इस ज़ालिम के हाथ क्यों बेच दिया ?

संध्या समय दोनों बैल अपने नए स्थान पर पहुँचे। दिन-भर के भूखे थे, लेकिन

जब नाँद में लगाये गए, तो एक ने भी उसमें मुँह न डाला। दिल भारी हो रहा था। जिसे उन्होंने अपना घर समझ रखा था, वह आज उनसे छूट गया था। यह नया घर, नया गाँव, नए आदमी उन्हें बेगानों-से लगते थे।

दोनों ने अपनी मूक-भाषा में सलाह की, एक-दूसरे को कनखियों से देखा और लेट गए। जब गाँव में सोता पड़ गया, तो दोनों ने ज़ोर मार कर पगहे तुड़ा डाले और घर की तरफ चले। पगहे बहुत मज़बूत थे। अनुमान न हो सकता था कि कोई बैल उन्हें तोड़ सकेगा; पर इन दोनों में इस समय दूनी शक्ति आ गई थी। एक-एक झटके में रस्सियाँ टूट गईं।

झूरी प्रातःकाल सो कर उठा, तो देखा कि दोनों बैल चरनी पर खड़े हैं। दोनों की गरदनों में आधा-आधा गराँव लटक रहा है। घुटने तक पाँव कीचड़ से भरे हैं और दोनों की आँखों में विद्रोहमय स्नेह झलक रहा है।

झूरी बैलों को देख कर स्नेह से गद्‌गद हो गया। दौड़ कर उन्हें गले लगा लिया। प्रेमालिंगन और चुम्बन का वह दृश्य बड़ा ही मनोहर था।

घर और गाँव के लड़के जमा हो गए और तालियाँ बजा-बजा कर उनका स्वागत करने लगे। गाँव के इतिहास में यह घटना अभूतपूर्व न होने पर भी महत्त्वपूर्ण थी। बाल-सभा ने निश्चय किया, दोनों पशु-वीरों को अभिनन्दन-पत्र देना चाहिए। कोई अपने घर से रोटियाँ लाया, कोई गुड़, कोई चोकर, कोई भूसी।

एक बालक ने कहा—ऐसे बैल किसी के पास न होंगे।

दूसरे ने समर्थन किया—इतनी दूर से दोनों अकेले चले आए।

तीसरा बोला—बैल नहीं हैं वे, उस जनम के आदमी हैं।

इसका प्रतिवाद करने का किसी को साहस न हुआ।

झूरी की स्त्री ने बैलों को द्वार पर देखा, तो जल उठी। बोली—कैसे नमक हराम बैल हैं कि एक दिन वहाँ काम न किया; भाग खड़े हुए।

झूरी अपने बैलों पर यह आक्षेप न सुन सका—नमक हराम क्यों हैं ? चारा-दाना न दिया होगा, तो क्या करते ?

स्त्री ने रौब के साथ कहा—बस, तुम्हीं तो बैलों को खिलाना जानते हो, और तो सभी पानी पिला-पिलाकर रखते हैं।

झूरी ने चिढ़ाया—चारा मिलता तो क्यों भागते ?

स्त्री चिढ़ी—भागे इसलिए कि वे लोग तुम-जैसे बुद्धुओं की तरह बैलों को सहलाते नहीं। खिलाते हैं, तो रगड़ कर जोतते भी हैं। ये दोनों ठहरे कामचोर, भाग निकले। अब देखूँ, कहाँ से खली और चोकर मिलता है ! सूखे भूसे के सिवा कुछ न दूँगी, खाएँ चाहें मरें।

वही हुआ। मजूर को कड़ी ताकीद कर दी गई कि बैलों को खाली सूखा भूसा

दिया जाए।

बैलों ने नाँद में मुँह डाला, तो फीका-फीका। न कोई चिकनाहट, न कोई रस ! क्या खाएँ ? आशा-भरी आँखों से द्वार की ओर ताकने लगे।

झूरी ने मजूर से कहा—थोड़ी-सी खली क्यों नहीं डाल देता बे ?

'मालकिन मुझे मार ही डालेंगी।'

'चुरा कर डाल आ।'

'ना दादा, पीछे से तुम भी उन्हीं की-सी कहोगे।'

दूसरे दिन झूरी का साला फिर आया और बैलों को ले चला। अबकी उसने दोनों को गाड़ी में जोता।

दो-चार बार मोती ने गाड़ी को सड़क की खाई में गिराना चाहा; पर हीरा ने सँभाल लिया। वह ज़्यादा सहनशील था।

संध्या-समय घर पहुँच कर उसने दोनों को मोटी रस्सियों से बाँधा और कल की शरारत का मज़ा चखाया। फिर वही सूखा भूसा डाल दिया। अपने दोनों बैलों को खली, चूनी सब कुछ दी।

दोनों बैलों का ऐसा अपमान कभी न हुआ था। झूरी इन्हें फूल की छड़ी से भी न छूता था। उसकी टिटकार पर दोनों उड़ने लगते थे। यहाँ मार पड़ी। आहत-सम्मान की व्यथा तो थी ही, उस पर मिला सूखा भूसा !

नाँद की तरफ आँखें तक न उठाईं।

दूसरे दिन गया ने बैलों को हल में जोता, पर इन दोनों ने जैसे पाँव न उठाने की कसम खा ली थी। वह मारते-मारते थक गया; पर दोनों ने पाँव न उठाया। एक बार जब उस निर्दयी ने हीरा की नाक पर खूब डण्डे जमाए, तो मोती का गुस्सा काबू के बाहर हो गया। हल ले कर भागा। हल, रस्सी, जुआ, जोत—सब टूट-टाट कर बराबर हो गया। गले में बड़ी-बड़ी रस्सियाँ न होतीं, तो दोनों पकड़ाई में न आते।

हीरा ने मूक-भाषा में कहा—'भागना व्यर्थ है।'

मोती ने उत्तर दिया—'तुम्हारी तो इसने जान ही ले ली थी।'

'अबकी बड़ी मार पड़ेगी।'

'पड़ने दो, बैल का जन्म लिया है, तो मार से कहाँ तक बचेंगे ?'

'गया दो आदमियों के साथ दौड़ा आ रहा है। दोनों के हाथों में लाठियाँ हैं।'

मोती बोला—कहो तो दिखा दूँ कुछ मज़ा मैं भी? लाठी ले कर आ रहा है।

हीरा ने समझाया—नहीं भाई ! खड़े हो जाओ।

'मुझे मारेगा, तो मैं भी एक-दो को गिरा दूँगा !'

'नहीं। हमारी जाति का यह धर्म नहीं है।'

मोती दिल में ऐंठकर रह गया। गया आ पहुँचा और दोनों को पकड़ कर ले चला। कुशल हुई कि उसने इस वक्त मारपीट न की, नहीं तो मोती भी पलट पड़ता। उसके तेवर देख कर गया और उसके सहायक समझ गए कि इस वक्त टाल जाना ही मसलहत है।

आज दोनों के सामने फिर वही सूखा भूसा लाया गया। दोनों चुपचाप खड़े रहे। घर के लोग भोजन करने लगे। उस वक्त छोटी-सी लड़की दो रोटियाँ लिए निकली, और दोनों के मुँह में दे कर चली गई। उस एक रोटी से इनकी भूख तो क्या शान्त होती; पर दोनों के हृदय को मानो भोजन मिल गया। यहाँ भी किसी सज्जन का वास है। लड़की भैरो की थी। उसकी माँ मर चुकी थी। सौतेली माँ उसे मारती रहती थी, इसलिए इन बैलों से उसे एक प्रकार की आत्मीयता हो गई थी।

दोनों दिन-भर जोते जाते, डण्डे खाते, अड़ते। शाम को थान पर बाँध दिए जाते और रात को वही बालिका उन्हें दो रोटियाँ खिला जाती। प्रेम के इस प्रसाद की यह बरकत थी कि दो-दो गाल सूखा भूसा खा कर भी दोनों दुर्बल न होते थे, मगर दोनों की आँखों में, रोम-रोम में विद्रोह भरा हुआ था।

एक दिन मोती ने मूक-भाषा में कहा—'अब तो नहीं सहा जाता, हीरा !'

'क्या करना चाहते हो ?'

'एकाध को सींगों पर उठा कर फेंक दूँगा।'

'लेकिन जानते हो, वह प्यारी लड़की, जो हमें रोटियाँ खिलाती है, उसी की लड़की है, जो इस घर का मालिक है। यह बेचारी अनाथ न हो जाएगी ?'

'तो मालकिन को न फेंक दूँ? वही तो उस लड़की को मारती है।'

'लेकिन औरत जात पर सींग चलाना मना है, यह भूले जाते हो।'

'तुम तो किसी तरह निकलने ही नहीं देते। बताओ, तुड़ा कर भाग चलें?'

'हाँ, यह मैं स्वीकार करता हूँ, लेकिन इतनी मोटी रस्सी टूटेगी कैसे ?'

'इसका एक उपाय है। पहले रस्सी को थोड़ा-सा चबा लो। फिर एक झटके में जाती है।'

रात को जब बालिका रोटियाँ खिला कर चली गई, दोनों रस्सियाँ चबाने लगे, पर मोटी रस्सी मुँह में न आती थी। बेचारे बार-बार ज़ोर लगा कर रह जाते थे।

सहसा घर का द्वार खुला और वही लड़की निकली। दोनों सिर झुका कर उसका हाथ चाटने लगे। दोनों की पूँछें खड़ी हो गईं। उसने उनके माथे सहलाये और बोली—खोले देती हूँ। चुपके-से भाग जाओ, नहीं तो यहाँ लोग मार डालेंगे। आज घर में सलाह हो रही है कि इनकी नाकों में नाथ डाल दी जाएँ।

उसने गराँव खोल दिया, पर दोनों चुपचाप खड़े रहे।

मोती ने अपनी भाषा में पूछा—अब चलते क्यों नहीं?

हीरा ने कहा—चलें तो लेकिन कल इस अनाथ पर आफत आएगी। सब इसी पर सन्देह करेंगे। सहसा बालिका चिल्लायी—दोनों फूफावाले बैल भागे जा रहे हैं। ओ दादा ! दादा ! दोनों बैल भागे जा रहे हैं, जल्दी दौड़ो।

गया हड़बड़ा कर भीतर से निकला और बैलों को पकड़ने चला। वे दोनों भागे। गया ने पीछा किया। और भी तेज़ हुए। गया ने शोर मचाया। फिर गाँव के कुछ आदमियों को भी साथ लेने के लिए लौटा। दोनों मित्रों को भागने का मौका मिल गया। सीधे दौड़ते चले गए। यहाँ तक कि मार्ग का ज्ञान न रहा। जिस परिचित मार्ग से आए थे, उसका यहाँ पता न था। नये-नये गाँव मिलने लगे। तब दोनों एक खेत के किनारे खड़े हो कर सोचने लगे, अब क्या करना चाहिए।

हीरा ने कहा—'मालूम होता है, राह भूल गए।'

'तुम भी बेतहाशा भागे। वहीं उसे मार गिराना था।'

'उसे मार गिराते, तो दुनिया क्या कहती ? वह अपना धर्म छोड़ दे, लेकिन हम अपना धर्म क्यों छोड़ें ?'

दोनों भूख से व्याकुल हो रहे थे। खेत में मटर खड़ी थी। चरने लगे। रह-रहकर आहट ले लेते थे, कोई आता तो नहीं है।

जब पेट भर गया, दोनों ने आज़ादी का अनुभव किया, तो मस्त हो कर उछलने-कूदने लगे। पहले दोनों ने डकार ली। फिर सींग मिलाये और एक-दूसरे को ठेलने लगे। मोती ने हीरा को कई कदम पीछे हटा दिया, यहाँ तक कि वह खाई में गिर गया। तब उसे भी क्रोध आया। सँभल कर उठा और फिर मोती से मिल गया। मोती ने देखा—खेल में झगड़ा हुआ चाहता है, तो किनारे हट गया।

अरे ! यह क्या ? कोई साँड़ डौंकता चला आ रहा है। हाँ, साँड़ ही है। वह सामने आ पहुँचा। दोनों मित्र बगलें झाँक रहे हैं। साँड़ पूरा हाथी है। उससे भिड़ना जान से हाथ धोना है; लेकिन न भिड़ने पर भी जान बचती नहीं नज़र आती। इन्हीं की तरफ आ भी रहा है। कितनी भयंकर सूरत है !

मोती ने मूक-भाषा में कहा—बुरे फँसे। जान बचेगी ? कोई उपाय सोचो।

हीरा ने चिन्तित स्वर में कहा—अपने घमंड में भूला हुआ है। आरज़ू-विनती न सुनेगा।

'भाग क्यों न चलें ?'

'भागना कायरता है।'

'तो फिर यहीं मरो। बन्दा तो नौ-दो-ग्यारह होता है।'

'और जो दौड़ाए ?'

'तो फिर कोई उपाय सोचो जल्द !'

'उपाय यही है कि उस पर दोनों जने एक साथ चोट करें। मैं आगे से रगेदता हूँ, तुम पीछे से रगेदो, दोहरी मार पड़ेगी, तो भाग खड़ा होगा। मेरी ओर झपटे, तुम बगल से उसके पेट में सींग घुसेड़ देना। जान जोखिम में है; पर दूसरा उपाय नहीं है।'

दोनों मित्र जान हथेलियों पर ले कर लपके। साँड़ को भी संगठित शत्रुओं से लड़ने का तजुरबा न था। वह तो एक शत्रु से मल्लयुद्ध करने का आदी था। ज्यों ही हीरा पर झपटा, मोती ने पीछे से दौड़ाया। साँड़ उसकी तरफ मुड़ा, तो हीरा ने रगेदा। साँड़ चाहता था कि एक-एक करके दोनों को गिरा ले; पर ये दोनों भी उस्ताद थे। उसे वह अवसर न देते थे। एक बार साँड़ झल्ला कर हीरा का अन्त कर देने के लिए चला कि मोती ने बगल से आ कर पेट में सींग भोंक दिया। साँड़ क्रोध में आ कर पीछे फिरा तो हीरा ने दूसरे पहलू में सींग चुभा दिया। आखिर बेचारा ज़ख्मी हो कर भागा और दोनों मित्रों ने दूर तक उसका पीछा किया। यहाँ तक कि साँड़ बेदम हो कर गिर पड़ा। तब दोनों ने उसे छोड़ दिया।

दोनों मित्र विजय के नशे में झूमते चले जाते थे।

मोती ने अपनी सांकेतिक भाषा में कहा—मेरा जी तो चाहता था कि बच्चा को मार ही डालूँ।

हीरा ने तिरस्कार किया—गिरे हुए बैरी पर सींग न चलाना चाहिए।

'यह सब ढोंग है। बैरी को ऐसा मारना चाहिए कि फिर न उठे।'

'अब घर कैसे पहुँचेंगे, वह सोचो।'

'पहले कुछ खा लें, तो सोचें।'

सामने मटर का खेत था ही। मोती उसमें घुस गया। हीरा मना करता रहा, पर उसने एक न सुनी। अभी दो ही चार ग्रास खाये थे कि दो आदमी लाठियाँ लिए दौड़ पड़े, और दोनों मित्रों को घेर लिया। हीरा तो मेड़ पर था, निकल गया। मोती सींचे हुए खेत में था। उसके खुर कीचड़ में धँसने लगे। न भाग सका। पकड़ लिया। हीरा ने देखा, संगी संकट में है, तो लौट पड़ा। फँसेंगे तो दोनों फँसेंगे। रखवालों ने उसे भी पकड़ लिया।

प्रातःकाल दोनों मित्र काँजीहौस में बन्द कर दिये गए।

दोनों मित्रों को जीवन में पहली बार ऐसा साबिका पड़ा कि सारा दिन बीत गया और खाने को एक तिनका भी न मिला। समझ ही में न आता था, यह कैसा स्वामी

है। इससे तो गया फिर भी अच्छा था। यहाँ कई भैंसें थीं, कई बकरियाँ, कई घोड़े, कई गधे; पर किसी के सामने चारा न था, सब ज़मीन पर मुरदों की तरह पड़े थे। कई तो इतने कमज़ोर हो गए थे कि खड़े भी न हो सकते थे। सारा दिन दोनों मित्र फाटक की ओर टकटकी लगाए ताकते रहे; पर कोई चारा ले कर आता न दिखाई दिया। तब दोनों ने दीवार की नमकीन मिट्टी चाटनी शुरू की, पर इससे क्या तृप्ति होती ?

रात को भी जब कुछ भोजन न मिला, तो हीरा के दिल में विद्रोह की ज्वाला दहक उठी। मोती से बोला—'अब तो नहीं रहा जाता मोती !'

मोती ने सिर लटकाये हुए जवाब दिया—'मुझे तो मालूम होता है, प्राण निकल रहे हैं।'

'इतनी जल्द हिम्मत न हारो भाई ! यहाँ से भागने का कोई उपाय निकालना चाहिए।'

'आओ, दीवार तोड़ डालें।'

'मुझसे तो अब कुछ नहीं होगा।'

'बस, इसी बूते पर अकड़ते थे !'

'सारी अकड़ निकल गई।'

बाड़े की दीवार कच्ची थी। हीरा मज़बूत तो था ही, अपने नुकीले सींग दीवार में गड़ा दिये और ज़ोर मारा, तो मिट्टी का एक चिप्पड़ निकल आया। फिर तो उसका साहस बढ़ा। इसने दौड़-दौड़ कर दीवार पर चोटें कीं और हर चोट में थोड़ी-थोड़ी मिट्टी गिराने लगा।

उसी समय काँजीहौस का चौकीदार लालटेन ले कर जानवरों की हाज़िरी लेने आ निकला। हीरा का उजड्डपन देख कर उसने उसे कई डंडे रसीद किये और मोटी-सी रस्सी से बाँध दिया।

मोती ने पड़े-पड़े कहा—आखिर मार खायी, क्या मिला ?

'अपने बूते-भर ज़ोर तो मार दिया।'

'ऐसा ज़ोर मारना किस काम का कि और बंधन में पड़ गए?'

'ज़ोर तो मारता ही जाऊँगा, चाहे कितने ही बंधन पड़ते जाएँ।'

'जान से हाथ धोना पड़ेगा।'

'कुछ परवाह नहीं। यों भी तो मरना ही है। सोचो, दीवार खुद जाती, तो कितनी जानें बच जातीं। इतने भाई यहाँ बन्द हैं। किसी की देह में जान नहीं है। दो-चार दिन और यही हाल रहा, तो सब मर जाएँगे।'

'हाँ, यह बात तो है। अच्छा, तो ला, फिर मैं भी ज़ोर लगाता हूँ।'

मोती ने भी दीवार में उसी जगह सींग मारा। थोड़ी-सी मिट्टी गिरी और फिर

हिम्मत बढ़ी। फिर तो वह दीवार में सींग लगा कर इस तरह ज़ोर करने लगा, मानो किसी प्रतिद्वन्द्वी से लड़ रहा है। आखिर कोई दो घंटे की ज़ोर-आजमाई के बाद दीवार ऊपर से लगभग एक हाथ गिर गई। उसने दूनी शक्ति से दूसरा धक्का मारा, तो आधी दीवार गिर पड़ी।

दीवार का गिरना था कि अधमरे-से पड़े हुए सभी जानवर चेत उठे। तीनों घोड़ियाँ सरपट भाग निकलीं। फिर बकरियाँ निकलीं। इसके बाद भैंसें भी खिसक गईं; पर गधे अभी तक ज्यों-के-त्यों खड़े थे।

हीरा ने पूछा—'तुम दोनों क्यों नहीं भाग जाते ?'

एक गधे ने कहा—'जो कहीं फिर पकड़ लिए जाएँ?'

'तो क्या हरज है? अभी तो भागने का अवसर है।'

'हमें तो डर लगता है, हम यहीं पड़े रहेंगे।'

आधी रात से ऊपर जा चुकी थी। दोनों गधे अभी तक खड़े सोच रहे थे कि भागें या न भागें, और मोती अपने मित्र की रस्सी तोड़ने में लगा हुआ था। जब वह हार गया, तो हीरा ने कहा—तुम जाओ, मुझे यहीं पड़ा रहने दो। शायद कहीं भेंट हो जाए।

मोती ने आँखों में आँसू ला कर कहा—तुम मुझे इतना स्वार्थी समझते हो, हीरा ? हम और तुम इतने दिनों एक साथ रहे हैं। आज तुम विपत्ति में पड़ गए, तो मैं तुम्हें छोड़ कर अलग हो जाऊँ?

हीरा ने कहा—बहुत मार पड़ेगी। लोग समझ जाएँगे, यह तुम्हारी शरारत है।

मोती गर्व से बोला—जिस अपराध के लिए तुम्हारे गले में बन्धन पड़ा, उसके लिए अगर मुझ पर मार पड़े, तो क्या चिन्ता। इतना तो हो ही गया कि नौ-दस प्राणियों की जान बच गई। वे सब तो आशीर्वाद देंगे।

यह कहते हुए मोती ने दोनों गधों को सींगों से मार-मारकर बाड़े के बाहर निकाला और तब अपने बन्धु के पास आ कर सो रहा।

भोर होते ही मुंशी और चौकीदार तथा अन्य कर्मचारियों में कैसी खलबली मची, इसके लिखने की ज़रूरत नहीं। बस, इतना ही काफी है कि मोती की खूब मरम्मत हुई और उसे भी मोटी रस्सी से बाँध दिया गया।

एक सप्ताह तक दोनों मित्र वहाँ बँधे पड़े रहे। किसी ने चारे का एक तृण भी न डाला। हाँ, एक बार पानी दिखा दिया जाता था। यही उनका आधार था। दोनों इतने दुर्बल हो गए थे कि उठा तक न जाता था; ठठरियाँ निकल आई थीं।

एक दिन बाड़े के सामने डुग्गी बजने लगी और दोपहर होते-होते वहाँ पचास-साठ

आदमी जमा हो गए। तब दोनों मित्र निकाले गए और उनकी देखभाल होने लगी। लोग आ-आ कर उनकी सूरत देखते और मन फीका करके चले जाते। ऐसे मृतक बैलों का कौन खरीदार होता ?

सहसा एक दढ़ियल आदमी, जिसकी आँखें लाल थीं और मुद्रा अत्यन्त कठोर, आया और दोनों मित्रों के कूल्हों में उँगली गोद कर मुंशीजी से बातें करने लगा। उसका चेहरा देख कर अन्तर्ज्ञान से दोनों मित्रों के दिल काँप उठे। वह कौन है और उन्हें क्यों टटोल रहा है, इस विषय में उन्हें कोई सन्देह न हुआ। दोनों ने एक-दूसरे को भीत नेत्रों से देखा और सिर झुका लिया।

हीरा ने कहा–'गया के घर से नाहक भागे। अब जान न बचेगी।'

मोती ने अश्रद्धा के भाव से उत्तर दिया–'कहते हैं, भगवान् सबके ऊपर दया करते हैं। उन्हें हमारे ऊपर क्यों दया नहीं आती ?'

'भगवान् के लिए हमारा मरना-जीना दोनों बराबर है। चलो, अच्छा ही है। कुछ दिन उसके पास तो रहेंगे। एक बार भगवान् ने उस लड़की के रूप में हमें बचाया था। क्या अब न बचाएँगे ?'

'यह आदमी छुरी चलाएगा। देख लेना।'

'तो क्या चिन्ता है ? मांस, खाल, सींग, हड्डी–सब किसी-न-किसी काम आ जाएँगे।'

नीलाम हो जाने के बाद दोनों मित्र उस दढ़ियल के साथ चले। दोनों की बोटी-बोटी काँप रही थी। बेचारे पाँव तक न उठा सकते थे, पर भय के मारे गिरते-पड़ते भागे जाते थे; क्योंकि वह ज़रा भी चाल धीमी हो जाने पर ज़ोर से डंडा जमा देता था।

राह में गाय-बैलों का एक रेवड़ हरे-हरे हार में चरता नज़र आया। सभी जानवर प्रसन्न थे–चिकने, चपल। कोई उछलता था, कोई आनन्द से बैठा पागुर करता था। कितना सुखी जीवन था इनका; पर कितने स्वार्थी हैं सब! किसी को चिन्ता नहीं कि उनके दो भाई बधिक के हाथ पड़े कैसे दुःखी हैं।

सहसा दोनों को ऐसा मालूम हुआ कि यह परिचित राह है। हाँ, इसी रास्ते से गया उन्हें ले गया था। वही खेत, वही बाग, वही गाँव मिलने लगे। प्रतिक्षण उनकी चाल तेज़ होने लगी। सारी थकान, सारी दुर्बलता गायब हो गई। आह ? यह लो ! अपना ही हार आ गया। इसी कुएँ पर हम पुर चलाने आया करते थे; यही कुआँ है।

मोती ने कहा–'हमारा घर नज़दीक आ गया।'

हीरा बोला–'भगवान् की दया है।'

'मैं तो अब घर भागता हूँ।'

'यह जाने देगा ?'

'इसे मैं मार गिराता हूँ।'

'नहीं-नहीं, दौड़ कर थान पर चलो। वहाँ से हम आगे न जाएँगे।'

दोनों उन्मत्त हो कर बछड़ों की भाँति कुलेलें करते हुए घर की ओर दौड़े। वह हमारा थान है। दोनों दौड़ कर अपने थान पर आए और खड़े हो गए। दढ़ियल भी पीछे-पीछे दौड़ा चला आता था।

झूरी द्वार पर बैठा धूप खा रहा था। बैलों को देखते ही दौड़ा और उन्हें बारी-बारी से गले लगाने लगा। मित्रों की आँखों से आनन्द के आँसू बहने लगे। एक झूरी का हाथ चाट रहा था।

दढ़ियल ने जा कर बैलों की रस्सियाँ पकड़ लीं।

झूरी ने कहा—मेरे बैल हैं।

'तुम्हारे बैल कैसे ? मैं मवेशीखाने से नीलाम लिए आता हूँ।'

'मैं तो समझता हूँ चुराये लिए आते हो ! चुपके से चले जाओ। मेरे बैल हैं। मैं बेचूँगा तो बिकेंगे। किसी को मेरे बैल नीलाम करने का क्या अख्तियार है ?'

'जा कर थाने में रपट कर दूँगा।'

'मेरे बैल हैं। इसका सबूत यह है कि मेरे द्वार पर खड़े हैं।'

दढ़ियल झल्ला कर बैलों को ज़बरदस्ती पकड़ ले जाने के लिए बढ़ा। उसी वक्त मोती ने सींग चलाया। दढ़ियल पीछे हटा। मोती ने पीछा किया। दढ़ियल भागा। मोती पीछे दौड़ा। गाँव के बाहर निकल जाने पर वह रुका; पर खड़ा दढ़ियल का रास्ता देख रहा था। दढ़ियल दूर खड़ा धमकियाँ दे रहा था, गालियाँ निकाल रहा था, पत्थर फेंक रहा था। और मोती विजयी शूर की भाँति उसका रास्ता रोके खड़ा था। गाँव के लोग यह तमाशा देखते थे और हँसते थे।

जब दढ़ियल हार कर चला गया, तो मोती अकड़ता हुआ लौटा।

हीरा ने कहा—मैं डर रहा था कि कहीं तुम गुस्से में आ कर मार न बैठो।

'अगर वह मुझे पकड़ता, तो मैं बे-मारे न छोड़ता।'

'अब न आएगा।'

'आएगा तो दूर ही से खबर लूँगा। देखूँ, कैसे ले जाता है।'

'जो गोली मरवा दे ?'

'मर जाऊँगा; पर उसके काम तो न आऊँगा।'

'हमारी जान को कोई जान ही नहीं समझता।'

'इसीलिए कि हम इतने सीधे हैं।'

ज़रा देर में नाँदों में खली, भूसा, चोकर और दाना भर दिया गया और दोनों मित्र खाने लगे। झूरी खड़ा दोनों को सहला रहा था और बीसों लड़के तमाशा देख रहे थे। सारे गाँव में उछाह-सा मालूम होता था।

उसी समय मालकिन ने आ कर दोनों के माथे चूम लिए।

सवा सेर गेहूँ

किसी गाँव में शंकर नाम का एक कुरमी किसान रहता था। सीधा-सादा, गरीब आदमी था, अपने काम-से-काम। न किसी के लेने में, न किसी के देने में। छक्का-पंजा न जानता था, छल-प्रपंच की उसे छूत भी न लगी थी, ठगे जाने की चिन्ता न थी, ठगविद्या न जानता था, भोजन मिला, खा लिया, न मिला, चबेने पर काट दी, चबेना भी न मिला, तो पानी पी लिया और राम का नाम ले कर सो रहा। किन्तु जब कोई अतिथि द्वार पर आ जाता था तो उसे इस निवृत्तिमार्ग का त्याग करना पड़ता था। विशेषकर जब साधु-महात्मा पदार्पण करते थे, तो उसे अनिवार्यतः सांसारिकता की शरण लेनी पड़ती थी। खुद भूखा सो सकता था, पर साधु को कैसे भूखा सुलाता, भगवान् के भक्त जो ठहरे!

एक दिन संध्या समय एक महात्मा ने आ कर उसके द्वार पर डेरा जमाया। तेजस्वी मूर्ति थी, पीताम्बर गले में, जटा सिर पर, पीतल का कमंडल हाथ में, खड़ाऊँ पैर में, ऐनक आँखों पर, सम्पूर्ण वेष उन महात्माओं का-सा था जो रईसों के प्रासादों में तपस्या, हवागाड़ियों पर देवस्थानों की परिक्रमा और योग-सिद्धि प्राप्त करने के लिए रुचिकर भोजन करते हैं। घर में जौ का आटा था, वह उन्हें कैसे खिलाता? प्राचीन काल में जौ का चाहे जो कुछ महत्त्व रहा हो, पर वर्तमान युग में जौ का भोजन सिद्ध पुरुषों के लिए दुष्पाच्य होता है। बड़ी चिन्ता हुई, महात्माजी को क्या खिलाऊँ? आखिर निश्चय किया कि कहीं से गेहूँ का आटा उधार लाऊँ, पर गाँव-भर में गेहूँ का आटा न मिला। गाँव में सब मनुष्य-ही-मनुष्य थे, देवता एक भी न था, अतएव देवताओं का खाद्य पदार्थ कैसे मिलता? सौभाग्य से गाँव के विप्र महाराज के यहाँ से थोड़े-से गेहूँ मिल गए। उनसे सवा सेर गेहूँ उधार लिया और स्त्री से कहा कि पीस दे। महात्मा ने भोजन किया, लम्बी तान कर सोये। प्रातःकाल आशीर्वाद

दे कर अपनी राह ली।

विप्र महाराज साल में दो बार खलिहानी लिया करते थे। शंकर ने दिल में कहा, सवा सेर गेहूँ इन्हें क्या लौटाऊँ, पंसेरी बदले कुछ ज्यादा खलिहानी दे दूँगा, यह भी समझ जाएँगे, मैं भी समझ जाऊँगा। चैत में जब विप्रजी पहुँचे तो उन्हें डेढ़ पंसेरी के लगभग गेहूँ दे दिया और अपने को उऋण समझ कर उसकी कोई चरचा न की। विप्रजी ने फिर कभी न माँगा। सरल शंकर को क्या मालूम था कि यह सवा सेर गेहूँ चुकाने के लिए मुझे दूसरा जन्म लेना पड़ेगा?

सात साल गुज़र गए। विप्रजी विप्र से महाजन हुए, शंकर किसान से मजूर हो गया। उसका छोटा भाई मंगल उससे अलग हो गया था। एक साथ रह कर दोनों किसान थे, अलग हो कर मजूर हो गए थे। शंकर ने चाहा कि द्वेष की आग भड़कने न पाये, किन्तु परिस्थिति ने उसे विवश कर दिया। जिस दिन अलग-अलग चूल्हे जले, वह फूट-फूटकर रोया। आज से भाई-भाई शत्रु हो जाएँगे, एक रोएगा, दूसरा हँसेगा, एक के घर मातम होगा तो दूसरे के घर गुलगुले पकेंगे, प्रेम का बंधन, खून का बंधन, दूध का बंधन आज टूटा जाता है। उसने भगीरथ परिश्रम से कुल-मर्यादा का वृक्ष लगाया था, उसे अपने रक्त से सींचा था, उसको जड़ से उखड़ता देख कर उसके हृदय के टुकड़े हुए जाते थे। सात दिनों तक उसने दाने की सूरत तक न देखी। दिन-भर जेठ की धूप में काम करता और रात को मुँह लपेट कर सो रहता। इस भीषण वेदना और दुस्सह कष्ट ने रक्त को जला दिया, मांस और मज्जा को घुला दिया। बीमार पड़ा तो महीनों खाट से न उठा। अब गुजर-बसर कैसे हो ? पाँच बीघे के आधे रह गए, एक बैल रह गया, खेती क्या खाक होती ! अन्त को यहाँ तक नौबत पहुँची कि खेती केवल मर्यादा-रक्षा का साधन-मात्र रह गई, जीविका का भार मजूरी पर आ पड़ा।

सात वर्ष बीत गए, एक दिन शंकर मजूरी करके लौटा, तो राह में विप्रजी ने टोक कर कहा—शंकर, कल आ कर के अपने बीज-बेंग का हिसाब कर ले। तेरे यहाँ साढ़े पाँच मन गेहूँ कबके बाकी पड़े हुए हैं और तू देने का नाम नहीं लेता, हजम करने का मन है क्या ?

शंकर ने चकित हो कर कहा—मैंने तुमसे कब गेहूँ लिए थे जो साढ़े पाँच मन हो गए ? तुम भूलते हो, मेरे यहाँ किसी का छटाँक-भर न अनाज है, न एक पैसा उधार।

विप्र—इसी नीयत का तो यह फल भोग रहे हो कि खाने को नहीं जुड़ता।

यह कह कर विप्रजी ने उस सवा सेर गेहूँ का जिक्र किया, जो आज के सात

वर्ष पहले शंकर को दिये थे। शंकर सुन कर अवाक् रह गया। ईश्वर, मैंने इन्हें कितनी बार खलिहानी दी, इन्होंने मेरा कौन-सा काम किया ? जब पोथी-पत्रा देखने, साइत-सगुन विचारने द्वार पर आते थे, कुछ-न-कुछ 'दक्षिणा' ले ही जाते थे। इतना स्वार्थ ! सवा सेर अनाज को अंडे की भाँति सेकर आज यह पिशाच खड़ा कर दिया, जो मुझे निगल जाएगा। इतने दिनों में एक बार भी कह देते तो मैं गेहूँ तौल कर दे देता, क्या इसी नीयत से चुप साधे बैठे रहे ? बोला—महाराज, नाम ले कर तो मैंने उतना अनाज नहीं दिया, पर कई बार खलिहानों में सेर-सेर, दो-दो सेर दिया है। अब आप आज साढ़े पाँच मन माँगते हैं, मैं कहाँ से दूँगा ?

विप्र—लेखा जौ-जौ, बखसीस सौ-सौ, तुमने जो कुछ दिया होगा, उसका कोई हिसाब नहीं, चाहे एक की जगह चार पसेरी दे दो। तुम्हारे नाम बही में साढ़े पाँच मन लिखा हुआ है; जिससे चाहे हिसाब लगवा लो। दे दो तो तुम्हारा नाम छेक दूँ, नहीं तो और भी बढ़ता रहेगा।

शंकर—पाँडे, क्यों एक गरीब को सताते हो, मेरे खाने का ठिकाना नहीं, इतना गेहूँ किसके घर से लाऊँगा ?

विप्र—जिसके घर से चाहे लाओ, मैं छटाँक-भर भी न छोड़ूँगा। यहाँ न दोगे, भगवान् के घर तो दोगे?

शंकर काँप उठा। हम पढ़े-लिखे आदमी होते तो कह देते, अच्छी बात है, ईश्वर के घर ही देंगे; वहाँ की तौल यहाँ से कुछ बड़ी तो न होगी। कम-से-कम इसका कोई प्रमाण हमारे पास नहीं, फिर उसकी क्या चिन्ता? किन्तु शंकर इतना तार्किक, इतना व्यवहार-चतुर न था। एक तो ऋण—वह भी ब्राह्मण का—बही में नाम रह गया तो सीधे नरक में जाऊँगा, इस ख़याल ही से उसे रोमांच हो गया। बोला—महाराज, तुम्हारा जितना होगा यहीं दूँगा, ईश्वर के यहाँ क्यों दूँ? इस जनम में तो ठोकर खा ही रहा हूँ, उस जनम के लिए क्यों काँटे बोऊँ ? मगर यह कोई नियाव नहीं है। तुमने राई का पर्वत बना दिया, ब्राह्मण हो के तुम्हें ऐसा नहीं करना चाहिए था। उसी घड़ी तगादा करके ले लिया होता, तो आज मेरे सिर पर इतना बड़ा बोझ क्यों पड़ता? मैं तो दे दूँगा, लेकिन तुम्हें भगवान् के यहाँ जवाब देना पड़ेगा।

विप्र—वहाँ का डर तुम्हें होगा, मुझे क्यों होने लगा? वहाँ तो सब अपने ही भाई-बन्धु हैं। ऋषि-मुनि, सब तो ब्राह्मण ही हैं; देवता ब्राह्मण हैं, जो कुछ बने-बिगड़ेगी, सँभाल लेंगे। तो कब देते हो ?

शंकर—मेरे पास रक्खा तो है नहीं, किसी से माँग-जाँचकर लाऊँगा तभी न दूँगा !

विप्र—मैं यह न मानूँगा। सात साल हो गए, अब एक दिन का भी मुलाहिजा

न करूँगा। गेहूँ नहीं दे सकते, तो दस्तावेज़ लिख दो।

शंकर—मुझे तो देना है, चाहे गेहूँ लो चाहे दस्तावेज़ लिखाओ; किस हिसाब से दाम रक्खोगे ?

विप्र—बाज़ार-भाव पाँच सेर का है, तुम्हें सवा पाँच सेर का काट दूँगा।

शंकर—जब दे ही रहा हूँ तो बाज़ार-भाव काटूँगा, पाव-भर छुड़ा कर क्यों दोषी बनूँ।

हिसाब लगाया तो गेहूँ के दाम साठ रुपये हुए। साठ रुपये का दस्तावेज़ लिखा गया, तीन रुपये सैकड़े सूद। साल-भर में न देने पर सूद की दर ढाई रुपये सैकड़े। आठ आने का स्टाम्प, चार आने दस्तावेज़ की तहरीर शंकर को ऊपर से देनी पड़ी।

गाँव भर ने विप्रजी की निन्दा की, लेकिन मुँह पर नहीं। महाजन से सभी का काम पड़ता है, उसके मुँह कौन लगे?

शंकर ने साल भर तक कठिन तपस्या की। मीयाद के पहले रुपये अदा करने का उसने व्रत-सा कर लिया। दोपहर को पहले भी चूल्हा न जलता था, चबेने पर बसर होती थी, अब वह भी बंद हुआ। केवल लड़के के लिए रात को रोटियाँ रख दी जातीं ! पैसे रोज का तमाखू पी जाता था, यही एक व्यसन था जिसका वह कभी न त्याग कर सका था। अब वह व्यसन भी इस कठिन व्रत की भेंट हो गया। उसने चिलम पटक दी, हुक्का तोड़ दिया और तमाखू की हाँड़ी चूर-चूर कर डाली। कपड़े पहले भी त्याग की चरम सीमा तक पहुँच चुके थे, अब वह प्रकृति की न्यूनतम रेखाओं में आबद्ध हो गए। शिशिर की अस्थिबेधक शीत को उसने आग ताप कर काट दिया। इस ध्रुव-संकल्प का फल आशा से बढ़ कर निकला। साल के अन्त में उसके पास साठ रुपये जमा हो गए। उसने समझा पंडितजी को इतने रुपये दे दूँगा और कहूँगा महाराज, बाकी रुपये भी जल्द ही आपके सामने हाज़िर करूँगा। पन्द्रह रुपये की तो और बात है, क्या पंडितजी इतना भी न मानेंगे ! उसने रुपये लिए और ले जा कर पंडितजी के चरण-कमलों पर अर्पण कर दिये। पंडितजी ने विस्मित हो कर पूछा—किसी से उधार लिए क्या ?

शंकर—नहीं महाराज, आपके असीस से अबकी मजूरी अच्छी मिली।

विप्र—लेकिन यह तो साठ रुपये ही हैं !

शंकर—हाँ महाराज, इतने अभी ले लीजिए, बाकी मैं दो-तीन महीने में दे दूँगा, मुझे उरिन कर दीजिए।

विप्र—उरिन तो जभी होगे जबकि मेरी कौड़ी-कौड़ी चुका दोगे। जा कर मेरे 15 रु. और लाओ।

शंकर—महाराज, इतनी दया करो; अब साँझ की रोटियों का भी ठिकाना नहीं है, गाँव में हूँ तो कभी-न-कभी दे ही दूँगा।

विप्र—मैं यह रोग नहीं पालता, न बहुत बातें करना जानता हूँ। अगर मेरे पूरे रुपये न मिलेंगे तो आज से तीन रुपया सैंकड़े का ब्याज लगेगा। अपने रुपये चाहे अपने घर में रक्खो, चाहे मेरे यहाँ छोड़ जाओ।

शंकर—अच्छा जितना लाया हूँ उतना रख लीजिए। मैं जाता हूँ, कहीं से पन्द्रह रुपये और लाने की फिक्र करता हूँ।

शंकर ने सारा गाँव छान मारा, मगर किसी ने रुपये न दिये, इसलिए नहीं कि उसका विश्वास न था, या किसी के पास रुपये न थे, बल्कि इसलिए कि पंडितजी के शिकार को छेड़ने की किसी की हिम्मत न थी।

क्रिया के पश्चात् प्रतिक्रिया नैसर्गिक नियम है। शंकर साल-भर तक तपस्या करने पर भी जब ऋण से मुक्त होने में सफल न हो सका तो उसका संयम निराशा के रूप में परिणत हो गया। उसने समझ लिया कि जब इतना कष्ट सहने पर भी साल-भर में साठ रुपये से अधिक न जमा कर सका, तो अब और कौन सा उपाय है जिसके द्वारा इसके दूने रुपये जमा हों? जब सिर पर ऋण का बोझ ही लादना है तो क्या मन-भर का और क्या सवा मन का? उसका उत्साह क्षीण हो गया, मिहनत से घृणा हो गई। आशा उत्साह की जननी है, आशा में तेज है, बल है, जीवन है। आशा ही संसार की संचालक शक्ति है।

शंकर आशाहीन हो कर उदासीन हो गया। वे ज़रूरतें जिनको उसने साल-भर तक टाल रखा था, अब द्वार पर खड़ी होने वाली भिखारिणी न थीं, बल्कि छाती पर सवार होने वाली पिशाचनियाँ थीं, जो अपनी भेंट लिए बिना जान नहीं छोड़तीं। कपड़ों में चकत्तियों के लगने की भी एक सीमा होती है। अब शंकर को चिट्ठा मिलता तो वह रुपये जमा न करता। कभी कपड़े लाता, कभी खाने की कोई वस्तु। जहाँ पहले तमाखू ही पिया करता था, वहाँ अब गाँजे और चरस का चस्का भी लगा। उसे अब रुपये अदा करने की कोई चिन्ता न थी मानो उसके ऊपर किसी का एक पैसा भी नहीं आता। पहले जूड़ी चढ़ी होती थी, पर वह काम करने अवश्य जाता था, अब काम पर न जाने के लिए बहाना खोजा करता।

इस भाँति तीन वर्ष निकल गए। विप्रजी महाराज ने एक बार भी तकाज़ा न किया। वह चतुर शिकारी की भाँति अचूक निशाना लगाना चाहते थे। पहले से शिकार को चौंकाना उनकी नीति के विरुद्ध था।

एक दिन पंडितजी ने शंकर को बुला कर हिसाब दिखाया। साठ रुपये जो जमा थे वह मिनहा करने पर अब भी शंकर के जिम्मे एक सौ बीस रुपये निकले।

शंकर–इतने रुपये तो उसी जन्म में दूँगा, इस जन्म में नहीं हो सकते।

विप्र–मैं इसी जन्म में लूँगा। मूल न सही, सूद तो देना ही पड़ेगा।

शंकर–एक बैल है, वह ले लीजिए; एक झोपड़ी है, वह ले लीजिए और मेरे पास रक्खा क्या है।

विप्र–मुझे बैल-बधिया ले कर क्या करना है? मुझे देने को तुम्हारे पास बहुत कुछ है।

शंकर–और क्या है महाराज ?

विप्र–कुछ है, तुम तो हो। आखिर तुम भी कहीं मजूरी करने जाते ही हो, मुझे भी खेती के लिए मजूर रखना ही पड़ता है। सूद में तुम हमारे यहाँ काम किया करो, जब सुभीता हो, मूल भी दे देना। सच तो यों है कि अब तुम किसी दूसरी जगह काम करने नहीं जा सकते जब तक मेरे रुपये नहीं चुका दो। तुम्हारे पास कोई जायदाद नहीं है, इतनी बड़ी गठरी मैं किस एतबार पर छोड़ दूँ? कौन इसका जिम्मा लेगा कि तुम मुझे महीने-महीने सूद देते जाओगे? और कहीं कमा कर जब तुम मुझे सूद भी नहीं दे सकते, तो मूल की कौन कहे ?

शंकर–महाराज, सूद में तो काम करूँगा और खाऊँगा क्या ?

विप्र–तुम्हारी घरवाली है, लड़के हैं, क्या वे हाथ-पाँव कटा के बैठेंगे? रहा मैं, तुम्हें आध सेर जौ रोज कलेवा के लिए दे दिया करूँगा। ओढ़ने को साल में एक कम्बल पा जाओगे, एक मिरजई भी बनवा दिया करूँगा, और क्या चाहिए! यह सच है कि और लोग तुम्हें छः आने देते हैं लेकिन मुझे ऐसी गरज़ नहीं है, मैं तो तुम्हें रुपये भरने के लिए रखता हूँ।

शंकर ने कुछ देर तक गहरी चिन्ता में पड़े रहने के बाद कहा–महाराज, यह तो जन्म-भर की गुलामी हुई।

विप्र–गुलामी समझो, चाहे मजूरी समझो। मैं अपने रुपये भराये बिना तुमको कभी न छोड़ूँगा। तुम भागोगे तो तुम्हारा लड़का भरेगा। हाँ, जब कोई न रहेगा तब की बात दूसरी है।

इस निर्णय की कहीं अपील न थी। मजूर की ज़मानत कौन करता? कहीं शरण न थी, भागकर कहाँ जाता? दूसरे दिन से उसने विप्रजी के यहाँ काम करना शुरू कर दिया। सवा सेर गेहूँ की बदौलत उम्र-भर के लिए गुलामी की बेड़ी पैरों में डालनी पड़ी। उस अभागे को अब अगर किसी विचार से संतोष होता था, तो यह था कि वह मेरे पूर्व-जन्म का संस्कार है। स्त्री को वे काम करने पड़ते थे, जो

उसने कभी न किये थे। बच्चे दानों को तरसते थे, लेकिन शंकर चुपचाप देखने के सिवा और कुछ न कर सकता था। वह गेहूँ के दाने किसी देवता के शाप की भाँति यावज्जीवन उसके सिर से न उतरे।

शंकर ने विप्रजी के यहाँ 20 वर्ष तक गुलामी करने के बाद इस दुस्सार संसार से प्रस्थान किया। एक सौ बीस रुपये अभी तक उसके सिर पर सवार थे। पंडितजी ने उस गरीब को ईश्वर के दरबार में कष्ट देना उचित न समझा, इतने अन्यायी, इतने निर्दयी न थे। उसके जवान बेटे की गरदन पकड़ी। आज तक वह विप्रजी के यहाँ काम करता है। उसका उद्धार कब होगा; होगा भी या नहीं, ईश्वर ही जाने।

पाठक ! इस वृत्तांत को कपोल-कल्पित न समझिए। यह सत्य घटना है। ऐसे शंकरों और ऐसे विप्रों से दुनिया खाली नहीं है।

ठाकुर का कुआँ

जोखू ने लोटा मुँह से लगाया तो पानी में सख्त बदबू आई। गंगी से बोला—यह कैसा पानी है ? मारे बास के पिया नहीं जाता। गला सूखा जा रहा है और तू सड़ा हुआ पानी पिलाए देती है।

गंगी प्रतिदिन शाम को पानी भर लिया करती थी। कुआँ दूर था; बार-बार जाना मुश्किल था। कल वह पानी लायी, तो उसमें बू बिलकुल न थी; आज पानी में बदबू कैसी ? लोटा नाक से लगाया, तो सचमुच बदबू थी। ज़रूर कोई जानवर कुएँ में गिर कर मर गया होगा, मगर दूसरा पानी आवे कहाँ से ?

ठाकुर के कुएँ पर कौन चढ़ने देगा? दूर से लोग डाँट बताएँगे। साहू का कुआँ गाँव के उस सिरे पर है; परन्तु वहाँ भी कौन पानी भरने देगा ? चौथा कुआँ गाँव में है नहीं।

जोखू कई दिन से बीमार है। कुछ देर तक तो प्यास रोके चुप पड़ा रहा, फिर बोला—अब तो मारे प्यास के रहा नहीं जाता। ला, थोड़ा पानी नाक बन्द करके पी लूँ।

गंगी ने पानी न दिया। खराब पानी पीने से बीमारी बढ़ जाएगी—इतना जानती थी; परन्तु यह न जानती थी कि पानी को उबाल देने से उसकी खराबी जाती रहती है। बोली—यह पानी कैसे पियोगे ? न जाने कौन जानवर मरा है। कुएँ से मैं दूसरा पानी लाए देती हूँ।

जोखू ने आश्चर्य से उसकी ओर देखा—दूसरा पानी कहाँ से लाएगी ?

'ठाकुर और साहू के दो कुएँ तो हैं। क्या एक लोटा पानी न भरने देंगे ?'

'हाथ-पाँव तुड़वा आएगी और कुछ न होगा। बैठ चुपके से। ब्रह्म-देवता आशीर्वाद देंगे, ठाकुर लाठी मारेंगे, साहूजी एक के पाँच लेंगे। गरीबों का दर्द कौन समझता

है ! हम तो मर भी जाते हैं, तो कोई दुआर पर झाँकने नहीं आता, कंधा देना तो बड़ी बात है। ऐसे लोग कुएँ से पानी भरने देंगे ?'

इन शब्दों में कड़वा सत्य था। गंगी क्या जवाब देती; किन्तु उसने वह बदबूदार पानी पीने को न दिया।

रात के नौ बजे थे। थके-माँदे मज़दूर तो सो चुके थे, ठाकुर के दरवाज़े पर दस-पाँच बेफ़िक्रे जमा थे। मैदानी बहादुरी का तो अब न ज़माना रहा है, न मौका। कानूनी बहादुरी की बातें हो रही थीं; कितनी होशियारी से ठाकुर ने थानेदार को एक खास मुकद्दमे में रिश्वत दे दी और साफ निकल गए। कितनी अक्लमन्दी से एक मार्के के मुकद्दमे की नक़ल ले आए। नाजिर और मोहतमिम—सभी कहते थे, नकल नहीं मिल सकती। कोई पचास माँगता; कोई सौ। यहाँ बेपैसे-कौड़ी नकल उड़ा दी। काम करने का ढंग चाहिए।

इसी समय गंगी कुएँ से पानी लेने पहुँची।

कुप्पी की धुँधली रोशनी कुएँ पर आ रही थी। गंगी जगत की आड़ में बैठी मौके का इन्तज़ार करने लगी। इस कुएँ का पानी सारा गाँव पीता है। किसी के लिए रोक नहीं; सिर्फ ये बदनसीब नहीं भर सकते।

गंगी का विद्रोही दिल रिवाजी पाबन्दियों और मजबूरियों पर चोटें करने लगा—हम क्यों नीच हैं और यह लोग क्यों ऊँच हैं? इसलिए कि ये लोग गले में तागा डाल लेते हैं? यहाँ तो जितने हैं, एक-से-एक छँटे हैं। चोरी ये करें, जाल-फरेब ये करें, झूठे मुकद्दमे ये करें। अभी इस ठाकुर ने तो उस दिन बेचारे गडरिये की एक भेड़ चुरा ली थी और बाद में मार कर खा गया। इन्हीं पण्डितजी के घर में बारहों मासा जुआ होता है। यही साहूजी तो घी में तेल मिला कर बेचते हैं। काम करा लेते हैं, मजूरी देते नानी मरती है। किस बात में हैं हमसे ऊँचे? हाँ, मुँह में हमसे ऊँचे हैं। हम गली-गली चिल्लाते नहीं कि हम ऊँचे हैं, हम ऊँचे हैं ! कभी गाँव में आ जाती हूँ, तो रसभरी आँखों से देखने लगते हैं। जैसे सबकी छाती पर साँप लोटने लगता है, परन्तु घमण्ड यह कि हम ऊँचे हैं।

कुएँ पर किसी के आने की आहट हुई। गंगी की छाती धक-धक करने लगी। कहीं देख ले, तो गज़ब हो जाए।

एक लात भी तो नीचे न पड़े। उसने घड़ा और रस्सी उठा ली और झुक कर चलती हुई एक वृक्ष के अँधेरे साये में जा खड़ी हुई। कब इन लोगों को दया आती है किसी पर? बेचारे महँगू को इतना मारा कि महीनों लहू थूकता रहा। इसलिए कि उसने बेगार न दी थी ! उस पर ये लोग ऊँचे बनते हैं।

कुएँ पर दो स्त्रियाँ पानी भरने आई थीं। इनमें बातें हो रही थीं।

'खाना खाने चले और हुक्म हुआ कि ताज़ा पानी भर लाओ। घड़े के लिए पैसे नहीं हैं।'

'हम लोगों को आराम से बैठे देख कर जैसे मरदों को जलन होती है।'

'हाँ, यह तो न हुआ कि कलसिया उठा कर भर लाते। बस, हुक्म चला दिया कि ताज़ा पानी लाओ, जैसे हम लौंडियाँ ही तो हैं।'

'लौंडिया नहीं तो और क्या हो तुम ? रोटी-कपड़ा नहीं पातीं ? दस-पाँच रुपये छीन-झपट कर ले ही लेती हो। और लौंडियाँ कैसी होती हैं।'

'मत लजाओ, दीदी ! छिन भर आराम करने को जी तरस कर रह जाता है। इतना काम किसी दूसरे के घर कर देती, तो इससे कहीं आराम से रहती। ऊपर से वह एहसान मानता। यहाँ काम करते-करते मर जाओ; पर किसी का मुँह ही नहीं सीधा होता।'

दोनों पानी भर कर चली गईं, तो गंगी वृक्ष की छाया से निकली और कुएँ के जगत के पास आई। बेफ़िक्रे चले गए थे। ठाकुर भी दरवाज़ा बन्द कर अन्दर आँगन में सोने जा रहे थे। गंगी ने क्षणिक सुख की साँस ली। किसी तरह मैदान तो साफ हुआ। अमृत चुरा लाने के लिए जो राजकुमार किसी ज़माने में गया था, वह भी शायद इतनी सावधानी के साथ और समझ-बूझकर न गया होगा। गंगी दबे पाँव कुएँ के जगत पर चढ़ी। विजय का ऐसा अनुभव उसे पहले कभी न हुआ था।

उसने रस्सी का फंदा घड़े में ढाला। दाएँ-बाएँ चौकन्नी दृष्टि से देखा, जैसे कोई सिपाही रात को शत्रु के किले में सूराख कर रहा हो। अगर इस समय वह पकड़ ली गई, तो फिर उसके लिए माफ़ी या रिआयत की रत्ती-भर उम्मीद नहीं। अन्त में देवताओं को याद करके उसने कलेजा मज़बूत किया और घड़ा कुएँ में डाल दिया।

घड़े ने पानी में गोता लगाया, बहुत ही आहिस्ता। ज़रा भी आवाज़ न हुई। गंगी ने दो-चार हाथ जल्दी-जल्दी मारे। घड़ा कुएँ से मुँह तक आ पहुँचा। कोई बड़ा शहज़ोर पहलवान भी इतनी तेज़ी से उसे न खींच सकता था।

गंगी झुकी कि घड़े को पकड़ कर जगत पर रखे, कि एकाएक ठाकुर साहब का दरवाज़ा खुल गया। शेर का मुँह इससे अधिक भयानक न होगा।

गंगी के हाथ से रस्सी छूट गई। रस्सी के साथ घड़ा धड़ाम से पानी में गिरा और कई क्षण तक पानी में हलकोरे की आवाज़ें सुनाई देती रहीं।

ठाकुर, 'कौन है, कौन है ?' पुकारते हुए कुएँ की तरफ आ रहे थे और गंगी जगत से कूद कर भागी जा रही थी।

घर पहुँच कर देखा कि जोखू लोटा मुँह से लगाए वही मैला-गंदा पानी पी रहा है।

नेउर

आकाश में चाँदी के पहाड़ भाग रहे थे, टकरा रहे थे, गले मिल रहे थे; जैसे सूर्य-मेघ संग्राम छिड़ा हुआ हो। कभी छाया हो जाती थी, कभी तेज़ धूप चमक उठती थी। बरसात के दिन थे, उमस हो रही थी। हवा बन्द हो गई थी।

गाँव के बाहर कई मजूर एक खेत की मेंड़ बाँध रहे थे। नंगे बदन, पसीने में तर, कछनी कसे हुए, सब-के-सब फावड़े से मिट्टी खोद कर मेंड़ पर रखते जाते थे। पानी से मिट्टी नरम हो गई थी।

गोबर ने अपनी कानी आँख मटका कर कहा—अब तो हाथ नहीं चलता भाई ! गोला भी छूट गया होगा, चबेना कर लें?

नेउर ने हँस कर कहा—यह मेंड़ तो पूरी कर लो, फिर चबेना कर लेना। मैं तो तुमसे पहले आया।

दोनों ने सिर पर झौवा उठाते हुए कहा—तुमने अपनी जवानी में जितना घी खाया होगा नेउर दादा, उतना तो अब हमें पानी भी नहीं मिलता।

नेउर छोटे डील का गठीला, काला, फुर्तीला आदमी था। उम्र पचास से ऊपर थी; मगर अच्छे-अच्छे नौजवान उसके बराबर मेहनत न कर सकते थे। अभी दो-तीन साल पहले तक कुश्ती लड़ता था। पर अब कुश्ती लड़ना छोड़ दिया था।

गोबर—तुमसे तमाखू पिये बिना कैसे रहा जाता है, नेउर दादा ? यहाँ तो चाहे रोटी न मिले, लेकिन तमाखू के बिना नहीं रहा जाता।

दीना—तो यहाँ से जा कर रोटी बनाओगे दादा ? बुढ़िया कुछ नहीं करती ? हमसे तो दादा ऐसी मेहरिया से एक दिन न पटे।

नेउर के पिचके, खिचड़ी मूँछों से ढके मुख पर हास्य की स्मित रेखा चमक उठी, जिसने उसकी कुरूपता को भी सुन्दर बना दिया। बोला—जवानी तो उसी के

साथ कटी है बेटा, अब उससे कोई काम नहीं होता, तो क्या करूँ !

गोबर–तुमने उसे सिर चढ़ा रखा है, नहीं तो काम क्यों न करती? मज़े से खाट पर बैठी चिलम पीती रहती है और सारे गाँव से लड़ा करती है। तुम बूढ़े हो गए; लेकिन वह तो अब भी जवान बनी है।

दीना–जवान औरत उसकी क्या बराबरी करेगी? सिंदुर, टिकुली, काजल, मेंहदी में तो उसका मन बसता है। बिना किनारदार रंगीन धोती के उसे कभी देखा ही नहीं, उस पर गहनों से भी जी नहीं भरता। तुम गऊ हो, इससे निबाह हो जाता है, नहीं तो अब तक गली-गली ठोकरें खाती होती।

गोबर–मुझे तो उसके बनाव-सिंगार पर गुस्सा आता है। काम कुछ न करेगी; पर खाने-पहनने को अच्छा ही चाहिए।

नेउर–तुम क्या जानो बेटा, जब वह आई थी, तो मेरे घर में सात हल की खेती होती थी। रानी बनी बैठी रहती थी। ज़माना बदल गया, तो क्या हुआ, उसका मन तो वही है। घड़ी भर चूल्हे के सामने बैठ जाती है, तो आँखें लाल हो जाती हैं और मूड़ थाम कर पड़ जाती है। मुझसे तो यह नहीं देखा जाता। इसी दिन-रात के लिए तो आदमी शादी-ब्याह करता है और इसमें क्या रखा है? यहाँ से जा कर रोटी बनाऊँगा, पानी लाऊँगा, तब दो कौर खायेगी, नहीं तो मुझे क्या था, तुम्हारी तरह चार फंकी मार कर एक लोटा पानी पी लेता। जब से बिटिया मर गई, तब से तो वह और भी मस्त हो गई। यह बड़ा भारी धक्का लगा। माँ की ममता हम-तुम क्या समझेंगे बेटा? पहले तो कभी-कभी डाँट भी देता था। अब किस मुँह से डाँटू ?

दीना–तुम कल पेड़ पर काहे को चढ़े थे, अभी गूलर कौन पकी है ?

नेउर–उस बकरी के लिए थोड़ी पत्ती तोड़ रहा था। बिटिया को दूध पिलाने को बकरी ली थी। अब बुढ़िया हो गई है; लेकिन थोड़ा दूध दे देती है। उसी का दूध और रोटी बुढ़िया का आधार है।

घर पहुँच कर नेउर ने लोटा और डोर उठाया और नहाने चला, कि स्त्री ने खाट पर लेटे-लेटे कहा–इतनी देर क्यों कर दिया करते हो ? आदमी काम के पीछे परान थोड़े ही देता है ? जब मजूरी सबके बराबर मिलती है, तो क्यों काम के पीछे मरते हो ?

नेउर का अन्तःकरण एक माधुर्य से सराबोर हो गया। उसके आत्म-समर्पण से भरे हुए प्रेम में 'मैं' की गन्ध भी तो नहीं थी। कितना स्नेह ! और किसे उसके आराम की, उसके मरने-जीने की चिन्ता है ? फिर यह क्यों न अपनी बुढ़िया के लिए मरे ? बोला–तू उस जन्म में कोई देवी रही होगी बुधिया, सच।

'अच्छा, रहने दो यह चापलूसी। हमारे आगे अब कौन बैठा हुआ है, जिसके लिए इतना हाय-हाय करते हो ?'

नेउर गज-भर की छाती किये स्नान करने चला गया। लौट कर उसने मोटी-मोटी रोटियाँ बनाईं। आलू चूल्हे में डाल दिये। उनका भुरता बनाया; फिर बुधिया और वह दोनों साथ खाने बैठे।

बुधिया—मेरी जात से तुम्हें कोई सुख न मिला। पड़े-पड़े खाती हूँ और तुम्हें तंग करती हूँ। इससे तो कहीं अच्छा था कि भगवान् मुझे उठा लेते !

'भगवान् आएँगे तो मैं कहूँगा, पहले मुझे ले चलो। तब इस सूनी झोंपड़ी में कौन रहेगा !'

'तुम न रहोगे, तो मेरी क्या दशा होगी, यह सोच कर मेरी आँखों में अँधेरा आ जाता है। मैंने कोई बड़ा पुन किया था कि तुम्हें पाया। किसी और के साथ मेरा भला क्या निबाह होता ?'

ऐसे मीठे संतोष के लिए नेउर क्या नहीं कर डालना चाहता था। आलसिन, लोभिन, स्वार्थिन बुधिया अपनी जीभ पर केवल मिठास रख कर नेउर को नचाती रहती थी जैसे कोई शिकारी कँटिये में चारा लगा कर मछली को खिलाता है।

पहले कौन मरे, इस विषय पर आज यह पहली ही बार बातचीत न हुई थी। इसके पहले भी कितनी ही बार यह प्रश्न उठा था और यों ही छोड़ दिया गया था; लेकिन न जाने क्यों नेउर ने अपनी डिग्री कर ली थी और उसे निश्चय था कि पहले मैं जाऊँगा। उसके पीछे भी बुधिया जब तक रहे, आराम से रहे, किसी के सामने हाथ न फैलाये, इसीलिए वह मरता रहता था, जिसमें हाथ में चार पैसे जमा हो जाएँ ! कठिन-से-कठिन काम, जिसे कोई न कर सके, नेउर करता। दिन-भर फावड़े-कुदाल का काम करने के बाद रात को वह ऊख के दिनों में किसी की ऊख पेरता, या खेतों की रखवाली करता; लेकिन दिन निकलते जाते थे और जो कुछ कमाता था, वह भी निकलता जाता था। बुधिया के बगैर यह जीवन...नहीं, इसकी वह कल्पना ही न कर सकता था।

लेकिन आज की बातों ने नेउर को सशंक कर दिया। जल में एक बूँद रंग की भाँति यह शंका उसके मन में समा कर अतिरंजित होने लगी।

गाँव में नेउर को काम की कमी न थी; पर मजूरी तो वही मिलती थी, जो अब तक मिलती आई थी; इस मन्दी में वह मजूरी भी नहीं रह गई थी। एकाएक गाँव में एक साधु कहीं से घूमते-फिरते आ निकले और नेउर के घर के सामने ही पीपल की छाँह में उनकी धूनी जल गई। गाँववालों ने अपना धन्य भाग्य समझा। बाबाजी का सेवा-सत्कार करने के लिए सभी जमा हो गए। कहीं से लकड़ी आ गई, कहीं से बिछाने को कम्बल, कहीं से आटा-दाल। नेउर के पास क्या था ? बाबाजी के

लिए भोजन बनाने की सेवा उसने ली। चरस आ गई, दम लगने लगा।

दो-तीन दिन में ही बाबाजी की कीर्ति फैलने लगी। वह आत्मदर्शी हैं, भूत-भविष्य सब बता देते हैं। लोभ तो छू नहीं गया। पैसा हाथ से नहीं छूते और भोजन भी क्या करते हैं ! आठ पहर में एक-दो बाटियाँ खा लीं; लेकिन मुख दीपक की तरह दमक रहा है। कितनी मीठी बानी है ! सरल-हृदय नेउर बाबाजी का सबसे बड़ा भक्त था। उस पर कहीं बाबाजी की दया हो गई, तो पारस ही हो जाएगा। सारा दुख-दलिद्दर मिट जाएगा।

भक्तजन एक-एक करके चले गए थे। खूब कड़ाके की ठंड पड़ रही थी। केवल नेउर बैठा बाबाजी के पाँव दबा रहा था।

बाबाजी ने कहा–बच्चा ! संसार माया है, इसमें क्यों फँसे हो ?

नेउर ने नत-मस्तक हो कर कहा–अज्ञानी हूँ महाराज; क्या करूँ ? स्त्री है, उसे किस पर छोड़ूँ ?

'तू समझता है, तू स्त्री का पालन करता है ?'

'और कौन सहारा है उसे बाबाजी ?'

'ईश्वर कुछ नहीं है, तू ही सबकुछ है ?'

नेउर के मन में जैसे ज्ञान उदय हो गया ! तू इतना अभिमानी हो गया है ! तेरा इतना दिमाग ! मज़दूरी करते-करते जान जाती है और तू समझता है, मैं ही बुधिया का सबकुछ हूँ। प्रभु, जो सारे संसार का पालन करते हैं, तू उनके काम में दखल देने का दावा करता है। उसके सरल, ग्रामीण हृदय में आस्था की ध्वनि-सी उठकर उसे धिक्कारने लगी। बोला–अज्ञानी हूँ महाराज !

इससे ज़्यादा वह और कुछ न कह सका। आँखों से दीन विषाद के आँसू गिरने लगे।

बाबाजी ने तेजस्विता से कहा–'देखना चाहता है ईश्वर का चमत्कार ! वह चाहे तो क्षण-भर में तुझे लखपती कर दे। क्षण-भर में तेरी सारी चिन्ताएँ हर ले ! मैं उसका एक तुच्छ भक्त हूँ काकविष्टा; लेकिन मुझमें भी इतनी शक्ति है कि तुझे पारस बना दूँ। तू साफ दिल का, सच्चा, ईमानदार आदमी है। मुझे तुझ पर दया आती है। मैंने इस गाँव में सबको ध्यान से देखा। किसी में शक्ति नहीं, विश्वास नहीं। तुझमें मैंने भक्त का हृदय पाया। तेरे पास कुछ चाँदी है?'

नेउर को जान पड़ रहा था कि सामने स्वर्ग का द्वार है।

'दस-पाँच रुपये होंगे महाराज !'

'कुछ चाँदी के टूटे-फूटे गहने नहीं हैं ?'

'घरवाली के पास कुछ गहने हैं।'

'कल रात को जितनी चाँदी मिल सके, यहाँ ला और ईश्वर की प्रभुता देख।

तेरे सामने मैं चाँदी को हाँड़ी में रख कर इसी धूनी में रख दूँगा। प्रातःकाल आ कर हाँड़ी निकाल लेना; मगर इतना याद रखना कि उन अशर्फियों को अगर शराब पीने में, जुआ खेलने में या किसी दूसरे बुरे काम में खर्च किया, तो कोढ़ी हो जाएगा। अब जा, सो रह। हाँ, इतना और सुन ले; इसकी चर्चा किसी से मत करना, घरवाली से भी नहीं।'

नेउर घर चला, तो ऐसा प्रसन्न था, मानो ईश्वर का हाथ उसके सिर पर है। रात-भर उसे नींद नहीं आई। सबेरे उसने कई आदमियों से दो-दो, चार-चार रुपये उधार ले कर पचास रुपये जोड़े ! लोग उसका विश्वास करते थे। कभी किसी का एक पैसा भी न दबाता था। वादे का पक्का, नीयत का साफ। रुपये मिलने में दिक्कत न हुई। पच्चीस रुपये उसके पास थे। बुधिया से गहने कैसे ले ? चाल चली। तेरे गहने बहुत मैले हो गए हैं। खटाई से साफ कर ले। रात-भर खटाई में रहने से नये हो जाएँगे। बुधिया चकमे में आ गई। हाँडी में खटाई डाल कर गहने भिगो दिये। जब रात को वह सो गई, तो नेउर ने रुपये भी उसी हाँडी में डाल दिये और बाबाजी के पास पहुँचा। बाबाजी ने कुछ मन्त्र पढ़ा। हाँडी को धूनी की राख में रखा और नेउर को आशीर्वाद देकर बिदा किया।

रात-भर करवटें बदलने के बाद नेउर मुँह अँधेरे बाबा के दर्शन करने गया, मगर बाबाजी का वहाँ पता न था। अधीर हो कर उसने धूनी की जलती हुई राख टटोली। हाँडी गायब थी। छाती धक्-धक् करने लगी। बदहवास हो कर बाबा को खोजने लगा। हाट की तरफ गया। तालाब की ओर पहुँचा। दस मिनट, बीस मिनट, आधा घंटा ! बाबा का कहीं निशान नहीं। भक्त आने लगे। बाबा कहाँ गए ? कम्बल भी नहीं, बरतन भी नहीं !

भक्त ने कहा—रमते साधुओं का क्या ठिकाना ! आज यहाँ, कल वहाँ; एक जगह रहें, तो साधु कैसे ? लोगों से हेल-मेल हो जाए, बंधन में पड़ जाएँ।

'सिद्ध थे।'

'लोभ को छू नहीं गया था।'

'नेउर कहाँ है ? उस पर बड़ी दया करते थे। उससे कह गए होंगे।'

नेउर की तलाश होने लगी, कहीं पता नहीं। इतने में बुधिया नेउर को पुकारती हुई घर में से निकली। फिर कोलाहल मच गया। बुधिया रोती थी और नेउर को गालियाँ देती थी।

नेउर खेतों की मेंड़ों से बेतहाशा भागता चला जाता था, मानो इस पापी संसार से निकल जाएगा।

एक आदमी ने कहा—नेउर ने कल मुझसे पाँच रुपये लिए थे। आज साँझ को देने को कहा था।

दूसरा—हमसे भी दो रुपये आज ही के वादे पर लिए थे।

बुधिया रोयी—दाढ़ीज़ार मेरे सारे गहने ले गया। पच्चीस रुपये रखे थे, वह भी उठा ले गया।

लोग समझ गए, बाबा कोई धूर्त्त था। नेउर को झाँसा दे गया। ऐसे-ऐसे ठग पड़े हैं संसार में ! नेउर के बारे में किसी को ऐसा संदेह नहीं था। बेचारा सीधा आदमी, आ गया पट्टी में। मारे लाज के कहीं छिपा बैठा होगा।

तीन महीने गुज़र गए।

झाँसी जिले में धसान नदी के किनारे एक छोटा-सा गाँव है—काशीपुर। नदी के किनारे एक पहाड़ी टीला है। उसी पर कई दिन से एक साधु ने अपना आसन जमाया है। नाटे कद का आदमी है, काले तवे का-सा रंग, देह गठी हुई। यह नेउर है, जो साधु-वेश में दुनिया को धोखा दे रहा है—वही सरल निष्कपट नेउर, जिसने कभी पराये माल की ओर आँख नहीं उठाई, जो पसीना की रोटी खा कर मगन था। घर की, गाँव की और बुधिया की याद एक क्षण भी उसे नहीं भूलती, इस जीवन में फिर कोई दिन आएगा, कि वह अपने घर पहुँचेगा और फिर उस संसार में हँसता-खेलता अपनी छोटी-छोटी चिन्ताओं और छोटी-छोटी आशाओं के बीच आनन्द से रहेगा ! वह जीवन कितना सुखमय था ! जितने थे सब अपने थे, सभी आदर करते थे, सहानुभूति रखते थे। दिन-भर की मजूरी, थोड़ा-सा अनाज या थोड़े-से पैसे ले कर घर आता था, तो बुधिया कितने मीठे स्नेह से उसका स्वागत करती थी। वह सारी मेहनत, सारी थकावट जैसे उस मिठास में सन कर और मीठी हो जाती थी। हाय, वे दिन फिर कब आएँगे ? न जाने बुधिया कैसे रहती होगी। कौन उसे पान की तरह फेरेगा ? कौन उसे पका कर खिलाएगा ? घर में पैसा भी तो नहीं छोड़ा, गहने तक डुबा दिये। तब उसे क्रोध आता कि उस बाबा को पा जाए, तो कच्चा ही खा जाए। हाय लोभ ! लोभ !

उसके अनन्य भक्तों में एक सुन्दरी युवती भी थी, जिसके पति ने उसे त्याग दिया था। उसका बाप फौजी पेंशनर था। एक पढ़े-लिखे आदमी से लड़की का विवाह किया; लेकिन लड़का माँ के कहने में था और युवती की अपनी सास से न पटती। वह चाहती थी, शौहर के साथ सास से अलग रहे; शौहर अपनी माँ से अलग होने पर न राज़ी हुआ। वह रूठ कर मैके चली आई। तब से तीन साल हो गए थे और ससुराल से एक बार भी बुलावा न आया, न पतिदेव ही आए। युवती किसी तरह पति को अपने वश में कर लेना चाहती थी। महात्माओं के लिए किसी का दिल फेर देना ऐसा क्या मुश्किल है ! हाँ, उनकी दया चाहिए।

एक दिन उसने एकान्त में बाबाजी से अपनी विपत्ति कह सुनाई। नेउर को जिस शिकार की टोह थी, वह आज मिलता हुआ जान पड़ा। गंभीर भाव से बोला—बेटी, मैं न सिद्ध हूँ, न महात्मा, न मैं संसार के झमेलों में पड़ता हूँ, पर तेरी सरधा और परेम देख कर तुझ पर दया आती है। भगवान् ने चाहा, तो तेरा मनोरथ पूरा हो जाएगा।

'आप समर्थ हैं और मुझे आपके ऊपर विश्वास है।'

'भगवान् की जो इच्छा होगी, वही होगा।'

'इस अभागिनी की डोंगी, आप ही पार लगा सकते हैं।'

'भगवान् पर भरोसा रखो।'

'मेरे भगवान् तो आप ही हो।'

नेउर ने मानो धर्म-संकट में पड़कर कहा—लेकिन बेटी, उस काम में बड़ा अनुष्ठान करना पड़ेगा, और अनुष्ठान में सैकड़ों-हज़ारों का खर्च है। उस पर भी तेरा काज सिद्ध होगा या नहीं, यह मैं नहीं कह सकता। हाँ, मुझसे जो कुछ हो सकेगा, वह मैं कर दूँगा; पर सबकुछ भगवान् के हाथ में है। मैं माया को हाथ से नहीं छूता; लेकिन तेरा दुःख नहीं देखा जाता।

उसी रात को युवती ने अपने सोने के गहनों की पेटारी ला कर बाबाजी के चरणों पर रख दी। बाबाजी ने काँपते हुए हाथों से पेटारी खोली और चन्द्रमा के उज्ज्वल प्रकाश में आभूषणों को देखा। उनकी आँखें झपक गईं। यह सारी माया उनकी है। वह उनके सामने हाथ बाँधे खड़ी कह रही है—मुझे अंगीकार कीजिए। कुछ भी तो करना नहीं है, केवल पेटारी ले कर अपने सिरहाने रख लेना है और युवती को आशीर्वाद दे कर बिदा कर देना है। प्रातःकाल वह आएगी ! उस वक्त वह उतना दूर होंगे, जहाँ तक उनकी टाँगें ले जाएँगी। ऐसा आशातीत सौभाग्य ! जब वह रुपयों से भरी थैलियाँ लिए गाँव में पहुँचेंगे और बुधिया के सामने रख देंगे ! ओह ! इससे बड़े आनन्द की तो वह कल्पना भी नहीं कर सकते।

लेकिन न जाने क्यों इतना जरा-सा काम भी उससे नहीं हो सकता था। वह पेटारी को उठा कर अपने सिरहाने, कम्बल के नीचे दबा कर नहीं रख सकता। है कुछ नहीं; पर उसके लिए असूझ है, असाध्य है। वह उस पेटारी की ओर हाथ भी नहीं बढ़ा सकता। हाथों पर उसका कोई बस नहीं। जाने दो हाथ, जबान से कह सकता है। इतना कहने में कौन-सी दुनिया उलटी जाती है, कि बेटी, इसे उठा कर इस कम्बल के नीचे रख दे। ज़बान कट तो न जाएगी; मगर अब उसे मालूम होता है कि ज़बान पर भी उसका काबू नहीं है। आँखों के इशारे से भी यह काम हो सकता है, लेकिन इस समय आँखें भी बगावत कर रही हैं। मन का राजा इतने मन्त्रियों और सामन्तों के होते हुए भी अशक्त है, निरीह है। लाख रुपये की थैली सामने

रखी हो, नंगी तलवार हाथ में हो, गाय मज़बूत रस्सी से सामने बँधी हो, क्या उस गाय की गरदन पर उसके हाथ उठेंगे ! कभी नहीं। कोई उसकी गरदन भले ही काट ले। वह गऊ की हत्या नहीं कर सकता। वह परित्यक्ता उसे उसी गऊ की तरह लग रही थी। जिस अवसर को वह तीन महीने से खोज रहा है, उसे पा कर आज उसकी आत्मा काँप रही है। तृष्णा किसी वन्य जन्तु की भाँति अपने संस्कारों से आखेटप्रिय है, लेकिन ज़ंजीरों से बँधे-बँधे उसके नख गिर गए हैं और दाँत कमज़ोर हो गए हैं।

उसने रोते हुए कहा—बेटी, पेटारी उठा ले जाओ। मैं तुम्हारी परीक्षा कर रहा था। तुम्हारा मनोरथ पूरा हो जाएगा।

चाँद नदी के पार वृक्षों की गोद में विश्राम कर चुका था। नेउर धीरे-से उठा और धसान में स्नान करके एक ओर चल दिया। भभूत और तिलक से उसे घृणा हो रही थी। उसे आश्चर्य हो रहा था कि वह घर से निकला ही कैसे ? थोड़े से उपहास के भय से ! उसे अपने अन्दर एक विचित्र उल्लास का अनुभव हो रहा था; मानो वह बेड़ियों से मुक्त हो गया हो, कोई बहुत बड़ी विजय प्राप्त की हो।

आठवें दिन नेउर अपने गाँव पहुँच गया। लड़कों ने दौड़ कर, उछल-कूद कर, उसकी लकड़ी उसके हाथ से छीन कर, उसका स्वागत किया।

एक लड़के ने कहा—काकी तो मर गई दादा !

नेउर के पाँव जैसे बँध गए। मुँह के दोनों कोने नीचे झुक गए। दीन-विषाद आँखों में चमक उठा। कुछ बोला नहीं, कुछ पूछा भी नहीं ! पल-भर जैसे निस्संज्ञ खड़ा रहा, फिर बड़ी तेजी से अपनी झोंपड़ी की ओर चला। बालकवृन्द भी उसके पीछे दौड़े, मगर उनकी शरारत और चंचलता भाग गई थी। झोंपड़ी खुली पड़ी थी। बुधिया की चारपाई जहाँ-की-तहाँ थी। उसकी चिलम और नारियल ज्यों-के-त्यों धरे हुए थे। एक कोने में दो-चार मिट्‌टी और पीतल के बरतन पड़े हुए थे। लड़के बाहर ही खड़े रह गए। झोंपड़ी के अन्दर कैसे जाएँ; वहाँ बुधिया बैठी है।

गाँव में भगदड़ मच गई। नेउर दादा आ गए। झोंपड़ी के द्वार पर भीड़ लग गई, प्रश्नों का ताँता बँध गया—तुम इतने दिन कहाँ थे दादा ? तुम्हारे जाने के बाद तीसरे ही दिन काकी चल बसीं। रात-दिन तुम्हें गालियाँ देती थी। मरते-मरते तुम्हें गरियाती ही रही। तीसरे दिन आए, तो मरी पड़ी थी। तुम इतने दिन कहाँ रहे ?

नेउर ने कोई जवाब न दिया। केवल शून्य, निराश, करुण, आहत नेत्रों से लोगों की ओर देखता रहा, मानो उसकी वाणी हर ली गई है। उस दिन से किसी ने उसे बोलते, या रोते-हँसते नहीं देखा।

गाँव से आध मील पर पक्की सड़क है। अच्छी आमदरफ्त है। नेउर बड़े सबेरे जा कर सड़क के किनारे एक पेड़ के नीचे बैठ जाता है। किसी से कुछ माँगता नहीं; पर राहगीर कुछ-न-कुछ दे ही देते हैं—चबेना, अनाज, पैसे ! सन्ध्या समय वह अपनी झोंपड़ी में आ जाता है, चिराग जलाता है, भोजन बनाता है, खाता है, और उसी खाट पर पड़ा रहता है। उसके जीवन में जो एक संचालक शक्ति थी, वह लुप्त हो गई है। वह अब केवल जीवधारी है। कितनी गहरी मनोव्यथा है ! गाँव में प्लेग आया। लोग घर छोड़-छोड़ कर भागने लगे। नेउर को अब किसी की परवाह न थी। न किसी को उससे भय था, न प्रेम। सारा गाँव भाग गया, नेउर ने अपनी झोंपड़ी न छोड़ी; तब होली आई। सबने खुशियाँ मनायीं, नेउर अपनी झोंपड़ी से न निकला, और आज भी वह उसी पेड़ के नीचे, सड़क के किनारे, उसी तरह मौन बैठा हुआ नज़र आता है—निश्चेष्ट, निर्जीव !

तेंतर

आखिर वही हुआ जिसकी आशंका थी; जिसकी चिंता में घर के सभी लोग विशेषतः प्रसूता पड़ी हुई थी। तीन पुत्रों के पश्चात् कन्या का जन्म हुआ। माता सौर में सूख गई, पिता बाहर आँगन में सूख गए, और पिता की वृद्धा माता सौर द्वार पर सूख गईं। अनर्थ, महा अनर्थ ! भगवान् ही कुशल करें तो हो! यह पुत्री नहीं राक्षसी है। इस अभागिनी को इसी घर में आना था ! आना ही था तो कुछ दिन पहले क्यों न आई? भगवान् सातवें शत्रु के घर भी तेंतर का जन्म न दें।

पिता का नाम था—पंडित दामोदरदत्त, शिक्षित आदमी थे। शिक्षा-विभाग ही में नौकर भी थे; मगर इस संस्कार को कैसे मिटा देते, जो परम्परा से हृदय में जमा हुआ था, कि तीसरे बेटे की पीठ पर होने वाली कन्या अभागिनी होती है, या पिता को लेती है या माता को, या अपने को। उनकी वृद्धा माता लगी नवजात कन्या को पानी पी-पीकर कोसने, कलमुँही है, कलमुँही ! न-जाने क्या करने आई है यहाँ? किसी बाँझ के घर जाती तो उसके दिन फिर जाते !

दामोदरदत्त दिल में तो घबराए हुए थे, पर माता को समझाने लगे—अम्माँ, तेंतर-वेतर कुछ नहीं, भगवान् की जो इच्छा होती है, वही होता है। ईश्वर चाहेंगे तो सब कुशल ही होगा; गानेवालियों को बुला लो, नहीं लोग कहेंगे, तीन बेटे हुए तो कैसे फूली फिरती थीं, एक बेटी हो गई तो घर में कुहराम मच गया।

माता—अरे बेटा, तुम क्या जानो इन बातों को, मेरे सिर तो बीत चुकी है, प्राण नहों में समाया हुआ है। तेंतर ही के जन्म से तुम्हारे दादा का देहांत हुआ। तभी से तेंतर का नाम सुनते ही मेरा कलेजा काँप उठता है।

दामोदर—इस कष्ट के निवारण का भी कोई उपाय होगा ?

माता—उपाय बताने को तो बहुत हैं, पंडितजी से पूछो तो कोई-न-कोई उपाय

बता देंगे; पर इससे कुछ होता नहीं। मैंने कौन-से अनुष्ठान नहीं किए, पर पंडितजी की तो मुट्ठियाँ गरम हुईं, यहाँ जो सिर पर पड़ना था, वह पड़ ही गया। अब टके के पंडित रह गए हैं, जजमान मरे या जिये—उनकी बला से, उनकी दक्षिणा मिलनी चाहिए। (धीरे-से) लड़की दुबली-पतली भी नहीं है। तीनों लड़कों से हृष्ट-पुष्ट है। बड़ी-बड़ी आँखें हैं, पतले-पतले लाल-लाल ओंठ हैं, जैसे गुलाब की पत्ती। गोरा-चिट्टा रंग है, लम्बी-सी नाक। कलमुँही नहलाते समय रोयी भी नहीं, टुकुर-टुकुर ताकती रही, यह सब लच्छन कुछ अच्छे थोड़े ही हैं।

दामोदरदत्त के तीनों लड़के साँवले थे, कुछ विशेष रूपवान भी न थे। लड़की के रूप का बखान सुन कर उनका चित्त कुछ प्रसन्न हुआ। बोले—अम्माँ जी, तुम भगवान् का नाम ले कर गानेवालियों को बुला भेजो, गाना-बजाना होने दो। भाग्य में जो कुछ है, वह तो होगा ही।

माता—जी तो हुलसता नहीं, करूँ क्या ?

दामोदर—गाना न होने से कष्ट का निवारण तो होगा नहीं, कि हो जाएगा ? अगर इतने सस्ते जान छूटे तो न कराओ गाना।

माता—बुलाए लेती हूँ बेटा। जो कुछ होना था, वह तो हो गया।

इतने में दाई ने सौर में से पुकार कर कहा—बहूजी कहती हैं, गाना-वाना कराने का काम नहीं है।

माता—भला उनसे कहो चुप बैठी रहें, बाहर निकल कर मनमानी करेंगी, बारह ही दिन हैं, बहुत दिन नहीं हैं; बहुत इतराती फिरती थीं—यह न करूँगी, वह न करूँगी, देवी क्या है, देवता क्या है, मरदों की बातें सुन कर वही रट लगाने लगती थीं, तो अब चुपके से बैठतीं क्यों नहीं। मेमें तो तेंतर को अशुभ नहीं मानतीं, और सब बातों में मेमों की बराबरी करती हैं तो इस बात में भी करें।

यह कह कर माताजी ने नाइन को भेजा कि जा कर गानेवालियों को बुला ला, पड़ोस में भी कहती जाना।

सबेरा होते ही बड़ा लड़का सो कर उठा और आँखें मलता हुआ जा कर दादी से पूछने लगा—बड़ी अम्माँ, कल अम्माँ को क्या हुआ ?

माता—लड़की तो हुई है!

बालक खुशी से उछल कर बोला—ओ-हो-हो, पैजनियाँ पहन-पहनकर छुनछुन चलेगी। जरा मुझे दिखा दो, दादीजी !

माता—अरे क्या सौर में जाएगा, पागल हो गया है क्या ?

लड़के की उत्सुकता न मानी। सौर के द्वार पर जा कर खड़ा हो गया और बोला—अम्माँ, जरा बच्ची को मुझे दिखा दो।

दाई ने कहा—बच्ची अभी सोती है।

बालक—जरा दिखा दो, गोद में ले कर।

दाई ने कन्या उसे दिखा दी तो वहाँ से दौड़ता हुआ अपने छोटे भाइयों के पास पहुँचा और उन्हें जगा-जगाकर खुशखबरी सुनाई।

एक बोला—नन्ही-सी होगी।

बड़ा—बिलकुल नन्ही-सी ! बस, जैसी बड़ी गुड़िया ! ऐसी गोरी है कि क्या किसी साहब की लड़की होगी। यह लड़की मैं लूँगा।

सबसे छोटा बोला—अमको बी दिका दो।

तीनों मिल कर लड़की को देखने आए और वहाँ से बगलें बजाते उछलते-कूदते बाहर आए।

बड़ा—देखा कैसी है !

मँझला—कैसे आँखें बंद किए पड़ी थी?

छोटा—इसे हमें तो देना।

बड़ा—खूब द्वार पर बारात आएगी, हाथी, घोड़े, बाजे, आतिशबाजी।

मँझला और छोटा ऐसे मग्न हो रहे थे मानो वह मनोहर दृश्य आँखों के सामने है, उनके सरल नेत्र मनोल्लास से चमक रहे थे।

मँझला बोला—फुलवारियाँ भी होंगी।

छोटा—अम बी पूल लेंगे !

छट्ठी भी हुई, बरही भी हुई, गाना-बजाना, खाना-खिलाना, देना-दिलाना सबकुछ हुआ; पर रस्म पूरी करने के लिए, दिल से नहीं, खुशी से नहीं। लड़की दिन-दिन दुर्बल और अस्वस्थ होती जाती थी। माँ उसे दोनों वक्त अफीम खिला देती और बालिका दिन और रात नशे में बेहोश पड़ी रहती। ज़रा भी नशा उतरता तो भूख से विकल हो कर रोने लगती ! माँ कुछ ऊपरी दूध पिला कर अफीम खिला देती। आश्चर्य की बात तो यह थी कि अबकी उसकी छाती में दूध ही नहीं उतरा, यों भी उसे दूध देर से उतरता था; पर लड़कों की बेर उसे नाना प्रकार की दूधवर्द्धक औषधियाँ खिलाई जातीं, बार-बार शिशु को छाती से लगाया जाता, यहाँ तक कि दूध उतर ही आता था; पर अबकी यह आयोजनाएँ न की गईं। फूल-सी बच्ची कुम्हलाती जाती थी। माँ तो कभी उसकी ओर ताकती भी न थी। हाँ, नाइन कभी चुटकियाँ बजा कर चुमकारती तो शिशु के मुख पर ऐसी दयनीय, ऐसी करुण वेदना अंकित दिखायी देती कि वह आँखें पोंछती हुई चली जाती थी। बहू से कुछ कहने-सुनने का साहस न पड़ता। बड़ा लड़का सिद्धू बार-बार कहता—अम्माँ, बच्ची को दो, बाहर से खेला लाऊँ। पर माँ उसे झिड़क देती थी।

तीन-चार महीने हो गए। दामोदरदत्त रात को पानी पीने उठे तो देखा कि बालिका जाग रही है। सामने ताख पर मीठे तेल का दीपक जल रहा था, लड़की टकटकी बाँधे उसी दीपक की ओर देखती थी, और अपना अँगूठा चूसने में मग्न थी। चुभ-चुभ की आवाज़ आ रही थी। उसका मुख मुरझाया हुआ था, पर वह न रोती थी, न हाथ-पैर फेंकती थी, बस अँगूठा पीने में ऐसी मग्न थी मानो उसमें सुधा-रस भरा हुआ है। वह माता के स्तनों की ओर मुँह भी नहीं फेरती थी, मानो उसका उन पर कोई अधिकार नहीं, उसके लिए वहाँ कोई आशा नहीं। बाबू साहब को उस पर दया आई। इस बेचारी का मेरे घर जन्म लेने में क्या दोष है ? मुझ पर या इसकी माता पर जो कुछ भी पड़े, उसमें इसका क्या अपराध ? हम कितनी निर्दयता कर रहे हैं कि कुछ कल्पित अनिष्ट के कारण उसका इतना तिरस्कार कर रहे हैं। माना कि कुछ अमंगल हो भी जाए, तो क्या उसके भय से इसके प्राण ले लिए जाएँगे ? अगर अपराधी है तो मेरा प्रारब्ध है। इस नन्हे-से बच्चे के प्रति हमारी कठोरता क्या ईश्वर को अच्छी लगती होगी ? उन्होंने उसे गोद में उठा लिया और उसका मुख चूमने लगे। लड़की को कदाचित् पहली बार सच्चे स्नेह का ज्ञान हुआ। वह हाथ-पैर उछाल कर 'गूँ-गूँ' करने लगी और दीपक की ओर हाथ फैलाने लगी। उसे जीवन-ज्योति-सी मिल गई।

प्रातःकाल दामोदरदत्त ने लड़की को गोद में उठा लिया और बाहर लाए। स्त्री ने बार-बार कहा—उसे पड़ी रहने दो, ऐसी कौन-सी बड़ी सुन्दर है? अभागिन रात-दिन तो प्राण खाती रहती है, मर भी नहीं जाती कि जान छूट जाए; किंतु दामोदरदत्त ने न माना। उसे बाहर लाए और अपने बच्चों के साथ बैठ कर खेलाने लगे। उनके मकान के सामने थोड़ी-सी ज़मीन पड़ी हुई थी। पड़ोस के किसी आदमी की एक बकरी उसमें आ कर चरा करती थी। इस समय भी वह चर रही थी। बाबू साहब ने बड़े लड़के से कहा—सिद्धू, ज़रा उस बकरी को पकड़ो, तो इसे दूध पिलाएँ, शायद भूखी है बेचारी। देखो, तुम्हारी नन्ही-सी बहन है न ? इसे रोज़ हवा में खेलाया करो।

सिद्धू को दिल्लगी हाथ आई। उसका छोटा भाई भी दौड़ा। दोनों ने घेर कर बकरी को पकड़ा और उसका कान पकड़े हुए सामने लाए। पिता ने शिशु का मुँह बकरी के थन में लगा दिया। लड़की चुबलाने लगी और एक क्षण में दूध की धार उसके मुँह में जाने लगी, मानो टिमटिमाते दीपक में तेल पड़ जाए। लड़की का मुँह खिल उठा। आज शायद पहली बार उसकी क्षुधा तृप्त हुई थी। वह पिता की गोद में हुमक-हुमककर खेलने लगी। लड़कों ने भी उसे खूब नचाया-कुदाया।

उस दिन से सिद्धू को मनोरंजन का एक नया विषय मिल गया। बालकों को बच्चों से बहुत प्रेम होता है। अगर किसी घोंसले में चिड़िया का बच्चा देख पाएँ तो बार-बार वहाँ जाएँगे। देखेंगे कि माता बच्चे को कैसे दाना चुगाती है। बच्चा

कैसे चोंच खोलता है, कैसे दाना लेते समय परों को फड़फड़ा कर चें-चें करता है। आपस में बड़े गम्भीर भाव से उसकी चरचा करेंगे, अपने अन्य साथियों को ले जा कर उसे दिखायेंगे। सिद्धू ताक में लगा रहता, ज्यों ही माता भोजन बनाने या स्नान करने जाती तुरंत बच्ची को ले कर आता और बकरी को पकड़ कर उसके थन में शिशु का मुँह लगा देता, कभी-कभी दिन में दो-दो तीन-तीन बार पिलाता। बकरी को भूसी-चोकर खिला कर ऐसा परचा लिया कि वह स्वयं चोकर के लोभ से चली आती और दूध दे कर चली जाती। इस भाँति कोई एक महीना गुज़र गया, लड़की हृष्ट-पुष्ट हो गई, मुख पुष्प के समान विकसित हो गया। आँखें जग उठीं, शिशुकाल की सरल आभा मन को हरने लगी।

माता उसे देख-देख कर चकित होती थी। किसी से कुछ कह तो न सकती; पर दिल में उसे आशंका होती कि अब वह मरने की नहीं, हमीं लोगों के सिर जाएगी। कदाचित् ईश्वर इसकी रक्षा कर रहे हैं, जभी तो दिन-दिन निखरती आती है, नहीं अब तक ईश्वर के घर पहुँच गई होती।

मगर दादी माता से कहीं ज़्यादा चिंतित थी। उसे भ्रम होने लगा कि वह बच्ची को खूब दूध पिला रही है, साँप को पाल रही है। शिशु की ओर आँख उठा कर भी न देखती। यहाँ तक कि एक दिन कह बैठी—लड़की का बड़ा छोह करती हो ? हाँ भाई, माँ हो कि नहीं, तुम न छो करोगी तो करेगा कौन ?

'अम्माँजी, ईश्वर जानते हैं जो मैं इसे दूध पिलाती होऊँ ?'

'अरे तो मैं मना थोड़े ही करती हूँ, मुझे क्या गरज पड़ी है कि मुफ्त में अपने ऊपर पाप लूँ, कुछ मेरे सिर तो जाएगी नहीं।'

'अब आपको विश्वास ही न आए तो कोई क्या करे ?'

'मुझे पागल समझती हो, वह हवा पी-पीकर ऐसी हो रही है ?'

'भगवान् जाने अम्माँ, मुझे तो आप अचरज होता है।'

बहू ने बहुत निर्दोषिता जताई; किंतु वृद्धा सास को विश्वास न आया। उसने समझा, यह मेरी शंका को निर्मूल समझती है, मानो मुझे इस बच्ची से कोई बैर है। उसके मन में यह भाव अंकुरित होने लगा कि इसे कुछ हो जाए तब यह समझे कि मैं झूठ नहीं कहती थी। वह जिन प्राणियों को अपने प्राणों से भी प्रिय समझती थी, उन्हीं लोगों की अमंगल कामना करने लगी, केवल इसलिए कि मेरी शंकाएँ सत्य हो जाएँ। वह यह तो नहीं चाहती थी कि कोई मर जाए; पर इतना अवश्य चाहती थी कि किसी बहाने से मैं चेता दूँ कि देखा, तुमने मेरा कहा न माना, यह उसी का फल है। उधर सास की ओर से ज्यों-ज्यों यह द्वेष-भाव प्रकट होता था, बहू

का कन्या के प्रति स्नेह बढ़ता था। ईश्वर से मनाती रहती थी कि किसी भाँति एक साल कुशल से कट जाता तो इनसे पूछती। कुछ लड़की का भोला-भाला चेहरा, कुछ अपने पति का प्रेम-वात्सल्य देख कर भी उसे प्रोत्साहन मिलता था। विचित्र दशा हो रही थी, न दिल खोल कर प्यार ही कर सकती थी, न सम्पूर्ण रीति से निर्दय होते ही बनता था। न हँसते बनता था न रोते।

इस भाँति दो महीने गुज़र गए और कोई अनिष्ट न हुआ। तब तो वृद्धा सास के पेट में चूहे दौड़ने लगे। बहू को दो-चार दिन ज्वर भी नहीं आ जाता कि मेरी शंका की मर्यादा रह जाए, पुत्र भी किसी दिन पैरगाड़ी पर से नहीं गिर पड़ता, न बहू के मैके ही से किसी के स्वर्गवास की सुनावनी आती है। एक दिन दामोदरदत्त ने खुले तौर पर कह भी दिया कि अम्माँ, यह सब ढकोसला है, तेंतर लड़कियाँ क्या दुनिया में होतीं नहीं, तो सब-के-सब माँ-बाप मर ही जाते हैं ? अंत में उसने अपनी शंकाओं को यथार्थ सिद्ध करने की एक तरकीब सोच निकाली। एक दिन दामोदरदत्त स्कूल से आए तो देखा कि अम्माँजी खाट पर अचेत पड़ी हुई हैं, स्त्री अँगीठी में आग रखे उनकी छाती सेंक रही है और कोठरी के द्वार और खिड़कियाँ बंद हैं। घबरा कर कहा—अम्माँजी, क्या हुआ है ?

स्त्री—दोपहर ही से कलेजे में एक शूल उठ रहा है, बेचारी बहुत तड़प रही हैं।

दामोदर—मैं जा कर डॉक्टर साहब को बुला लाऊँ न ! देर करने से शायद रोग बढ़ जाए। अम्माँजी, कैसी तबियत है ?

माता ने आँखें खोलीं और कराहते हुए बोली—बेटा, तुम आ गए ? अब न बचूँगी, हाय भगवान्, अब न बचूँगी। जैसे कोई कलेजे में बरछी चुभा रहा हो। ऐसी पीड़ा कभी न हुई थी। इतनी उम्र बीत गई, ऐसी पीड़ा नहीं हुई।

स्त्री—यह कलमुँही छोकरी न जाने किस मनहूस घड़ी में पैदा हुई।

सास—बेटा, सब भगवान् करते हैं, यह बेचारी क्या जाने ! देखो मैं मर जाऊँ तो उसे कष्ट मत देना। अच्छा हुआ, मेरे सिर आई। किसी के सिर तो जाती ही, मेरे ही सिर सही। हाय भगवान्, अब न बचूँगी।

दामोदर—जा कर डॉक्टर बुला लाऊँ ? अभी लौटा आता हूँ।

माताजी को केवल अपनी बात की मर्यादा निभानी थी, रुपये न खर्च कराने थे, बोली—नहीं बेटा, डॉक्टर के पास जा कर क्या करोगे ? अरे, वह कोई ईश्वर है? डॉक्टर अमृत पिला देगा ? दस-बीस वह भी ले जाएगा ! डॉक्टर-वैद्य से कुछ न होगा। बेटा, तुम कपड़े उतारो, मेरे पास बैठ कर भागवत पढ़ो। अब न बचूँगी, हाय राम !

दामोदर—तेंतर बुरी चीज़ है। मैं समझता था कि ढकोसला ही ढकोसला है।

स्त्री—इसी से मैं उसे कभी मुँह नहीं लगाती थी।

माता—बेटा, बच्चों को आराम से रखना, भगवान् तुम लोगों को सुखी रखे। अच्छा हुआ मेरे ही सिर गई, तुम लोगों के सामने मेरा परलोक हो जाएगा। कहीं किसी दूसरे के सिर जाती तो क्या होता राम ! भगवान् ने मेरी विनती सुन ली। हाय ! हाय !!

दामोदरदत्त को निश्चय हो गया कि अब अम्माँ न बचेंगी। बड़ा दुःख हुआ। उनके मन की बात होती, तो वह माँ के बदले तेंतर को न स्वीकार करते। जिस जननी ने जन्म दिया, नाना प्रकार के कष्ट झेल कर उनका पालन-पोषण किया, अकाल वैधव्य को प्राप्त हो कर भी उनकी शिक्षा का प्रबंध किया, उसके सामने एक दुधमुँही बच्ची का क्या मूल्य था, जिसके हाथ का एक गिलास पानी भी वह न जानते थे। शोकातुर हो कपड़े उतारे और माँ के सिरहाने बैठ कर भागवत की कथा सुनाने लगे।

रात को बहू भोजन बनाने चली तो सास से बोली—अम्माँजी, तुम्हारे लिए थोड़ा-सा साबूदाना छोड़ दूँ ?

माता ने व्यंग्य करके कहा—बेटी, अन्न बिना न मारो, भला साबूदाना मुझसे खाया जाएगा? जाओ, थोड़ी पूरियाँ छान लो। पड़े-पड़े जो कुछ इच्छा होगी, खा लूँगी, कचौरियाँ भी बना लेना। मरती हूँ तो भोजन को तरस-तरस क्यों मरूँ? थोड़ी मलाई भी मँगवा लेना, चौक की हो। फिर थोड़े खाने आऊँगी बेटी! थोड़े-से केले मँगवा लेना, कलेजे के दर्द में केले खाने से आराम होता है।

भोजन के समय पीड़ा शांत हो गई; लेकिन आध घंटे के बाद फिर ज़ोर से होने लगी। आधी रात के समय कहीं जा कर उनकी आँख लगी। एक सप्ताह तक उनकी यही दशा रही, दिन-भर पड़ी कराहा करतीं, बस भोजन के समय ज़रा वेदना कम हो जाती। दामोदरदत्त सिरहाने बैठे पंखा झलते और मातृ-वियोग के आगत शोक से रोते। घर की महरी ने मुहल्ले-भर में यह खबर फैला दी, पड़ोसिनें देखने आईं तो सारा इलज़ाम उसी बालिका के सिर गया।

एक ने कहा—यह तो कहो बड़ी कुशल हुई कि बुढ़िया के सिर गई; नहीं तो तेंतर माँ-बाप दो में से एक को ले कर तभी शांत होती है। दैव न करे कि किसी के घर तेंतर का जन्म हो।

दूसरी बोली—मेरे तो तेंतर का नाम सुनते ही रोयें खड़े हो जाते हैं। भगवान् बाँझ रखे पर तेंतर न दे।

एक सप्ताह के बाद वृद्धा का कष्ट निवारण हुआ, मरने में कोई कसर न थी। वह तो कहो पुरुखाओं का पुण्य-प्रताप था। ब्राह्मणों को गो-दान दिया गया। दुर्गा-पाठ हुआ, तब कहीं जाके संकट कटा।

मंत्र

संध्या का समय था। डॉक्टर चड्ढा गोल्फ खेलने के लिए तैयार हो रहे थे। मोटर द्वार के सामने खड़ी थी कि दो कहार एक डोली लिए आते दिखायी दिये। डोली के पीछे एक बूढ़ा लाठी टेकता चला आता था। डोली औषधालय के सामने आ कर रुक गई। बूढ़े ने धीरे-धीरे आ कर द्वार पर पड़ी हुई चिक से झाँका। ऐसी साफ-सुथरी ज़मीन पर पैर रखते हुए भय हो रहा था कि कोई घुड़क न बैठे। डॉक्टर साहब को सामने देख कर भी उसे कुछ कहने का साहस न हुआ।

डॉक्टर साहब ने चिक के अंदर से गरज कर कहा—कौन है ? क्या चाहता है ?

बूढ़े ने हाथ जोड़ कर कहा—हुजूर, बड़ा गरीब आदमी हूँ। मेरा लड़का कई दिन से...

डॉक्टर साहब ने सिगार जला कर कहा—कल सबेरे आओ, कल सबेरे, हम इस वक्त मरीजों को नहीं देखते।

बूढ़े ने घुटने टेक कर ज़मीन पर सिर रख दिया और बोला—दुहाई है सरकार की, लड़का मर जाएगा ! हुजूर, चार दिन से आँखें नहीं...

डॉक्टर चड्ढा ने कलाई पर नज़र डाली। केवल दस मिनट समय और बाकी था। गोल्फ-स्टिक खूँटी से उतारते हुए बोले—कल सबेरे आओ, कल सबेरे; यह हमारे खेलने का समय है।

बूढ़े ने पगड़ी उतार कर चौखट पर रख दी और रो कर बोला—हुजूर, एक निगाह देख लें। बस, एक निगाह ! लड़का हाथ से चला जाएगा हुजूर, सात लड़कों में यही एक बच रहा है, हुजूर। हम दोनों आदमी रो-रो कर मर जाएँगे, सरकार ! आपकी बढ़ती होय, दीनबंधु !

ऐसे उजड्ड देहाती यहाँ प्रायः रोज आया करते थे। डॉक्टर साहब उनके स्वभाव

से खूब परिचित थे। कोई कितना ही कुछ कहे; पर वे अपनी ही रट लगाते जाएँगे। किसी की सुनेंगे नहीं। धीरे से चिक उठायी और बाहर निकल कर मोटर की तरफ चले। बूढ़ा यह कहता हुआ उनके पीछे दौड़ा—सरकार, बड़ा धरम होगा। हुजूर, दया कीजिए, बड़ा दीन-दुखी हूँ; संसार में कोई और नहीं है, बाबू जी !

मगर डॉक्टर साहब ने उसकी ओर मुँह फेर कर देखा तक नहीं। मोटर पर बैठ कर बोले—कल सबेरे आना।

मोटर चली गई। बूढ़ा कई मिनट तक मूर्ति की भाँति निश्चल खड़ा रहा। संसार में ऐसे मनुष्य भी होते हैं, जो अपने आमोद-प्रमोद के आगे किसी की जान की भी परवा नहीं करते, शायद इसका उसे अब भी विश्वास न आता था। सभ्य संसार इतना निर्मम, इतना कठोर है, इसका ऐसा मर्मभेदी अनुभव अब तक न हुआ था। वह उन पुराने ज़माने के जीवों में था, जो लगी हुई आग को बुझाने, मुर्दे को कंधा देने, किसी के छप्पर को उठाने और किसी कलह को शांत करने के लिए सदैव तैयार रहते थे। जब तक बूढ़े को मोटर दिखायी दी, वह खड़ा टकटकी लगाये उस ओर ताकता रहा। शायद उसे अब भी डॉक्टर साहब के लौट आने की आशा थी। फिर उसने कहारों से डोली उठाने को कहा। डोली जिधर से आई थी, उधर ही चली गई। चारों ओर से निराश हो कर वह डॉक्टर चड्ढा के पास आया था। इनकी बड़ी तारीफ सुनी थी। यहाँ से निराश हो कर फिर वह किसी दूसरे डॉक्टर के पास न गया। किस्मत ठोक ली !

उसी रात को उसका हँसता-खेलता सात साल का बालक अपनी बाल-लीला समाप्त करके इस संसार से सिधार गया। बूढ़े माँ-बाप के जीवन का यही एक आधार था। इसी का मुँह देख कर जीते थे। इस दीपक के बुझते ही जीवन की अँधेरी रात भाँय-भाँय करने लगी। बुढ़ापे की विशाल ममता टूटे हुए हृदय से निकल कर अंधकार में आर्त-स्वर से रोने लगी।

कई साल गुज़र गए। डॉक्टर चड्ढा ने खूब यश और धन कमाया; लेकिन इसके साथ ही अपने स्वास्थ्य की रक्षा भी की, जो एक असाधारण बात थी। यह उनके नियमित जीवन का आशीर्वाद था कि 50 वर्ष की अवस्था में उनकी चुस्ती और फुर्ती युवकों को भी लज्जित करती थी। उनके हर एक काम का समय नियत था, इस नियम से वह जौ-भर भी न टलते थे। बहुधा लोग स्वास्थ्य के नियमों का पालन उस समय करते हैं, जब रोगी हो जाते हैं। डॉक्टर चड्ढा उपचार और संयम का रहस्य खूब समझते थे। उनकी संतान-संख्या भी इसी नियम के अधीन थी। उनके केवल दो बच्चे हुए, एक लड़का और एक लड़की। तीसरी संतान न हुई, इसीलिए

श्रीमती चड्ढा भी अभी जवान मालूम होती थीं। लड़की का तो विवाह हो चुका था। लड़का कॉलेज में पढ़ता था। वही माता-पिता के जीवन का आधार था। शील और विनय का पुतला, बड़ा ही रसिक, बड़ा ही उदार, विद्यालय का गौरव, युवक-समाज की शोभा। मुख-मंडल से तेज की छटा-सी निकलती थी। आज उसकी बीसवीं सालगिरह थी।

संध्या का समय था। हरी-हरी घास पर कुर्सियाँ बिछी हुई थीं। शहर के रईस और हुक्काम एक तरफ, कॉलेज के छात्र दूसरी तरफ बैठे भोजन कर रहे थे। बिजली के प्रकाश से सारा मैदान जगमगा रहा था। आमोद-प्रमोद का सामान भी जमा था। छोटा-सा प्रहसन खेलने की तैयारी थी। प्रहसन स्वयं कैलाशनाथ ने लिखा था। वही मुख्य ऐक्टर भी था। इस समय वह एक रेशमी कमीज़ पहने, नंगे सिर, नंगे पाँव, इधर से उधर मित्रों की आव-भगत में लगा हुआ था। कोई पुकारता—कैलाश, ज़रा इधर आना; कोई उधर से बुलाता—कैलाश, क्या उधर ही रहोगे ? सभी उसे छेड़ते थे, चुहलें करते थे, बेचारे को ज़रा दम मारने का अवकाश न मिलता था। सहसा एक रमणी ने उसके पास आ कर कहा—क्यों कैलाश, तुम्हारे साँप कहाँ हैं ? ज़रा मुझे दिखा दो।

कैलाश ने उससे हाथ मिला कर कहा—मृणालिनी, इस वक्त क्षमा करो, कल दिखा दूँगा।

मृणालिनी ने आग्रह किया—जी नहीं, तुम्हें दिखाना पड़ेगा, मैं आज नहीं मानने की। तुम रोज 'कल-कल' करते हो।

मृणालिनी और कैलाश दोनों सहपाठी थे और एक दूसरे के प्रेम में पगे हुए। कैलाश को साँपों के पालने, खेलाने और नचाने का शौक था। तरह-तरह के साँप पाल रखे थे। उनके स्वभाव और चरित्र की परीक्षा करता रहता था। थोड़े दिन हुए, उसने विद्यालय में 'साँपों' पर एक मार्के का व्याख्यान दिया था। साँपों को नचा कर दिखाया भी था ! प्राणि-शास्त्र के बड़े-बड़े पंडित भी यह व्याख्यान सुन कर दंग रह गए थे ! यह विद्या उसने एक बड़े सपेरे से सीखी थी। साँपों की जड़ी-बूटियाँ जमा करने का उसे मरज था। इतना पता भर मिल जाए कि किसी व्यक्ति के पास कोई अच्छी जड़ी है, फिर उसे चैन न आता था। उसे ले कर ही छोड़ता था। यही व्यसन था। इस पर हज़ारों रुपये फूँक चुका था। मृणालिनी कई बार आ चुकी थी; पर कभी साँपों को देखने के लिए इतनी उत्सुक न हुई थी। कह नहीं सकते, आज उसकी उत्सुकता सचमुच जाग गई थी, या वह कैलाश पर अपने अधिकार का प्रदर्शन करना चाहती थी; पर उसका आग्रह बेमौका था। उस कोठरी में कितनी भीड़ लग जाएगी, भीड़ को देख कर साँप कितने चौंकेंगे और रात के समय उन्हें छेड़ा जाना कितना बुरा लगेगा, इन बातों का उसे ज़रा भी ध्यान न आया।

कैलाश ने कहा—नहीं, कल ज़रूर दिखा दूँगा। इस वक्त अच्छी तरह दिखा भी तो न सकूँगा, कमरे में तिल रखने को भी जगह न मिलेगी।

एक महाशय ने छेड़ कर कहा—दिखा क्यों नहीं देते, ज़रा-सी बात के लिए इतना टाल-मटोल कर रहे हो ? मिस गोविंद, हर्गिज़ न मानना। देखें कैसे नहीं दिखाते !

दूसरे महाशय ने और रद्दा चढ़ाया—मिस गोविन्द इतनी सीधी और भोली हैं, तभी आप इतना मिज़ाज करते हैं; दूसरी सुंदरी होती, तो इसी बात पर बिगड़ खड़ी होती।

तीसरे साहब ने मज़ाक उड़ाया—अजी बोलना छोड़ देती। भला, कोई बात है ! इस पर आपका दावा है कि मृणालिनी के लिए जान हाज़िर है।

मृणालिनी ने देखा कि ये शोहदे उसे रंग पर चढ़ा रहे हैं, तो बोली—आप लोग मेरी वकालत न करें, मैं खुद अपनी वकालत कर लूँगी। मैं इस वक्त साँपों का तमाशा नहीं देखना चाहती। चलो, छुट्टी हुई।

इस पर मित्रों ने ठट्ठा लगाया। एक साहब बोले—देखना तो आप सब कुछ चाहें, पर कोई दिखाये भी तो ?

कैलाश को मृणालिनी की झेंपी हुई सूरत देख कर मालूम हुआ कि इस वक्त उसका इनकार वास्तव में उसे बुरा लगा है। ज्यों ही प्रीति-भोज समाप्त हुआ और गाना शुरू हुआ, उसने मृणालिनी और अन्य मित्रों को साँपों के दरबे के सामने ले जा कर महुअर बजाना शुरू किया। फिर एक-एक खाना खोल कर एक-एक साँप को निकालने लगा। वाह ! क्या कमाल था ! ऐसा जान पड़ता था कि वे कीड़े उसकी एक-एक बात, उसके मन का एक-एक भाव समझते हैं। किसी को उठा लिया, किसी को गरदन में डाल लिया, किसी को हाथ में लपेट लिया। मृणालिनी बार-बार मना करती कि इन्हें गर्दन में न डालो, दूर ही से दिखा दो। बस, ज़रा नचा दो। कैलाश की गरदन में साँपों को लिपटते देख कर उसकी जान निकली जाती थी। पछता रही थी कि मैंने व्यर्थ ही इनसे साँप दिखाने को कहा; मगर कैलाश एक न सुनता था। प्रेमिका के सम्मुख अपने सर्प-कला-प्रदर्शन का ऐसा अवसर पा कर वह कब चूकता ! एक मित्र ने टीका की—दाँत तोड़ डाले होंगे।

कैलाश हँस कर बोला—दाँत तोड़ डालना मदारियों का काम है। किसी के दाँत नहीं तोड़े गए। कहिए तो दिखा दूँ ? कह कर उसने एक काले साँप को पकड़ लिया और बोला—'मेरे पास इससे बड़ा और ज़हरीला साँप दूसरा नहीं है, अगर किसी को काट ले, तो आदमी आनन-फानन में मर जाए। लहर भी न आए। इसके काटे पर मन्त्र नहीं। इसके दाँत दिखा दूँ ?'

मृणालिनी ने उसका हाथ पकड़ कर कहा—नहीं-नहीं, कैलाश, ईश्वर के लिए इसे छोड़ दो। तुम्हारे पैरों पड़ती हूँ।

इस पर एक दूसरे मित्र बोले—मुझे तो विश्वास नहीं आता, लेकिन तुम कहते हो, तो मान लूँगा।

कैलाश ने साँप की गरदन पकड़ कर कहा—नहीं साहब, आप आँखों से देख कर मानिए। दाँत तोड़ कर वश में किया तो क्या किया। साँप बड़ा समझदार होता है ! अगर उसे विश्वास हो जाए कि इस आदमी से मुझे कोई हानि न पहुँचेगी, तो वह उसे हर्गिज़ न काटेगा।

मृणालिनी ने जब देखा कि कैलाश पर इस वक्त भूत सवार है, तो उसने यह तमाशा न करने के विचार से कहा—अच्छा भाई, अब यहाँ से चलो। देखो गाना शुरू हो गया है। आज मैं भी कोई चीज़ सुनाऊँगी। यह कहते हुए उसने कैलाश का कंधा पकड़ कर चलने का इशारा किया और कमरे से निकल गई; मगर कैलाश विरोधियों का शंका-समाधान करके ही दम लेना चाहता था। उसने साँप की गरदन पकड़ कर जोर से दबायी, इतनी जोर से दबायी कि उसका मुँह लाल हो गया, देह की सारी नसें तन गईं। साँप ने अब तक उसके हाथों ऐसा व्यवहार न देखा था। उसकी समझ में न आता था कि यह मुझसे क्या चाहते हैं। उसे शायद भ्रम हुआ कि मुझे मार डालना चाहते हैं, अतएव वह आत्मरक्षा के लिए तैयार हो गया।

कैलाश ने उसकी गरदन खूब दबा कर मुँह खोल दिया और उसके ज़हरीले दाँत दिखाते हुए बोला—जिन सज्जनों को शक हो, आ कर देख लें। आया विश्वास या अब भी कुछ शक है ? मित्रों ने आ कर उसके दाँत देखे और चकित हो गए। प्रत्यक्ष प्रमाण के सामने संदेह को स्थान कहाँ। मित्रों की शंका-निवारण करके कैलाश ने साँप की गरदन ढीली कर दी और उसे ज़मीन पर रखना चाहा, पर वह काला गेहुँवन क्रोध से पागल हो रहा था। गरदन नरम पड़ते ही उसने सिर उठा कर कैलाश की उँगली में ज़ोर से काटा और वहाँ से भागा। कैलाश की उँगली से टप-टप खून टपकने लगा। उसने ज़ोर से उँगली दबा ली और अपने कमरे की तरफ दौड़ा। वहाँ मेज़ की दराज में एक जड़ी रखी हुई थी, जिसे पीस कर लगा देने से घातक विष भी रफू हो जाता था। मित्रों में हलचल पड़ गई। बाहर महफिल में भी खबर हुई। डॉक्टर साहब घबरा कर दौड़े। फौरन उँगली की जड़ कस कर बाँधी गई और जड़ी पीसने के लिए दी गई। डॉक्टर साहब जड़ी के कायल न थे। वह उँगली का डसा भाग नश्तर से काट देना चाहते थे, मगर कैलाश को जड़ी पर पूर्ण विश्वास था। मृणालिनी प्यानो पर बैठी हुई थी। यह खबर सुनते ही दौड़ी, और कैलाश की उँगली से टपकते हुए खून को रूमाल से पोंछने लगी। जड़ी पीसी जाने लगी; पर उसी एक मिनट में कैलाश की आँखें झपकने लगीं, ओठों पर पीलापन दौड़ने लगा। यहाँ तक कि वह खड़ा न रह सका। फर्श पर बैठ गया। सारे मेहमान कमरे में जमा हो गए। कोई कुछ कहता था, कोई कुछ। इतने में जड़ी पीस कर आ गई। मृणालिनी ने उँगली

पर लेप किया। एक मिनट और बीता। कैलाश की आँखें बंद हो गईं। वह लेट गया और हाथ से पंखा झलने का इशारा किया। माँ ने दौड़ कर उसका सिर गोद में रख लिया और बिजली का टेबुल-फैन लगा दिया।

डॉक्टर साहब ने झुक कर पूछा—कैलाश, कैसी तबीयत है ? कैलाश ने धीरे से हाथ उठा दिया; पर कुछ बोल न सका। मृणालिनी ने करुण स्वर में कहा—क्या जड़ी कुछ असर न करेगी ? डॉक्टर साहब ने सिर पकड़ कर कहा—क्या बतलाऊँ, मैं इसकी बातों में आ गया। अब तो नश्तर से भी कुछ फायदा न होगा।

आध घंटे तक यही हाल रहा। कैलाश की दशा प्रतिक्षण बिगड़ती जाती थी। यहाँ तक कि उसकी आँखें पथरा गईं, हाथ-पाँव ठंडे हो गए, मुख की कांति मलिन पड़ गई, नाड़ी का कहीं पता नहीं। मौत के सारे लक्षण दिखायी देने लगे। घर में कुहराम मच गया। मृणालिनी एक ओर सिर पीटने लगी; माँ अलग पछाड़ें खाने लगी। डॉक्टर चड्ढा को मित्रों ने पकड़ लिया, नहीं तो वह नश्तर अपनी गरदन पर मार लेते।

एक महाशय बोले—कोई मंत्र झाड़ने वाला मिले, तो सम्भव है, अब भी जान बच जाए।

एक मुसलमान सज्जन ने इसका समर्थन किया—अरे साहब कब्र में पड़ी हुई लाशें जिन्दा हो गई हैं। ऐसे-ऐसे बाकमाल पड़े हुए हैं।

डॉक्टर चड्ढा बोले—मेरी अक्ल पर पत्थर पड़ गया था कि इसकी बातों में आ गया। नश्तर लगा देता, तो यह नौबत ही क्यों आती। बार-बार समझाता रहा कि बेटा, साँप न पालो, मगर कौन सुनता था ! बुलाइए, किसी झाड़-फूँक करने वाले ही को बुलाइए। मेरा सब कुछ ले ले, मैं अपनी सारी जायदाद उसके पैरों पर रख दूँगा। लँगोटी बाँध कर घर से निकल जाऊँगा; मगर मेरा कैलाश, मेरा प्यारा कैलाश उठ बैठे। ईश्वर के लिए किसी को बुलवाइए।

एक महाशय का किसी झाड़ने वाले से परिचय था। वह दौड़ कर उसे बुला लाए; मगर कैलाश की सूरत देख कर उसे मंत्र चलाने की हिम्मत न पड़ी। बोला—अब क्या हो सकता है, सरकार ? जो कुछ होना था, हो चुका !

अरे मूर्ख, यह क्यों नहीं कहता कि जो कुछ न होना था, हो चुका। जो कुछ होना था, वह कहाँ हुआ ? माँ-बाप ने बेटे का सेहरा कहाँ देखा ? मृणालिनी का कामना-तरु क्या पल्लव और पुष्प से रंजित हो उठा ? मन के वह स्वर्ण-स्वप्न जिनसे जीवन आनन्द का स्रोत बना हुआ था, क्या पूरे हो गए ? जीवन के नृत्यमय तारिका-मंडित सागर में आमोद की बहार लूटते हुए क्या उनकी नौका जलमग्न नहीं हो गई ? जो न होना था, वह हो गया।

वही हरा-भरा मैदान था, वही सुनहरी चाँदनी एक निःशब्द संगीत की भाँति

प्रकृति पर छायी हुई थी; वही मित्र-समाज था। वही मनोरंजन के सामान थे। मगर जहाँ हास्य की ध्वनि थी, वहाँ करुण क्रंदन और अश्रु-प्रवाह था।

शहर से कई मील दूर एक छोटे-से घर में एक बूढ़ा और बुढ़िया अँगीठी के सामने बैठे जाड़े की रात काट रहे थे। बूढ़ा नारियल पीता था और बीच-बीच में खाँसता था। बुढ़िया दोनों घुटनियों में सिर डाले आग की ओर ताक रही थी। एक मिट्टी के तेल की कुप्पी ताक पर जल रही थी। घर में न चारपाई थी, न बिछौना। एक किनारे थोड़ी-सी पुआल पड़ी हुई थी। इसी कोठरी में एक चूल्हा था। बुढ़िया दिन-भर उपले और सूखी लकड़ियाँ बटोरती थी। बूढ़ा रस्सी बट कर बाज़ार में बेच आता था। यही उनकी जीविका थी। उन्हें न किसी ने रोते देखा, न हँसते। उनका सारा समय जीवित रहने में कट जाता था। मौत द्वार पर खड़ी थी, रोने या हँसने की कहाँ फुरसत ! बुढ़िया ने पूछा—कल के लिए सन तो है नहीं, काम क्या करोगे ?

'जा कर झगड़ू साह से दस सेर सन उधार लाऊँगा।'

'उसके पहले के पैसे तो दिये ही नहीं, और उधार कैसे देगा ?'

'न देगा न सही। घास तो कहीं नहीं गई है। दोपहर तक क्या दो आने की भी न काटूँगा ?'

इतने में एक आदमी ने द्वार पर आवाज़ दी—भगत, भगत, क्या सो गए ? ज़रा किवाड़ खोलो।

भगत ने उठ कर किवाड़ खोल दिये। एक आदमी ने अंदर आ कर कहा—कुछ सुना, डॉक्टर चड्ढा बाबू के लड़के को साँप ने काट लिया।

भगत ने चौंक कर कहा—चड्ढा बाबू के लड़के को ! वही चड्ढा बाबू हैं न, जो छावनी में बँगले में रहते हैं ?

'हाँ-हाँ वही। शहर में हल्ला मचा हुआ है। जाते हो तो जाओ, आदमी बन जाओगे।'

बूढ़े ने कठोर भाव से सिर हिला कर कहा—मैं नहीं जाता ! मेरी बला जाए ! वही चड्ढा है। खूब जानता हूँ। भैया को ले कर उन्हीं के पास गया था। खेलने जा रहे थे। पैरों पर गिर पड़ा कि एक नज़र देख लीजिए; मगर सीधे मुँह से बात तक न की। भगवान् बैठे सुन रहे थे। अब जान पड़ेगा कि बेटे का गम कैसा होता है। कई लड़के हैं ?

'नहीं जी, यही तो एक लड़का था। सुना है, सबने जवाब दे दिया है।'

'भगवान् बड़ा कारसाज है। उस बखत मेरी आँखों से आँसू निकल पड़े थे, पर उन्हें तनिक भी दया न आई थी। मैं तो उनके द्वार पर होता, तो भी बात न

पूछता।'

'तो न जाओगे ? हमने जो सुना था, सो कह दिया।'

'अच्छा किया—अच्छा किया। कलेजा ठंडा हो गया, आँखें ठंडी हो गईं। लड़का भी ठंडा हो गया होगा ! तुम जाओ। आज चैन की नींद सोऊँगा। (बुढ़िया से) ज़रा तमाखू ले ले ! एक चिलम और पीऊँगा। अब मालूम होगा लाला को ! सारी साहबी निकल जाएगी, हमारा क्या बिगड़ा। लड़के के मर जाने से कुछ राज तो नहीं चला गया ? जहाँ छः बच्चे गए थे, वहाँ एक और चला गया, तुम्हारा तो राज सूना हो जाएगा। उसी के वास्ते सबका गला दबा-दबा कर जोड़ा था न ! अब क्या करोगे ? एक बार देखने जाऊँगा; पर कुछ दिन बाद मिज़ाज का हाल पूछूँगा।'

आदमी चला गया। भगत ने किवाड़ बंद कर लिए, तब चिलम पर तमाखू रख कर पीने लगा।

बुढ़िया ने कहा—इतनी रात गए जाड़े-पाले में कौन जाएगा ?

'अरे, दोपहर ही होता तो मैं न जाता। सवारी दरवाज़े पर लेने आती, तो भी न जाता। भूल नहीं गया हूँ। पन्ना की सूरत आज भी आँखों में फिर रही है। इस निर्दयी ने उसे एक नज़र देखा तक नहीं। क्या मैं न जानता था कि वह न बचेगा ? खूब जानता था। चड्ढा भगवान् नहीं थे, कि उनके एक निगाह देख लेने से अमृत बरस जाता। नहीं, खाली मन की दौड़ थी। ज़रा तसल्ली हो जाती। बस, इसीलिए उनके पास गया था। अब किसी दिन जाऊँगा और कहूँगा—क्यों साहब, कहिए, क्या रंग है ? दुनिया बुरा कहेगी, कहे; कोई परवाह नहीं। छोटे आदमियों में तो सब ऐब होते हैं। बड़ों में कोई ऐब नहीं होता, देवता होते हैं।'

भगत के लिए यह जीवन में पहला अवसर था कि ऐसा समाचार पा कर वह बैठा रह गया हो। 80 वर्ष के जीवन में ऐसा कभी न हुआ था कि साँप की खबर पा कर वह दौड़ न गया हो। माघ-पूस की अँधेरी रात, चैत-बैसाख की धूप और लू, सावन-भादों की चढ़ी हुई नदी और नाले, किसी की उसने कभी परवाह न की। वह तुरंत घर से निकल पड़ता था—निःस्वार्थ, निष्काम ! लेन-देन का विचार कभी दिल में आया नहीं। यह ऐसा काम ही न था। जान का मूल्य कौन दे सकता है ? यह एक पुण्य-कार्य था। सैकड़ों निराशों को उसके मंत्रों ने जीवन-दान दे दिया था; पर आज वह घर से कदम नहीं निकाल सका। यह खबर सुन कर सोने जा रहा है।

बुढ़िया ने कहा—तमाखू अँगीठी के पास रखी हुई है। उसके भी आज ढाई पैसे हो गए। देती ही न थी।

बुढ़िया यह कह कर लेटी। बूढ़े ने कुप्पी बुझायी, कुछ देर खड़ा रहा, फिर बैठ गया। अंत को लेट गया; पर यह खबर उसके हृदय पर बोझे की भाँति रखी

हुई थी। उसे मालूम हो रहा था, उसकी कोई चीज़ खो गई है, जैसे सारे कपड़े गीले हो गए हैं या पैरों में कीचड़ लगा हुआ है, जैसे कोई उसके मन में बैठा हुआ उसे घर से निकालने के लिए कुरेद रहा है। बुढ़िया ज़रा देर में खर्राटे लेने लगी। बूढ़े बातें करते-करते सोते हैं और ज़रा-सा खटका होते ही जागते हैं। तब भगत उठा, अपनी लकड़ी उठा ली, और धीरे से किवाड़ खोले।

बुढ़िया ने पूछा—कहाँ जाते हो ?

'कहीं नहीं, देखता था कि कितनी रात है।'

'अभी बहुत रात है, सो जाओ।'

'नींद नहीं आती।'

'नींद काहे को आवेगी ? मन तो चड्ढा के घर पर लगा हुआ है।'

'चड्ढा ने मेरे साथ कौन-सी नेकी कर दी है, जो वहाँ जाऊँ ? वह आ कर पैरों पड़े, तो भी न जाऊँ।'

'उठे तो तुम इसी इरादे से ही।'

'नहीं री, ऐसा पागल नहीं हूँ कि जो मुझे काँटे बोये, उसके लिए फूल बोता फिरूँ।'

बुढ़िया फिर सो गई। भगत ने किवाड़ लगा दिये और फिर आ कर बैठा। पर उसके मन की कुछ ऐसी दशा थी, जो बाजे की आंवाज़ कान में पड़ते ही उपदेश सुनने वालों की होती है। आँखे चाहे उपदेशक की ओर हों; पर कान बाजे ही की ओर होते हैं। दिल में भी बाजे की ध्वनि गूँजती रहती है। शर्म के मारे जगह से नहीं उठता। निर्दयी प्रतिघात का भाव भगत के लिए उपदेशक था, पर हृदय उस अभागे युवक की ओर था, जो इस समय मर रहा था, जिसके लिए एक-एक पल का विलम्ब घातक था।

उसने फिर किवाड़ खोले, इतने धीरे से कि बुढ़िया को खबर भी न हुई। बाहर निकल आया। उसी वक्त गाँव का चौकीदार गश्त लगा रहा था, बोला—कैसे उठे भगत? आज तो बड़ी सरदी है ! कहीं जा रहे हो क्या ?

भगत ने कहा—नहीं जी, जाऊँगा कहाँ ! देखता था, अभी कितनी रात है। भला, कै बजे होंगे ?

चौकीदार बोला—एक बजा होगा और क्या, अभी थाने से आ रहा था, तो डॉक्टर चड्ढा बाबू के बँगले पर बड़ी भीड़ लगी हुई थी। उनके लड़के का हाल तो तुमने सुना होगा, कीड़े ने छू लिया है। चाहे मर भी गया हो, तुम चले जाओ, तो साइत बच जाए। सुना है, दस हज़ार तक देने को तैयार हैं।

भगत—मैं तो न जाऊँ, चाहे वह दस लाख भी दें। मुझे दस हज़ार या दस लाख ले कर क्या करना है ? कल मर जाऊँगा, फिर कौन भोगने वाला बैठा हुआ है।

चौकीदार चला गया। भगत ने पैर बढ़ाया। जैसे नशे में आदमी की देह अपने

काबू में नहीं रहती, पैर कहीं रखता है, पड़ता कहीं है, कहता कुछ है, ज़बान से निकलता कुछ है, वही हाल इस समय भगत का था। मन में प्रतिकार था; पर कर्म मन के अधीन न था। जिसने कभी तलवार नहीं चलायी, वह इरादा करने पर भी तलवार नहीं चला सकता। उसके हाथ काँपते हैं, उठते ही नहीं।

भगत लाठी खट-खट करता लपका चला जाता था। चेतना रोकती थी पर उपचेतना ठेलती थी। सेवक स्वामी पर हावी था।

आधी राह निकल जाने के बाद सहसा भगत रुक गया। हिंसा ने क्रिया पर विजय पायी—मैं यों ही इतनी दूर चला आया। इस जाड़े-पाले में मरने की मुझे क्या पड़ी थी ? आराम से सोया क्यों नहीं ? नींद न आती, न सही; दो-चार भजन ही गाता। व्यर्थ इतनी दूर दौड़ा आया। चड्ढा का लड़का रहे या मरे, मेरी बला से। मेरे साथ उन्होंने ऐसा कौन-सा सलूक किया था कि मैं उनके लिए मरूँ ? दुनिया में हज़ारों मरते हैं, हज़ारों जीते हैं। मुझे किसी के मरने-जीने से मतलब !

मगर उपचेतना ने अब एक दूसरा रूप धारण किया, जो हिंसा से बहुत कुछ मिलता-जुलता था—वह झाड़-फूँक करने नहीं जा रहा है; वह देखेगा, कि लोग क्या कर रहे हैं। डॉक्टर साहब का रोना-पीटना देखेगा, किस तरह सिर पीटते हैं, किस तरह पछाड़ें खाते हैं ! यह देखेगा कि बड़े लोग भी छोटों ही की भाँति रोते हैं, या सबर कर जाते हैं ! वे लोग तो विद्वान् होते हैं, सबर कर जाते होंगे ! हिंसा-भाव को यों धीरज देता हुआ वह फिर आगे बढ़ा।

इतने में दो आदमी आते दिखायी दिये। दोनों बातें करते चले आ रहे थे—चड्ढा बाबू का घर उजड़ गया, वही तो एक लड़का था। भगत के कान में यह आवाज़ पड़ी। उसकी चाल और भी तेज़ हो गई। थकान के मारे पाँव न उठते थे। शिरोभाग इतना बढ़ा जाता था, मानो अब मुँह के बल गिर पड़ेगा। इस तरह वह कोई 10 मिनट चला होगा कि डॉक्टर साहब का बँगला नज़र आया। बिजली की बत्तियाँ जल रही थीं; मगर सन्नाटा छाया हुआ था। रोने-पीटने की आवाज़ भी न आती थी। भगत का कलेजा धक्-धक् करने लगा, कहीं मुझे बहुत देर तो नहीं हो गई ? वह दौड़ने लगा। अपनी उम्र में वह इतना तेज़ कभी न दौड़ा था। बस, यही मालूम होता था मानो उसके पीछे मौत दौड़ी आ रही है।

दो बज गए थे। मेहमान विदा हो गए। रोने वालों में केवल आकाश के तारे रह गए थे। और सभी रो-रो कर थक गए थे। बड़ी उत्सुकता के साथ लोग रह-रहकर आकाश की ओर देखते थे कि किसी तरह सुबह हो और लाश गंगा की गोद में दिया जाए।

सहसा भगत ने द्वार पर पहुँच कर आवाज़ दी। डॉक्टर साहब समझे, कोई मरीज आया होगा। किसी और दिन उन्होंने उस आदमी को दुत्कार दिया होता; मगर आज बाहर निकल आए। देखा एक बूढ़ा आदमी खड़ा है—कमर झुकी हुई, पोपला मुँह, भौंहें तक सफेद हो गई थीं। लकड़ी के सहारे काँप रहा था। बड़ी नम्रता से बोले—क्या है भई, आज तो हमारे ऊपर ऐसी मुसीबत पड़ गई है कि कुछ कहते नहीं बनता, फिर कभी आना। इधर एक महीना तक तो शायद मैं किसी भी मरीज को न देख सकूँगा।

भगत ने कहा—सुन चुका हूँ बाबू जी, इसीलिए आया हूँ। भैया कहाँ हैं ? ज़रा मुझे दिखा दीजिए। भगवान् बड़ा कारसाज है, मुरदे को भी जिला सकता है। कौन जाने, अब भी उसे दया आ जाए।

चड्ढा ने व्यथित स्वर से कहा—चलो, देख लो; मगर तीन-चार घंटे हो गए। जो कुछ होना था, हो चुका। बहुतेरे झाड़ने-फूँकने वाले देख-देख कर चले गए।

डॉक्टर साहब को आशा तो क्या होती। हाँ, बूढ़े पर दया आ गई। अंदर ले गए। भगत ने लाश को एक मिनट तक देखा। तब मुस्करा कर बोला—अभी कुछ नहीं बिगड़ा है, बाबू जी ! वह नारायण चाहेंगे, तो आध घंटे में भैया उठ बैठेंगे। आप नाहक दिल छोटा कर रहे हैं। ज़रा कहारों से कहिए, पानी तो भरें।

कहारों ने पानी भर-भर कर कैलाश को नहलाना शुरू किया। पाइप बंद हो गया था। कहारों की संख्या अधिक न थी, इसलिए मेहमानों ने अहाते के बाहर के कुएँ से पानी भर-भर कर कहारों को दिया, मृणालिनी कलसा लिए पानी ला रही थी। बूढ़ा भगत खड़ा मुस्करा-मुस्करा कर मंत्र पढ़ रहा था, मानो विजय उसके सामने खड़ी है। जब एक बार मंत्र समाप्त हो जाता, तब वह एक जड़ी कैलाश को सुँघा देता। इस तरह न-जाने कितने घड़े कैलाश के सिर पर डाले गए और न-जाने कितनी बार भगत ने मंत्र फूँका। आखिर जब उषा ने अपनी लाल-लाल आँखें खोलीं तो कैलाश की भी लाल-लाल आँखें खुल गईं। एक क्षण में उसने अंगड़ाई ली और पानी पीने को माँगा। डॉक्टर चड्ढा ने दौड़ कर नारायणी को गले लगा लिया। नारायणी दौड़ कर भगत के पैरों पर गिर पड़ी और मृणालिनी कैलाश के सामने आँखों में आँसू-भरे पूछने लगी—अब कैसी तबीयत है ?

एक क्षण में चारों तरफ खबर फैल गई। मित्रगण मुबारकबाद देने आने लगे। डॉक्टर साहब बड़े श्रद्धा-भाव से हर एक के सामने भगत का यश गाते फिरते थे। सभी लोग भगत के दर्शनों के लिए उत्सुक हो उठे, मगर अंदर जा कर देखा, तो भगत का कहीं पता न था। नौकरों ने कहा—अभी तो यहीं बैठे चिलम पी रहे थे। हम लोग तमाखू देने लगे, तो नहीं ली; अपने पास से तमाखू निकाल कर भरी।

यहाँ तो भगत की चारों ओर तलाश होने लगी, और भगत लपका हुआ घर

चला जा रहा था कि बुढ़िया के उठने से पहले पहुँच जाऊँ !

जब मेहमान लोग चले गए, तो डॉक्टर साहब ने नारायणी से कहा—बुड्ढा न-जाने कहाँ चला गया। एक चिलम तमाखू का भी रवादार न हुआ।

नारायणी—मैंने तो सोचा था, इसे कोई बड़ी रकम दूँगी।

चड्ढा—रात को तो मैंने नहीं पहचाना, पर ज़रा साफ हो जाने पर पहचान गया। एक बार यह एक मरीज को ले कर आया था। मुझे अब याद आता है कि मैं खेलनें जा रहा था और मैंने मरीज को देखने से इनकार कर दिया था। आज उस दिन की बात याद करके मुझे जितनी ग्लानि हो रही है, उसे प्रकट नहीं कर सकता। मैं उसे अब खोज निकालूँगा और उसके पैरों पर गिर कर अपना अपराध क्षमा कराऊँगा। वह कुछ लेगा नहीं, यह जानता हूँ, उसका जन्म यश की वर्षा करने ही के लिए हुआ है। उसकी सज्जनता ने मुझे ऐसा आदर्श दिखा दिया है, जो अब से जीवन-पर्यन्त मेरे सामने रहेगा।

लाग-डाट

जोखू भगत और बेचन चौधरी में तीन पीढ़ियों से अदावत चली आती थी। कुछ डाँड़-मेंड़ का झगड़ा था। उनके परदादों में कई बार खून-खच्चर हुआ। बापों के समय से मुकदमेबाज़ी शुरू हुई। दोनों कई बार हाईकोर्ट तक गए। लड़कों के समय में संग्राम की भीषणता और भी बढ़ी, यहाँ तक कि दोनों ही अशक्त हो गए। पहले दोनों इसी गाँव में आधे-आधे के हिस्सेदार थे। अब उनके पास उस झगड़ने वाले खेत को छोड़ कर एक अंगुल ज़मीन न थी। भूमि गई, धन गया, मान-मर्यादा गई लेकिन वह विवाद ज्यों-का-त्यों बना रहा। हाईकोर्ट के धुरंधर नीतिज्ञ एक मामूली-सा झगड़ा तय न कर सके।

इन दोनों सज्जनों ने गाँव को दो विरोधी दलों में विभक्त कर दिया था। एक दल की भंग-बूटी चौधरी के द्वार पर छनती; तो दूसरे दल के चरस-गाँजे के दम भगत के द्वार पर लगते थे। स्त्रियों और बालकों के भी दो दल हो गए थे। यहाँ तक कि दोनों सज्जनों के सामाजिक और धार्मिक विचारों में भी विभाजक रेखा खिंची हुई थी। चौधरी कपड़े पहने सत्तू खा लेते और भगत को ढोंगी कहते। भगत बिना कपड़े उतारे पानी भी न पीते और चौधरी को भ्रष्ट बतलाते। भगत सनातनधर्मी बने तो चौधरी ने आर्यसमाज का आश्रय लिया। जिस बजाज, पन्सारी या कूंजड़े से चौधरी सौदे लेते उसकी ओर भगतजी ताकना भी पाप समझते थे। और भगत जी की हलवाई की मिठाइयाँ, उनके ग्वाले का दूध और तेली का तेल चौधरी के लिए त्याज्य थे। यहाँ तक कि उनके आरोग्यता के सिद्धांतों में भी भिन्नता थी। भगत जी वैद्यक के कायल थे, चौधरी यूनानी प्रथा के मानने वाले। दोनों चाहे रोग से मर जाते, पर अपने सिद्धांतों को न तोड़ते।

जब देश में राजनीतिक आंदोलन शुरू हुआ, तो उसकी भनक उस गाँव में आ पहुँची। चौधरी ने आंदोलन का पक्ष लिया, भगत उनके विपक्षी हो गए। एक सज्जन ने आ कर गाँव में किसान-सभा खोली। चौधरी उसमें शरीक हुए, भगत अलग रहे। जागृति और बढ़ी, स्वराज्य की चर्चा होने लगी। चौधरी स्वराज्यवादी हो गए, भगत ने राजभक्ति का पक्ष लिया। चौधरी का घर स्वराज्यवादियों का अड्डा हो गया, भगत का घर राजभक्तों का क्लब बन गया।

चौधरी जनता में स्वराज्यवाद का प्रचार करने लगे :

'मित्रो, स्वराज्य का अर्थ है—अपना राज। अपने देश में अपना राज हो वह अच्छा है कि किसी दूसरे का राज हो वह ?'

जनता ने कहा—अपना राज हो, वह अच्छा है।

चौधरी—तो यह स्वराज्य कैसे मिलेगा ? आत्मबल से, पुरुषार्थ से, मेल से, एक-दूसरे से द्वेष करना छोड़ दो। अपने झगड़े आप मिल कर निपटा लो।

एक शंका—आप तो नित्य अदालत में खड़े रहते हैं।

चौधरी—हाँ, पर आज से अदालत जाऊँ तो मुझे गऊहत्या का पाप लगे। तुम्हें चाहिए कि तुम अपनी गाढ़ी कमाई अपने बाल-बच्चों को खिलाओ, और बचे तो परोपकार में लगाओ, वकील-मुखतारों की जेब क्यों भरते हो, थानेदार को घूस क्यों देते हो, अमलों की चिरौरी क्यों करते हो ? पहले हमारे लड़के अपने धर्म की शिक्षा पाते थे; वह सदाचारी, त्यागी, पुरुषार्थी बनते थे। अब वह विदेशी मदरसों में पढ़ कर चाकरी करते हैं, घूस खाते हैं, शौक करते हैं, अपने देवताओं और पितरों की निंदा करते हैं, सिगरेट पीते हैं, साल बनाते हैं और हाकिमों की गोड़धरिया करते हैं। क्या यह हमारा कर्त्तव्य नहीं है कि हम अपने बालकों को धर्मानुसार शिक्षा दें ?

जनता—चंदा करके पाठशाला खोलनी चाहिए।

चौधरी—हम पहले मदिरा का छूना पाप समझते थे। अब गाँव-गाँव और गली-गली में मदिरा की दुकानें हैं। हम अपनी गाढ़ी कमाई के करोड़ों रुपये गाँजे-शराब में उड़ा देते हैं।

जनता—जो दारू-भाँग पिये उसे डाँड़ लगाना चाहिए !

चौधरी—हमारे दादा-बाबा, छोटे-बड़े सब गाढ़ा-गंजी पहनते थे। हमारी दादियाँ-नानियाँ चरखा काता करती थीं। सब धन देश में रहता था, हमारे जुलाहे भाई चैन की वंशी बजाते थे। अब हम विदेश के बने हुए महीन रंगीन कपड़ों पर जान देते हैं। इस तरह दूसरे देश वाले हमारा धन ढो ले जाते हैं; बेचारे जुलाहे कंगाल हो गए। क्या हमारा यही धर्म है कि अपने भाइयों की थाली छीन कर दूसरों के सामने रख दें ?

जनता—गाढ़ा कहीं मिलता ही नहीं।

चौधरी—अपने घर का बना हुआ गाढ़ा पहनो, अदालतों को त्यागो, नशेबाज़ी

छोड़ो, अपने लड़कों को धर्म-कर्म सिखाओ, मेल से रहो—बस, यही स्वराज्य है। जो लोग कहते हैं कि स्वराज्य के लिए खून की नदी बहेगी, वे पागल हैं—उनकी बातों पर ध्यान मत दो।

जनता यह बातें चाव से सुनती थी। दिनोंदिन श्रोताओं की संख्या बढ़ती जाती थी। चौधरी के सब श्रद्धाभाजन बन गए।

भगत जी भी राजभक्ति का उपदेश करने लगे—

'भाइयो, राजा का काम राज करना और प्रजा का काम उसकी आज्ञा का पालन करना है। इसी को राजभक्ति कहते हैं और हमारे धार्मिक ग्रंथों में हमें इसी राजभक्ति की शिक्षा दी गई है। राजा ईश्वर का प्रतिनिधि है, उसकी आज्ञा के विरुद्ध चलना महान पातक है। राजविमुख प्राणी नरक का भागी होता है।'

एक शंका—राजा को भी तो अपने धर्म का पालन करना चाहिए ?

दूसरी शंका—हमारे राजा तो नाम के हैं, असली राजा तो विलायत के बनिये-महाजन हैं।

तीसरी शंका—बनिये धन कमाना जानते हैं, राज करना क्या जानें?

भगत—लोग तुम्हें शिक्षा देते हैं कि अदालतों में मत जाओ, पंचायतों में मुकदमे ले जाओ; लेकिन ऐसे पंच कहाँ हैं, जो सच्चा न्याय करें, दूध का दूध और पानी का पानी कर दें? यहाँ मुँह-देखी बातें होंगी। जिनका कुछ दबाव है, उनकी जीत होगी, जिनका कुछ दबाव नहीं है, वह बेचारे मारे जाएँगे। अदालतों में सब कार्रवाई कानून पर होती है, वहाँ छोटे-बड़े सब बराबर हैं, शेर-बकरी एक घाट पर पानी पीते हैं।

दूसरी शंका—अदालतों का न्याय कहने ही को है। जिसके पास बने हुए गवाह और दाँव-पेंच खेले हुए वकील होते हैं, उसी की जीत होती है, झूठे-सच्चे की परख कौन करता है ? हाँ, हैरानी अलबत्ता होती है।

भगत—कहा जाता है कि विदेशी चीज़ों का व्यवहार मत करो। यह गरीबों के साथ घोर अन्याय है। हमको बाज़ार में जो चीज़ सस्ती और अच्छी मिले, वह लेनी चाहिए, चाहे स्वेदशी हो या विदेशी। हमारा पैसा सेंत में नहीं आता है कि उसे रद्दी-भद्दी स्वदेशी चीज़ों पर फेंकें।

एक शंका—अपने देश में तो रहता है, दूसरों के हाथ में तो नहीं जाता।

दूसरी शंका—अपने घर में अच्छा खाना न मिले तो क्या विजातियों के घर का अच्छा भोजन खाने लगेंगे ?

भगत—लोग कहते हैं, लड़कों को सरकारी मदरसों में मत भेजो। सरकारी मदरसे

में न पढ़ते तो आज हमारे भाई बड़ी-बड़ी नौकरियाँ कैसे पाते, बड़े-बड़े कारखाने कैसे बना लेते ? बिना नयी विद्या पढ़े अब संसार में निबाह नहीं हो सकता, पुरानी विद्या पढ़ कर पत्रा देखने और कथा बाँचने के सिवाय और क्या आता है ? राज-काज क्या पट्टी-पोथी बाँचने वाले लोग करेंगे ?

एक शंका—हमें राज-काज न चाहिए। हम अपनी खेती-बारी ही में मगन हैं, किसी के गुलाम तो नहीं।

दूसरी शंका—जो विद्या घमंडी बना दे, उससे मूरख ही अच्छा। यही नयी विद्या पढ़ कर तो लोग सूट-बूट, घड़ी-छड़ी, हैट-कैट लगाने लगते हैं और अपने शौक के पीछे देश का धन विदेशियों के जेब में भरते हैं। ये देश के द्रोही हैं।

भगत—गाँजा-शराब की ओर आजकल लोगों की कड़ी निगाह है। नशा बुरी लत है, इसे सब जानते हैं। सरकार को नशे की दुकानों से करोड़ों रुपये साल की आमदनी होती है। अगर दूकानों में न जाने से लोगों की नशे की लत छूट जाए तो बड़ी अच्छी बात है। वह दूकान पर न जाएगा तो चोरी-छिपे किसी न किसी तरह दूने-चौगुने दाम दे कर, सज़ा काटने पर तैयार हो कर, अपनी लत पूरी करेगा। तो ऐसा काम क्यों करो कि सरकार का नुकसान अलग हो, और गरीब रैयत का नुकसान अलग हो? और फिर किसी-किसी को नशा खाने से फायदा होता है। मैं ही एक दिन अफीम न खाऊँ तो गाँठों में दर्द होने लगे, दम उखड़ जाए और सरदी पकड़ ले।

एक आवाज़—शराब पीने से बदन में फुर्ती आ जाती है।

एक शंका—सरकार अधर्म से रुपया कमाती है। उसे यह उचित नहीं। अधर्मी के राज में रह कर प्रजा का कल्याण कैसे हो सकता है ?

दूसरी शंका—पहले दारू पिला कर पागल बना दिया। लत पड़ी तो पैसे की चाट हुई। इतनी मजूरी किसको मिलती है कि रोटी-कपड़ा भी चले और दारू-शराब भी उड़े ? या तो बाल-बच्चों को भूखों मारो या चोरी करो, जुआ खेलो और बेईमानी करो। शराब की दूकान क्या है ? हमारी गुलामी का अड्डा है।

चौधरी के उपदेश सुनने के लिए जनता टूटती थी। लोगों को खड़े होने को जगह न मिलती। दिनोंदिन चौधरी का मान बढ़ने लगा। उनके यहाँ नित्य पंचायतों की, राष्ट्रोन्नति की चर्चा रहती, जनता को इन बातों में बड़ा आनन्द और उत्साह होता। उनके राजनीतिक ज्ञान की वृद्धि होती। वह अपना गौरव और महत्त्व समझने लगे, उन्हें अपनी सत्ता का अनुभव होने लगा। निरंकुशता और अन्याय पर अब उनकी त्योरियाँ चढ़ने लगीं। उन्हें स्वतंत्रता का स्वाद मिला। घर की रुई, घर का सूत, घर

का कपड़ा, घर का भोजन, घर की अदालत, न पुलिस का भय, न अमला की खुशामद, सुख और शांति से जीवन व्यतीत करने लगे। कितनों ही ने नशेबाज़ी छोड़ दी और सद्भावों की एक लहर-सी दौड़ने लगी।

लेकिन भगत जी इतने भाग्यशाली न थे। जनता को दिनोंदिन उनके उपदेशों से अरुचि होती जाती थी। यहाँ तक कि बहुधा उनके श्रोताओं में पटवारी, चौकीदार, मुदर्रिस और इन्हीं कर्मचारियों के मित्रों के अतिरिक्त और कोई न होता था। कभी-कभी बड़े हाकिम भी आ निकलते और भगत जी का बड़ा आदर-सत्कार करते। ज़रा देर के लिए भगत जी के आँसू पुँछ जाते, लेकिन क्षण-भर का सम्मान आठों पहर के अपमान की बराबरी कैसे करता? जिधर निकल जाते उधर ही उँगलियाँ उठने लगतीं। कोई कहता, खुशामदी टट्टू है; कोई कहता, खुफिया पुलिस का भेदी है। भगत जी अपने प्रतिद्वंद्वी की बड़ाई और अपनी लोकनिंदा पर दाँत पीस-पीस कर रह जाते थे। जीवन में यह पहला ही अवसर था कि उन्हें सबके सामने नीचा देखना पड़ा। चिरकाल से जिस कुल-मर्यादा की रक्षा करते आए थे और जिस पर अपना सर्वस्व अर्पण कर चुके थे, वह धूल में मिल गई। यह दाहमय चिंता उन्हें एक क्षण के लिए चैन न लेने देती। नित्य समस्या सामने रहती कि अपना खोया हुआ सम्मान क्योंकर पाऊँ, अपने प्रतिपक्षी को क्योंकर पददलित करूँ, कैसे उसका गरूर तोड़ूँ ?

अंत में उन्होंने सिंह को उसी की माँद में पछाड़ने का निश्चय किया।

संध्या का समय था। चौधरी के द्वार पर एक बड़ी सभा हो रही थी। आस-पास के गाँवों के किसान भी आ गए, हज़ारों आदमियों की भीड़ थी। चौधरी उन्हें स्वराज्य-विषयक उपदेश दे रहे थे। बार-बार 'भारतमाता की जय-जयकार' की ध्वनि उठती थी। एक ओर स्त्रियों का जमाव था। चौधरी ने अपना उपदेश समाप्त किया और अपनी जगह पर बैठे। स्वयंसेवकों ने स्वराज्य फंड के लिए चंदा जमा करना शुरू किया कि इतने में भगत जी न जाने किधर से लपके हुए आए और श्रोताओं के सामने खड़े हो कर उच्च स्वर से बोले :

'भाइयो, मुझे यहाँ देख कर अचरज मत करो। मैं स्वराज्य का विरोधी नहीं हूँ। ऐसा पतित कौन प्राणी होगा जो स्वराज्य का निंदक हो; लेकिन इसके प्राप्त करने का वह उपाय नहीं है जो चौधरी ने बताया है और जिस पर तुम लोग लट्टू हो रहे हो। जब आपस में फूट और रार है, पंचायतों से क्या होगा ? जब विलासिता का भूत सिर पर सवार है तो नशा कैसे छूटेगा, मदिरा की दूकानों का बहिष्कार कैसे होगा ? सिगरेट, साबुन, मोजे, बनियान, अद्धा, तंजेब से कैसे पिंड छूटेगा ? जब रौब और हुकूमत की लालसा बनी हुई है तो सरकारी मदरसे कैसे छोड़ोगे, विधर्मी

शिक्षा की बेड़ी से कैसे मुक्त हो सकोगे ? स्वराज्य लेने का केवल एक ही उपाय है और वह आत्म-संयम है। यही महौषधि तुम्हारे समस्त रोगों को समूल नष्ट करेगी। आत्मा को बलवान् बनाओ, इंद्रियों को साधो, मन को वश में करो, तुममें भ्रातृभाव पैदा होगा, तभी वैमनस्य मिटेगा, तभी ईर्ष्या और द्वेष का नाश होगा, तभी भोग-विलास से मन हटेगा, तभी नशेबाज़ी का दमन होगा। आत्मबल के बिना स्वराज्य कभी उपलब्ध न होगा। स्वयंसेवा सब पापों का मूल है। यही तुम्हें अदालतों में ले जाता है, यह तुम्हें विधर्मी शिक्षा का दास बनाए हुए है। इस पिशाच को आत्मबल से मारो और तुम्हारी कामना पूरी हो जाएगी। सब जानते हैं, मैं 40 साल से अफीम का सेवन करता हूँ। आज से मैं अफीम को गऊ का रक्त समझता हूँ। चौधरी से मेरी तीन पीढ़ियों की अदावत है। आज से चौधरी मेरे भाई हैं। आज से मुझे या मेरे घर के किसी प्राणी को घर के कते सूत से बुने हुए कपड़े के सिवाय कुछ और पहनते देखो तो मुझे जो दंड चाहो, दो। बस मुझे यही कहना है। परमात्मा हम सबकी इच्छा पूरी करे।

यह कह कर भगत जी घर की ओर चले कि चौधरी दौड़ कर उनके गले से लिपट गए। तीन पुश्तों की अदावत एक क्षण में शांत हो गई।

उस दिन से चौधरी और भगत साथ-साथ स्वराज्य का उपदेश करने लगे। उनमें गाढ़ी मित्रता हो गई और यह निश्चय करना कठिन था कि दोनों में जनता किसका अधिक सम्मान करती है।

प्रतिद्वंद्विता वह चिनगारी थी, जिसने दोनों पुरुषों के हृदय-दीपक को प्रकाशित कर दिया था।

सौत

पंडित देवदत्त का विवाह हुए बहुत दिन हुए, पर उनके कोई संतान न हुई। जब तक उनके माँ-बाप जीवित थे, तब तक वे उनसे सदा दूसरा विवाह कर लेने के लिए आग्रह किया करते थे पर वे राज़ी न हुए। उन्हें अपनी पत्नी गोदावरी से अटल प्रेम था। संतान से होने वाले सुख के निमित्त वे अपना वर्तमान पारिवारिक सुख नष्ट न करना चाहते थे। इसके अतिरिक्त वे कुछ नए विचार के मनुष्य थे। कहा करते थे कि संतान होने से माँ-बाप की ज़िम्मेदारियाँ बढ़ जाती हैं। जब तक मनुष्य में यह सामर्थ्य न हो कि वह उसका भली प्रकार पालन-पोषण और शिक्षण आदि कर सके तब तक उसकी संतान से देश, जाति और निज का कुछ भी कल्याण नहीं हो सकता। पहले तो कभी-कभी बालकों को हँसते-खेलते देख कर उनके हृदय पर चोट भी लगती थी, परन्तु अब अपने अनेक देश-भाइयों की तरह वे भी शारीरिक व्याधियों से ग्रस्त रहने लगे। अब किस्से-कहानियों के बदले धार्मिक ग्रंथों से उनका अधिक मनोरंजन होता था। अब संतान का ख़याल करते ही उन्हें भय-सा लगता था।

पर, गोदावरी इतनी जल्दी निराश होने वाली न थी। पहले तो वह देवी-देवता, गंडे-ताबीज और यंत्र-मंत्र आदि की शरण लेती रही, परंतु जब उसने देखा कि ये औषधियाँ कुछ काम नहीं करतीं तब वह एक महौषधि की फिक्र में लगी जो कायाकल्प से कम नहीं थी। उसने महीनों, बरसों इसी चिंता-सागर में गोते लगाते काटे। उसने दिल को बहुत समझाया; परंतु मन में जो बात समा गई थी किसी तरह न निकली। उसे बड़ा भारी आत्मत्याग करना पड़ेगा। शायद पति-प्रेम के सदृश अनमोल रत्न भी उसके हाथ से निकल जाए, पर क्या ऐसा हो सकता है ? पंद्रह वर्ष तक लगातार जिस प्रेम के वृक्ष की उसने सेवा की है क्या वह हवा का एक झोंका भी न सह

सकेगा ?

गोदावरी ने अंत में अपने प्रबल विचारों के आगे सिर झुका ही दिया। अब सौत का शुभागमन करने के लिए वह तैयार हो गई थी।

पंडित देवदत्त गोदावरी का यह प्रस्ताव सुन कर स्तम्भित हो गए। उन्होंने अनुमान किया कि या तो यह प्रेम की परीक्षा कर रही है या मेरा मन लेना चाहती है। उन्होंने उसकी बात हँस कर टाल दी। पर जब गोदावरी ने गंभीर भाव से कहा—तुम इसे हँसी मत समझो, मैं अपने हृदय से कहती हूँ कि संतान का मुँह देखने के लिए मैं सौत से छाती पर मूँग दलवाने के लिए भी तैयार हूँ, तब तो उनका संदेह जाता रहा। इतने ऊँचे और पवित्र भाव से भरी हुई गोदावरी को उन्होंने गले से लिपटा लिया। वे बोले—मुझसे यह न होगा। मुझे संतान की अभिलाषा नहीं।

गोदावरी ने ज़ोर दे कर कहा—तुमको न हो मुझे तो है। अगर अपनी खातिर नहीं तो तुम्हें मेरी खातिर यह काम करना ही पड़ेगा।

पंडित जी सरल स्वभाव के आदमी थे। हामी तो उन्होंने न भरी, पर बार-बार कहने से वे कुछ-कुछ राज़ी अवश्य हो गए। उस तरफ से इसी की देर थी। पंडित जी को कुछ भी परिश्रम न करना पड़ा। गोदावरी की कार्य-कुशलता ने सब काम उनके लिए सुलभ कर दिया। उसने इस काम के लिए अपने पास से केवल रुपये ही नहीं निकाले, किन्तु अपने गहने और कपड़े भी अर्पण कर दिये ! लोक-निंदा का भय इस मार्ग में सबसे बड़ा काँटा था। देवदत्त मन में विचार करने लगे कि जब मैं मौर सजा कर चलूँगा तब लोग मुझे क्या कहेंगे ? मेरे दफ्तर के मित्र मेरी हँसी उड़ाएँगे और मुस्कराते हुए कटाक्षों से मेरी ओर देखेंगे। उनके वे कटाक्ष छुरी से भी ज़्यादा तेज़ होंगे। उस समय मैं क्या करूँगा ?

गोदावरी ने अपने गाँव में जा कर इस कार्य को आरम्भ कर दिया और इसे निर्विघ्न समाप्त भी कर डाला। नयी बहू घर में आ गई। उस समय गोदावरी ऐसी प्रसन्न मालूम हुई मानो वह बेटे को ब्याह कर लाई हो। वह खूब गाती-बजाती रही। उसे क्या मालूम था कि शीघ्र ही उसे इस गान के बदले रोना पड़ेगा।

कई मास बीत गए। गोदावरी अपनी सौत पर इस तरह शासन करती थी मानो वह उसकी सास हो, तथापि वह यह बात कदापि न भूलती थी कि मैं वास्तव में उसकी सास नहीं हूँ। उधर गोमती को अपनी स्थिति का पूरा ख़याल रहता था। इसी कारण सास के शासन की तरह कठोर न रहने पर भी गोदावरी का शासन उसे अप्रिय होता

था। उसे अपनी छोटी-मोटी ज़रूरतों के लिए भी गोदावरी से कहते संकोच होता था।

कुछ दिनों बाद गोदावरी के स्वभाव में एक विशेष परिवर्तन दिखाई देने लगा। वह पंडित जी को घर में आते-जाते बड़ी तीव्र दृष्टि से देखने लगी। उसकी स्वाभाविक गंभीरता अब मानो लोप-सी हो गई, ज़रा-सी बात भी उसके पेट में नहीं पचती ! जब पंडित जी दफ्तर से आते तब गोदावरी उनके पास घंटों बैठी गोमती का वृत्तांत सुनाया करती। वृत्तांत-कथन में बहुत-सी ऐसी छोटी-मोटी बातें भी होती थीं कि जब कथा समाप्त होती तब पंडित जी के हृदय से बोझ-सा उतर जाता। गोदावरी क्यों इतनी मृदुभाषिणी हो गई थी; इसका कारण समझना मुश्किल है। शायद अब वह गोमती से डरती थी। उसके सौंदर्य से, उसके जीवन से, उसके लज्जायुक्त नेत्रों से शायद वह अपने को पराभूत समझती। बाँध को तोड़ कर वह पानी की धारा को मिट्टी के ढेलों से रोकना चाहती थी।

एक दिन गोदावरी ने गोमती से मीठा चावल पकाने को कहा। शायद वह रक्षाबंधन का दिन था। गोमती ने कहा—शक्कर नहीं है। गोदावरी यह सुनते ही विस्मित हो उठी। उतनी शक्कर इतनी जल्दी कैसे उठ गई ! जिसे छाती फाड़ कर कमाना पड़ता है, उसे अखरता है, खाने वाले क्या जानें ?

जब पंडित जी दफ्तर से आए तब यह ज़रा-सी बात बड़ा विस्तृत रूप धारण करके उनके कानों में पहुँची। थोड़ी देर के लिए पंडित जी के दिल में भी यह शंका हुई कि गोमती को कहीं भस्मक रोग तो नहीं हो गया।

ऐसी ही घटना एक बार फिर हुई। पंडित जी को बवासीर की शिकायत थी। लालमिर्च वह बिलकुल न खाते थे। गोदावरी जब रसोई बनाती थी तब वह लालमिर्च रसोईघर में लाती ही न थी। गोमती ने एक दिन दाल में मसाले के साथ थोड़ी-सी लालमिर्च भी डाल दी। पंडित जी ने दाल कम खाई। पर गोदावरी गोमती के पीछे पड़ गई। ऐंठ कर वह बोली—ऐसी जीभ जल क्यों नहीं जाती ?

पंडित जी बड़े ही सीधे आदमी थे। दफ्तर से आए, खाना खाया, पड़ कर सो रहे। वे एक साप्ताहिक पत्र मँगाते थे। उसे कभी-कभी महीनों खोलने की नौबत न आती थी। जिस काम में ज़रा भी कष्ट या परिश्रम होता, उससे वे कोसों दूर भागते थे। कभी उनके दफ्तर में थियेटर के 'पास' मुफ्त मिला करते थे। पर पंडित जी उनसे कभी काम नहीं लेते, और ही लोग उनसे माँग ले जाया करते। रामलीला या कोई मेला तो उन्होंने शायद नौकरी करने के बाद फिर कभी देखा ही नहीं। गोदावरी उनकी प्रकृति का परिचय अच्छी तरह पा चुकी थी। पंडित जी भी प्रत्येक विषय में गोदावरी के मतानुसार चलने में अपनी कुशल समझते थे।

पर रुई-सी मुलायम वस्तु भी दब कर कठोर हो जाती है। पंडित जी को यह आठों पहर की चह-चह असह्य-सी प्रतीत होती, कभी-कभी मन में झुँझलाने भी लगते। इच्छा-शक्ति जो इतने दिनों तक बेकार पड़ी रहने से निर्बल-सी हो गई थी, अब कुछ सजीव-सी होने लगी थी।

पंडित जी यह मानते थे कि गोदावरी ने सौत को घर लाने में बड़ा भारी त्याग किया है। उसका यह त्याग अलौकिक कहा जा सकता है; परन्तु उसके त्याग का भार जो कुछ है वह मुझ पर है, गोमती पर उसका क्या एहसान ? यहाँ उसे कौन-सा सुख है जिसके लिए वह फटकार पर फटकार सहे ? पति मिला है वह बूढ़ा और सदा रोगी, घर मिला है वह ऐसा कि अगर नौकरी छूट जाए तो कल चूल्हा न जले। इस दशा में गोदावरी का यह स्नेह-रहित बरताव उन्हें बहुत अनुचित मालूम होता।

गोदावरी की दृष्टि इतनी स्थूल न थी कि उसे पंडित जी के मन के भाव नज़र न आवें। उनके मन में जो विचार उत्पन्न होते वे सब गोदावरी को उनके मुख पर अंकित-से दिखायी पड़ते। यह जानकारी उसके हृदय में एक ओर गोमती के प्रति ईर्ष्या की प्रचंड अग्नि दहका देती, दूसरी ओर पंडित देवदत्त पर निष्ठुरता और स्वार्थप्रियता का दोषारोपण कराती। फल यह हुआ कि मनोमालिन्य दिन-दिन बढ़ता गया।

गोदावरी ने धीरे-धीरे पंडित जी से गोमती की बात करनी छोड़ दी, मानो उसके निकट गोमती घर में थी ही नहीं। न उसके खाने-पीने की वह सुधि लेती, न कपड़े-लत्ते की। एक बार कई दिनों तक उसे जलपान के लिए कुछ भी न मिला। पंडित जी तो आलसी जीव थे। वे इन अत्याचारों को देखा करते, पर अपने शांतिसागर में घोर उपद्रव मच जाने के भय से किसी से कुछ न कहते। तथापि इस छिछले अन्याय ने उनकी महती सहन-शक्ति को भी मथ डाला। एक दिन उन्होंने गोदावरी से डरते-डरते कहा—क्या आजकल जलपान के लिए मिठाई-विठाई नहीं आती ?

गोदावरी ने क्रुद्ध हो कर जवाब दिया—तुम लाते ही नहीं तो आए कहाँ से ! मेरे कोई नौकर बैठा है ?

देवदत्त को गोदावरी के ये कठोर वचन तीर-से लगे। आज तक गोदावरी ने उनसे ऐसी रोषपूर्ण बात कभी न की थी।

वे बोले—धीरे बोलो, झुँझलाने की तो कोई बात नहीं है। गोदावरी ने आँखें नीची करके कहा—मुझे तो जैसा आता है वैसे बोलती हूँ। दूसरों की-सी मधुर बोली कहाँ से लाऊँ?

देवदत्त ने ज़रा गरम हो कर कहा—आजकल मुझे तुम्हारे मिज़ाज का कुछ रंग

ही नहीं मालूम होता। बात-बात पर उलझती रहती हो !

गोदावरी का चेहरा क्रोधाग्नि से लाल हो गया। वह बैठी थी, खड़ी हो गई। उसके होंठ फड़कने लगे। वह बोली—मेरी कोई बात अब तुमको क्यों अच्छी लगेगी? अब मैं सिर से पैर तक दोषों से भरी हुई हूँ। अब और लोग तुम्हारे मन का काम करेंगे। मुझसे नहीं हो सकता। यह लो संदूक की कुंजी ! अपने रुपये-पैसे सँभालो, यह रोज़-रोज़ की झंझट मेरे मान की नहीं। जब तक निभा, निभाया। अब नहीं निभ सकता।

पंडित देवदत्त मानो मूर्च्छित-से हो गए। जिस शांति-भंग का उन्हें भय था उसने अत्यंत भयंकर रूप धारण करके घर में प्रवेश किया। वह कुछ भी न बोल सके। इस समय उनके अधिक बोलने से बात बढ़ जाने का भय था। वह बाहर चले आए और सोचने लगे कि मैंने गोदावरी के साथ कौन-सा अनुचित व्यवहार किया है। उनके ध्यान में आया कि गोदावरी के हाथ से निकल कर घर का प्रबंध कैसे हो सकेगा? इस थोड़ी-सी आमदनी में वह न जाने किस प्रकार काम चलाती थी ? क्या-क्या उपाय वह करती थी ! अब न जाने नारायण कैसे पार लगावेंगे? उसे मनाना पड़ेगा। और हो ही क्या सकता है गोमती भला क्या कर सकती है, सारा बोझ मेरे ही सिर पड़ेगा। मानेगी तो, पर मुश्किल से।

परंतु पंडित जी की ये शुभकामनाएँ निष्फल हुईं। संदूक की कुंजी विषैली नागिन की तरह वहीं आँगन में ज्यों की त्यों तीन दिन तक पड़ी रही। किसी को उसके निकट जाने का साहस न हुआ। चौथे दिन पंडित जी ने मानो जान पर खेल कर उस कुंजी को उठा लिया। उस समय उन्हें ऐसा मालूम हुआ मानो किसी ने उनके सिर पर पहाड़ उठा कर रख दिया। आलसी आदमियों को अपने नियमित मार्ग से तिल भर भी हटना बड़ा कठिन मालूम होता है।

यद्यपि पंडित जी जानते थे कि मैं अपने दफ्तर के कारण इस कार्य को सँभालने में असमर्थ हूँ, तथापि उनसे इतनी ढिठाई न हो सकी कि वह कुंजी गोमती को दें। पर यह केवल दिखावा ही भर था। कुंजी उन्हीं के पास रहती थी, काम सब गोमती को करना पड़ता था। इस प्रकार गृहस्थी के शासन का अंतिम साधन भी गोदावरी के हाथ से निकल गया। गृहिणी के नाम के साथ जो मर्यादा और सम्मान था वह भी गोदावरी के पास से उसी कुंजी के साथ चला गया। देखते-देखते घर की महरी और पड़ोस की स्त्रियों के बरताव में भी बहुत अंतर पड़ गया। गोदावरी अब पदच्युता रानी की तरह थी। उसका अधिकार अब केवल दूसरों की सहानुभूति पर ही रह गया था।

गृहस्थी के काम-काज में परिवर्तन होते ही गोदावरी के स्वभाव में भी शोकजनक

परिवर्तन हो गया। ईर्ष्या मन में रहने वाली वस्तु नहीं। आठों पहर पास-पड़ोस के घरों में यही चर्चा होने लगी; देखा, दुनिया कैसे मतलब की है। बेचारी ने लड़-झगड़ कर ब्याह कराया, जान-बूझ कर अपने पैरों पर कुल्हाड़ी मारी। यहाँ तक कि अपने गहने-कपड़े तक उतार दिये। पर अब रोते-रोते आँचल भीगता है। सौत तो सौत ही है, पति ने भी उसे आँखों से गिरा दिया। बस, अब दासी की तरह घर में पड़ी-पड़ी पेट जिलाया करे। यह जीना भी कोई जीना है ?

ये सहानुभूतिपूर्ण बात सुन कर गोदावरी की ईर्ष्याग्नि और भी प्रबल होती जाती थी। इसे इतना न सूझता था कि वह मौखिक संवेदनाएँ अधिकांश में उस मनोविकार से पैदा हुई हैं जिससे मनुष्यों को हानि और दुःख पर हँसने में विशेष आनन्द आता है।

गोदावरी को जिस बात का पूर्ण विश्वास और पंडित जी को जिसका बड़ा भय था, वह न हुई। घर के काम-काज में कोई विघ्न-बाधा, कोई रुकावट न पड़ी। हाँ, अनुभव न होने के कारण पंडित जी का प्रबन्ध गोदावरी के प्रबन्ध जैसा अच्छा न था। कुछ खर्च ज़्यादा पड़ जाता था। पर काम भली-भाँति चला जाता था। हाँ, गोदावरी को गोमती के सभी काम दोषपूर्ण दिखाई देते थे। ईर्ष्या में अग्नि है परन्तु अग्नि का गुण उसमें नहीं। वह हृदय को फैलाने के बदले और भी संकीर्ण कर देती है। अब घर में कुछ हानि हो जाने से गोदावरी को दुःख के बदले आनन्द होता। बरसात के दिन थे। कई दिन तक सूर्यनारायण के दर्शन न हुए। संदूक में रक्खे हुए कपड़ों में फफूँदी लग गई। तेल के अचार बिगड़ गए। गोदावरी को यह सब देख कर रत्ती भर भी दुःख न हुआ। हाँ, दो-चार जली-कटी सुनाने का अवसर अवश्य मिल गया—मालकिन ही बनना आता है कि मालकिन का काम करना भी?

पंडित देवदत्त की प्रकृति में भी अब नया रंग नज़र आने लगा ! जब तक गोदावरी अपनी कार्यपरायणता से घर का सारा बोझ सँभाले थी, तब तक उनको कभी किसी चीज़ की कमी नहीं खली। यहाँ तक कि शाक-भाजी के लिए भी उन्हें बाज़ार नहीं जाना पड़ा। पर अब गोदावरी उन्हें दिन में कई बार बाज़ार दौड़ते देखती। गृहस्थी का प्रबंध ठीक न रहने से बहुधा ज़रूरी चीज़ों के लिए उन्हें बाज़ार ऐन वक्त पर जाना पड़ता। गोदावरी यह कौतुक देखती और सुना-सुना कर कहती—यही महाराज हैं कि एक तिनका उठाने के लिए भी न उठते थे। अब देखती हूँ, दिन में दस दफे बाज़ार में खड़े रहते हैं। अब मैं इन्हें कभी यह कहते नहीं सुनती कि मेरे लिखने-पढ़ने में हर्ज होगा।

गोदावरी को इस बात का एक बार परिचय मिल चुका था कि पंडित जी बाज़ार-हाट के काम में कुशल नहीं हैं। इसलिए जब उसे कपड़े की ज़रूरत होती तब वह अपने पड़ोस के एक बूढ़े लाला साहब से मँगवाया करती थी। पंडित जी

को यह बात भूल-सी गई थी कि गोदावरी को साड़ियों की भी ज़रूरत पड़ती है। उनके सिर से तो जितना बोझ कोई हटा दे उतना ही अच्छा था। खुद वे भी वही कपड़े पहनते थे जो गोदावरी मँगा कर उन्हें दे देती थी। पंडित जी को नये फैशन और नये नमूनों से कोई प्रयोजन न था। पर अब कपड़ों के लिए भी उन्हीं को बाज़ार जाना पड़ता है। एक बार गोमती के पास साड़ियाँ न थीं। पंडित जी बाज़ार गए तो एक बहुत अच्छा-सा जोड़ा उसके लिए ले आए। बजाज ने मनमाने दाम लिए। उधार सौदा लाने में पंडित जी ज़रा भी आगा-पीछा न करते थे। गोमती ने वह जोड़ा गोदावरी को दिखाया। गोदावरी ने देखा और मुँह फेर कर रुखाई से बोली—भला तुमने उन्हें कपड़े लाना तो सिखा दिया। मुझे तो सोलह वर्ष बीत गए, उनके हाथ का लाया हुआ एक कपड़ा स्वप्न में भी पहनना नसीब न हुआ।

ऐसी घटनाएँ गोदावरी की ईर्ष्याग्नि को और भी प्रज्वलित कर देती थीं। जब तक उसे यह विश्वास था कि पंडित जी स्वभाव से ही रूखे हैं, तब तक उसे संतोष था। परन्तु अब उनकी ये नयी-नयी तरंगें देख कर उसे मालूम हुआ कि जिस प्रीति को मैं सैकड़ों यत्न करके भी न पा सकी उसे इस रमणी ने केवल अपने यौवन से जीत लिया। उसे अब निश्चय हुआ कि मैं जिसे सच्चा प्रेम समझ रही थी वह वास्तव में कपटपूर्ण था। वह निरा स्वार्थ था।

दैवयोग से इन्हीं दिनों गोमती बीमार पड़ी। उसे उठने-बैठने की भी शक्ति न रही। गोदावरी रसोई बनाने लगी, पर उसे इसका निश्चय नहीं था कि गोमती वास्तव में बीमार है। उसे यही ख़याल था कि मुझसे खाना पकवाने के लिए ही दोनों प्राणियों ने यह स्वाँग रचा है। पड़ोस की स्त्रियों से कहती कि लौंडी बनने में इतनी ही कसर थी, वह पूरी हो गई।

पंडित जी को आजकल खाना खाते वक्त भाग-भाग-सी पड़ जाती है। वे न जाने क्यों गोदावरी से एकांत में बातचीत करते डरते हैं। न मालूम कैसी कठोर और हृदय-विदारक बातें वह सुनाने लगे? इसीलिए खाना खाते वक्त वे डरते थे कि कहीं उस भयंकर समय का आगमन न हो जाए। गोदावरी अपने तीव्र नेत्रों से उनके मन का भाव ताड़ जाती थी, पर मन ही मन में ऐंठ कर रह जाती थी।

एक दिन उससे न रहा गया। वह बोली—क्या मुझसे बोलने की भी मनाही कर दी गई है ? देखती हूँ, कहीं तो रात-रात भर बातों का तार नहीं टूटता, पर मेरे सामने मुँह खोलने की भी कसम-सी खायी है। घर का रंग-ढंग देखते हो न ? अब तो काम तुम्हारे इच्छानुसार चल रहा है न ?

पंडित जी ने सिर नीचा किये हुए उत्तर दिया—उँह ! जैसे चलता है, वैसे चलता है। उस फिक्र से क्या अपनी जान दे दूँ ? जब तुम यह चाहती हो कि घर मिट्टी में मिल जाए तब फिर मेरा क्या वश है ?

इस पर गोदावरी ने बड़े कठोर वचन कहे। बात बढ़ गई। पंडित जी चौके पर से उठ आए। गोदावरी ने कसम दिला कर उन्हें बिठाना चाहा, पर वे वहाँ क्षण भर भी न रुके ! तब उसने भी रसोई उठा दी। सारे घर को उपवास करना पड़ा।

गोमती में एक विचित्रता यह थी कि वह कड़ी-से-कड़ी बात सहन कर सकती थी, पर भूख सहन करना उसके लिए बड़ा कठिन था। इसलिए कोई व्रत भी न रखती थी। हाँ, कहने-सुनने को जन्माष्टमी रख लेती थी। पर आजकल बीमारी के कारण उसे और भी भूख लगती थी। जब उसने देखा कि दोपहर होने को आई और भोजन मिलने के कोई लक्षण नहीं, तब विवश हो कर बाज़ार से मिठाई मँगायी। सम्भव है, उसने गोदावरी को जलाने के लिए ही खेल खेला हो, क्योंकि कोई भी एक वक्त खाना न खाने से मर नहीं जाता। गोदावरी के सिर से पैर तक आग लग गई। उसने भी तुरंत मिठाइयाँ मँगवायीं। कई वर्ष के बाद आज उसने पेट भर मिठाइयाँ खायीं। ये सब ईर्ष्या के कौतुक हैं।

जो गोदावरी दोपहर के पहले मुँह में पानी न डालती थी, वही अब प्रातःकाल ही कुछ जलपान किये बिना नहीं रह सकती। सिर में वह हमेशा मीठा तेल डालती थी, पर अब मीठे तेल से उसके सिर में पीड़ा होने लगती थी। पान खाने का उसे नया व्यसन लग गया। ईर्ष्या ने उसे नयी नवेली बहू बना दिया।

जन्माष्टमी का शुभ दिन आया। पंडित जी का स्वाभाविक आलस्य इन दो-तीन दिनों के लिए गायब हो जाता था। बड़े उत्साह से झाँकी बनाने में लग जाते थे। गोदावरी यह व्रत बिना जल के रखती थी और पंडित जी तो कृष्ण के उपासक ही थे। अब उनके अनुरोध से गोमती ने भी निर्जल व्रत रखने का साहस किया, पर उसे बड़ा आश्चर्य हुआ जब महरी ने आ कर उससे कहा—बड़ी बहू निर्जल न रहेंगी, उनके लिए फलाहार मँगा दो।

संध्या समय गोदावरी ने मान-मंदिर जाने कि लिए इक्के की फरमाइश की। गोमती को यह फरमाइश बुरी मालूम हुई। आज के दिन इक्कों का किराया बहुत बढ़ जाता था। मान-मंदिर कुछ दूर भी नहीं था। इससे वह चिढ़ कर बोली—व्यर्थ रुपया क्यों फेंका जाए? मन्दिर कौन बड़ी दूर है? पाँव-पाँव क्यों नहीं चली जाती? हुक्म चला देना तो सहज है। अखरता उसे है, जो बैल की तरह कमाता है।

तीन साल पहले गोमती ने इसी तरह की बातें गोदावरी के मुँह से सुनी थीं। आज गोदावरी को भी गोमती के मुँह से सुननी पड़ीं। समय की गति !

इन दिनों गोदावरी बड़े उदासीन भाव से खाना बनाती है। पंडित जी के पथ्यापथ्य के विषय में भी अब उसे पहले की-सी चिंता न थी। एक दिन उसने महरी से कहा कि अंदाज से मसाले निकाल कर पीस ले, मसाले दाल में पड़े तो मिर्च जरा अधिक तेज़ हो गई। मारे भय से पंडित जी से वह न खायी गई। अन्य आलसी मनुष्यों

की तरह चटपटी वस्तुएँ उन्हें भी बहुत प्रिय थीं, परंतु वह रोग से डरे हुए थे। गोमती ने जब यह सुना तब भौंहें चढ़ा कर बोली—क्या बुढ़ापे में जबान गज भर की हो गई है?

कुछ इसी तरह से कटु-वाक्य एक बार गोदावरी ने भी कहे थे। आज उसकी बारी सुनने की थी।

आज गोदावरी गंगा से गले मिलने आई है। तीन साल हुए वह वर और वधू को ले कर गंगा जी को पुष्प और दूध चढ़ाने गई थी। आज वह अपने प्राण समर्पण करने आई है। आज वह गंगा जी की आनन्दमयी लहरों में विश्राम करना चाहती है।

गोदावरी को अब उस घर में एक क्षण रहना भी दुस्सह हो गया था। जिस घर में रानी बन कर रही उसी में चेरी बन कर रहना उस जैसी सगर्वा स्त्री के लिए असम्भव था।

अब इस घर में गोदावरी का स्नेह उस पुरानी रस्सी की तरह था जो बराबर गाँठ देने पर भी कहीं न कहीं से टूट ही जाती है। उसे गंगा जी की शरण लेने के सिवाय और कोई उपाय न सूझता था।

कई दिन हुए उसके मुँह से बार-बार जान देने की धमकी सुन पंडित जी खिजला कर बोल उठे थे—तुम किसी तरह मर भी तो जातीं। गोदावरी उन विष-भरे शब्दों को अब तक न भूली थी। चुभने वाली बातें उसको कभी न भूलती थीं। आज गोमती ने भी वही बातें कहीं, यद्यपि उसने बहुत कुछ सहन करने के पीछे कठोर बातें कही थीं। तथापि गोदावरी को अपनी बातें तो भूल-सी गई थीं। केवल गोमती और पंडित जी के वाक्य ही उसके कानों में गूँज रहे थे। पंडित जी ने उसे डाँटा तक नहीं। मुझ पर ऐसा घोर अन्याय और वे मुँह तक न खोलें।

आज सब लोगों के सो जाने पर गोदावरी घर से बाहर निकली, आकाश में काली घटाएँ छायी हुई थीं। वर्षा की झड़ी लग रही थी। उधर उसके नेत्रों से भी आँसुओं की धारा बह रही थी। प्रेम का बंधन कितना कोमल है और दृढ़ भी कितना ! कोमल है अपमान के सामने, दृढ़ है वियोग के सामने ! गोदावरी चौखट पर खड़ी-खड़ी घंटों रोती रही, कितनी ही पिछली बातें उसे याद आती थीं। हा ! कभी यहाँ उसके लिए प्रेम भी था, मान भी था, जीवन का सुख भी था। शीघ्र ही पंडित जी के वे कठोर शब्द भी याद आ गए। आँखों से फिर पानी की धारा बहने लगी। गोदावरी घर से चल खड़ी हुई।

इस समय यदि पंडित देवदत्त नंगे सिर, नंगे पाँव पानी में भीगते दौड़े आते

और गोदावरी के कम्पित हाथों को पकड़ कर अपने धड़कते हुए हृदय से उसे लगा कर कहते, 'प्रिये !' इससे अधिक और उनके मुँह से कुछ भी न निकलता, तो भी क्या गोदावरी अपने विचारों पर स्थिर रह सकती ?

कुआर का महीना था। रात को गंगा की लहरों की गरज बड़ी भयानक मालूम होती थी। साथ ही, जब बिजली तड़प जाती तब उसकी उछलती हुई लहरें प्रकाश से उज्ज्वल हो जाती थीं। मानो प्रकाश उन्मत्त हाथी का रूप धारण कर किलोलें कर रहा हो। जीवन-संग्राम का एक विशाल दृश्य आँखों के सामने आ रहा था।

गोदावरी के हृदय में भी इस समय विचार की अनेक लहरें बड़े वेग से उठतीं, आपस में टकरातीं और ऐंठती हुई लोप हो जाती थीं। कहाँ ? अंधकार में।

क्या यह गरजने-उमड़ने वाली गंगा गोदावरी को शांति प्रदान कर सकती है ? उसकी लहरों में सुधासम मधुर ध्वनि नहीं है और न उसमें करुणा का विकास ही है। वह इस समय उद्दंडता और निर्दयता की भीषण मूर्ति धारण किए हुए है।

गोदावरी किनारे बैठी क्या सोच रही थी, कौन कह सकता है ? क्या अब उसे यह खटका नहीं लगा था कि पंडित देवदत्त आते न होंगे ? प्रेम का बंधन कितना मज़बूत होता है।

उसी अंधकार में ईर्ष्या, निष्ठुरता और नैराश्य की सताई हुई वह अबला गंगा की गोद में गिर पड़ी। लहरें झपटीं और उसे निगल गईं।

सबेरा हुआ। गोदावरी घर में नहीं थी। उसकी चारपाई पर यह पत्र पड़ा हुआ था—

'स्वामिन, संसार में सिवाय आपके मेरा और कौन स्नेही था ? मैंने अपना सर्वस्व आपके सुख की भेंट कर दिया। अब आपका सुख इसी में है कि मैं इस संसार से लोप हो जाऊँ। इसीलिए ये प्राण आपकी भेंट हैं। मुझसे जो कुछ अपराध हुए हों, क्षमा कीजिएगा। ईश्वर सदा आपको सुखी रक्खे ?'

पंडित जी इस पत्र को देखते ही मूर्च्छित हो कर गिर पड़े। गोमती रोने लगी। पर क्या वे उसके विलाप के आँसू थे ?

मुक्ति-मार्ग

सिपाही को अपनी लाल पगड़ी पर, सुन्दरी को अपने गहनों पर और वैद्य को अपने सामने बैठे हुए रोगियों पर जो घमंड होता है, वही किसान को अपने खेतों को लहराते हुए देख कर होता है। झींगुर अपने ऊख के खेतों को देखता, तो उस पर नशा-सा छा जाता। तीन बीघे ऊख थी। इसके 600 रुपये तो अनायास ही मिल जाएँगे। और जो कहीं भगवान् ने डाँड़ी तेज़ कर दी तो फिर क्या पूछना ! दोनों बैल बुड्ढे हो गए। अबकी नई गोईं बटेसर के मेले से ले आएगा। कहीं दो बीघे खेत और मिल गए, तो लिखा लेगा। रुपये की क्या चिंता? बनिये अभी से उसकी खुशामद करने लगे थे। ऐसा कोई न था जिससे उसने गाँव में लड़ाई न की हो। वह अपने आगे किसी को कुछ समझता ही न था।

एक दिन संध्या के समय वह अपने बेटे को गोद में लिए मटर की फलियाँ तोड़ रहा था। इतने में उसे भेड़ों का एक झुंड अपनी तरफ आता दिखाई दिया। वह अपने मन में कहने लगा—इधर से भेड़ों के निकलने का रास्ता न था। क्या खेत की मेंड़ पर से भेड़ों का झुंड नहीं जा सकता था ? भेड़ों को इधर से लाने की क्या ज़रूरत ? ये खेत को कुचलेंगी, चरेंगी। इसका डाँड़ कौन देगा ? मालूम होता है, बुद्धू गडेरिया है। बचा को घमंड हो गया है; तभी तो खेतों के बीच से भेड़ें लिए चला आता है। ज़रा इसकी ढिठाई तो देखो। देख रहा है कि मैं खड़ा हूँ, फिर भी भेड़ों को लौटाता नहीं। कौन मेरे साथ कभी रिआयत की है कि मैं इसकी मुरौवत करूँ? अभी एक भेड़ा मोल माँगूँ तो पाँच ही रुपये सुनावेगा। सारी दुनिया में चार रुपये के कम्बल बिकते हैं, पर यह पाँच रुपये से नीचे की बात नहीं करता।

इतने में भेड़ें खेत के पास आ गईं। झींगुर ने ललकार कर कहा—अरे, ये भेड़ कहाँ लिए आते हो ?

बुद्धू नम्र भाव से बोला—महतो, डाँड़ पर से निकल जाएँगी। घूम कर जाऊँगा तो कोस-भर का चक्कर पड़ेगा।

झींगुर—तो तुम्हारा चक्कर बचाने के लिए मैं अपने खेत क्यों कुचलवाऊँ ? डाँड़ ही पर से ले जाना है, तो और खेतों के डाँड़ से क्यों नहीं ले गए ? क्या मुझे कोई चूहड़-चमार समझ लिया है या धन का घमंड हो गया है ? लौटाओ इनको !

बुद्धू—महतो, आज निकल जाने दो। फिर कभी इधर से आऊँ तो जो सज़ा चाहे देना।

झींगुर—कह दिया कि लौटाओ इन्हें ! अगर एक भेड़ भी मेंड़ पर आई तो समझ लो, तुम्हारी खैर नहीं।

बुद्धू—महतो, अगर तुम्हारी एक बेल भी किसी भेड़ के पैरों-तले आ जाए, तो मुझे बैठा कर सौ गालियाँ देना।

बुद्धू बातें तो बड़ी नम्रता से कर रहा था, किंतु लौटने में अपनी हेठी समझता था। उसने मन में सोचा, इसी तरह ज़रा-ज़रा धमकियों पर भेड़ों को लौटाने लगा, तो फिर मैं भेड़ें चरा चुका। आज लौट जाऊँ, तो कल को कहीं निकलने का रास्ता ही न मिलेगा। सभी रोब जमाने लगेंगे।

बुद्धू भी पोढ़ा आदमी था। 12 कोड़ी भेड़ें थीं। उन्हें खेतों में बिठाने के लिए फ़ी रात आठ आने कोड़ी मजदूरी मिलती थी, इसके उपरान्त दूध बेचता था; ऊन के कम्बल बनाता था। सोचने लगा—इतने गरम हो रहे हैं, मेरा कर ही क्या लेंगे ? कुछ इनका दबैल तो हूँ नहीं। भेड़ों ने जो हरी-हरी पत्तियाँ देखीं, तो अधीर हो गईं। खेत में घुस पड़ीं। बुद्धू उन्हें डंडों से मार-मारकर खेत के किनारे हटाता था और वे इधर-उधर से निकल कर खेत में जा पड़ती थीं। झींगुर ने आगे हो कर कहा—तुम मुझसे हेकड़ी जताने चले हो, तुम्हारी सारी हेकड़ी निकाल दूँगा !

बुद्धू—तुम्हें देख कर चौंकती हैं। तुम हट जाओ, तो मैं सबको निकाल ले जाऊँ।

झींगुर ने लड़के को तो गोद से उतार दिया और अपना डंडा सँभाल कर भेड़ों पर पिल पड़ा। धोबी भी इतनी निर्दयता से अपने गधे को न पीटता होगा। किसी भेड़ की टाँग टूटी, किसी की कमर टूटी। सबने 'बें-बें' का शोर मचाना शुरू किया। बुद्धू चुपचाप खड़ा अपनी सेना का विध्वंस अपनी आँखों से देखता रहा। वह न भेड़ों को हाँकता था, न झींगुर से कुछ कहता था, बस खड़ा तमाशा देखता रहा। दो मिनट में झींगुर ने इस सेना को अपने अमानुषिक पराक्रम से मार भगाया। मेष-दल का संहार करके विजय-गर्व से बोला—अब सीधे चले जाओ ! फिर इधर से आने का नाम न लेना।

बुद्धू ने आहत भेड़ों की ओर देखते हुए कहा—झींगुर, तुमने यह अच्छा काम नहीं किया। पछताओगे।

केले को काटना भी इतना आसान नहीं, जितना किसान से बदला लेना ! उसकी सारी कमाई खेतों में रहती है या खलिहानों में। कितनी ही दैविक और भौतिक आपदाओं के बाद कहीं अनाज घर में आता है। और जो कहीं इन आपदाओं के साथ विद्रोह ने भी संधि कर ली तो बेचारा किसान कहीं का नहीं रहता।

झींगुर ने घर आ कर दूसरों से इस संग्राम का वृत्तांत कहा, तो लोग समझाने लगे—झींगुर, तुमने बड़ा अनर्थ किया। जानकर अनजान बनते हो। बुद्धू को जानते नहीं, कितना झगड़ालू आदमी है। अब भी कुछ नहीं बिगड़ा। जा कर उसे मना लो। नहीं तो तुम्हारे साथ सारे गाँव पर आफत आ जाएगी। झींगुर की समझ में बात आई। पछताने लगा कि मैंने कहाँ से-कहाँ उसे रोका। अगर भेड़ें थोड़ा-बहुत चर ही जातीं, तो कौन मैं उजड़ा जाता था। वास्तव में हम किसानों का कल्याण दबे रहने में ही है। ईश्वर को भी हमारा सिर उठा कर चलना अच्छा नहीं लगता। जी तो बुद्धू के घर जाने को न चाहता था, किंतु दूसरों के आग्रह से मजबूर हो कर चला।

अगहन का महीना था, कुहरा पड़ रहा था, चारों ओर अंधकार छाया हुआ था। गाँव से बाहर निकला ही था कि सहसा अपने ऊख के खेत की ओर अग्नि की ज्वाला देख कर चौंक पड़ा। छाती धड़कने लगी। खेत में आग लगी हुई थी। बेतहाशा दौड़ा। मनाता जाता था कि मेरे खेत में न हो। पर ज्यों-ज्यों समीप पहुँचता था, यह आशामय भ्रम शांत होता जाता था। वह अनर्थ हो ही गया, जिसके निवारण के लिए वह घर से चला था। हत्यारे ने आग लगा ही दी, और मेरे पीछे सारे गाँव को चौपट किया। उसे ऐसा जान पड़ता था कि वह खेत आज बहुत समीप आ गया है, मानो बीच के परती खेतों का अस्तित्व ही नहीं रहा ! अंत में जब वह खेत पर पहुँचा, तो आग प्रचंड रूप धारण कर चुकी थी।

झींगुर ने 'हाय-हाय' मचाना शुरू किया। गाँव के लोग दौड़ पड़े और खेतों से अरहर के पौधे उखाड़ कर आग को पीटने लगे। अग्नि-मानव-संग्राम का भीषण दृश्य उपस्थित हो गया। एक पहर तक हाहाकार मचा रहा। कभी एक प्रबल होता था, कभी दूसरा। अग्नि-पक्ष के योद्धा मर-मरकर जी उठते थे और द्विगुण शक्ति से, रणोन्मत्त हो कर शस्त्र-प्रहार करने लगते थे। मानव-पक्ष में जिस योद्धा की कीर्ति सबसे उज्ज्वल थी, वह बुद्धू था। बुद्धू कमर तक धोती चढ़ाये, प्राण हथेली पर लिए, अग्निराशि में कूद पड़ता था, और शत्रुओं को परास्त करके, बाल-बाल बचकर निकल आता था। अन्त में मानव-दल की विजय हुई; किन्तु ऐसी विजय जिस पर हार भी हँसती। गाँव-भर की ऊख जल कर भस्म हो गई, और ऊख के साथ सारी अभिलाषाएँ भी भस्म हो गईं।

आग किसने लगाई, यह खुला हुआ भेद था; पर किसी को कहने का साहस न था। कोई सबूत नहीं। प्रमाणहीन तर्क का मूल्य ही क्या ? झींगुर का घर से निकलना मुश्किल हो गया। जिधर जाता, ताने सुनने पड़ते। लोग प्रत्यक्ष कहते थे—यह आग तुमने लगवाई। तुम्हीं ने हमारा सर्वनाश किया। तुम्हीं मारे घमंड के धरती पर पैर न रखते थे। आप-के-आप गए, अपने साथ गाँव-भर को डुबो दिया। बुद्धू को न छेड़ते तो आज क्यों यह दिन देखना पड़ता?

झींगुर को अपनी बरबादी का इतना दुःख न था, जितना इन जली-कटी बातों का। दिन-भर घर में बैठा रहता। पूस का महीना आया। जहाँ सारी रात कोल्हू चला करते थे, गुड़ की सुगंध उड़ती रहती थी, भट्ठियाँ जलती रहती थीं और लोग भट्ठियों के सामने बैठे हुक्का पिया करते थे, वहाँ सन्नाटा छाया हुआ था। ठंड के मारे लोग साँझ ही से किवाड़ें बंद करके पड़ रहते और झींगुर को कोसते। माघ और भी कष्टदायक था।

ऊख केवल धनदाता ही नहीं, किसानों का जीवनदाता भी है। उसी के सहारे किसानों का जाड़ा कटता है। गरम रस पीते हैं, ऊख की पत्तियाँ तापते हैं, उसके अगोड़े पशुओं को खिलाते हैं। गाँव के सारे कुत्ते जो रात को भट्ठियों की राख में सोया करते थे, ठंड से मर गए। कितने ही जानवर चारे के अभाव से चल बसे। शीत का प्रकोप हुआ और सारा गाँव खाँसी-बुखार से ग्रस्त हो गया। और यह सारी विपत्ति झींगुर की करनी थी—अभागे, हत्यारे झींगुर की !

झींगुर ने सोचते-सोचते निश्चय किया कि बुद्धू की दशा भी अपनी ही-सी बनाऊँगा। उसके कारण मेरा सर्वनाश हो गया और वह चैन की बंशी बजा रहा है ! मैं भी उसका सर्वनाश करूँगा।

जिस दिन इस घातक कलह का बीजारोपण हुआ, उसी दिन से बुद्धू ने इधर आना छोड़ दिया था। झींगुर ने उससे रब्त-जब्त बढ़ाना शुरू किया। वह बुद्धू को दिखाना चाहता था कि तुम्हारे ऊपर मुझे बिलकुल सन्देह नहीं है। एक दिन कम्बल लेने के बहाने गया, फिर दूध लेने के बहाने गया। बुद्धू उसका खूब आदर-सत्कार करता। चिलम तो आदमी दुश्मन को भी पिला देता है, वह उसे बिना दूध और शरबत पिलाये न आने देता।

झींगुर आजकल एक सन लपेटने वाली कल में मज़दूरी करने जाया करता था। बहुधा कई-कई दिनों की मज़दूरी इकट्ठी मिलती थी। बुद्धू ही की तत्परता से झींगुर का रोज़ाना खर्च चलता था। अतएव झींगुर ने खूब रब्त-जब्त बढ़ा लिया। एक दिन बुद्धू ने पूछा—क्यों झींगुर, अगर अपनी ऊख जलाने वाले को पा जाओ, तो क्या करो ? सच कहना।

झींगुर ने गम्भीर भाव से कहा—मैं उससे कहूँ, भैया तुमने जो कुछ किया, बहुत

अच्छा किया। मेरा घमंड तोड़ दिया; मुझे आदमी बना दिया।

बुद्धू—मैं जो तुम्हारी जगह होता, तो बिना उसका घर जलाए न मानता।

झींगुर—चार दिन की ज़िंदगानी में बैर-बिरोध बढ़ाने से क्या फायदा है ? मैं तो बरबाद हुआ ही, अब उसे बरबाद करके क्या पाऊँगा ?

बुद्धू—बस, यही आदमी का धर्म है। पर भाई, क्रोध के बस में हो कर बुद्धि उलटी हो जाती है।

फागुन का महीना था। किसान ऊख बोने के लिए खेतों को तैयार कर रहे थे। बुद्धू का बाज़ार गरम था। भेड़ों की लूट मची हुई थी। दो-चार आदमी नित्य द्वार पर खड़े खुशामदें किया करते। बुद्धू किसी से सीधे मुँह बात न करता। भेड़ रखने की फीस दूनी कर दी थी। अगर कोई एतराज़ करता तो बेलाग कहता—तो भैया, भेड़ें तुम्हारे गले तो नहीं लगाता हूँ। जी न चाहे, मत रखो। लेकिन मैंने जो कह दिया है, उससे एक कौड़ी भी कम नहीं हो सकती ! गरज थी, लोग इस रुखाई पर भी उसे घेरे ही रहते थे, मानो पंडे किसी यात्री के पीछे पड़े हों।

लक्ष्मी का आकार तो बहुत बड़ा नहीं, और वह भी समयानुसार छोटा-बड़ा होता रहता है। यहाँ तक कि कभी वह अपना विराट आकार समेट कर उसे कागज़ के चंद अक्षरों में छिपा लेती है। कभी-कभी मनुष्य की जिह्वा पर जा बैठती है, आकार का लोप हो जाता है। किंतु उनके रहने को बहुत स्थान की ज़रूरत होती है। वह आई, और घर बढ़ने लगा। छोटे घर में उनसे नहीं रहा जाता। बुद्धू का घर भी बढ़ने लगा। द्वार पर बरामदा डाला गया, दो की जगह छः कोठरियाँ बनवाई गईं। यों कहिए कि मकान नए सिरे से बनने लगा। किसी किसान से लकड़ी माँगी, किसी से खपरों का आँवा लगाने के लिए उपले, किसी से बाँस और किसी से सरकंडे। दीवार की उठवायी देनी पड़ी। वह भी नकद नहीं; भेड़ों के बच्चों के रूप में। लक्ष्मी का यह प्रताप है। सारा काम बेगार में हो गया। मुफ्त में अच्छा-खासा घर तैयार हो गया। गृह-प्रवेश के उत्सव की तैयारियाँ होने लगीं।

इधर झींगुर दिन-भर मज़दूरी करता, तो कहीं आधा पेट अन्न मिलता। बुद्धू के घर कंचन बरस रहा था। झींगुर जलता था, तो क्या बुरा करता था ! यह अन्याय किससे सहा जाएगा ?

एक दिन वह टहलता हुआ चमारों के टोले की तरफ चला गया। हरिहर को पुकारा। हरिहर ने आ कर 'राम-राम' की, और चिलम भरी। दोनों पीने लगे। यह चमारों का मुखिया बड़ा दुष्ट आदमी था। सब किसान इससे थर-थर काँपते थे।

झींगुर ने चिलम पीते-पीते कहा—आजकल फाग-वाग नहीं होता क्या ? सुनाई

नहीं देता।

हरिहर—फाग क्या हो, पेट के धंधे से छुट्टी ही नहीं मिलती। कहो, तुम्हारी आजकल कैसी निभती है ?

झींगुर—क्या निभती है? नकटा जिया बुरे हवाल ! दिन-भर कल में मज़दूरी करते हैं, तो चूल्हा जलता है। चाँदी तो आजकल बुद्धू की है। रखने को ठौर नहीं मिलता। नया घर बना, भेड़ें और ली हैं ! अब गृह परबेस की धूम है। सातों गाँव में सुपारी जाएगी !

हरिहर—लच्छिमी मैया आती हैं, तो आदमी की आँखों में सील आ जाता है। पर उसको देखो, धरती पर पैर नहीं रखता। बोलता है, तो ऐंठ ही कर बोलता है।

झींगुर—क्यों न ऐंठे, इस गाँव में कौन है उसकी टक्कर का ! पर यार, यह अनीति तो नहीं देखी जाती। भगवान् दे, तो सिर झुका कर चलना चाहिए। यह नहीं कि अपने बराबर किसी को समझे ही नहीं। उसकी डींग सुनता हूँ, तो बदन में आग लग जाती है। कल का बानी आज का सेठ। चला है हमीं से अकड़ने। अभी कल लँगोटी लगाए खेतों में कौए हँकाया करता था, आज उसका आसमान में दिया जलता है।

हरिहर—कहो, तो कुछ उतजोग करूँ ?

झींगुर—क्या करोगे ! इसी डर से तो वह गाय-भैंस नहीं पालता।

हरिहर—भेड़ें तो हैं।

झींगुर—क्या, बगला मारे पखना हाथ।

हरिहर—फिर तुम्हीं सोचो।

झींगुर—ऐसी जुगुत निकालो कि फिर पनपने न पावे।

इसके बाद फुस-फुस करके बातें होने लगीं। वह एक रहस्य है कि भलाइयों में जितना द्वेष होता है, बुराइयों में उतना ही प्रेम। विद्वान्। विद्वान् को देख कर, साधु। साधु को देख कर और कवि। कवि को देख कर जलता है। एक-दूसरे की सूरत नहीं देखना चाहता। पर जुआरी। जुआरी को देख कर, शराबी। शराबी को देख कर, चोर चोर को देख कर सहानुभूति दिखाता है, सहायता करता है। एक पंडितजी अगर अँधेरे में ठोकर खा कर गिर पड़ें, तो दूसरे पंडितजी उन्हें उठाने के बदले दो ठोकरें और लगाएँगे कि वह फिर उठ ही न सकें। पर एक चोर पर आफत आई देख दूसरा चोर उसकी मदद करता है। बुराई से सब घृणा करते हैं, इसलिए बुरों में परस्पर प्रेम होता है। भलाई की सारा संसार प्रशंसा करता है, इसलिए भलों से विरोध होता है। चोर को मार कर चोर क्या पाएगा ? घृणा। विद्वान् का अपमान करके विद्वान् क्या पाएगा ? यश।

झींगुर और हरिहर ने सलाह कर ली। षड्यंत्र रचने की विधि सोची गई। उसका

स्वरूप, समय और क्रम ठीक किया गया। झींगुर चला, तो अकड़ा जाता था। मार लिया दुश्मन को, अब कहाँ जाता है !

दूसरे दिन झींगुर काम पर जाने लगा, तो पहले बुद्धू के घर पहुँचा। बुद्धू ने पूछा—क्यों, आज नहीं गए क्या ?

झींगुर—जा तो रहा हूँ। तुमसे यही कहने आया था कि मेरी बछिया को अपनी भेड़ों के साथ क्यों नहीं चरा दिया करते? बेचारी खूँटे से बँधी-बँधी मरी जाती है। न घास, न चारा, क्या खिलाएँ ?

बुद्धू—भैया, मैं गाय-भैंस नहीं रखता। चमारों को जानते हो, एक ही हत्यारे होते हैं। इसी हरिहर ने मेरी दो गउएँ मार डालीं। न जाने क्या खिला देता है? तब से कान पकड़े कि अब गाय-भैंस न पालूँगा। लेकिन तुम्हारी एक ही बछिया है, उसका कोई क्या करेगा? जब चाहो, पहुँचा दो।

यह कह कर बुद्धू अपने गृहोत्सव का सामान उसे दिखाने लगे। घी, शक्कर, मैदा, तरकारी—सब मँगा रखा था। केवल सत्यनारायण की कथा की देर थी। झींगुर की आँखें खुल गईं। ऐसी तैयारी न उसने स्वयं कभी की थी और न किसी को करते देखी थी। मज़दूरी करके घर लौटा, तो सबसे पहला काम जो उसने किया वह अपनी बछिया को बुद्धू के घर पहुँचाना था। उसी रात को बुद्धू के यहाँ सत्यनारायण की कथा हुई। ब्रह्मभोज भी किया गया। सारी रात विप्रों का आगत-स्वागत करते गुजरी। भेड़ों के झुंड में जाने का अवकाश ही न मिला। प्रातःकाल भोजन करके उठा ही था (क्योंकि रात का भोजन सबेरे मिला) कि एक आदमी ने आ कर खबर दी—बुद्धू, तुम यहाँ बैठे हो, उधर भेड़ों में बछिया मरी पड़ी है ! भले आदमी, उसकी पगहिया भी नहीं खोली थी !

बुद्धू ने सुना, और मानो ठोकर लग गई। झींगुर भी भोजन करके वहीं बैठा था। बोला—हाय-हाय, मेरी बछिया ! चलो, ज़रा देखूँ तो। मैंने तो पगहिया नहीं लगायी थी। उसे भेड़ों में पहुँचा कर अपने घर चला गया। तुमने यह पगहिया कब लगा दी ?

बुद्धू—भगवान् जाने जो मैंने उसकी पगहिया देखी भी हो। मैं तो तब से भेड़ों में गया ही नहीं।

झींगुर—जाते न तो पगहिया कौन लगा देता ? गए होगे, याद न आती होगी।

एक ब्राह्मण—मरी तो भेड़ों में ही न ? दुनिया तो यही कहेगी कि बुद्धू की असावधानी से उसकी मृत्यु हुई, पगहिया किसी की हो।

हरिहर—मैंने कल साँझ को इन्हें भेड़ों में बछिया को बाँधते देखा था।

बुद्धू—मुझे ?

हरिहर—तुम नहीं लाठी कंधे पर रखे बछिया को बाँध रहे थे ?

बुद्धू—बड़ा सच्चा है तू ! तूने मुझे बछिया को बाँधते देखा था ?

हरिहर—तो मुझ पर काहे बिगड़ते हो भाई ? तुमने नहीं बाँधी, नहीं सही।

ब्राह्मण—इसका निश्चय करना होगा। गोहत्या का प्रायश्चित्त करना पड़ेगा। कुछ हँसी-ठट्ठा है!

झींगुर—महाराज, कुछ जान-बूझकर तो बाँधी नहीं।

ब्राह्मण—इससे क्या होता है ? हत्या इसी तरह लगती है; कोई गऊ को मारने नहीं जाता।

झींगुर—हाँ, गऊओं को खोलना-बाँधना है तो जोखिम का काम।

ब्राह्मण—शास्त्रों में इसे महापाप कहा है। गऊ की हत्या ब्राह्मण की हत्या से कम नहीं।

झींगुर—हाँ, फिर गऊ तो ठहरी ही। इसी से न इनका मान होता है। जो माता, सो गऊ! लेकिन महाराज, चूक हो गई। कुछ ऐसा कीजिए कि थोड़े में बेचारा निपट जाय।

बुद्धू खड़ा सुन रहा था कि अनायास मेरे सिर हत्या मढ़ी जा रही है। झींगुर की कूटनीति भी समझ रहा था। मैं लाख कहूँ, मैंने बछिया नहीं बाँधी, मानेगा कौन ? लोग यही कहेंगे कि प्रायश्चित्त से बचने के लिए ऐसा कह रहा है।

ब्राह्मण देवता का भी उसका प्रायश्चित्त कराने में कल्याण होता था। भला ऐसे अवसर पर कब चूकने वाले थे? फल यह हुआ कि बुद्धू को हत्या लग गई। ब्राह्मण भी उससे जले हुए थे। कसर निकालने की घात मिली। तीन मास का भिक्षा दंड दिया, फिर सात तीर्थस्थानों की यात्रा; उस पर 500 विप्रों का भोजन और 5 गउओं का दान। बुद्धू ने सुना, तो बधिया बैठ गई। रोने लगा, तो दंड घटा कर दो मास कर दिया। इसके सिवा कोई रिआयत नहीं हो सकी। न कहीं अपील, न कहीं फरियाद ! बेचारे को यह दंड स्वीकार करना पड़ा।

बुद्धू ने भेड़ें ईश्वर को सौंपी। लड़के छोटे थे। स्त्री अकेली क्या-क्या करती? गरीब जा कर द्वारों पर खड़ा होता और मुँह छिपाए हुए कहता—गाय की बछी दिया बनवास। भिक्षा तो मिल जाती, किंतु भिक्षा के साथ दो-चार कठोर अपमानजनक शब्द भी सुनने पड़ते। दिन को जो-कुछ पाता, वही शाम को किसी पेड़ के नीचे बना कर खा लेता और वहीं पड़ रहता। कष्ट की तो उसे परवाह न थी, भेड़ों के साथ दिन-भर चलता ही था, पेड़ के नीचे सोता ही था, भोजन भी इससे कुछ ही अच्छा मिलता था पर लज्जा थी भिक्षा माँगने की। विशेष करके जब कोई कर्कशा यह व्यंग्य कर देती थी, कि रोटी कमाने का अच्छा ढंग निकाला है, तो उसे हार्दिक वेदना होती थी। पर करे क्या ?

दो महीने के बाद वह घर लौटा। बाल बढ़े हुए थे। दुर्बल इतना, मानो 60

वर्ष का बूढ़ा हो। तीर्थयात्रा के लिए रुपयों का प्रबन्ध करना था, गडरियों को कौन महाजन कर्ज़ दे ! भेड़ों का भरोसा क्या ? कभी-कभी रोग फैलता है, तो रात भर में दल-का-दल साफ हो जाता है। उस पर जेठ का महीना, जब भेड़ों से कोई आमदनी होने की आशा नहीं। एक तेली राज़ी भी हुआ, तो दो रुपये ब्याज पर। आठ महीने में ब्याज मूल के बराबर हो जाएगा। यहाँ कर्ज़ लेने की हिम्मत न पड़ी। इधर दो महीनों में कितनी ही भेड़ें चोरी चली गई थीं। लड़के चराने ले जाते थे। दूसरे गाँव वाले चुपके-से एक-दो भेड़ें किसी खेत या घर में छिपा देते और पीछे मार कर खा जाते। लड़के बेचारे एक तो पकड़ न सकते, और जो देख भी लेते तो लड़ें क्योंकर? सारा गाँव एक हो जाता था। एक महीने में तो भेड़ें आधी भी न रहेंगी। बड़ी विकट समस्या थी। विवश हो कर बुद्धू ने एक बूचड़ को बुलाया और सब भेड़ें उसके हाथ बेच डालीं। 500 रुपये हाथ लगे। उसमें से 200 रुपये ले कर तीर्थयात्रा करने गया। शेष रुपये ब्रह्मभोज आदि के लिए छोड़ गया।

बुद्धू के जाने पर उसके घर में दो बार सेंध लगी। पर यह कुशल हुई कि जगहग हो जाने के कारण रुपये बच गए।

सावन का महीना था। चारों ओर हरियाली छाई हुई थी। झींगुर के बैल न थे। खेत बटाई पर दे दिए थे। बुद्धू प्रायश्चित्त से निवृत्त हो गया था और उसके साथ ही माया के फन्दे से भी। न झींगुर के पास कुछ था, न बुद्धू के पास। कौन किससे जलता और किसलिए जलता ?

सन की कल बन्द हो जाने के कारण झींगुर अब बेलदारी का काम करता था। शहर में एक विशाल धर्मशाला बन रही थी। हज़ारों मज़दूर काम करते थे। झींगुर भी उन्हीं में था। सातवें दिन मज़दूरी के पैसे ले कर घर आता था और रात-भर रह कर सबेरे फिर चला जाता था।

बुद्धू भी मज़दूरी की टोह में यहीं पहुँचा। जमादार ने देखा दुर्बल आदमी है, कठिन काम तो इससे हो न सकेगा, कारीगरों को गारा देने के लिए रख लिया। बुद्धू सिर पर तसला रखे गारा लेने गया, तो झींगुर को देखा। 'राम-राम' हुई, झींगुर ने गारा भर दिया, बुद्धू उठा लाया। दिन-भर दोनों चुपचाप अपना-अपना काम करते रहे।

संध्या समय झींगुर ने पूछा—कुछ बनाओगे न ?

बुद्धू—नहीं तो खाऊँगा क्या ?

झींगुर—मैं तो एक जून चबेना कर लेता हूँ। इस जून सत्तू पर काट देता हूँ। कौन झंझट करे।

बुद्धू—इधर-उधर लकड़ियाँ पड़ी हुई हैं बटोर लाओ। आटा मैं घर से लेता आया हूँ। घर ही पिसवा लिया था। यहाँ तो बड़ा महँगा मिलता है। इसी पत्थर की चट्टान पर आटा गूँधे लेता हूँ। तुम तो मेरा बनाया खाओगे नहीं, इसलिए तुम्हीं रोटियाँ सेंको, मैं बना दूँगा।

झींगुर—तवा भी तो नहीं है ?

बुद्धू—तवे बहुत हैं। यही गारे का तसला माँजे लेता हूँ।

आग जली, आटा गूँधा गया। झींगुर ने कच्ची-पक्की रोटियाँ बनाईं। बुद्धू पानी लाया। दोनों ने लाल मिर्च और नमक से रोटियाँ खाईं। फिर चिलम भरी गई। दोनों आदमी पत्थर की सिलों पर लेटे, और चिलम पीने लगे।

बुद्धू ने कहा—तुम्हारी ऊख में आग मैंने लगाई थी।

झींगुर ने विनोद के भाव से कहा—जानता हूँ।

थोड़ी देर बाद झींगुर बोला—बछिया मैंने ही बाँधी थी और हरिहर ने उसे कुछ खिला दिया था।

बुद्धू ने भी वैसे ही भाव से कहा—जानता हूँ।

फिर दोनों सो गए।

पिसनहारी का कुआँ

गोमती ने मृत्यु-शय्या पर पड़े हुए चौधरी विनायकसिंह से कहा—चौधरी, मेरे जीवन की यही लालसा थी।

चौधरी ने गम्भीर हो कर कहा—इसकी कुछ चिंता न करो काकी; तुम्हारी लालसा भगवान् पूरी करेंगे। मैं आज ही से मजूरों को बुला कर काम पर लगाये देता हूँ। दैव ने चाहा, तो तुम अपने कुएँ का पानी पियोगी। तुमने तो गिना होगा, कितने रुपये हैं?

गोमती ने एक क्षण आँखें बंद करके, बिखरी हुई स्मृति को एकत्र करके कहा—भैया, मैं क्या जानूँ, कितने रुपये हैं ? जो कुछ हैं, वह इसी हाँड़ी में हैं। इतना करना कि इतने ही में काम चल जाय। किसके सामने हाथ फैलाते फिरोगे ?

चौधरी ने बंद हाँड़ी को उठा कर हाथों से तौलते हुए कहा—ऐसा तो करेंगे ही काकी; कौन देनेवाला है। एक चुटकी भीख तो किसी के घर से निकलती नहीं, कुआँ बनवाने को कौन देता है। धन्य हो तुम कि अपनी उम्र भर की कमाई इस धर्म-काज के लिए दे दी।

गोमती ने गर्व से कहा—भैया, तुम तो तब बहुत छोटे थे। तुम्हारे काका मरे तो मेरे हाथ में एक कौड़ी भी न थी। दिन-दिन भर भूखी पड़ी रहती। जो कुछ उनके पास था, वह सब उनकी बीमारी में उठ गया। वह भगवान् के बड़े भक्त थे। इसीलिए भगवान् ने उन्हें जल्दी से बुला लिया। उस दिन से आज तक तुम देख रहे हो कि किस तरह दिन काट रही हूँ। मैंने एक-एक रात में मन-मन भर अनाज पीसा है; बेटा ! देखनेवाले अचरज मानते थे। न-जाने इतनी ताकत मुझमें कहाँ से आ जाती थी। बस, यही लालसा रही कि उनके नाम का एक छोटा-सा कुआँ गाँव में बन जाय। नाम तो चलना चाहिए। इसीलिए तो आदमी बेटे-बेटी को रोता है।

इस तरह चौधरी विनायकसिंह को वसीयत करके, उसी रात को बुढ़िया गोमती परलोक सिधारी। मरते समय अंतिम शब्द, जो उसके मुख से निकले, वे यही थे—कुआँ बनवाने में देर न करना। उसके पास धन है यह तो लोगों का अनुमान था; लेकिन दो हजार है, इसका किसी को अनुमान न था। बुढ़िया अपने धन को ऐब की तरह छिपाती थी। चौधरी गाँव का मुखिया और नीयत का साफ आदमी था। इसलिए बुढ़िया ने उसे यह अंतिम आदेश किया था।

चौधरी ने गोमती के क्रिया-कर्म में बहुत रुपये खर्च न किये। ज्योंही इन संस्कारों से छुट्टी मिली, वह अपने बेटे हरनाथसिंह को बुला कर ईंट, चूना, पत्थर का तखमीना करने लगे। हरनाथ अनाज का व्यापार करता था। कुछ देर तक तो वह बैठा सुनता रहा, फिर बोला—अभी दो-चार महीने कुआँ न बने तो कोई बड़ा हरज है ?

चौधरी ने 'हुँह !' करके कहा—हरज तो कुछ नहीं, लेकिन देर करने का काम ही क्या है। रुपये उसने दे ही दिये हैं, हमें तो सेंत में यश मिलेगा। गोमती ने मरते-मरते जल्द कुआँ बनवाने को कहा था।

हरनाथ—हाँ, कहा तो था, लेकिन आजकल बाजार अच्छा है। दो-तीन हजार का अनाज भर लिया जाय, तो अगहन-पूस तक सवाया हो जायेगा। मैं आपको कुछ सूद दे दूँगा। चौधरी का मन शंका और भय के दुविधे में पड़ गया। दो हजार के कहीं ढाई हजार हो गये, तो क्या कहना। जगमोहन में कुछ बेल-बूटे बनवा दूँगा। लेकिन भय था कि कहीं घाटा हो गया तो ? इस शंका को वह छिपा न सके, बोले—जो कहीं घाटा हो गया तो ?

हरनाथ ने तड़प कर कहा—घाटा क्या हो जायेगा, कोई बात है ?

'मान लो, घाटा हो गया तो ?'

हरनाथ ने उत्तेजित होकर कहा—यह कहो कि तुम रुपये नहीं देना चाहते, बड़े धर्मात्मा बने हो !

अन्य वृद्धजनों की भाँति चौधरी भी बेटे से दबते थे। कातर स्वर में बोले—मैं यह कब कहता हूँ कि रुपये न दूँगा। लेकिन पराया धन है, सोच-समझ कर ही तो उसमें हाथ लगाना चाहिए। बनिज-व्यापार का हाल कौन जानता है। कहीं भाव और गिर जाय तो ? अनाज में घुन ही लग जाय, कोई मुद्दई घर में आग ही लगा दे। सब बातें सोच लो अच्छी तरह।

हरनाथ ने व्यंग्य से कहा—इस तरह सोचना है, तो यह क्यों नहीं सोचते कि कोई चोर ही उठा ले जाय; या बनी-बनायी दीवार बैठ जाय ? ये बातें भी तो होती ही हैं।

चौधरी के पास अब और कोई दलील न थी, कमजोर सिपाही ने ताल तो ठोंकी, अखाड़े में उतर पड़ा; पर तलवार की चमक देखते ही हाथ-पाँव फूल गये। बगलें झाँक कर चौधरी ने कहा—तो कितना लोगे ?

हरनाथ कुशल योद्धा की भाँति, शत्रु को पीछे हटता देख कर, बफर कर बोला—सब का सब दीजिए, सौ-पचास रुपये ले कर क्या खिलवाड़ करना है ?

चौधरी राजी हो गये। गोमती को उन्हें रुपये देते किसी ने न देखा था। लोक-निंदा की संभावना भी न थी। हरनाथ ने अनाज भरा। अनाजों के बोरों का ढेर लग गया। आराम की मीठी नींद सोनेवाले चौधरी अब सारी रात बोरों की रखवाली करते थे, मजाल न थी कि कोई चुहिया बोरों में घुस जाय। चौधरी इस तरह झपटते थे कि बिल्ली भी हार मान लेती। इस तरह छः महीने बीत गये। पौष में अनाज बिका, पूरे 500 रु. का लाभ हुआ।

हरनाथ ने कहा—इसमें से 50 रु. आप ले लें।

चौधरी ने झल्ला कर कहा—50 रु. क्या खैरात ले लूँ ? किसी महाजन से इतने रुपये लिये होते तो कम से कम 200 रु. सूद के होते; मुझे तुम दो-चार रुपये कम दे दो, और क्या करोगे ?

हरनाथ ने ज्यादा बतबढ़ाव न किया। 150 रु. चौधरी को दे दिया। चौधरी की आत्मा इतनी प्रसन्न कभी न हुई थी। रात को वह अपनी कोठरी में सोने गया, तो उसे ऐसा प्रतीत हुआ कि बुढ़िया गोमती खड़ी मुस्करा रही है। चौधरी का कलेजा धक्-धक् करने लगा। वह नींद में न था। कोई नशा न खाया था। गोमती सामने खड़ी मुस्करा रही थी। हाँ, उस मुरझाये हुए मुख पर एक विचित्र स्फूर्ति थी।

कई साल बीत गये ! चौधरी बराबर इसी फिक्र में रहते कि हरनाथ से रुपये निकाल लूँ; लेकिन हरनाथ हमेशा ही हीले-हवाले करता रहता था। वह साल में थोड़ा-सा ब्याज दे देता, पर मूल के लिए हजार बातें बनाता था। कभी लेने का रोना था, कभी चुकते का। हाँ, कारोबार बढ़ता जाता था। आखिर एक दिन चौधरी ने उससे साफ-साफ कह दिया कि तुम्हारा काम चले या डूबे, मुझे परवा नहीं, इस महीने में तुम्हें अवश्य रुपये चुकाने पड़ेंगे। हरनाथ ने बहुत उड़नघाइयाँ बतायीं, पर चौधरी अपने इरादे पर जमे रहे।

हरनाथ ने झुँझला कर कहा—कहता हूँ कि दो महीने और ठहरिए। माल बिकते ही मैं रुपये दे दूँगा।

चौधरी ने दृढ़ता से कहा—तुम्हारा माल कभी न बिकेगा, और न तुम्हारे दो महीने कभी पूरे होंगे। मैं आज रुपये लूँगा।

हरनाथ उसी वक्त क्रोध में भरा हुआ उठा, और दो हजार रुपये ला कर चौधरी के सामने जोर से पटक दिये।

चौधरी ने कुछ झेंप कर कहा—रुपये तो तुम्हारे पास थे।

'और क्या बातों से रोजगार होता है ?'

'तो मुझे इस समय 500 रुपये दे दो, बाकी दो महीने में देना। सब आज ही तो खर्च न हो जायेंगे।'

हरनाथ ने ताव दिखा कर कहा—आप चाहे खर्च कीजिए, चाहे जमा कीजिए, मुझे रुपयों का काम नहीं। दुनिया में क्या महाजन मर गये हैं, जो आपकी धौंस सहूँ?

चौधरी ने रुपये उठा कर एक ताक पर रख दिये। कुएँ की दागबेल डालने का सारा उत्साह ठंडा पड़ गया।

हरनाथ ने रुपये लौटा तो दिये थे, पर मन में कुछ और मनसूबा बाँध रखा था। आधी रात को जब घर में सन्नाटा छा गया, तो हरनाथ चौधरी के कोठरी की चूल खिसका कर अंदर घुसा। चौधरी बेखबर सोये थे। हरनाथ ने चाहा कि दोनों थैलियाँ उठा कर बाहर निकल आऊँ, लेकिन ज्यों ही हाथ बढ़ाया उसे अपने सामने गोमती खड़ी दिखायी दी। वह दोनों थैलियों को दोनों हाथों से पकड़े हुए थी। हरनाथ भयभीत हो कर पीछे हट गया।

फिर यह सोच कर कि शायद मुझे धोखा हो रहा हो, उसने फिर हाथ बढ़ाया, पर अबकी वह मूर्ति इतनी भयंकर हो गयी कि हरनाथ एक क्षण भी वहाँ खड़ा न रह सका। भागा, पर बरामदे ही में अचेत होकर गिर पड़ा।

हरनाथ ने चारों तरफ से अपने रुपये वसूल करके व्यापारियों को देने के लिए जमा कर रखे थे। चौधरी ने आँखें दिखायीं, तो वही रुपये ला कर पटक दिये। दिल में उसी वक्त सोच लिया था कि रात को रुपये उड़ा लाऊँगा। झूठमूठ चोर का गुल मचा दूँगा, तो मेरी ओर संदेह भी न होगा। पर जब यह पेशबंदी ठीक न उतरी, तो उस पर व्यापारियों के तगादे होने लगे। वादों पर लोगों को कहाँ तक टालता, जितने बहाने हो सकते थे, सब किये। आखिर वह नौबत आ गयी कि लोग नालिश करने की धमकियाँ देने लगे। एक ने तो 300 रु. की नालिश कर भी दी। बेचारे चौधरी बड़ी मुश्किल में फँसे। दूकान पर हरनाथ बैठता था, चौधरी का उससे कोई वास्ता न था, पर उसकी जो साख थी वह चौधरी के कारण। लोग चौधरी को खरा और लेन-देन का साफ आदमी समझते थे। अब भी यद्यपि कोई उनसे तकाजा न करता था, पर वह सबसे मुँह छिपाते फिरते थे। लेकिन उन्होंने यह निश्चय कर लिया

था कि कुएँ के रुपये न छुऊँगा चाहे कुछ आ पड़े।

रात को एक व्यापारी के मुसलमान चपरासी ने चौधरी के द्वार पर आ कर हजारों गालियाँ सुनायीं। चौधरी को बार-बार क्रोध आता था कि चल कर मूँछें उखाड़ लूँ, पर मन को समझाया, 'हमसे मतलब ही क्या है, बेटे का कर्ज चुकाना बाप का धर्म नहीं है।'

जब भोजन करने गये, तो पत्नी ने कहा—यह सब क्या उपद्रव मचा रखा है?

चौधरी ने कठोर स्वर में कहा—मैंने मचा रखा है ?

'और किसने मचा रखा है ? बच्चा कसम खाते हैं कि मेरे पास केवल थोड़ा-सा माल है, रुपये तो सब तुमने माँग लिये।'

चौधरी—माँग न लेता तो क्या करता, हलवाई की दूकान पर दादा का फातेहा पढ़ना मुझे पसंद नहीं।

स्त्री—यह नाक-कटाई अच्छी लगती है ?

चौधरी—तो मेरा क्या बस है भाई, कभी कुआँ बनेगा कि नहीं ? पाँच साल हो गये।

स्त्री—इस वक्त उसने कुछ नहीं खाया। पहली जून भी मुँह जूठा करके उठ गया था।

चौधरी—तुमने समझाकर खिलाया नहीं, दाना-पानी छोड़ देने से तो रुपये न मिलेंगे।

स्त्री—तुम क्यों नहीं जा कर समझा देते ?

चौधरी—मुझे तो इस वक्त बैरी समझ रहा होगा !

स्त्री—मैं रुपये ले जा कर बच्चा को दिये आती हूँ, हाथ में जब रुपये आ जायँ, तो कुआँ बनवा देना।

चौधरी—नहीं, नहीं, ऐसा गजब न करना, मैं इतना बड़ा विश्वासघात न करूँगा, चाहे घर मिट्टी ही में मिल जाए।

लेकिन स्त्री ने इन बातों की ओर ध्यान न दिया। वह लपक कर भीतर गयी और थैलियों पर हाथ डालना चाहती थी कि एक चीख मार कर हट गयी। उसकी सारी देह सितार के तार की भाँति काँपने लगी।

चौधरी ने घबरा कर पूछा—क्या हुआ, क्या ? तुम्हें चक्कर तो नहीं आ गया?

स्त्री ने ताक की ओर भयातुर नेत्रों से देख कर कहा—चुड़ैल वहाँ खड़ी है?

चौधरी ने ताक की ओर देख कर कहा—कौन चुड़ैल? मुझे तो कोई नहीं दीखता।

स्त्री—मेरा तो कलेजा धक्-धक् कर रहा है। ऐसा मालूम हुआ, जैसे उस बुढ़िया ने मेरा हाथ पकड़ लिया है।

चौधरी—यह सब भ्रम है। बुढ़िया को मरे पाँच साल हो गये, अब तक वह

यहाँ बैठी है?

स्त्री—मैंने साफ देखा, वही थी। बच्चा भी कहते थे कि उन्होंने रात को थैलियों पर हाथ रखे देखा था !

चौधरी—वह रात को मेरी कोठरी में कब आया ?

स्त्री—तुमसे कुछ रुपयों के विषय ही में कहने आया था। उसे देखते ही भागा।

चौधरी—अच्छा; फिर तो अंदर जाओ, मैं देख रहा हूँ।

स्त्री ने कान पर हाथ रख कर कहा—न बाबा, अब मैं उस कमरे में कदम न रखूँगी।

चौधरी—अच्छा, मैं जा कर देखता हूँ।

चौधरी ने कोठरी में जा कर दोनों थैलियाँ ताक पर से उठा लीं। किसी प्रकार की शंका न हुई। गोमती की छाया का कहीं नाम भी न था। स्त्री द्वार पर खड़ी झाँक रही थी। चौधरी ने आ कर गर्व से कहा—मुझे तो कहीं कुछ न दिखायी दिया। वहाँ होती, तो कहाँ चली जाती ?

स्त्री—क्या जाने, तुम्हें क्यों नहीं दिखायी दी ? तुमसे उसे स्नेह था, इसी से हट गयी होगी।

चौधरी—तुम्हें भ्रम था, और कुछ नहीं।

स्त्री—बच्चा को बुला कर पुछाये देती हूँ।

चौधरी—खड़ा तो हूँ, आ कर देख क्यों नहीं लेतीं ?

स्त्री को कुछ आश्वासन हुआ। उसने ताक के पास जा कर डरते-डरते हाथ बढ़ाया—जोर से चिल्ला कर भागी और आँगन में आ कर दम लिया।

चौधरी भी उसके साथ आँगन में आ गया और विस्मय से बोला—क्या था, क्या? व्यर्थ में भागी चली आयी। मुझे तो कुछ न दिखायी दिया।

स्त्री ने हाँफते हुए तिरस्कारपूर्ण स्वर में कहा—चलो हटो, अब तक तो तुमने मेरी जान ही ले ली थी। न-जाने तुम्हारी आँखों को क्या हो गया है। खड़ी तो है वह डायन !

इतने में हरनाथ भी वहाँ आ गया। माता को आँगन में खड़े देख कर बोला—क्या है अम्माँ, कैसा जी है ?

स्त्री—वह चुड़ैल आज दो बार दिखायी दी, बेटा। मैंने कहा—लाओ, तुम्हें रुपये दे दूँ। फिर जब हाथ में जा जायेंगे, तो कुआँ बनवा दिया जायेगा। लेकिन ज्यों ही थैलियों पर हाथ रखा, उस चुड़ैल ने मेरा हाथ पकड़ लिया। प्राण-से निकल गये।

हरनाथ ने कहा—किसी अच्छे ओझा को बुलाना चाहिए, जो इसे मार भगाये।

चौधरी—क्या रात को तुम्हें भी दिखाई दी थी ?

हरनाथ—हाँ, मैं तुम्हारे पास एक मामले में सलाह करने आया था। ज्यों ही

अंदर कदम रखा, वह चुड़ैल ताक के पास खड़ी दिखायी दी, मैं बदहवास हो कर भागा।

चौधरी—अच्छा, फिर तो जाओ।

स्त्री—कौन, अब तो मैं न जाने दूँ, चाहे कोई लाख रुपये ही क्यों न दे।

हरनाथ—मैं आप न जाऊँगा।

चौधरी—मगर मुझे कुछ दिखायी नहीं देता। यह बात क्या है ?

हरनाथ—क्या जाने, आपसे डरती होगी। आज किसी ओझा को बुलाना चाहिए।

चौधरी—कुछ समझ में नहीं आता, क्या माजरा है। क्या हुआ बैजू पांडे की डिग्री का ?

हरनाथ इन दिनों चौधरी से इतना जलता था कि अपनी दूकान के विषय की कोई बात उनसे न कहता था। आँगन की तरफ ताकता हुआ मानो हवा से बोला—जो होना होगा, वह होगा, मेरी जान के सिवा और कोई क्या ले लेगा ? जो खा गया हूँ, वह तो उगल नहीं सकता।

चौधरी—कहीं उसने डिग्री जारी कर दी तो ?

हरनाथ—तो क्या ? दूकान में चार-पाँच सौ का माल है, वह नीलाम हो जायेगा।

चौधरी—कारोबार तो सब चौपट हो जायेगा ?

हरनाथ—अब कारोबार के नाम को कहाँ तक रोऊँ। अगर पहले से मालूम होता कि कुआँ बनवाने की इतनी जल्दी है, तो यह काम छेड़ता ही क्यों ? रोटी-दाल तो पहले भी मिल जाती थी। बहुत होगा, दो-चार महीने हवालात में रहना पड़ेगा। इसके सिवा और क्या हो सकता है ?

माता ने कहा—जो तुम्हें हवालात में ले जाए, उसका मुँह झुलस दूँ ! हमारे जीते-जी तुम हवालात में जाओगे !

हरनाथ ने दार्शनिक बन कर कहा—माँ-बाप जन्म के साथी होते हैं, किसी के कर्म के साथी नहीं होते।

चौधरी को पुत्र से प्रगाढ़ प्रेम था। उन्हें शंका हो गयी थी कि हरनाथ रुपये हजम करने के लिए टाल-मटोल कर रहा है। इसलिए उन्होंने आग्रह करके रुपये वसूल कर लिये थे। अब उन्हें अनुभव हुआ कि हरनाथ के प्राण सचमुच संकट में हैं। सोचा—अगर लड़के को हवालात हो गयी, या दूकान पर कुर्की आ गयी; तो कुल-मर्यादा धूल में मिल जायेगी। क्या हरज है, अगर गोमती के रुपये दे दूँ। आखिर दूकान चलती ही है, कभी न कभी तो रुपये हाथ में आ ही जायेंगे।

एकाएक किसी ने बाहर से पुकारा—'हरनाथसिंह !' हरनाथ के मुख पर हवाइयाँ उड़ने लगीं। चौधरी ने पूछा—कौन है ?

'कुर्क अमीन।'

'क्या दूकान कुर्क कराने आया है ?'

'हाँ, मालूम तो होता है।'

'कितने रुपयों की डिग्री है ?'

'1200 रु. की।'

'कुर्क-अमीन कुछ लेने-देने से न टलेगा ?'

'टल तो जाता पर महाजन भी तो उसके साथ होगा। उसे जो कुछ लेना है, उधर से ले चुका होगा।'

'न हो, 1200 रु. गोमती के रुपयों में से दे दो।'

'उसके रुपये कौन छुएगा। न-जाने घर पर क्या आफत आये।'

'उसके रुपये कोई हजम थोड़ी ही किये लेता है; चलो, मैं दे दूँ !'

चौधरी को इस समय भय हुआ, कहीं मुझे भी वह न दिखायी दे। लेकिन उनकी शंका निर्मूल थी। उन्होंने एक थैली से 220 रु. निकाले और दूसरी थैली में रख कर हरनाथ को दे दिये। संध्या तक इन 2000 रु. में एक रुपया भी न बचा।

बारह साल गुजर गये। न चौधरी अब इस संसार में हैं, न हरनाथ। चौधरी जब तक जिये, उन्हें कुएँ की चिंता बनी रही; यहाँ तक कि मरते दम भी उनकी जबान पर कुएँ की रट लगी हुई थी। लेकिन दूकान में सदैव रुपयों का तोड़ा रहा। चौधरी के मरते ही सारा कारोबार चौपट हो गया। हरनाथ ने आने रुपये लाभ से संतुष्ट न हो कर दूने-तिगुने लाभ पर हाथ मारा—जुआ खेलना शुरू किया। साल भी न गुजरने पाया था कि दूकान बंद हो गयी। गहने-पाती, बरतन भाँड़े, सब मिट्टी में मिल गये। चौधरी की मृत्यु के ठीक साल भर बाद, हरनाथ ने भी इस हानि-लाभ के संसार से पयान किया। माता के जीवन का अब कोई सहारा न रहा। बीमार पड़ी, पर दवा-दर्पन न हो सकी। तीन-चार महीने तक नाना प्रकार के कष्ट झेल कर वह भी चल बसी। अब केवल बहू थी, और वह भी गर्भिणी। उस बेचारी के लिए अब कोई आधार न था। इस दशा में मजदूरी भी न कर सकती थी। पड़ोसियों के कपड़े सी-सी कर उसने किसी भाँति पाँच-छः महीने काटे। तेरे लड़का होगा। सारे लक्षण बालक के-से थे। यही एक जीवन का आधार था। जब कन्या हुई, तो यह आधार भी जाता रहा। माता ने अपना हृदय इतना कठोर कर लिया कि नवजात शिशु को छाती भी न लगाती थी। पड़ोसियों के बहुत समझाने-बुझाने पर छाती से लगाया, पर उसकी छाती में दूध की एक बूँद भी न थी। उस समय अभागिनी माता के हृदय में करुणा, वात्सल्य और मोह का एक भूकम्प-सा आ गया। अगर किसी उपाय से उसके स्तन की अंतिम बूँद दूध बन जाती, तो वह अपने को धन्य मानती।

बालिका की वह भोली, दीन, याचनामय, सतृष्ण छवि देख कर उसका मातृ-हृदय मानो सहस्र नेत्रों से रुदन करने लगा था। उसके हृदय की सारी शुभेच्छाएँ, सारा आशीर्वाद, सारी विभूति, सारा अनुराग मानो उसकी आँखों से निकाल कर उस बालिका को उसी भाँति रंजित कर देता था जैसे इंदु का शीतल प्रकाश पुष्प को रंजित कर देता है; पर उस बालिका के भाग्य में मातृप्रेम के सुख न बदे थे ! माता ने कुछ अपना रक्त, कुछ ऊपर का दूध पिला कर उसे जिलाया; पर उसकी दशा दिनोंदिन जीर्ण होती जाती थी।

एक दिन लोगों ने जा कर देखा, तो वह भूमि पर पड़ी हुई थी, और बालिका उसकी छाती से चिपटी उसके स्तनों को चूस रही थी। शोक और दरिद्रता से आहत शरीर में रक्त कहाँ जिससे दूध बनता।

वही बालिका पड़ोसियों की दया-भिक्षा से पल-पल कर एक दिन घास खोदती हुई उस स्थान पर जा पहुँची, जहाँ बुढ़िया गोमती का घर था। छप्पर कब के पंचभूतों में मिल चुके थे। केवल जहाँ-तहाँ दीवारों के चिह्न बाकी थे। कहीं-कहीं आधी-आधी दीवारें खड़ी थीं। बालिका ने न-जाने क्या सोच कर खुरपी से गड्ढा खोदना शुरू किया। दोपहर से साँझ तक वह गड्ढा खोदती रही। न खाने की सुध थी, न पीने की। न कोई शंका थी, न भय। अँधेरा हो गया; पर वह ज्यों की त्यों बैठी गड्ढा खोद रही थी। उस समय किसान लोग भूल कर भी उधर से न निकलते थे; पर बालिका निश्शंक बैठी भूमि से मिट्टी निकाल रही थी। जब अँधेरा हो गया तो वह चली गयी।

दूसरे दिन वह बड़े सबेरे उठी और इतनी घास खोदी, जितनी वह कभी दिन भर में न खोदती थी। दोपहर के बाद वह अपनी खाँची और खुरपी लिये फिर उसी स्थान पर पहुँची; पर वह आज अकेली न थी, उसके साथ दो बालक और भी थे। तीनों वहाँ साँझ तक 'कुआँ-कुआँ' खोदते रहे। बालिका गड्ढे के अंदर खोदती थी और दोनों बालक मिट्टी निकाल-निकाल कर फेंकते थे।

तीसरे दिन दो लड़के और भी उस खेल में मिल गये। शाम तक खेल होता रहा। आज गड्ढा दो हाथ गहरा हो गया था। गाँव के बालक-बालिकाओं में इस विलक्षण खेल ने अभूतपूर्व उत्साह भर दिया था।

चौथे दिन और भी कई बालक आ मिले। सलाह हुई, कौन अंदर जाए, कौन मिट्टी उठाये, कौन झौआ खींचे। गड्ढा अब चार हाथ गहरा हो गया था, पर अभी तक बालकों के सिवा और किसी को उसकी खबर न थी।

एक दिन रात को एक किसान अपनी खोयी हुई भैंस ढूँढ़ता हुआ उस खंडहर में जा निकला। अंदर मिट्टी का ऊँचा ढेर, एक बड़ा-सा गड्ढा और एक टिमटिमाता हुआ दीपक देखा, तो डर कर भागा। औरों ने भी आ कर देखा, कई आदमी थे। कोई शंका न थी। समीप जा कर देखा, तो बालिका बैठी थी। एक आदमी ने पूछा—अरे,

क्या तूने यह गड्ढा खोदा है ?

बालिका ने कहा—हाँ।

'गड्ढा खोद कर क्या करेगी ?'

'यहाँ कुआँ बनाऊँगी ?'

'कुआँ कैसे बनायेगी ?'

'जैसे इतना खोदा है वैसे ही इतना और खोद लूँगी। गाँव के सब लड़के खेलने आते हैं।'

'मालूम होता है, तू अपनी जान देगी और अपने साथ और लड़कों को भी मारेगी। खबरदार, जो कल से गड्ढा खोदा !'

दूसरे दिन और लड़के न आये, बालिका भी दिन भर मजूरी करती रही। लेकिन संध्या-समय वहाँ फिर दीपक जला और फिर वह खुरपी हाथ में लिये वहाँ बैठी दिखायी दी।

गाँव वालों ने उसे मारा-पीटा, कोठरी में बंद किया, पर वह अवकाश पाते ही वहाँ जा पहुँचती।

गाँव के लोग प्रायः श्रद्धालु होते ही हैं, बालिका के इस अलौकिक अनुराग ने आखिर उनमें भी अनुराग उत्पन्न किया। कुआँ खुदने लगा।

इधर कुआँ खुद रहा था, उधर बालिका मिट्टी से ईंटें बनाती थी। इस खेल में सारे गाँव के लड़के शरीक होते थे। उजाली रातों में जब सब लोग सो जाते, तब भी वह ईंटें थापती दिखायी देती। न-जाने इतनी लगन उसमें कहाँ से आ गयी थी। सात वर्ष की उम्र कोई उम्र होती है ? लेकिन सात वर्ष की वह लड़की बुद्धि और बातचीत में अपनी तिगुनी उम्र वालों के कान काटती थी।

आखिर एक दिन वह भी आया कि कुआँ बँध गया और उसकी पक्की जगत तैयार हो गयी। उस दिन बालिका उसी जगत पर सोयी । आज उसके हर्ष की सीमा न थी। गाती थी, चहकती थी।

प्रातःकाल उस जगत पर केवल उसकी लाश मिली। उस दिन से लोगों ने कहना शुरू किया, यह वही बुढ़िया गोमती थी ! इस कुएँ का नाम 'पिसनहारी का कुआँ' पड़ा।

पंच-परमेश्वर

जुम्मन शेख और अलगू चौधरी में गाढ़ी मित्रता थी। साझे में खेती होती थी। कुछ लेन-देन में भी दोनों का साझा था। एक को दूसरे पर अटल विश्वास था। जुम्मन जब हज करने गये थे, तब अपना घर अलगू को सौंप गये थे, और अलगू जब कभी बाहर जाते, तो जुम्मन पर अपना घर छोड़ देते थे। उनमें न खान-पान का व्यवहार था, न धर्म का नाता; केवल विचार मिलते थे। मित्रता का मूलमंत्र भी यही है।

इस मित्रता का जन्म उसी समय हुआ, जब दोनों मित्र बालक ही थे; और जुम्मन के पूज्य पिता, जुमराती, उन्हें शिक्षा प्रदान करते थे। अलगू ने गुरु जी की बहुत सेवा की थी, खूब रकाबियाँ माँजी, खूब प्याले धोए। उनका हुक्का एक क्षण के लिए भी विश्राम न लेने पाता था; क्योंकि प्रत्येक चिलम अलगू को आध घंटे तक किताबों से अलग कर देती थी। अलगू के पिता पुराने विचारों के मनुष्य थे। उन्हें शिक्षा की अपेक्षा गुरु की सेवा-शुश्रूषा पर अधिक विश्वास था। वह कहते थे कि विद्या पढ़ने से नहीं आती; जो कुछ होता है, गुरु के आशीर्वाद से। बस, गुरु जी की कृपा-दृष्टि चाहिए। अतएव यदि अलगू पर जुमराती शेख के आशीर्वाद अथवा सत्संग का कुछ फल न हुआ, तो यह मानकर संतोष कर लेगा कि विद्योपार्जन में उसने यथाशक्ति कोई बात उठा नहीं रखी, विद्या उसके भाग्य ही में न थी, तो कैसे आती ?

मगर जुमराती शेख स्वयं आशीर्वाद के कायल न थे। उन्हें अपने सोटे पर अधिक भरोसा था, और उसी सोटे के प्रताप से आज आस-पास के गाँवों में जुम्मन की पूजा होती थी। उनके लिखे हुए रेहननामे या बैनामे पर कचहरी का मुहर्रिर भी कलम न उठा सकता था। हलक़े का डाकिया, कांस्टेबिल और तहसील का चपरासी—सब

उनकी कृपा की आकांक्षा रखते थे। अतएव अलगू का मान उनके धन के कारण था, तो जुम्मन शेख अपनी अनमोल विद्या से ही सबके आदरपात्र बने थे।

जुम्मन शेख की एक बूढ़ी खाला (मौसी) थी। उसके पास कुछ थोड़ी-सी मिलकियत थी; परन्तु उसके निकट संबंधियों में कोई न था। जुम्मन ने लम्बे-चौड़े वादे करके वह मिलकियत अपने नाम लिखवा ली थी। जब तक दानपत्र की रजिस्ट्री न हुई थी, तब तक खालाजान का खूब आदर-सत्कार किया गया। उन्हें खूब स्वादिष्ट पदार्थ खिलाये गये। हलवे-पुलाव की वर्षा-सी की गयी; पर रजिस्ट्री की मोहर ने इन खातिरदारियों पर भी मानो मुहर लगा दी। जुम्मन की पत्नी करीमन रोटियों के साथ कड़वी बातों के कुछ तेज, तीखे सालन भी देने लगी। जुम्मन शेख भी निठुर हो गये। अब बेचारी खालाजान को प्रायः नित्य ही ऐसी बातें सुननी पड़ती थीं।

बुढ़िया न जाने कब तक जियेगी। दो-तीन बीघे ऊसर क्या दे दिया, मानो मोल ले लिया है ! घी धारी दाल के बिना रोटियाँ नहीं उतरतीं ! जितना रुपया इसके पेट में झोंक चुके, उतने से तो अब तक गाँव मोल ले लेते।

कुछ दिन खालाजान ने सुना और सहा; पर जब न सहा गया तब जुम्मन से शिकायत की। जुम्मन ने स्थानीय कर्मचारी—गृहस्वामी—के प्रबंध में दखल देना उचित न समझा। कुछ दिन तक और यों ही रो-धोकर काम चलता रहा। अंत में एक दिन खाला ने जुम्मन से कहा—बेटा ! तुम्हारे साथ मेरा निर्वाह न होगा। तुम मुझे रुपये दे दिया करो, मैं अपना पका-खा लूँगी।

जुम्मन ने धृष्टता के साथ उत्तर दिया—रुपये क्या यहाँ फलते हैं ?

खाला ने नम्रता से कहा—मुझे कुछ रूखा-सूखा चाहिए भी कि नहीं ?

जुम्मन ने गम्भीर स्वर से जवाब दिया—तो कोई यह थोड़े ही समझा था कि तुम मौत से लड़कर आयी हो ?

खाला बिगड़ गयीं, उन्होंने पंचायत करने की धमकी दी। जुम्मन हँसे, जिस तरह कोई शिकारी हिरन को जाल की तरफ जाते देख कर मन ही मन हँसता है। वह बोले—हाँ, जरूर पंचायत करो। फैसला हो जाय। मुझे भी यह रात-दिन की खटखट पसंद नहीं।

पंचायत में किसकी जीत होगी, इस विषय में जुम्मन को कुछ भी संदेह न था। आस-पास के गाँवों में ऐसा कौन था, जो उसके अनुग्रहों का ऋणी न हो; ऐसा कौन था, जो उसको शत्रु बनाने का साहस कर सके ? किसमें इतना बल था, जो उसका सामना कर सके ? आसमान के फरिश्ते तो पंचायत करने आवेंगे नहीं।

इसके बाद कई दिन तक बूढ़ी खाला हाथ में एक लकड़ी लिये आस-पास के गाँवों में दौड़ती रहीं। कमर झुक कर कमान हो गयी थी। एक-एक पग चलना दूभर था; मगर बात आ पड़ी थी। उसका निर्णय करना जरूरी था।

बिरला ही कोई भला आदमी होगा, जिसके सामने बुढ़िया ने दुःख के आँसू न बहाये हों। किसी ने तो यों ही ऊपरी मन से हूँ-हाँ करके टाल दिया, और किसी ने इस अन्याय पर जमाने को गालियाँ दीं ! कहा—कब्र में पाँव लटके हुए हैं, आज मरे कल दूसरा दिन; पर हवस नहीं मानती। अब तुम्हें क्या चाहिए ? रोटी खाओ और अल्लाह का नाम लो। तुम्हें अब खेती-बारी से क्या काम है ? कुछ ऐसे सज्जन भी थे, जिन्हें हास्य-रस के रसास्वादन का अच्छा अवसर मिला। झुकी हुई कमर, पोपला मुँह, सन के-से बाल—इतनी सामग्री एकत्र हों, तब हँसी क्यों न आवे ? ऐसे न्यायप्रिय, दयालु, दीन-वत्सल पुरुष बहुत कम थे, जिन्होंने उस अबला के दुखड़े को गौर से सुना हो और उसको सांत्वना दी हो। चारों ओर से घूम-घाम कर बेचारी अलगू चौधरी के पास आयी। लाठी पटक दी और दम ले कर बोली—बेटा, तुम भी दम भर के लिए मेरी पंचायत में चले आना।

अलगू—मुझे बुला कर क्या करोगी ? कई गाँव के आदमी तो आवेंगे ही।

खाला—अपनी विपद तो सबके आगे रो आयी। अब आने-न-आने का अख्तियार उनको है।

अलगू—यों आने को आ जाऊँगा; मगर पंचायत में मुँह न खोलूँगा।

खाला—क्यों बेटा ?

अलगू—अब इसका क्या जवाब दूँ ? अपनी खुशी। जुम्मन मेरा पुराना मित्र है। उससे बिगाड़ नहीं कर सकता।

खाला—बेटा, क्या बिगाड़ के डर से ईमान की बात न कहोगे ?

हमारे सोये हुए धर्म-ज्ञान की सारी सम्पत्ति लुट जाय, तो उसे खबर नहीं होती, परन्तु ललकार सुन कर वह सचेत हो जाता है। फिर उसे कोई जीत नहीं सकता। अलगू इस सवाल का कोई उत्तर न दे सका, पर उसके हृदय में ये शब्द गूँज रहे थे—क्या बिगाड़ के डर से ईमान की बात न कहोगे ?

संध्या समय एक पेड़ के नीचे पंचायत बैठी। शेख जुम्मन ने पहले से ही फर्श बिछा रखा था। उन्होंने पान, इलायची, हुक्के-तम्बाकू आदि का प्रबन्ध भी किया था। हाँ, वह स्वयं अलबत्ता अलगू चौधरी के साथ जरा दूर पर बैठे हुए थे। जब पंचायत में कोई आ जाता था, तब दबे हुए सलाम से उसका स्वागत करते थे। जब सूर्य अस्त हो गया और चिड़ियों की कलरवयुक्त पंचायत पेड़ों पर बैठी, तब यहाँ भी

पंचायत शुरू हुई। फर्श की एक-एक अंगुल जमीन भर गयी; पर अधिकांश दर्शक ही थे। निमंत्रित महाशयों में से केवल वे ही लोग पधारे थे, जिन्हें जुम्मन से अपनी कुछ कसर निकालनी थी। एक कोने में आग सुलग रही थी। नाई ताबड़तोड़ चिलम भर रहा था। यह निर्णय करना असम्भव था कि सुलगते हुए उपलों से अधिक धुआँ निकलता था या चिलम के दमों से। लड़के इधर-उधर दौड़ रहे थे। कोई आपस में गाली-गलौज करते और कोई रोते थे। चारों तरफ कोलाहल मच रहा था। गाँव के कुत्ते इस जमाव को भोज समझ कर झुंड के झुंड जमा हो गये थे।

पंच लोग बैठ गये, तो बूढ़ी खाला ने उनसे विनती की–

'पंचों, आज तीन साल हुए, मैंने अपनी सारी जायदाद अपने भानजे जुम्मन के नाम लिख दी थी। इसे आप लोग जानते ही होंगे। जुम्मन ने मुझे ता-हयात रोटी-कपड़ा देना कबूल किया। साल भर तो मैंने इसके साथ रो-धोकर काटा। पर अब रात-दिन का रोना नहीं सहा जाता। मुझे न पेट की रोटी मिलती है न तन का कपड़ा। बेकस बेवा हूँ। कचहरी-दरबार नहीं कर सकती। तुम्हारे सिवा और किसको अपना दुःख सुनाऊँ ? तुम लोग जो राह निकाल दो, उसी राह पर चलूँ। अगर मुझमें कोई ऐब देखो, तो मेरे मुँह पर थप्पड़ मारो। जुम्मन में बुराई देखो, तो उसे समझाओ, क्यों एक बेकस की आह लेता है ! मैं पंचों का हुक्म सिर-माथे पर चढ़ाऊँगी।'

रामधन मिश्र, जिनके कई असामियों को जुम्मन ने अपने गाँव में बसा लिया था, बोले–जुम्मन मियाँ, किसे पंच बदते हो ? अभी से इसका निपटारा कर लो। फिर जो कुछ पंच कहेंगे, वही मानना पड़ेगा।

जुम्मन को इस समय सदस्यों में विशेषकर वे ही लोग दीख पड़े, जिनसे किसी न किसी कारण उनका वैमनस्य था। जुम्मन बोले–पंचों का हुक्म अल्लाह का हुक्म है। खालाजान जिसे चाहें, उसे बदें। मुझे कोई उज्र नहीं।

खाला ने चिल्ला कर कहा–अरे अल्लाह के बन्दे ! पंचों का नाम क्यों नहीं बता देता ? कुछ मुझे भी तो मालूम हो।

जुम्मन ने क्रोध से कहा–अब इस वक्त मेरा मुँह न खुलवाओ। तुम्हारी बन पड़ी है, जिसे चाहो, पंच बदो।

खालाजान जुम्मन के आक्षेप को समझ गयीं, वह बोलीं–बेटा, खुदा से डरो, पंच न किसी के दोस्त होते हैं, न किसी के दुश्मन। कैसी बात कहते हो ! और तुम्हारा किसी पर विश्वास न हो, तो जाने दो; अलगू चौधरी को तो मानते हो ? लो, मैं उन्हीं को सरपंच बदती हूँ।

जुम्मन शेख आनंद से फूल उठे, परंतु भावों को छिपा कर बोले–अलगू ही सही, मेरे लिए जैसे रामधन वैसे अलगू।

अलगू इस झमेले में फँसना नहीं चाहते थे। वे कन्नी काटने लगे। बोले–खाला,

तुम जानती हो कि मेरी जुम्मन से गाढ़ी दोस्ती है।

खाला ने गम्भीर स्वर में कहा—बेटा, दोस्ती के लिए कोई अपना ईमान नहीं बेचता। पंच के दिल में खुदा बसता है। पंचों के मुँह से जो बात निकलती है, वह खुदा की तरफ से निकलती है।

अलगू चौधरी सरपंच हुए। रामधन मिश्र और जुम्मन के दूसरे विरोधियों ने बुढ़िया को मन में बहुत कोसा।

अलगू चौधरी बोले—शेख जुम्मन ! हम और तुम पुराने दोस्त हैं ! जब काम पड़ा, तुमने हमारी मदद की है और हम भी जो कुछ बन पड़ा, तुम्हारी सेवा करते रहे हैं; मगर इस समय तुम और बूढ़ी खाला, दोनों हमारी निगाह में बराबर हो। तुमको पंचों से जो कुछ अर्ज करनी हो, करो।

जुम्मन को पूरा विश्वास था कि अब बाजी मेरी है। अलगू यह सब दिखावे की बातें कर रहा है। अतएव शांत-चित्त होकर बोले—पंचों, तीन साल हुए खालाजान ने अपनी जायदाद मेरे नाम हिब्बा कर दी थी। मैंने उन्हें ता-हयात खाना-कपड़ा देना कबूल किया था। खुदा गवाह है, आज तक मैंने खालाजान को कोई तकलीफ नहीं दी। मैं उन्हें अपनी माँ के समान समझता हूँ। उनकी खिदमत करना मेरा फर्ज है; मगर औरतों में जरा अनबन रहती है, उसमें मेरा क्या बस है ? खालाजान मुझसे माहवार खर्च अलग माँगती हैं। जायदाद जितनी है, वह पंचों से छिपी नहीं। उससे इतना मुनाफा नहीं होता है कि माहवार खर्च दे सकूँ। इसके अलावा हिब्बानामे में माहवार खर्च का कोई जिक्र नहीं। नहीं तो मैं भूल कर भी इस झमेले में न पड़ता। बस, मुझे यही कहना है। आइंदा पंचों का अख्तियार है, जो फैसला चाहें, करें।

अलगू चौधरी को हमेशा कचहरी से काम पड़ता था। अतएव वह पूरा कानूनी आदमी था। उसने जुम्मन से जिरह शुरू की। एक-एक प्रश्न जुम्मन के हृदय पर हथौड़े की चोट की तरह पड़ता था। रामधन मिश्र इन प्रश्नों पर मुग्ध हुए जाते थे। जुम्मन चकित थे कि अलगू को क्या हो गया। अभी यह अलगू मेरे साथ बैठा हुआ कैसी-कैसी बातें कर रहा था ! इतनी ही देर में ऐसी कायापलट हो गयी कि मेरी जड़ खोदने पर तुला हुआ है। न मालूम कब की कसर यह निकाल रहा है ? क्या इतने दिनों की दोस्ती कुछ भी काम न आवेगी ?

जुम्मन शेख तो इसी संकल्प-विकल्प में पड़े हुए थे कि इतने में अलगू ने फैसला सुनाया—

जुम्मन शेख ! पंचो ने इस मामले पर विचार किया। उन्हें यह नीतिसंगत मालूम होता है कि खालाजान को माहवार खर्च दिया जाय। हमारा विचार है कि खाला की जायदाद से इतना मुनाफा अवश्य होता है कि माहवार खर्च दिया जा सके। बस, यही हमारा फैसला है, अगर जुम्मन को खर्च देना मंजूर न हो, तो हिब्बानामा रद्द

समझा जाय।

यह फैसला सुनते ही जुम्मन सन्नाटे में आ गये। जो अपना मित्र हो, वह शत्रु का व्यवहार करे और गले पर छुरी फेरे, इसे समय के हेर-फेर के सिवा और क्या कहें ? जिस पर पूरा भरोसा था, उसने समय पड़ने पर धोखा दिया। ऐसे ही अवसरों पर झूठे-सच्चे मित्रों की परीक्षा की जाती है। यही कलियुग की दोस्ती है। अगर लोग ऐसे कपटी-धोखेबाज न होते, तो देश में आपत्तियों का प्रकोप क्यों होता? यह हैजा-प्लेग आदि व्याधियाँ दुष्कर्मों के ही दंड हैं।

मगर रामधन मिश्र और अन्य पंच अलगू चौधरी की इस नीति-परायणता की प्रशंसा जी खोलकर कर रहे थे। वे कहते थे—इसका नाम पंचायत है ! दूध का दूध और पानी का पानी कर दिया। दोस्ती, दोस्ती की जगह है, किंतु धर्म का पालन करना मुख्य है। ऐसे ही सत्यवादियों के बल पर पृथ्वी ठहरी है, नहीं तो वह कब की रसातल को चली जाती ।

इस फैसले ने अलगू और जुम्मन की दोस्ती की जड़ हिला दी। अब वे साथ-साथ बातें करते नहीं दिखायी देते। इतना पुराना मित्रता-रूपी वृक्ष सत्य का एक झोंका भी न सह सका। सचमुच वह बालू की ही जमीन पर खड़ा था।

उनमें अब शिष्टाचार का अधिक व्यवहार होने लगा। एक दूसरे की आवभगत ज्यादा करने लगा। वे मिलते-जुलते थे, मगर उसी तरह, जैसे तलवार से ढाल मिलती है।

जुम्मन के चित्त में मित्र की कुटिलता आठों पहर खटका करती थी। उसे हर घड़ी यही चिंता रहती थी कि किसी तरह बदला लेने का अवसर मिले।

अच्छे कामों की सिद्धि में बड़ी देर लगती है; पर बुरे कामों की सिद्धि में यह बात नहीं होती। जुम्मन को भी बदला लेने का अवसर जल्द ही मिल गया। पिछले साल अलगू चौधरी बटेसर से बैलों की एक बहुत अच्छी गोई मोल लाये थे। बैल पछाहीं जाति के सुंदर, बड़े-बड़े सींगोंवाले थे। महीनों तक आस-पास के गाँव के लोग दर्शन करते रहे। दैवयोग से जुम्मन की पंचायत के एक महीने के बाद इस जोड़ी का एक बैल मर गया। जुम्मन ने दोस्तों से कहा—यह दगाबाजी की सजा है। इन्सान सब्र भले ही कर जाय, पर खुदा नेक-बद सब देखता है। अलगू को संदेह हुआ कि जुम्मन ने बैल को विष दिला दिया है। चौधराइन ने भी जुम्मन पर ही इस दुर्घटना का दोषारोपण किया। उसने कहा—जुम्मन ने कुछ कर-करा दिया है। चौधराइन और करीमन में इस विषय पर एक दिन खूब ही वाद-विवाद हुआ। दोनों देवियों ने शब्द-बाहुल्य की नदी बहा दी। व्यंग्य, वक्रोक्ति, अन्योक्ति और उपमा आदि अलंकारों में बातें हुईं।

जुम्मन ने किसी तरह शांति स्थापित की। उन्होंने अपनी पत्नी को डाँट-डपट कर समझा दिया। वह उसे उस रणभूमि से हटा भी ले गये। उधर अलगू चौधरी ने समझाने-बुझाने का काम अपने तर्क-पूर्ण सोंटे से लिया।

अब अकेला बैल किस काम का ? उसका जोड़ बहुत ढूँढ़ा गया, पर न मिला। निदान यह सलाह ठहरी कि इसे बेच डालना चाहिए। गाँव में एक समझू साहु थे, वह इक्का-गाड़ी हाँकते थे। गाँव के गुड़-घी लाद कर मंडी ले जाते, मंडी से तेल, नमक भर लाते, और गाँव में बेचते। इस बैल पर उनका मन लहराया। उन्होंने सोचा, यह बैल हाथ लगे तो दिन-भर में बेखटके तीन खेप हों। आजकल तो एक ही खेप में लाले पड़े रहते हैं। बैल देखा, गाड़ी में दौड़ाया, बाल-भौंरी की पहचान करायी, मोल-तोल किया और उसे ला कर द्वार पर बाँध ही दिया। एक महीने में दाम चुकाने का वादा ठहरा। चौधरी को भी गरज थी ही, घाटे की परवा न की।

समझू साहु ने नया बैल पाया, तो लगे उसे रगेदने। वह दिन में तीन-तीन, चार-चार खेपें करने लगे। न चारे की फिक्र थी, न पानी की, बस खेपों से काम था। मंडी ले गये, वहाँ कुछ सूखा भूसा सामने डाल दिया। बेचारा जानवर अभी दम भी न लेने पाया था कि फिर जोत दिया। अलगू चौधरी के घर था तो चैन की बंशी बजती थी। बैलराम छठे-छमाहे कभी बहली में जोते जाते थे। खूब उछलते-कूदते और कोसों तक दौड़ते चले जाते थे। वहाँ बैलराम का रातिब था—साफ पानी, दली हुई अरहर की दाल और भूसे के साथ खली, और यही नहीं, कभी-कभी घी का स्वाद भी चखने को मिल जाता था। शाम-सबेरे एक आदमी खरहरे करता, पोंछता और सहलाता था। कहाँ वह सुख-चैन, कहाँ यह आठों पहर की खपत ! महीने भर ही में वह पिस-सा गया। इक्के का जुआ देखते ही उसका लहू सूख जाता था। एक-एक पग चलना दूभर था। हड्डियाँ निकल आयी थीं; पर था वह पानीदार, मार की बरदाश्त न थी।

एक दिन चौथी खेप में साहु जी ने दूना बोझ लादा। दिन-भर का थका जानवर, पैर न उठते थे। पर साहु जी कोड़े फटकारने लगे। बस, फिर क्या था, बैल कलेजा तोड़ कर चला। कुछ दूर दौड़ा और चाहा कि जरा दम ले लूँ; पर साहु जी को जल्द पहुँचने की फिक्र थी; अतएव उन्होंने कई कोड़े बड़ी निर्दयता से फटकारे। बैल ने एक बार फिर जोर लगाया; पर अबकी बार शक्ति ने जवाब दे दिया। वह धरती पर गिर पड़ा, और ऐसा गिरा कि फिर न उठा। साहु जी ने बहुत पीटा, टाँग पकड़ कर खींचा, नथनों में लकड़ी ठूँस दी; पर कहीं मृतक भी उठ सकता है ? तब साहु जी को कुछ शक हुआ। उन्होंने बैल को गौर से देखा, खोल कर अलग किया; और सोचने लगे कि गाड़ी कैसे घर पहुँचे। बहुत चीखे-चिल्लाये; पर देहात का रास्ता बच्चों की आँख की तरह साँझ होते ही बंद हो जाता है। कोई नजर न आया। आस-पास

कोई गाँव भी न था। मारे क्रोध के उन्होंने मरे हुए बैल पर और दुर्रे लगाये और कोसने लगे—अभागे। तुझे मरना ही था, तो घर पहुँच कर मरता ! ससुरा बीच रास्ते ही में मर रहा ! अब गाड़ी कौन खींचे ? इस तरह साहु जी खूब जले-भुने। कई बोरे गुड़ और कई पीपे घी उन्होंने बेचे थे, दो-ढाई सौ रुपये कमर में बँधे थे। इसके सिवा गाड़ी पर कई बोरे नमक के थे; अतएव छोड़ कर जा भी न सकते थे। लाचार बेचारे गाड़ी पर ही लेट गये। वहीं रतजगा करने की ठान ली। चिलम पी, गाया। फिर हुक्का पिया।

इस तरह साहु जी आधी रात तक नींद को बहलाते रहे। अपनी जान में तो वह जागते ही रहे; पर पौ फटते ही जो नींद टूटी और कमर पर हाथ रखा, तो थैली गायब ! घबरा कर इधर-उधर देखा, तो कई कनस्तर तेल भी नदारद! अफसोस में बेचारे ने सिर पीट लिया और पछाड़ खाने लगा। प्रातःकाल रोते-बिलखते घर पहुँचे। सहुआइन ने जब यह बुरी सुनावनी सुनी, तब पहले तो रोयी, फिर अलगू चौधरी को गालियाँ देने लगी—निगोड़े ने ऐसा कुलच्छनी बैल दिया कि जन्म भर की कमाई लुट गयी।

इस घटना को हुए कई महीने बीत गये। अलगू जब अपने बैल के दाम माँगते तब साहु और सहुआइन, दोनों ही झल्लाये हुए कुत्ते की तरह चढ़ बैठते और अंड-बंड बकने लगते—वाह ! यहाँ तो सारे जन्म की कमाई लुट गयी, सत्यानाश हो गया, इन्हें दामों की पड़ी है। मुर्दा बैल दिया था, उस पर दाम माँगने चले हैं ! आँखों में धूल झोंक दी, सत्यानाशी बैल गले बाँध दिया, हमें निरा पोंगा ही समझ लिया है ! हम भी बनिये के बच्चे हैं, ऐसे बुद्धू कहीं और होंगे। पहले जा कर किसी गड़हे में मुँह धो आओ, तब दाम लेना। न जी मानता हो, तो हमारा बैल खोल ले जाओ। महीना भर के बदले दो महीना जोत लो। और क्या लोगे ?

चौधरी के अशुभचिंतकों की कमी न थी। ऐसे अवसरों पर वे भी एकत्र हो जाते और साहु जी के बर्राने की पुष्टि करते। परन्तु डेढ़ सौ रुपये से इस तरह हाथ धो लेना आसान न था। एक बार वह भी गरम पड़े । साहु जी बिगड़ कर लाठी ढूँढ़ने घर में चले गये। अब सहुआइन ने मैदान लिया। प्रश्नोत्तर होते-होते हाथापाई की नौबत आ पहुँची। सहुआइन ने घर में घुस कर किवाड़ बंद कर लिये। शोरगुल सुन कर गाँव के भलेमानस जमा हो गये। उन्होंने दोनों को समझाया। साहु जी को दिलासा दे कर घर से निकाला। वह परामर्श देने लगे कि इस तरह से काम न चलेगा। पंचायत कर लो। जो कुछ तय हो जाय, उसे स्वीकार कर लो। साहु जी राजी हो गये। अलगू ने भी हामी भर ली।

पंचायत की तैयारियाँ होने लगीं। दोनों पक्षों ने अपने-अपने दल बनाने शुरू किये। इसके बाद तीसरे दिन उसी वृक्ष के नीचे पंचायत बैठी। वही संध्या का समय था।

खेतों में कौए पंचायत कर रहे थे। विवादग्रस्त विषय था यह कि मटर की फलियों पर उनका कोई स्वत्व है या नहीं; और जब तक यह प्रश्न हल न हो जाय, तब तक वे रखवाले की पुकार पर अपनी अप्रसन्नता प्रकट करना आवश्यक समझते थे। पेड़ की डालियों पर बैठी शुक-मंडली में यह प्रश्न छिड़ा हुआ था कि मनुष्यों को उन्हें बेमुरौवत कहने का क्या अधिकार है, जब उन्हें स्वयं अपने मित्रों से दगा करने में भी संकोच नहीं होता।

पंचायत बैठ गयी, तो रामधन मिश्र ने कहा—अब देरी क्या है ? पंचों का चुनाव हो जाना चाहिए। बोलो चौधरी; किस-किस को पंच बदते हो।

अलगू ने दीन भाव से कहा—समझू साहु ही चुन लें।

समझू खड़े हुए और कड़क कर बोले—मेरी ओर से जुम्मन शेख।

जुम्मन का नाम सुनते ही अलगू चौधरी का कलेजा धक्-धक् करने लगा, मानो किसी ने अचानक थप्पड़ मार दिया हो। रामधन अलगू के मित्र थे। वह बात को ताड़ गये। पूछा—क्यों चौधरी तुम्हें कोई उज्र तो नहीं।

चौधरी ने निराश हो कर कहा—नहीं, मुझे क्या उज्र होगा ?

अपने उत्तरदायित्व का ज्ञान बहुधा हमारे संकुचित व्यवहारों का सुधारक होता है। जब हम राह भूल कर भटकने लगते हैं, तब यही ज्ञान हमारा विश्वसनीय पथ-प्रदर्शक बन जाता है।

पत्र-संपादक अपनी शांति कुटी में बैठा हुआ कितनी धृष्टता और स्वतंत्रता के साथ अपनी प्रबल लेखनी से मंत्रिमंडल्ल पर आक्रमण करता है; परंतु ऐसे अवसर आते हैं, जब वह स्वयं मंत्रिमंडल में सम्मिलित होता है। मंडल के भवन में पग धरते ही उसकी लेखनी कितनी मर्मज्ञ, कितनी विचारशील, कितनी न्यायपरायण हो जाती है। इसका कारण उत्तरदायित्व का ज्ञान है। नवयुवक युवावस्था में कितना उद्दंड रहता है। माता-पिता उसकी ओर से कितने चिंतित रहते हैं ! वे उसे कुल-कलंक समझते हैं; परन्तु थोड़े ही समय में परिवार का बोझ सिर पर पड़ते ही वह अव्यवस्थित-चित्त उन्मत्त युवक कितना धैर्यशील, कैसा शांतचित्त हो जाता है, यह भी उत्तरदायित्व के ज्ञान का फल है।

जुम्मन शेख के मन में भी सरपंच का उच्च स्थान ग्रहण करते ही अपनी जिम्मेदारी का भाव पैदा हुआ । उसने सोचा, मैं इस वक्त न्याय और धर्म के सर्वोच्च आसन पर बैठा हूँ। मेरे मुँह से इस समय जो कुछ निकलेगा, वह देववाणी के सदृश है—और देववाणी में मेरे मनोविकारों का कदापि समावेश न होना चाहिए। मुझे सत्य से जौ भर भी टलना उचित नहीं !

देववाणी में मेरे मनोविकारों का कदापि समावेश न होना चाहिए। मुझे सत्य से जौ भर भी टलना उचित नहीं !

पंचों ने दोनों पक्षों से सवाल-जवाब करने शुरू किये। बहुत देर तक दोनों दल अपने-अपने पक्ष का समर्थन करते रहे। इस विषय में तो सब सहमत थे कि समझू को बैल का मूल्य देना चाहिए। परंतु दो महाशय इस कारण रियायत करना चाहते थे कि बैल के मर जाने से समझू को हानि हुई। इसके प्रतिकूल दो सभ्य मूल्य के अतिरिक्त समझू को दंड भी देना चाहते थे, जिससे फिर किसी को पशुओं के साथ ऐसी निर्दयता करने का साहस न हो। अंत में जुम्मन ने फैसला सुनाया—

अलगू चौधरी और समझू साहु ! पंचों ने तुम्हारे मामले पर अच्छी तरह विचार किया। समझू को उचित है कि बैल का पूरा दाम दें। जिस वक्त उन्होंने बैल लिया, उसे कोई बीमारी न थी। अगर उसी समय दाम दे दिये जाते, तो आज समझू उसे फेर लेने का आग्रह न करते । बैल की मृत्यु केवल इस कारण हुई कि उससे बड़ा कठिन परिश्रम लिया गया और उसके दाने-चारे का कोई अच्छा प्रबंध न किया गया।

रामधन मिश्र बोले—समझू ने बैल को जान-बूझ कर मारा है, अतएव उससे दंड लेना चाहिए।

जुम्मन बोले—यह दूसरा सवाल है ! हमको इससे कोई मतलब नहीं !

झगडू साहु ने कहा—समझू के साथ कुछ रियायत होनी चाहिए।

जुम्मन बोले—यह अलगू चौधरी की इच्छा पर निर्भर है। यह रियायत करें, तो उनकी भलमनसी।

अलगू चौधरी फूले न समाये। उठ खड़े हुए और जोर से बोले—पंच-परमेश्वर की जय !

इसके साथ ही चारों ओर से प्रतिध्वनि हुई—पंच-परमेश्वर की जय !

प्रत्येक मनुष्य जुम्मन की नीति को सराहता था—इसे कहते हैं न्याय ! यह मनुष्य का काम नहीं, पंच में परमेश्वर वास करते हैं, यह उन्हीं की महिमा है। पंच के सामने खोटे को कौन खरा कह सकता है ?

थोड़ी देर बाद जुम्मन अलगू के पास आये और उनके गले लिपट कर बोले—भैया, जब से तुमने मेरी पंचायत की तब से मैं तुम्हारा प्राण-घातक शत्रु बन गया था; पर आज मुझे ज्ञात हुआ कि पंच के पद पर बैठ कर न कोई किसी का दोस्त होता है, न दुश्मन। न्याय के सिवा उसे और कुछ नहीं सूझता। आज मुझे विश्वास हो गया कि पंच की जबान से खुदा बोलता है। अलगू रोने लगे। इस पानी से दोनों के दिलों का मैल धुल गया। मित्रता की मुरझायी हुई लता फिर हरी हो गयी।

गुप्त धन

बाबू हरिदास का ईंटों का पजावा शहर से मिला हुआ था। आसपास के देहातों से सैकड़ों स्त्री-पुरुष, लड़के नित्य आते और पजावे से ईंट सिर पर उठा कर ऊपर कतारों से सजाते। एक आदमी पजावे के पास एक टोकरी में कौड़ियाँ लिए बैठा रहता था। मजदूरों को ईंटों की संख्या के हिसाब से कौड़ियाँ बाँटता। ईंटें जितनी ही ज्यादा होतीं उतनी ही ज्यादा कौड़ियाँ मिलतीं। इस लोभ में बहुत से मजदूर बूते के बाहर काम करते। वृद्धों और बालकों को ईंटों के बोझ से अकड़े हुए देखना बहुत करुणाजनक दृश्य था। कभी-कभी बाबू हरिदास स्वयं आ कर कौड़ीवाले के पास बैठ जाते और ईंटें लादने को प्रोत्साहित करते। यह दृश्य तब और भी दारुण हो जाता था जब ईंटों की कोई असाधारण आवश्यकता आ पड़ती। उसमें मजूरी दूनी कर दी जाती और मजूर लोग अपनी सामर्थ्य से दूनी ईंटें ले कर चलते। एक-एक पग उठाना कठिन हो जाता। उन्हें सिर से पैर तक पसीने में डूबे पजावे की राख चढ़ाये ईंटों का एक पहाड़ सिर पर रखे, बोझ से दबे देख कर ऐसा जान पड़ता था मानो लोभ का भूत उन्हें जमीन पर पटक कर उनके सिर पर सवार हो गया है। सबसे करुण दशा एक छोटे लड़के की थी जो सदैव अपनी अवस्था के लड़कों से दुगनी ईंटें उठाता और सारे दिन अविश्रांत परिश्रम और धैर्य के साथ अपने काम में लगा रहता। उसके मुख पर ऐसी दीनता छायी रहती थी, उसका शरीर इतना कृश और दुर्बल था कि उसे देख कर दया आ जाती थी। और लड़के बनिये की दूकान से गुड़ ला कर खाते, कोई सड़क पर जानेवाले इक्कों और हवागाड़ियों की बहार देखता और कोई व्यक्तिगत संग्राम में अपनी जिह्वा और बाहु के जौहर दिखाता, लेकिन इस गरीब लड़के को अपने काम से काम था। उसमें लड़कपन की न चंचलता थी, न शरारत, न खिलाड़ीपन, यहाँ तक कि उसके ओंठों पर कभी हँसी भी न आती थी। बाबू हरिदास को उसकी दशा पर दया आती। कभी-कभी कौड़ीवाले को इशारा करते कि उसे हिसाब से अधिक कौड़ियाँ दे दो। कभी-कभी वे

उसे कुछ खाने को दे देते।

एक दिन उन्होंने उस लड़के को बुला कर अपने पास बैठाया और उसके समाचार पूछने लगे। ज्ञात हुआ कि उसका घर पास ही के गाँव में है। घर में एक वृद्धा माता के सिवा कोई नहीं है और वह वृद्धा भी किसी पुराने रोग से ग्रस्त रहती है। घर का सारा भार इसी लड़के के सिर था। कोई उसे रोटियाँ बना कर देने वाला भी न था। शाम को जाता तो अपने हाथों से रोटियाँ बनाता और अपनी माँ को खिलाता था। जाति का ठाकुर था। किसी समय उसका कुल धन-धान्य सम्पन्न था। लेन-देन होता था और शक्कर का कारखाना चलता था। कुछ जमीन भी थी किन्तु भाइयों की स्पर्धा और विद्वेष ने उसे इतनी हीनावस्था को पहुँचा दिया कि अब रोटियों के लाले थे। लड़के का नाम मगनसिंह था।

हरिदास ने पूछा—गाँववाले तुम्हारी कुछ मदद नहीं करते?

मगन—वाह, उनका वश चले तो मुझे मार डालें। सब समझते हैं कि मेरे घर में रुपये गड़े हैं।

हरिदास ने उत्सुकता से पूछा—पुराना घराना है, कुछ-न-कुछ तो होगा ही। तुम्हारी माँ ने इस विषय में तुमसे कुछ नहीं कहा ?

मगन—बाबूजी नहीं, एक पैसा भी नहीं। रुपये होते तो अम्माँ इतनी तकलीफ क्यों उठातीं।

बाबू हरिदास मगनसिंह से इतने प्रसन्न हुए कि मजूरों की श्रेणी से उठा कर अपने नौकरों में रख लिया। उसे कौड़ियाँ बाँटने का काम दिया और पजावे में मुंशी जी को ताकीद कर दी कि इसे कुछ पढ़ना-लिखना सिखाइए। अनाथ के भाग्य जाग उठे।

मगनसिंह बड़ा कर्त्तव्यशील और चतुर लड़का था। उसे कभी देर न होती, कभी नागा न होता। थोड़े ही दिनों में उसने बाबू साहब का विश्वास प्राप्त कर लिया। लिखने-पढ़ने में भी कुशल हो गया।

बरसात के दिन थे। पजावे में पानी भरा हुआ था। कारबार बंद था। मगनसिंह तीन दिनों से गैरहाजिर था। हरिदास को चिंता हुई, क्या बात है, कहीं बीमार तो नहीं हो गया, कोई दुर्घटना तो नहीं हो गयी ? कई आदमियों से पूछताछ की, पर कुछ पता न चला ! चौथे दिन पूछते-पूछते मगनसिंह के घर पहुँचे। घर क्या था पुरानी समृद्धि का ध्वंसावशेष मात्र था। उनकी आवाज सुनते ही मगनसिंह बाहर निकल आया। हरिदास ने पूछा—कई दिन से आये क्यों नहीं, माता का क्या हाल है ?

मगनसिंह ने अवरुद्ध कंठ से उत्तर दिया—अम्माँ आजकल बहुत बीमार है, कहती है अब न बचूँगी। कई बार आपको बुलाने के लिए मुझसे कह चुकी है, पर मैं संकोच के मारे आपके पास न आता था। अब आप सौभाग्य से आ गये हैं तो जरा चल कर

उसे देख लीजिए। उसकी लालसा भी पूरी हो जाय।

हरिदास भीतर गये। सारा घर भौतिक निस्सारता का परिचायक था। सुर्खी, कंकड़, ईंटों के ढेर चारों ओर पड़े हुए थे। विनाश का प्रत्यक्ष स्वरूप था। केवल दो कोठरियाँ गुजर करने लायक थीं। मगनसिंह ने एक कोठरी की ओर उन्हें इशारे से बताया। हरिदास भीतर गये तो देखा कि वृद्धा एक सड़े हुए काठ के टुकड़े पर पड़ी कराह रही है।

उनकी आहट पाते ही आँखें खोलीं और अनुमान से पहचान गयी, बोली—आप आ गये, बड़ी दया की। आपके दर्शनों की बड़ी अभिलाषा थी, मेरे अनाथ बालक के नाथ अब आप ही हैं। जैसे आपने अब तक उसकी रक्षा की है, वह निगाह उस पर सदैव बनाये रखिएगा। मेरी विपत्ति के दिन पूरे हो गये। इस मिट्टी को पार लगा दीजिएगा। एक दिन घर में लक्ष्मी का वास था। अदिन आये तो उन्होंने भी आँखे फेर लीं। पुरखों ने इसी दिन के लिए कुछ थाती धरती माता को सौंप दी थी। उसका बीजक बड़े यत्न से रखा था; पर बहुत दिनों से उसका कहीं पता न लगता था। मगन के पिता ने बहुत खोजा पर न पा सके, नहीं तो हमारी दशा इतनी हीन न होती। आज तीन दिन हुए मुझे वह बीजक आप ही आप रद्दी कागजों में मिल गया। तब से उसे छिपा कर रखे हुए हूँ, मगन बाहर है। मेरे सिरहाने जो संदूक रखी है, उसी में वह बीजक है। उसमें सब बातें लिखी हैं। उसी से ठिकाने का भी पता चलेगा। अवसर मिले तो उसे खुदवा डालिएगा। मगन को दे दीजिएगा। यही कहने के लिए आपको बार-बार बुलवाती थी। आपके सिवा मुझे किसी पर विश्वास न था। संसार से धर्म उठ गया। किसकी नीयत पर भरोसा किया जाय।

हरिदास ने बीजक का समाचार किसी से न कहा। नीयत बिगड़ गयी। दूध में मक्खी पड़ गयी। बीजक से ज्ञात हुआ कि धन उस घर से 500 डग पश्चिम की ओर एक मंदिर के चबूतरे के नीचे है।

हरिदास धन को भोगना चाहते थे, पर इस तरह कि किसी को कानों-कान खबर न हो। काम कष्ट-साध्य था। नाम पर धब्बा लगने की प्रबल आशंका थी जो संसार में सबसे बड़ी यंत्रणा है। कितनी घोर नीचता थी। जिस अनाथ की रक्षा की, जिसे बच्चे की भाँति पाला, उसके साथ विश्वासघात ! कई दिनों तक आत्म-वेदना की पीड़ा सहते रहे। अंत में कुतर्कों ने विवेक को परास्त कर दिया। मैंने कभी धर्म का परित्याग नहीं किया और न कभी करूँगा। क्या कोई ऐसा प्राणी भी है जो जीवन में एक बार भी विचलित न हुआ हो। यदि है तो वह मनुष्य नहीं, देवता है। मैं मनुष्य हूँ। मुझे देवताओं की पंक्ति में बैठने का दावा नहीं है।

मन को समझाना बच्चे को फुसलाना है। हरिदास साँझ को सैर करने के लिए घर से निकल जाते। जब चारों ओर सन्नाटा छा जाता तो मंदिर के चबूतरे पर आ बैठते

और एक कुदाली से उसे खोदते। दिन में दो-एक बार इधर-उधर ताक-झाँक करते कि कोई चबूतरे के पास खड़ा तो नहीं है। रात की निस्तब्धता में उन्हें अकेले बैठे ईंटों को हटाते हुए उतना ही भय होता था जितना किसी भ्रष्ट वैष्णव को आमिष भोजन से होता है।

चबूतरा लम्बा-चौड़ा था। उसे खोदते एक महीना लग गया और अभी आधी मंजिल भी तय न हुई। इन दिनों उनकी दशा उस पुरुष की-सी थी जो कोई मंत्र जगा रहा हो। चित्त पर चंचलता छायी रहती। आँखों की ज्योति तीव्र हो गयी थी। बहुत गुम-सुम रहते, मानो ध्यान में हों। किसी से बातचीत न करते, अगर कोई छेड़ कर बात करता तो झुँझला पड़ते। पजावे की ओर बहुत कम जाते। विचारशील पुरुष थे। आत्मा बार-बार इस कुटिल व्यापार से भागती, निश्चय करते कि अब चबूतरे की ओर न जाऊँगा, पर संध्या होते ही उन पर एक नशा-सा छा जाता, बुद्धि-विवेक का अपहरण हो जाता। जैसे कुत्ता मार खा कर थोड़ी देर के बाद टुकड़े की लालच में जा बैठता है, वही दशा उनकी थी। यहाँ तक कि दूसरा मास भी व्यतीत हुआ।

अमावस की रात थी। हरिदास मलिन हृदय में बैठी हुई कालिमा की भाँति चबूतरे पर बैठे हुए थे। आज चबूतरा खुद जायेगा। जरा देर तक और मेहनत करनी पड़ेगी। कोई चिंता नहीं। घर में लोग चिंतित हो रहे होंगे। पर अभी निश्चित हुआ जाता है कि चबूतरे के नीचे क्या है। पत्थर का तहखाना निकल आया तो समझ जाऊँगा कि धन अवश्य होगा। तहखाना न मिले तो मालूम हो जायेगा कि सब धोखा-ही-धोखा है। कहीं सचमुच तहखाना न मिले तो बड़ी दिल्लगी हो। मुफ्त में उल्लू बनूँ। पर नहीं, कुदाली खट-खट बोल रही है। हाँ, पत्थर की चट्टान है। उन्होंने टटोल कर देखा। भ्रम दूर हो गया। चट्टान थी। तहखाना मिल गया; लेकिन हरिदास खुशी से उछले-कूदे नहीं।

आज वे लौटे तो सिर में दर्द था। समझे थकान है। लेकिन यह थकान नींद से न गयी। रात को ही उन्हें ज़ोर से बुखार हो गया। तीन दिन तक ज्वर में पड़े रहे। किसी दवा से फायदा न हुआ।

इस रुग्णावस्था में हरिदास को बार-बार भ्रम होता था—कहीं यह मेरी तृष्णा का दंड तो नहीं है। जी में आता था, मगनसिंह को बीजक दे दूँ और क्षमा की याचना करूँ; पर भंडाफोड़ होने का भय मुँह बंद कर देता था। न जाने ईसा के अनुयायी अपने पादरियों के सम्मुख कैसे अपने जीवन भर के पापों की कथा सुनाया करते थे।

हरिदास की मृत्यु के पीछे यह बीजक उनके सुपुत्र प्रभुदास के हाथ लगा। बीजक मगनसिंह के पुरखों का लिखा हुआ है, इसमें लेशमात्र भी संदेह न था। लेकिन उन्होंने सोचा—पिताजी ने कुछ सोच कर ही इस मार्ग पर पग रखा होगा। वे कितने नीतिपरायण, कितने सत्यवादी पुरुष थे। उनकी नीयत पर कभी किसी को संदेह नहीं हुआ। जब

उन्होंने इस आचार को घृणित नहीं समझा तो मेरी क्या गिनती है। कहीं यह धन हाथ आ जाए तो कितने सुख से जीवन व्यतीत हो। शहर के रईसों को दिखा दूँ कि धन का सदुपयोग क्योंकर होना चाहिए। बड़े-बड़ों का सिर नीचा कर दूँ। कोई आँखें न मिला सके। इरादा पक्का हो गया।

शाम होते ही वे घर से बाहर निकले। वही समय था, वही चौकन्नी आँखें थीं और वही तेज कुदाली थी। ऐसा ज्ञात होता था मानो हरिदास की आत्मा इस नये भेष में अपना काम कर रही है।

चबूतरे का धरातल पहले ही खुद चुका था। अब संगीन तहखाना था, जोड़ों को हटाना कठिन था। पुराने जमाने का पक्का मसाला था; कुल्हाड़ी उचट-उचट कर लौट आती थी। कई दिनों में ऊपर की दरारें खुलीं, लेकिन चट्टानें ज़रा भी न हिलीं। तब वह लोहे की छड़ से काम लेने लगे, लेकिन कई दिनों तक जोर लगाने पर भी चट्टानें न खिसकीं। सब कुछ अपने ही हाथों करना था। किसी से सहायता न मिल सकती थी। यहाँ तक कि फिर वही अमावस्या की रात आयी ! प्रभुदास को जोर लगाते बारह बज गये और चट्टानें भाग्यरेखाओं की भाँति अटल थीं।

पर, आज इस समस्या को हल करना आवश्यक था। कहीं तहखाने पर किसी की निगाह पड़ जाय तो मेरे मन की लालसा मन ही में रह जाय।

वह चट्टान पर बैठ कर सोचने लगे—क्या करूँ, बुद्धि कुछ काम नहीं करती। सहसा उन्हें एक युक्ति सूझी, क्यों न बारूद से काम लूँ ? इतने अधीर हो रहे थे कि कल पर इस काम को न छोड़ सके। सीधे बाजार की तरफ चले, दो मील का रास्ता हवा की तरह तय किया। पर वहाँ पहुँचे तो दूकानें बन्द हो चुकी थीं। आतिशबाज हीले करने लगा। बारूद इस समय नहीं मिल सकती। सरकारी हुक्म नहीं है। तुम कौन हो ? इस वक्त बारूद ले कर क्या करोगे ? न भैया; कोई वारदात हो जाए तो मुफ्त में बँधा-बँधा फिरूँ, तुम्हें कौन पूछेगा ?

प्रभुदास की शांति-वृत्ति कभी इतनी कठिन परीक्षा में न पड़ी थी। वे अंत तक अनुनय-विनय ही करते रहे, यहाँ तक कि मुद्राओं की सुरीली झंकार ने उसे वशीभूत कर लिया। प्रभुदास यहाँ से चले तो धरती पर पाँव न पड़ते थे।

रात के दो बजे थे। प्रभुदास मंदिर के पास पहुँचे। चट्टानों की दराजों में बारूद रख पलीता लगा दिया और दूर भागे। एक क्षण में बड़े जोर का धमाका हुआ। चट्टान उड़ गयी। अँधेरा गार सामने था, मानो कोई पिशाच उन्हें निगल जाने के लिए मुँह खोले हुए है।

प्रभात का समय था। प्रभुदास अपने कमरे में लेटे हुए थे। सामने लोहे के संदूक में दस हजार पुरानी मुहरें रखी हुई थीं। उनकी माता सिरहाने बैठी पंखा झल रही थीं। प्रभुदास ज्वर की ज्वाला से जल रहे थे। करवटें बदलते थे, कराहते थे, हाथ-पाँव पटकते

थे; पर आँखें लोहे के संदूक की ओर लगी हुई थीं। इसी में उनके जीवन की आशाएँ बन्द थीं।

मगनसिंह अब पजावे का मुंशी था। इसी घर में रहता था। आ कर बोला—पजावे चलिएगा ? गाड़ी तैयार कराऊँ ?

प्रभुदास ने उसके मुख की ओर क्षमा-याचना की दृष्टि से देखा और बोले—नहीं, मैं आज न चलूँगा, तबीयत अच्छी नहीं है। तुम भी मत जाओ।

मगनसिंह उनकी दशा देख कर डाक्टर को बुलाने चला।

दस बजते-बजते प्रभुदास का मुख पीला पड़ गया। आँखें लाल हो गयीं। माता ने उसकी ओर देखा तो शोक से विह्वल हो गयीं। बाबू हरिदास की अंतिम दशा उनकी आँखों में फिर गयी। जान पड़ता था, यह उसी शोक घटना की पुनरावृत्ति है ! यह देवताओं की मनौतियाँ मना रही थीं, किंतु प्रभुदास की आँखें उसी लोहे के संदूक की ओर लगी हुई थीं, जिस पर उन्होंने अपनी आत्मा अर्पण कर दी थी।

उनकी स्त्री आ कर उनके पैताने बैठ गयी और बिलख-बिलख कर रोने लगी। प्रभुदास की आँखों से भी आँसू बह रहे थे, पर वे आँखें उसी लोहे के संदूक की ओर निराशापूर्ण भाव से देख रही थीं।

डाक्टर ने आ कर देखा, दवा दी और चला गया, पर दवा का असर उल्टा हुआ। प्रभुदास के हाथ-पाँव सर्द हो गये, मुख निस्तेज हो गया, हृदय की गति मंद पड़ गयी, पर आँखें सन्दूक की ओर से न हटीं।

मुहल्ले के लोग जमा हो गये। पिता और पुत्र के स्वभाव और चरित्र पर टिप्पणियाँ होने लगीं। दोनों शील और विनय के पुतले थे। किसी को भूल कर भी कड़ी बात न कही। प्रभुदास का सम्पूर्ण शरीर ठंडा हो गया था। प्राण था तो केवल आँखों में। वे अब भी उसी लोहे के सन्दूक की ओर सतृष्ण भाव से देख रही थीं।

घर में कोहराम मचा हुआ था। दोनों महिलाएँ पछाड़ें खा-खा कर गिरती थीं। मुहल्ले की स्त्रियाँ उन्हें समझाती थीं। अन्य मित्रगण आँखों पर रूमाल जमाये हुए थे। जवानी की मौत संसार का सबसे करुण, सबसे अस्वाभाविक और भयंकर दृश्य है। यह वज्राघात है, विधाता की निर्दय लीला है। प्रभुदास का सारा शरीर प्राणहीन हो गया था, पर आँखें जीवित थीं। वे अब भी उसी संदूक की ओर लगी हुई थीं। जीवन ने तृष्णा का रूप धारण कर लिया था। साँस निकलती है, पर आस नहीं निकलती।

इतने में मगनसिंह आ कर खड़ा हो गया। प्रभुदास की निगाह उस पर पड़ी। ऐसा जान पड़ा मानो उनके शरीर में फिर रक्त का संचार हुआ। अंगों में स्फूर्ति के चिह्न दिखायी दिये। इशारे से अपने मुँह के निकट बुलाया, उसके कान में कुछ कहा, एक बार लोहे के सन्दूक की ओर इशारा किया और आँखें उलट गयीं, प्राण निकल गये।

विषम समस्या

मेरे दफ्तर में चार चपरासी थे, उनमें एक का नाम गरीब था। बहुत ही सीधा, बड़ा आज्ञाकारी, अपने काम में चौकस रहने वाला, घुड़कियाँ खा कर चुप रह जाने वाला यथा नाम तथा गुण, गरीब मनुष्य था। मुझे इस दफ्तर में आए साल भर हो गया था, मगर मैंने उसे एक दिन के लिए भी गैरहाज़िर नहीं पाया था। मैं उसे नौ बजे दफ्तर में अपनी दरी पर बैठे हुए देखने का ऐसा आदी हो गया था, मानो वह भी इस इमारत का कोई अंग है। इतना सरल है कि किसी की बात टालना जानता ही न था। एक चपरासी मुसलमान था। उससे सारा दफ्तर डरता है, मालूम नहीं क्यों ? मुझे तो इसका कारण सिवाय उसकी बड़ी-बड़ी बातों के और कुछ नहीं मालूम होता था। उसके कथनानुसार उसके चचेरे भाई रामपुर रियासत में कोतवाल थे। उसे सर्वसम्मति ने 'काज़ी-साहेब' की उपाधि दे रखी थी, शेष दो महाशय जाति के ब्राह्मण थे। उनके आशीर्वाद का मूल्य उनके काम से कहीं अधिक था। ये तीनों कामचोर, गुस्ताख और आलसी थे। कोई छोटा-सा भी काम करने को कहिए तो बिना नाक-भौं सिकोड़े न करते थे। क्लर्कों को तो कुछ समझते ही न थे ! केवल बड़े बाबू से कुछ डरते; यद्यपि कभी-कभी उनसे भी बेअदबी कर बैठते थे। मगर इन सब दुर्गुणों के होते हुए भी दफ्तर में किसी की मिट्टी इतनी खराब नहीं थी, जितनी बेचारे गरीब की। तरक्की का अवसर आता तो ये तीनों नम्बर मार ले जाते, गरीब को कोई पूछता भी न था। और सब दस-दस रुपये पाते थे, पर बेचारा गरीब सात पर ही पड़ा हुआ था। सुबह से शाम तक उसके पैर एक क्षण के लिए भी नहीं टिकते थे। यहाँ तक कि तीनों चपरासी भी उस पर क्रोध जताते और ऊपर की आमदनी में उसे कोई भाग न देते थे। तिस पर भी दफ्तर के सब, कर्मचारी से ले कर बड़े बाबू तक उससे चिढ़ते थे। उसको कितनी ही बार जुर्माना हो चुका

था और डाँट-फटकार तो नित्य का व्यवहार था। इसका रहस्य मेरी समझ में कुछ नहीं आता था। मुझे उस पर दया आती थी और अपने बर्ताव से मैं यह दिखाना चाहता था कि उसका आदर मेरी दृष्टि में अन्य तीनों चपरासियों से कम नहीं है। यहाँ तक कि कई बार मैं उसके पीछे कर्मचारियों से लड़ भी चुका था।

एक दिन बड़े बाबू ने गरीब से अपनी मेज़ साफ करने को कहा, वह तुरंत मेज़ साफ करने लगा। दैवयोग से झाड़न का झटका लगा तो दावात उलट गई और रोशनाई मेज़ पर फैल गई। बड़े बाबू यह देखते ही जामे से बाहर हो गए। उसके दोनों कान पकड़ कर खूब ऐंठे और भारतवर्ष की सभी प्रचलित भाषाओं से दुर्वचन चुन-चुनकर उसे सुनाने लगे। बेचारा गरीब आँखों में आँसू भरे चुपचाप मूर्तिवत सुनता था, मानो उसने कोई हत्या कर डाली हो। मुझे बड़े बाबू का ज़रा-सी बात पर इतना भयंकर रौद्ररूप धारण करना बुरा मालूम हुआ। यदि किसी दूसरे चपरासी ने उससे भी बड़ा अपराध किया होता तो भी उस पर इतना कठोर वज्र प्रहार न होता। मैंने अँगरेज़ी में कहा—बाबू साहब, यह अन्याय कर रहे हैं, उसने जान-बूझ कर तो रोशनाई गिराई नहीं। इसका इतना कड़ा दंड देना अनौचित्य की पराकाष्ठा है।

बाबू जी ने नम्रता से कहा—आप इसे जानते नहीं, यह बड़ा दुष्ट है।

'मैं तो इसकी कोई दुष्टता नहीं देखता।'

'आप अभी इसे जाने नहीं। यह बड़ा पाजी है। इसके घर में दो हलों की खेती होती है, हज़ारों का लेन-देन करता है, कई भैंसें लगती हैं, इन बातों का इसे घमंड है।'

'घर की दशा ऐसी ही होती तो आपके यहाँ चपरासीगिरी क्यों करता ?'

बड़े बाबू ने गम्भीर भाव से कहा—विश्वास मानिए, बड़ा पोढ़ा आदमी है, और बला का मक्खीचूस है।

'यदि ऐसा ही हो तो भी कोई अपराध नहीं है।'

'अभी आप यहाँ कुछ दिन और रहिए तो आपको मालूम हो जाएगा कि यह कितना कमीना आदमी है।'

एक दूसरे महाशय बोल उठे—भाई साहब, इसके घर मनों दूध होता है, मनों जुआर, चना, मटर होती है, लेकिन इसकी कभी इतनी हिम्मत नहीं होती कि थोड़ा-सा दफ्तर वालों को भी दे दे। यहाँ इन चीज़ों के लिए तरस-तरस कर रह जाते हैं। तो फिर क्यों न जी जले और यह सब कुछ इसी नौकरी के बदौलत हुआ है नहीं तो पहले इसके घर में भूनी-भाँग तक न थी।

बड़े बाबू सकुचा कर बोले—यह कोई बात नहीं। उसकी चीज़ है चाहे किसी

को दे या न दे।

मैं इसका मर्म कुछ-कुछ समझ गया। बोला—यदि ऐसे तुच्छ हृदय का आदमी है तो वास्तव में पशु ही है। मैं यह न जानता था।

अब बड़े बाबू भी खुले, संकोच दूर हुआ। बोले—इन बातों से उबार तो होता नहीं, केवल देने वाले की सहृदयता प्रकट होती है और आशा भी उसी से की जाती है जो इस योग्य है। जिसमें कुछ सामर्थ्य ही नहीं उससे कोई आशा भी नहीं करता। नंगे से कोई क्या लेगा ?

रहस्य खुल गया। बड़े बाबू ने सरल भाव से सारी अवस्था दर्शा दी। समृद्धि के शत्रु सब होते हैं—छोटे ही नहीं, बड़े भी। हमारी ससुराल या ननिहाल दरिद्र हो तो हम उससे कोई आशा नहीं रखते। कदाचित् हम उसे भूल जाते हैं, किंतु वे सामर्थ्यवान हो कर हमें न पूछें, हमारे यहाँ तीज और चौथ न भेजें तो हमारे कलेजे पर साँप लोटने लगता है।

हम अपने किसी निर्धन मित्र के पास जाएँ तो उसके एक बीड़े पान ही पर संतुष्ट हो जाते हैं, पर ऐसा कौन मनुष्य है जो किसी धनी मित्र के घर से बिना जलपान किए हुए लौटे और सदा के लिए उसका तिरस्कार न करने लगे। सुदामा कृष्ण के घर से यदि निराश लौटते तो कदाचित् वे उनके शिशुपाल और जरासंध से भी बड़े शत्रु होते।

कई दिन पीछे मैंने गरीब से पूछा—क्यों जी, तुम्हारे घर कुछ खेती-बारी होती है?

गरीब ने दीनभाव से कहा—हाँ सरकार, होती है, आपके दो गुलाम हैं। वही करते हैं।

मैंने पूछा—गायें-भैंसें लगती हैं ?

'हाँ हुजूर, दो भैंसें लगती हैं। गाय अभी गाभिन है। आप लोगों की दया से पेट की रोटियाँ चल जाती हैं।'

'दफ्तर के बाबू लोगों की भी कभी कुछ खातिर करते हो ?'

गरीब ने दीनतापूर्ण आश्चर्य से कहा—हुजूर, मैं सरकार लोगों की क्या खातिर कर सकता हूँ? खेती में जौ, चना, मक्का, जुआर, घासपात के सिवाय और क्या होता है ! आप लोग राजा हैं, यह मोटी-झोटी चीज़ें किस मुँह से आपको भेंट करूँ? जी डरता है कि कहीं कोई डाँट न बैठे, कि टके के आदमी की इतनी मजाल ! इसी मारे बाबू जी कभी हियाव नहीं पड़ता। नहीं तो दूध-दही की कौन बिसात थी? मुँह के लायक बीड़ा तो होना चाहिए।

'भला एक दिन कुछ लाके दो तो; देखो लोग क्या कहते हैं? शहर में ये चीज़ें

कहाँ मुयस्सर होती हैं? इन लोगों का जी भी तो कभी-कभी मोटी-झोटी चीज़ों पर चला करता है।'

'जो सरकार कोई कुछ कहे तो ? कहीं साहब से शिकायत कर दें तो मैं कहीं का न रहूँ।'

'इसका मेरा ज़िम्मा है, तुम्हें कोई कुछ न कहेगा; कोई कुछ कहेगा भी, तो मैं समझा दूँगा।'

'हुजूर, आजकल तो मटर की फसिल है और कोल्हू भी खड़े हो गए हैं। इसके सिवाय तो और कुछ भी नहीं है।'

'बस तो यही चीज़ें लाओ।'

'कुछ उल्टी-सीधी पड़ी तो आप ही को सँभालना पड़ेगा।'

दूसरे दिन गरीब आया तो उसके साथ तीन हृष्ट-पुष्ट युवक भी थे। दो के सिरों पर दो टोकरियाँ थीं। उनमें मटर की फलियाँ भरी हुई थीं। एक के सिर पर मटका था जिसमें ऊख का रस था। तीनों युवक ऊख का एक-एक गट्ठा काँख में दबाये हुए थे। गरीब आ कर चुपके-से बरामदे के सामने पेड़ के नीचे खड़ा हो गया। दफ्तर में उसे आने का साहस नहीं होता था मानो कोई अपराधी है। वृक्ष के नीचे खड़ा ही था कि इतने में दफ्तर के चपरासियों और अन्य कर्मचारियों ने उसे घेर लिया। कोई ऊख ले कर चूसने लगा। कई आदमी टोकरों पर टूट पड़े। इतने में बड़े बाबू भी दफ्तर में आ पहुँचे। यह कौतुक देख कर उच्च स्वर से बोले—यह क्या भीड़ लगा रखी है ! चलो, अपना-अपना काम देखो।

मैंने जा कर उनके कान में कहा—गरीब अपने घर से यह सौगात लाया है, कुछ आप लीजिए, कुछ हम लोगों को बाँट दीजिए।

बड़े बाबू ने कृत्रिम क्रोध धारण करके कहा—क्यों गरीब, तुम यह चीज़ें यहाँ क्यों लाए ? अभी लौटा ले जाओ, नहीं तो मैं अभी साहब से कह दूँगा। क्या हम लोगों को मरभुख समझ लिया ?

गरीब का रंग उड़ गया। थर-थर काँपने लगा। मुँह से एक शब्द भी नहीं निकला। मेरी ओर अपराधी नेत्रों से ताकने लगा।

मैंने उसकी ओर से क्षमा-प्रार्थना की। बहुत कहने-सुनने पर बाबू साहब राज़ी हुए। अब चीज़ों में से आधी अपने घर भिजवायीं, आधी में अन्य लोगों के हिस्से लगाए। इस प्रकार यह अभिनय समाप्त हुआ।

अब दफ्तर में गरीब का मान होने लगा। उसे नित्य घुड़कियाँ न मिलतीं। दिन भर दौड़ना न पड़ता। कर्मचारियों के व्यंग्य और अपने सहकर्मियों के कटु वाक्य न सुनने

पड़ते। चपरासी लोग स्वयं उसका काम कर देते। उसके नाम में थोड़ा-सा परिवर्तन हुआ। वह गरीब से गरीबदास बना। स्वभाव में भी कुछ तबदीली पैदा हुई। दीनता की जगह आत्म-गौरव का उद्भव हुआ। तत्परता की जगह आलस्य ने ली। वह अब कभी-कभी देर से दफ्तर आता। कभी-कभी बीमारी का बहाना करके घर बैठ रहता। उसके सभी अपराध अब क्षम्य थे। उसे अपनी प्रतिष्ठा का गुर हाथ लग गया। वह अब दसवें-पाँचवें दिन दूध, दही आदि ला कर बड़े बाबू को भेंट किया करता। वह देवता को संतुष्ट करना सीख गया। सरलता के बदले अब उसमें काँइयाँपन आ गया। एक रोज़ बड़े बाबू ने उसे सरकारी फार्मों का पार्सल छुड़ाने के लिए स्टेशन भेजा। कई बड़े-बड़े पुलिंदे थे, ठेले पर आए। गरीब ने ठेले वालों से बारह आना मज़दूरी तय की थी। जब कागज़ दफ्तर में पहुँच गए तो उसने बाबू से बारह आने पैसे ठेले वालों को देने के लिए वसूल किए। लेकिन दफ्तर से कुछ दूर जा कर उसकी नीयत बदली, अपनी दस्तूरी माँगने लगा, ठेला वाले राज़ी न हुए। इस पर गरीब ने बिगड़ कर सब पैसे जेब में रख लिए और धमका कर बोला—अब एक फूटी कौड़ी न दूँगा। जाओ, जहाँ चाहो फरियाद करो। देखें हमारा क्या बना लेते हो?

ठेले वालों ने जब देखा कि भेंट न देने से जमा ही गायब हुई जाती है तो रो-धोकर चार आने पैसे देने को राज़ी हुए। गरीब ने अठन्नी उनके हवाले की और बारह आने की रसीद लिखवा कर उनके अँगूठे का निशान लगवाए और रसीद दफ्तर में दाखिल हो गई।

वह कौतूहल देख कर मैं दंग रह गया। यह वही गरीब है जो कई महीने पहले सत्यता और दीनता की मूर्ति था? जिसे कभी अन्य चपरासियों से भी अपने हिस्से की रकम माँगने का साहस न होता! दूसरों को खिलाना भी न जानता था, खाने की ज़िक्र ही क्या। मुझे यह स्वभावांतर देख कर अत्यन्त खेद हुआ। इसका उत्तरदायित्व किसके सिर था—मेरे सिर। मैंने उसे धूर्तता का पहला पाठ पढ़ाया था। मेरे चित्त में प्रश्न उठा। इस काँइयाँपन से, जो दूसरों का गला दबाता है, वह भोलापन क्या बुरा था, जो दूसरों का अन्याय सह लेता था? वह अशुभ मुहूर्त था जब उसे मैंने प्रतिष्ठा-प्राप्ति का मार्ग दिखाया, क्योंकि वास्तव में वह उसके पतन का भयंकर मार्ग था। मैंने बाह्य प्रतिष्ठा पर उसकी आत्म-प्रतिष्ठा का बलिदान कर दिया।

वज्रपात

दिल्ली की गलियाँ दिल्ली-निवासियों के रुधिर से प्लावित हो रही हैं। नादिरशाह की सेना ने सारे नगर में आतंक जमा रखा है। जो कोई सामने आ जाता है, उसे उसकी तलवार से मौत के घाट उतरना पड़ता है। नादिरशाह का प्रचंड क्रोध किसी भाँति शांत ही नहीं होता। रक्त की वर्षा भी उसके कोप की आग को बुझा नहीं सकती।

नादिरशाह दरबारे-आम में तख्त पर बैठा हुआ है। उसकी आँखों से जैसे ज्वालाएँ निकल रही हैं। दिल्ली वालों की इतनी हिम्मत कि उसके सिपाहियों का अपमान करें ! उन कापुरुषों की यह मजाल? यही काफिर तो उसकी सेना की एक ललकार पर रणक्षेत्र से निकल भागे थे ! नगर-निवासियों का आर्तनाद सुन-सुन कर स्वयं सेना के दिल काँप जाते हैं; मगर नादिरशाह की क्रोधाग्नि शांत नहीं होती। यहाँ तक कि उसका सेनापति भी उसके सम्मुख जाने का साहस नहीं कर सकता। वीर पुरुष दयालु होते हैं। असहायों, दुर्बलों, स्त्रियों पर उन्हें क्रोध नहीं आता। इन पर क्रोध करना वे अपनी शान के खिलाफ समझते हैं; किंतु निष्ठुर नादिरशाह की वीरता दयाशून्य थी।

दिल्ली का बादशाह सिर झुकाए नादिरशाह के पास बैठा हुआ था। हरमसरा में विलास करने वाला बादशाह नादिरशाह की अविनयपूर्ण बातें सुन रहा था; पर मजाल न थी कि ज़बान खोल सके। उसे अपनी ही जान के लाले पड़े हुए थे, पीड़ित प्रजा की रक्षा कौन करे ? वह सोचता था, मेरे मुँह से कुछ निकले और वह मुझी को डाँट बैठे तो !

अंत में जब सेना की पैशाचिक क्रूरता पराकाष्ठा को पहुँच गई, तो मुहम्मदशाह के वजीर से न रहा गया। वह कविता का मर्मज्ञ था, खुद भी कवि था। जान पर खेल कर नादिरशाह के सामने पहुँचा और यह शे'र पढ़ा—

कसे न माँद कि दीगर व तेग़े नाज कुशी;
मगर कि ज़िंदा कुनी ख़ल्करा व बाज़ कुशी।

अर्थात् तेरी निगाहों की तलवार से कोई नहीं बचा। अब यही उपाय है कि मुर्दों को फिर जिला कर कत्ल कर।

शे'र ने दिल पर चोट की। पत्थर में भी सूराख होते हैं; पहाड़ों में भी हरियाली होती है; पाषाण हृदयों में भी रस होता है। इस शे'र ने पत्थर को पिघला दिया। नादिरशाह ने सेनापति को बुला कर कत्लेआम बंद करने का हुक्म दिया। एकदम तलवारें म्यान में चली गईं। कातिलों के उठे हुए हाथ उठे ही रह गए। जो सिपाही जहाँ था; वहीं बुत बन गया।

शाम हो गई थी। नादिरशाह शाही बाग में सैर कर रहा था। बार-बार वही शे'र पढ़ता और झूमता—

कसे न माँद कि दीग़र व तेगे नाज कुशी;
मगर कि ज़िंदा कुनी ख़ल्करा व़ बाज़ कुशी।

दिल्ली का खज़ाना लुट रहा है। शाही महल पर पहरा है। कोई अंदर से बाहर या बाहर से अंदर आ-जा नहीं सकता। बेगमें भी अपने महलों से बाहर बाग में निकलने की हिम्मत नहीं कर सकतीं। महज खज़ाने पर ही आफत नहीं आई हुई है, सोने-चाँदी के बरतनों, बेशकीमत तसवीरों और आराइश की अन्य सामग्रियों पर भी हाथ साफ किया जा रहा है। नादिरशाह तख्त पर बैठा हुआ हीरे और जवाहरात के ढेरों को गौर से देख रहा है; पर वह चीज़ नज़र नहीं आती, जिसके लिए मुद्दत से उसका चित्त लालायित हो रहा था। उसने मुगलेआज़म नाम के हीरे की प्रशंसा, उसकी करामातों की चरचा सुनी थी—उसको धारण करने वाला मनुष्य दीर्घजीवी होता है, कोई रोग उसके निकट नहीं आता, उस रत्न में पुत्रदायिनी शक्ति है, इत्यादि।

दिल्ली पर आक्रमण करने के जहाँ और अनेक कारण थे, वहाँ इस रत्न को प्राप्त करना भी एक कारण था। सोने-चाँदी के ढेरों और बहुमूल्य रत्नों की चमक-दमक से उसकी आँखें भले ही चौंधिया जाएँ, पर हृदय उल्लसित न होता था। उसे तो मुगलेआज़म की धुन थी और मुगलेआज़म का वहाँ कहीं पता न था। वह क्रोध से उन्मत्त हो कर शाही मंत्रियों की ओर देखता और अपने अफसरों को झिड़कियाँ देता था। पर अपना अभिप्राय खोल कर न कह सकता था। किसी की समझ में न आता था कि वह इतना आतुर क्यों हो रहा है। यह तो खुशी से फूले न समाने का अवसर है। अतुल सम्पत्ति सामने पड़ी हुई है, संख्या में इतनी सामर्थ्य नहीं कि उसकी गणना कर सके ! संसार का कोई भी महीपति इस विपुल धन का एक अंश भी पा कर अपने को भाग्यशाली

समझता; परंतु यह पुरुष जिसने इस धनराशि का शतांश भी पहले कभी आँखों से न देखा होगा, जिसकी उम्र भेड़ें चराने में ही गुज़री, क्यों इतना उदासीन है ?

आखिर जब रात हुई, बादशाह का खज़ाना खाली हो गया और उस रत्न के दर्शन न हुए, तो नादिरशाह की क्रोधाग्नि फिर भड़क उठी। उसने बादशाह के मंत्री को—उसी मंत्री को, जिसकी काव्य-मर्मज्ञता ने प्रजा के प्राण बचाए थे—एकांत में बुलाया और कहा—मेरा गुस्सा तुम देख चुके हो ! अगर फिर उसे नहीं देखना चाहते तो लाज़िम है कि मेरे साथ कामिल सफाई का बरताव करो, वरना दोबारा यह शोला भड़का, तो दिल्ली की खैरियत नहीं।

वजीर—जहाँपनाह, गुलामों से तो कोई खता सरजद नहीं हुई। खज़ाने की सब कुंजियाँ जनाबेआली के सिपहसालार के हवाले कर दी गई हैं।

नादिर—तुमने मेरे साथ दगा की है।

वजीर—(त्योरी चढ़ा कर) आपके हाथ में तलवार है और हम कमज़ोर हैं, जो चाहे फरमावें; पर इलज़ाम के तसलीम करने में मुझे उज्र है।

नादिर—क्या उसके सबूत की ज़रूरत है ?

वजीर—जी हाँ, क्योंकि दगा की सज़ा कत्ल है और कोई बिला सबब अपने कत्ल पर रज़ामंद न होगा।

नादिर—इसका सबूत मेरे पास है, हालाँकि नादिर ने कभी किसी को सबूत नहीं दिया। वह अपनी मरज़ी का बादशाह है और किसी को सबूत देना अपनी शान के खिलाफ समझता है। पर यहाँ ज़ाती मुआमिला है। तुमने मुगलेआज़म हीरा क्यों छिपा दिया ?

वजीर के चेहरे का रंग उड़ गया। वह सोचने लगा—यह हीरा बादशाह को जान से भी ज़्यादा अज़ीज़ है। वह इसे एक क्षण भी अपने पास से जुदा नहीं करते। उनसे क्योंकर कहूँ ? उन्हें कितना सदमा होगा ! मुल्क गया, खज़ाना गया, इज़्ज़त गई। बादशाही की यही एक निशानी उनके पास रह गई है। उनसे कैसे कहूँ ? मुमकिन है, वह गुस्से में आ कर इसे कहीं फेंक दें, या तुड़वा डालें। इनसान की आदत है कि वह अपनी चीज़ दुश्मन को देने की अपेक्षा उसे नष्ट कर देना अच्छा समझता है। बादशाह बादशाह हैं, मुल्क न सही, अधिकार न सही, सेना न सही; पर जिन्दगी भर की स्वेच्छाचारिता एक दिन में नहीं मिट सकती। यदि नादिर को हीरा न मिला, तो वह न जाने दिल्ली पर क्या सितम ढाए। आह ! उसकी कल्पना ही से रोमांच हो जाता है। खुदा न करे, दिल्ली को फिर यह दिन देखना पड़े।

सहसा नादिर ने पूछा—मैं तुम्हारे जवाब का मुंतज़िर हूँ। क्या यह तुम्हारी दगा का काफी सबूत नहीं है ?

वजीर—जहाँपनाह, वह हीरा बादशाह सलामत को जान से ज़्यादा अज़ीज़ है।

वह हमेशा अपने पास रखते हैं।

नादिर—झूठ मत बोलो। हीरा बादशाह के लिए है, बादशाह हीरे के लिए नहीं। बादशाह को हीरा जान से ज़्यादा अज़ीज़ है—का मतलब सिर्फ इतना है कि वह बादशाह को बहुत अज़ीज़ है, और यह कोई वजह नहीं कि मैं उस हीरे को उनसे न लूँ। अगर बादशाह यों न देंगे, तो मैं जानता हूँ कि मुझे क्या करना होगा? तुम जा कर इस मुआमिले में नाजुकफ़हमी से काम लो, जो तुमने कल दिखाई थी। आह, कितना ला-जवाब शे'र था—

कसे न माँद कि दीगर व तेग़े नाज कुशी;
मगर कि ज़िंदा कुनी ख़ल्करा व बाज़ कुशी।

मंत्री सोचता हुआ चला कि यह समस्या क्योंकर हल करूँ ? बादशाह के दीवानखाने में पहुँचा तो देखा, बादशाह उसी हीरे को हाथ में लिए चिंता में मग्न बैठे हुए हैं।

बादशाह को इस वक्त इसी हीरे की फिक्र थी। लुटे हुए पथिक की भाँति वह अपनी वह लकड़ी हाथ से न देना चाहता था। वह जानता था कि नादिर को इस हीरे की खबर है। वह यह भी जानता था कि खज़ाने में इसे न पा कर उसके क्रोध की सीमा न रहेगी। लेकिन सब कुछ जानते हुए भी, वह हीरे को हाथ से न जाने देना चाहता था। अंत को उसने निश्चय किया, मैं इसे न दूँगा, चाहे मेरी जान ही पर क्यों न बन जाए। रोगी की इस अंतिम साँस को न निकलने दूँगा। हाय, कहाँ छिपाऊँ ? इतना बड़ा मकान है कि उसमें एक नगर समा सकता है, पर इस नन्ही-सी चीज़ के लिए कहीं जगह नहीं, जैसे किसी अभागे को इतनी बड़ी दुनिया में भी कहीं पनाह नहीं मिलती। किसी सुरक्षित स्थान में न रख कर क्यों न इसे किसी ऐसी जगह रख दूँ, जहाँ किसी का ख़याल ही न पहुँचे। कौन अनुमान कर सकता है कि मैंने हीरे को अपनी सुराही में रखा होगा ? अच्छा, हुक्के की फर्शी में क्यों न डाल दूँ ? फरिश्तों को भी खबर न होगी।

यह निश्चय करके उसने हीरे को फर्शी में डाल दिया। पर तुरंत ही शंका हुई कि ऐसे बहुमूल्य रत्न को इस जगह रखना उचित नहीं। कौन जाने, ज़ालिम को मेरी यह गुड़गुड़ी ही पसंद आ जाए। उसने तुरंत गुड़गुड़ी का पानी तश्तरी में उँडेल दिया और हीरे को निकाल लिया। पानी की दुर्गन्ध उड़ी पर इतनी हिम्मत न पड़ती थी कि खिदमतगार को बुला कर पानी फिंकवा दे। भय होता था, कहीं वह ताड़ न जाए।

वह इसी दुविधा में पड़ा हुआ था कि मंत्री ने आ कर बंदगी की। बादशाह को उस पर पूरा विश्वास था; किंतु उसे अपनी क्षुद्रता पर इतनी लज्जा आई कि

वह इस रहस्य को उस पर भी प्रकट न कर सका। गुमसुम हो कर उसकी ओर ताकने लगा।

मंत्री ने बात छेड़ी—आज खज़ाने में हीरा न मिला, तो नादिर बहुत झल्लाया। कहने लगा, तुमने मेरे साथ दगा की है; मैं शहर लुटवा दूँगा, कत्लेआम करा दूँगा, सारे शहर को खाक सियाह कर डालूँगा। मैंने कहा, जनाबेआली को अख्तियार है, जो चाहे करें। पर हमने खज़ाने की सब कुंजियाँ आपके सिपहसालार को दे दी हैं। वह कुछ साफ-साफ तो कहता न था, बस कनायों में बातें कर रहा था और भूखे गीदड़ की तरह इधर-उधर बौखलाया फिरता था कि किसे पाए और नोच खाए।

मुहम्मदशाह—मुझे तो उसके सामने बैठते हुए ऐसा खौफ मालूम होता है, गोया किसी शेर का सामना हो। ज़ालिम की आँखें कितनी तुन्द और गज़बनाक हैं। आदमी क्या है, शैतान है। खैर, मैं भी उधेड़बुन में पड़ा हुआ हूँ फिर इसे क्योंकर छिपाऊँ? सल्तनत जाए गम नहीं; पर इस हीरे को मैं उस वक्त तक न दूँगा, जब तक कोई गरदन पर सवार हो कर इसे छीन न ले।

वजीर—खुदा न करे कि हुजूर के दुश्मनों को यह ज़िल्लत उठानी पड़े। मैं एक तरकीब बतलाऊँ? हुजूर इसे अपने अमामे (पगड़ी) में रख लें। वहाँ तक उसके फरिश्तों का भी ख़याल न पहुँचेगा।

मुहम्मदशाह—(उछल कर) वल्लाह, तुमने खूब सोचा; वाकई तुम्हें खूब सूझी। हज़रत इधर-उधर टटोलने के बाद अपना-सा मुँह ले कर रह जाएँगे। मेरे अमामे को कौन देखेगा ? इसी से तो मैंने तुम्हें लुकमान का खिताब दिया है। बस, यही तय रहा। कहीं तुम ज़रा देर पहले आ जाते, तो मुझे इतना दर्दे-सर न उठाना पड़ता।

दूसरे ही दिन दोनों बादशाहों में सुलह हो गई। वजीर नादिरशाह के कदमों पर गिर पड़ा और अर्ज़ की—अब इस डूबती हुई किश्ती को आप ही पार लगा सकते हैं; वरना इसका अल्लाह ही वली है ! हिन्दुओं ने सिर उठाना शुरू कर दिया है। मराठे, राजपूत, सिख—सभी अपनी-अपनी ताकतों को मुकम्मिल कर रहे हैं। जिस दिन उनमें मेल-मिलाप हुआ उसी दिन यह नाव भँवर में पड़ जाएगी, और दो-चार चक्कर खा कर हमेशा के लिए नीचे बैठ जाएगी।

नादिरशाह को ईरान से चले अरसा हो गया था। वहाँ से रोज़ाना बागियों की बगावत की खबरें आ रही थीं। नादिरशाह जल्द वहाँ लौट जाना चाहता था। इस समय उसे दिल्ली में अपनी सल्तनत कायम करने का अवकाश न था। सुलह पर राज़ी हो गया। संधि-पत्र पर दोनों बादशाहों ने हस्ताक्षर कर दिए।

दोनों बादशाहों ने एक ही साथ नमाज़ पढ़ी, एक ही दस्तरख्वान पर खाना

खाया, एक ही हुक्का पिया, और एक-दूसरे से गले मिलकर अपने-अपने स्थान को चले।

मुहम्मदशाह खुश था। राज्य बच जाने की उतनी खुशी न थी, जितनी हीरे के बच जाने की।

मगर नादिरशाह हीरा न पा कर भी दुःखी न था। सबसे हँस-हँस कर बातें करता था, मानो शील और विनय का साक्षात् अवतार हो।

प्रातःकाल; दिल्ली में नौबतें बज रही हैं। खुशी की महफिलें सजाई जा रही हैं। तीन दिन पहले यहाँ रक्त की नदी बही थी। आज आनन्द की लहरें उठ रही हैं। आज नादिरशाह दिल्ली से रुखसत हो रहा है।

अशर्फियों से लदे हुए ऊँटों की कतार शाही महल के सामने रवाना होने को तैयार खड़ी हैं। बहुमूल्य वस्तुएँ गाड़ियों में लदी हुई हैं। दोनों तरफ की फौजें गले मिल रही हैं। अभी कल दोनों पक्ष एक-दूसरे के खून के प्यासे थे। आज भाई-भाई हो रहे हैं।

नादिरशाह तख्त पर बैठा हुआ है। मुहम्मदशाह भी उसी तख्त पर उसकी बगल में बैठे हुए हैं। यहाँ भी परस्पर प्रेम का व्यवहार है। नादिरशाह ने मुस्करा कर कहा—खुदा करे, यह सुलह हमेशा कायम रहे और लोगों के दिलों से इन खूनी दिनों की याद मिट जाए।

मुहम्मदशाह—मेरी तरफ से ऐसी कोई बात न होगी जो सुलह को खतरे में डाले। मैं ख़ुदा से यह दोस्ती कायम रखने के लिए हमेशा दुआ करता रहूँगा।

नादिरशाह—सुलह की जितनी शर्तें थीं, सब पूरी हो चुकीं। सिर्फ एक बात बाकी है ! मेरे यहाँ दस्तूर है कि सुलह के वक्त अमामे बदल दिए जाते हैं। इसके बगैर सुलह की कार्रवाई पूरी नहीं होती। आइए, हम लोग भी अपने-अपने अमामे बदल लें। लीजिए, यह मेरा अमामा हाज़िर है।

यह कह कर नादिर ने अपना अमामा उतार कर मुहम्मदशाह की तरफ बढ़ाया। बादशाह के तोते उड़ गए। समझ गया, मुझसे दगा की गई। दोनों तरफ के शूर-सामंत सामने खड़े थे। न कुछ कहते बनता था न सुनते। बचने का कोई उपाय न था और न कोई उपाय सोच निकालने का अवसर ही। कोई जवाब न सूझा। इनकार की गुंजाइश न थी। मन मसोस कर रह गया। चुपके-से अमामा सिर से उतारा, और नादिरशाह की तरफ बढ़ा दिया। हाथ काँप रहे थे, आँखों में क्रोध और विषाद के आँसू भरे हुए थे। मुख पर हलकी-सी मुस्कराहट झलक रही थी—वह मुस्कराहट, जो अश्रुपात से भी कहीं अधिक करुण और व्यथापूर्ण होती है। कदाचित् अपने प्राण निकाल कर देने में भी उसे इससे अधिक पीड़ा न होती।

नादिरशाह पहाड़ों और नदियों को लाँघता हुआ ईरान को चला जा रहा था। 77 ऊँटों और इतनी ही बैलगाड़ियों की कतार देख-देख कर उसका हृदय बाँसों उछल रहा था। वह बार-बार ख़ुदा को धन्यवाद देता था, जिसकी असीम कृपा ने आज उसकी कीर्ति को उज्ज्वल बनाया था। अब वह केवल ईरान ही का बादशाह नहीं, हिन्दुस्तान जैसे विस्तृत प्रदेश का भी स्वामी था। पर सबसे ज़्यादा खुशी उसे मुगलेआज़म हीरा पाने की थी, जिसे बार-बार देख कर भी उसकी आँखें तृप्त न होती थीं। सोचता था, जिस समय मैं दरबार में यह रत्न धारण करके आऊँगा, सबकी आँखें झपक जाएँगी, लोग आश्चर्य से चकित रह जाएँगे।

उसकी सेना अन्न-जल के कठिन कष्ट भोग रही थी। सरहदों की विद्रोही सेनाएँ पीछे से उसको दिक कर रही थीं। नित्य दस-बीस आदमी मर जाते या मारे जाते थे, पर नादिरशाह को ठहरने की फुरसत न थी। वह भागा-भागा चला जा रहा था।

ईरान की स्थिति बड़ी भयंकर थी। शाहज़ादा खुद विद्रोह शांत करने के लिए गया हुआ था; पर विद्रोह दिन-दिन उग्र रूप धारण करता जाता था। शाही सेना कई युद्धों में परास्त हो चुकी थी। हर घड़ी यही भय होता था कि कहीं वह स्वयं शत्रुओं के बीच घिर न जाए।

पर वाह रे प्रताप ! शत्रुओं ने ज्योंही सुना कि नादिरशाह ईरान आ पहुँचा, त्योंही उनके हौसले पस्त हो गए। उसका सिंहनाद सुनते ही उनके हाथ-पाँव फूल गए। इधर नादिरशाह ने तेहरान में प्रवेश किया उधर विद्रोहियों ने शाहज़ादे से सुलह की प्रार्थना की, शरण में आ गए। नादिरशाह ने यह शुभ समाचार सुना, तो उसे निश्चय हो गया कि सब उसी हीरे की करामात है। यह उसी का चमत्कार है, जिसने शत्रुओं का सिर झुका दिया, हारी हुई बाज़ी जिता दी।

शाहज़ादा विजयी हो कर घर लौटा, तो प्रजा ने बड़े समारोह से उसका स्वागत और अभिवादन किया। सारा तेहरान दीपावली की ज्योति से जगमगा उठा। मंगलगान की ध्वनि से सब गली और कूचे गूँज उठे।

दरबार सजाया गया। शायरों ने कसीदे सुनाये। नादिरशाह ने गर्व से उठ कर शाहज़ादे के ताज को मुगलेआजम हीरे से अलंकृत कर दिया। चारों ओर 'महरबा ! महरबा !' की आवाज़ें बुलंद हुईं। शाहज़ादे के मुख की कांति हीरे के प्रकाश से दूनी चमक उठी। पितृस्नेह से हृदय पुलकित हो उठा। नादिर—वह नादिर, जिसने दिल्ली में खून की नदी बहायी थी—पुत्र-प्रेम से फूला न समाता था। उसकी आँखों से गर्व और हार्दिक उल्लास के आँसू बह रहे थे।

सहसा बंदूक की आवाज़ आई—धाँय ! धाँय ! दरबार हिल उठा। लोगों के कलेजे धड़क उठे। हाय ! वज्रपात हो गया ! हाय रे दुर्भाग्य ! बंदूक की आवाज़ें कानों में

गूँज ही रही थीं कि शाहज़ादा कटे हुए पेड़ की तरह गिर पड़ा। साथ ही, वह रत्नजटित मुकुट भी नादिरशाह के पैरों के पास आ गिरा।

नादिरशाह ने उन्मत्त की भाँति हाथ उठा कर कहा—कातिलों को पकड़ो ! साथ ही शोक से विह्वल हो कर वह शाहज़ादे के प्राणहीन शरीर पर गिर पड़ा। जीवन की सारी अभिलाषाओं का अंत हो गया।

लोग कातिलों की तरफ दौड़े। फिर 'धाँय-धाँय' की आवाज़ आई और दोनों कातिल गिर पड़े। उन्होंने आत्महत्या कर ली। दोनों विद्रोहीपक्ष के नेता थे।

हाय रे मनुष्य का मनोरथ, तेरी भित्ति कितनी अस्थिर है ! बालू पर की दीवार तो वर्षा में गिरती है, पर तेरी दीवार बिना पानी-बूँद के ढह जाती है। आँधी में दीपक का कुछ भरोसा किया जा सकता है, पर तेरा नहीं। तेरी अस्थिरता के आगे बालकों का घरौंदा अचल पर्वत है, वेश्या का प्रेम सती की प्रतिज्ञा की भाँति अटल !

नादिरशाह को लोगों ने लाश पर से उठाया। उसका करुण क्रंदन हृदयों को हिलाए देता था। सभी की आँखों से आँसू बह रहे थे। होनहार कितना प्रबल, कितना निष्ठुर, कितना निर्दय और कितना निर्मम है !

नादिरशाह ने हीरे को ज़मीन से उठा लिया। एक बार उसे विषादपूर्ण नेत्रों से देखा। फिर मुकुट को शाहज़ादे के सिर पर रख दिया और वज़ीर से कहा—यह हीरा इसी लाश के साथ दफन होगा।

रात का समय था। तेहरान में मातम छाया हुआ था। कहीं दीपक या अग्नि का प्रकाश न था। न किसी ने दीया जलाया, और न भोजन बनाया। अफीमचियों की चिलमें भी आज ठंडी हो रही थीं। मगर कब्रिस्तान में मशालें रोशन थीं—शाहज़ादे की अंतिम क्रिया हो रही थी।

जब फातिहा खत्म हुआ, नादिरशाह ने अपने हाथों से मुकुट को लाश के साथ कब्र में रख दिया। राज और संगतराश हाज़िर थे। उसी वक्त कब्र पर ईंट-पत्थर और चूने का मज़ार बनने लगा।

नादिर एक महीने तक एक क्षण के लिए भी वहाँ से न हटा। वहीं सोता, वहीं से राज्य का कार्य करता था। उसके दिल में यह बात बैठ गई थी कि मेरा अहित इसी हीरे के कारण हुआ। यही मेरे सर्वनाश और अचानक वज्रपात का कारण है।

हिंसा परमो धर्मः

दुनिया में कुछ ऐसे लोग भी होते हैं, जो किसी के नौकर न होते हुए सबके नौकर होते हैं, जिन्हें कुछ अपना खास काम न होने पर भी सिर उठाने की फुरसत नहीं होती। जामिद इसी श्रेणी के मनुष्यों में था। बिलकुल बेफिक्र, न किसी से दोस्ती, न किसी से दुश्मनी। जो ज़रा हँस कर बोला, उसका बे-दाम का गुलाम हो गया। बे-काम का काम करने में उसे मज़ा आता था। गाँव में कोई बीमार पड़े, वह रोगी की सेवा-शुश्रूषा के लिए हाज़िर है। कहिए, तो आधी रात को हकीम के घर चला जाए; किसी जड़ी-बूटी की तलाश में मंज़िलों की खाक छान आए। मुमकिन न था कि किसी गरीब पर अत्याचार होते देखे और चुप रह जाए। फिर चाहे कोई उसे मार ही डाले, वह हिमायत करने से बाज न आता था। ऐसे सैकड़ों ही मौके उसके सामने आ चुके थे। कांस्टेबिल से आए दिन उसकी छेड़छाड़ होती ही रहती थी। इसलिए लोग उसे बौड़म समझते थे। और बात भी यही थी। जो आदमी किसी का बोझ भारी देख कर, उससे छीन कर, अपने सिर पर ले ले, किसी का छप्पर उठाने या आग बुझाने के लिए कोसों दौड़ा चला जाए, उसे समझदार कौन कहेगा? सारांश यह कि उसकी जात से दूसरों को चाहे कितना ही फायदा पहुँचे, अपना कोई उपकार न होता था; यहाँ तक कि वह रोटियों के लिए भी दूसरों का मुहताज था। दीवाना तो वह था, और उसका गम दूसरे खाते थे।

आखिर जब लोगों ने बहुत धिक्कारा—क्यों अपना जीवन नष्ट कर रहे हो, तुम दूसरों के लिए मरते हो, कोई तुम्हारा भी पूछने वाला है ? अगर एक दिन बीमार पड़ जाओ; तो कोई चुल्लू भर पानी न दे; जब तक दूसरों की सेवा करते हो, लोग खैरात समझ कर खाने को दे देते हैं। जिस दिन आ पड़ेगी, कोई सीधे मुँह बात भी न करेगा;

तब जामिद की आँखें खुलीं। बरतन-भाँडा कुछ था ही नहीं। एक दिन उठा, और एक तरफ की राह ली। दो दिन के बाद एक शहर में पहुँचा। शहर बहुत बड़ा था। महल आसमान में बातें करने वाले। सड़कें चौड़ी और साफ। बाज़ार गुलज़ार, मसजिदों और मन्दिरों की संख्या अगर मकानों से अधिक न थी, तो कम भी नहीं। देहात में न तो कोई मसजिद थी, न कोई मंदिर। मुसलमान लोग एक चबूतरे पर नमाज़ पढ़ लेते थे। हिन्दू एक वृक्ष के नीचे पानी चढ़ा दिया करते थे। नगर में धर्म का यह महात्म्य देख कर जामिद को बड़ा कुतूहल और आनन्द हुआ। उसकी दृष्टि में मज़हब का जितना सम्मान था, उतना और किसी सांसारिक वस्तु का नहीं। वह सोचने लगा—ये लोग कितने ईमान के पक्के, कितने सत्यवादी हैं। इनमें कितनी दया, कितना विवेक, कितनी सहानुभूति होगी, तभी तो ख़ुदा ने इन्हें इतना माना है। वह हर आने-जाने वाले को श्रद्धा की दृष्टि से देखता और उसके सामने विनय से सिर झुकाता था। यहाँ के सभी प्राणी उसे देवता-तुल्य मालूम होते थे।

घूमते-घूमते साँझ हो गई। वह थक कर एक मंदिर के चबूतरे पर जा बैठा। मंदिर बहुत बड़ा था, ऊपर सुनहला कलश चमक रहा था। जगमोहन पर संगमरमर के चौके जड़े हुए थे; मगर आँगन में जगह-जगह गोबर और कूड़ा पड़ा था। जामिद को गंदगी से चिढ़ थी; देवालय की यह दशा देख कर उससे न रहा गया। इधर-उधर निगाह दौड़ायी कि कहीं झाड़ू मिल जाए, तो साफ कर दे, पर झाड़ू कहीं नज़र न आई। विवश हो कर उसने दामन से चबूतरे को साफ करना शुरू कर दिया।

ज़रा देर में भक्तों का जमाव होने लगा। उन्होंने जामिद को चबूतरा साफ करते देखा, तो आपस में बातें करने लगे—

'है तो मुसलमान !'

'मेहतर होगा।'

'नहीं, मेहतर अपने दामन से सफाई नहीं करता। कोई पागल मालूम होता है।'

'उधर का भेदिया न हो।'

'नहीं, चेहरे से बड़ा गरीब मालूम होता है।'

'हसन निज़ामी का कोई मुरीद होगा।'

'अजी गोबर के लालच से सफाई कर रहा है। कोई भठियारा होगा। (जामिद से) गोबर न ले जाना बे, समझा ? कहाँ रहता है ?'

'परदेसी मुसाफिर हूँ, साहब। मुझे गोबर ले कर क्या करना है ? ठाकुर जी का मंदिर देखा, तो आ कर बैठ गया। कूड़ा पड़ा हुआ था। मैंने सोचा—धर्मात्मा लोग आते होंगे; सफाई करने लगा।'

'तुम तो मुसलमान हो न ?'

'ठाकुर जी तो सबके ठाकुर जी हैं—क्या हिन्दू, क्या मुसलमान !'

'तुम ठाकुर जी को मानते हो ?'

'ठाकुर जी को कौन न मानेगा, साहब ? जिसने पैदा किया, उसे न मानूँगा तो किसे मानूँगा ?'

भक्तों में यह सलाह होने लगी–

'देहाती है।'

'फाँस लेना चाहिए, जाने न पाए !'

जामिद फाँस लिया गया। उसका आदर-सत्कार होने लगा। एक हवादार मकान रहने को मिला। दोनों वक्त उत्तम पदार्थ खाने को मिलने लगे। दो-चार आदमी हरदम उसे घेरे रहते। जामिद को भजन खूब याद थे। गला भी अच्छा था। वह रोज़ मंदिर में जा कर कीर्तन करता। भक्ति के साथ स्वर-लालित्य भी हो, तो फिर क्या पूछना? लोगों पर उसके कीर्तन का बड़ा असर पड़ता। कितने ही लोग संगीत के लोभ से ही मन्दिर में आने लगे। सबको विश्वास हो गया कि भगवान् ने यह शिकार चुन कर भेजा है।

एक दिन मंदिर में बहुत-से आदमी जमा हुए। आँगन में फर्श बिछाया गया। जामिद का सिर मुड़ा दिया गया। नये कपड़े पहनाये। हवन हुआ। जामिद के हाथों से मिठाई बाँटी गई। वह अपने आश्रयदाताओं की उदारता और धर्मनिष्ठा का और भी कायल हो गया। ये लोग कितने सज्जन हैं, मुझ जैसे फटेहाल परदेसी की इतनी खातिर? इसी को सच्चा धर्म कहते हैं। जामिद को जीवन में कभी इतना सम्मान न मिला था। यहाँ वही सैलानी युवक जिसे लोग बौड़म कहते थे, भक्तों का सिरमौर बना हुआ था। सैकड़ों ही आदमी केवल उसके दर्शनों को आते थे। उसकी प्रकांड विद्वत्ता की कितनी ही कथाएँ प्रचलित हो गईं। पत्रों में यह समाचार निकला कि एक बड़े आलिम मौलवी साहब की शुद्धि हुई है। सीधा-सादा जामिद इस सम्मान का रहस्य कुछ न समझता था। ऐसे धर्मपरायण सहृदय प्राणियों के लिए वह क्या कुछ न करता ? वह नित्य पूजा करता, भजन गाता था। उसके लिए यह कोई नयी बात न थी। अपने गाँव में भी वह बराबर सत्यनारायण की कथा में बैठा करता था। भजन-कीर्तन किया करता था। अंतर यही था कि देहात में उसकी कदर न थी। यहाँ सब उसके भक्त थे।

एक दिन जामिद कई भक्तों के साथ बैठा हुआ कोई पुराण पढ़ रहा था, तो क्या देखता है कि सामने सड़क पर एक बलिष्ठ युवक, माथे पर तिलक लगाये, जनेऊ पहने, एक बूढ़े दुर्बल मनुष्य को मार रहा है। बुड्ढा रोता है, गिड़गिड़ाता है और पैरों पड़-पड़ के कहता है कि महाराज, मेरा कुसूर माफ करो; किन्तु तिलकधारी युवक को उस पर ज़रा भी दया नहीं आती। जामिद का रक्त खौल उठा। ऐसे दृश्य देख कर वह शांत न बैठ सकता था। तुरंत कूद कर बाहर निकला, और युवक के सामने

आ कर बोला—बुड्ढे को क्यों मारते हो, भाई ? तुम्हें इस पर ज़रा भी दया नहीं आती ?

युवक—मैं मारते-मारते इसकी हड्डियाँ तोड़ दूँगा।

जामिद—आखिर इसने क्या कुसूर किया है ? कुछ मालूम भी तो हो।

युवक—इसकी मुर्गी हमारे घर में घुस गई थी, और सारा घर गंदा कर आई।

जामिद—तो क्या इसने मुर्गी को सिखा दिया था कि तुम्हारा घर गंदा कर आए ?

बुड्ढा—खुदावंद, मैं तो उसे बराबर खाँचे में ढाँके रहता हूँ। आज गफलत हो गई। कहता हूँ, महाराज, कुसूर माफ करो; मगर नहीं मानते। हुजूर, मारते-मारते अधमरा कर दिया।

युवक—अभी नहीं मारा है, अब मारूँगा—खोद कर गाड़ दूँगा।

जामिद—खोद कर गाड़ दोगे, भाई साहब तो तुम भी यों न खड़े रहोगे। समझ गए ? अगर फिर हाथ उठाया, तो अच्छा न होगा।

जवान को अपनी ताकत का नशा था। उसने फिर बुड्ढे को चाँटा लगाया; पर चाँटा पड़ने के पहले ही जामिद ने उसकी गरदन पकड़ ली। दोनों में मल्ल-युद्ध होने लगा। जामिद करारा जवान था। युवक को पटकनी दी, तो चारों खाने चित गिर गया। उसका गिरना था कि भक्तों का समुदाय, जो अब तक मंदिर में बैठा तमाशा देख रहा था, लपक पड़ा और जामिद पर चारों तरफ से चोटें पड़ने लगीं। जामिद की समझ में न आता था कि लोग मुझे क्यों मार रहे हैं। कोई कुछ नहीं पूछता। तिलकधारी जवान को कोई कुछ नहीं कहता। बस, जो आता है, मुझी पर हाथ साफ करता है। आखिर वह बेदम हो कर गिर पड़ा। तब लोगों में बातें होने लगीं।

'दगा दे गया !'

'धत् तेरी जात की ! कभी म्लेच्छों से भलाई की आशा न रखनी चाहिए ! कौआ कौओं ही के साथ मिलेगा। कमीना जब करेगा, कमीनापन। इसे कोई पूछता न था, मंदिर में झाड़ू लगा रहा था। देह पर कपड़े का तार भी न था, हमने इसका सम्मान किया, पशु से आदमी बना दिया, फिर भी अपना न हुआ !

'इनके धर्म का तो मूल ही यही है !'

जामिद रात भर सड़क के किनारे पड़ा दर्द से कराहता रहा, उसे मार खाने का दुःख न था। ऐसी यातनाएँ वह कितनी बार भोग चुका था। उसे दुःख और आश्चर्य केवल इस बात का था कि इन लोगों ने क्यों एक दिन मेरा इतना सम्मान किया, और क्यों आज अकारण ही मेरी इतनी दुर्गति की ? इनकी वह सज्जनता आज कहाँ गई ? मैं तो वही हूँ। मैंने कोई कुसूर भी नहीं किया। मैंने तो वही किया, जो ऐसी दशा में सभी को करना चाहिए। फिर इन लोगों ने मुझ पर क्यों इतना अत्याचार किया ? देवता क्यों राक्षस बन गए ?

वह रात भर इसी उलझन में पड़ा रहा। प्रातःकाल उठ कर एक तरफ की राह ली।

जामिद अभी थोड़ी ही दूर गया था कि वही बुड्ढा उसे मिला। उसे देखते ही वह बोला—कसम खुदा की, तुमने कल मेरी जान बचा दी। सुना, जालिमों ने तुम्हें बुरी तरह पीटा। मैं तो मौका पाते ही निकल भागा। अब तक कहाँ थे? यहाँ लोग रात ही से तुमसे मिलने के लिए बेकरार हो रहे हैं। काज़ी साहब रात ही से तुम्हारी तलाश में निकले थे, मगर तुम न मिले। कल हम दोनों अकेले पड़ गए थे। दुश्मनों ने हमें पीट लिया। नमाज़ का वक्त था, जहाँ सब लोग मस्जिद में थे। अगर ज़रा भी खबर हो जाती, तो एक हज़ार लठैत पहुँच जाते। तब आटे-दाल का भाव मालूम होता। कसम खुदा की; आज से मैंने तीन कोड़ी मुर्गियाँ पाली हैं ! देखूँ, पंडित जी महाराज अब क्या करते हैं? कसम खुदा की, काज़ी साहब ने कहा है, अगर वह लौंडा ज़रा भी आँखें दिखाये, तो तुम आ कर मुझसे कहना। या तो बच्चा घर छोड़ कर भागेंगे, या हड्डी-पसली तोड़ कर रख दी जाएगी।

जामिद को लिए वह बुड्ढा काज़ी ज़ोरावरहुसैन के दरवाज़े पर पहुँचा। काज़ी साहब वजू कर रहे थे। जामिद को देखते ही दौड़ कर गले लगा लिया और बोले—वल्लाह ! तुम्हें आँखें ढूँढ़ रही थीं। तुमने अकेले इतने काफिरों के दाँत खट्टे कर दिये ! क्यों न हो, मोमिन का खून है ! काफिरों की हकीकत क्या ? सुना, सब के सब तुम्हारी शुद्धि करने जा रहे थे; मगर तुमने उनके सारे मनसूबे पलट दिये। इस्लाम को ऐसे ही खादिमों की ज़रूरत है। तुम-जैसे दीनदारों से इस्लाम का नाम रोशन है। गलती यही हुई कि तुमने एक महीने भर तक सब्र नहीं किया। शादी हो जाने देते, तब मज़ा आता। एक नाज़नीन साथ लाते, और दौलत मुफ्त। वल्लाह ! तुमने उजलत कर दी।

दिन भर भक्तों का ताँता लगा रहा। जामिद को एक नज़र देखने का सबको शौक था। सभी उसकी हिम्मत, ज़ोर और मज़हबी जोश की प्रशंसा करते थे। पहर रात बीत चुकी थी। मुसाफिरों की आमदरफ्त कम हो चली थी। जामिद ने काज़ी साहब से धर्म-ग्रंथ पढ़ना शुरू किया था। उन्होंने उसके लिये अपने बगल का कमरा खाली कर दिया था। वह काज़ी साहब से सबक ले कर आया, और सोने जा रहा था कि सहसा उसे दरवाज़े पर एक ताँगे के रुकने की आवाज़ सुनायी दी। काज़ी साहब के मुरीद अक्सर आया करते थे। जामिद ने सोचा, कोई मुरीद आया होगा। नीचे आया तो देखा, एक स्त्री ताँगे से उतर कर बरामदे में खड़ी है, और ताँगे वाला उसका असबाब उतार रहा है।

महिला ने मकान को इधर-उधर देख कर कहा—नहीं जी, मुझे अच्छी तरह ख़याल है; यह उनका मकान नहीं है। शायद तुम भूल गए हो।

ताँगे वाला—हुजूर तो मानतीं ही नहीं। कह दिया कि बाबू साहब ने मकान

तबदील कर दिया है। ऊपर चलिए।

स्त्री ने कुछ झिझकते हुए कहा—बुलाते क्यों नहीं ? आवाज़ दो !

ताँगे वाला—ओ साहब, आवाज़ क्या दूँ, जब जानता हूँ कि साहब का मकान यही है, तो नाहक चिल्लाने से क्या फायदा ? बेचारे आराम कर रहे होंगे। आराम में खलल पड़ेगा ! आप निसाखातिर रहिए। चलिए, ऊपर चलिए।

औरत ऊपर चली। पीछे-पीछे ताँगे वाला असबाब लिए हुए चला। जामिद गुम-सुम नीचे खड़ा रहा। यह रहस्य उसकी समझ में न आया।

ताँगे वाले की आवाज़ सुनते ही काज़ी साहब छत पर निकल आए, और एक औरत को आते देख कमरे की खिड़कियाँ चारों तरफ से बंद करके खूँटी पर लटकती तलवार उतार ली, और दरवाज़े पर आ कर खड़े हो गए।

औरत ने ज़ीना तय करके ज्यों ही छत पर पैर रखा कि काज़ी साहब को देख कर झिझकी। वह तुरंत पीछे की तरफ मुड़ना चाहती थी कि काज़ी साहब ने लपक कर उसका हाथ पकड़ लिया और अपने कमरे में घसीट लाए। इसी बीच में जामिद और ताँगे वाला, ये दोनों भी ऊपर आ गए थे। जामिद यह दृश्य देख कर विस्मित हो गया था। यह रहस्य और भी रहस्यमय हो गया था। यह विद्या का सागर, यह न्याय का भंडार, यह नीति, धर्म और दर्शन का आगार इस समय एक अपरिचित महिला के ऊपर यह घोर अत्याचार कर रहा है। ताँगे वाले के साथ यह भी काज़ी साहब के कमरे में चला गया। काज़ी साहब तो स्त्री के दोनों हाथ पकड़े हुए थे। ताँगे वाले ने दरवाज़ा बंद कर दिया।

महिला ने ताँगे वाले की ओर खून भरी आँखों से देख कर कहा—तू मुझे यहाँ क्यों लाया ?

काज़ी साहब ने तलवार चमका कर कहा—पहले आराम से बैठ जाओ, सब कुछ मालूम हो जाएगा।

औरत—तुम तो मुझे कोई मौलवी मालूम होते हो ? क्या तुम्हें खुदा ने यही सिखाया है कि पराई बहू-बेटियों को ज़बरदस्ती घर में बंद करके उनकी आबरू बिगाड़ो ?

काज़ी—हाँ, खुदा का यही हुक्म है कि काफिरों को जिस तरह मुमकिन हो, इस्लाम के रास्ते पर लाया जाए। अगर खुशी से न आएँ, तो जब्र से।

औरत—इसी तरह अगर कोई तुम्हारी बहू-बेटी पकड़ कर बे-आबरू करे, तो ?

काज़ी—हो रहा है। जैसा तुम हमारे साथ करोगे वैसा ही हम तुम्हारे साथ करेंगे। फिर हम तो बे-आबरू नहीं करते, सिर्फ अपने मज़हब में शामिल करते हैं। इस्लाम कबूल करने से आबरू बढ़ती है, घटती नहीं। हिन्दू कौम ने तो हमें मिटा देने का बीड़ा उठाया है। वह इस मुल्क से हमारा निशान मिटा देना चाहती है। धोखे से, लालच से, जब्र से मुसलमानों को बे-दीन बनाया जा रहा है, तो मुसलमान बैठे मुँह

ताकेंगे ?

औरत–हिन्दू कभी ऐसा अत्याचार नहीं कर सकता। सम्भव है, तुम लोगों की शरारतों से तंग आ कर नीचे दर्जे के लोग इस तरह बदला लेने लगे हों; मगर अब भी कोई सच्चा हिन्दू इसे पसंद नहीं करता।

काज़ी साहब ने कुछ सोच कर कहा–बेशक, पहले इस तरह की शरारत मुसलमान शोहदे किया करते थे। मगर शरीफ लोग इन हरकतों को बुरा समझते थे, और अपने इमकाम भर रोकने की कोशिश करते थे। तालीम और तहज़ीब की तरक्की के साथ कुछ दिनों में यह गुंडापन ज़रूर गायब हो जाता; मगर अब तो सारी हिन्दू कौम हमें निगलने के लिए तैयार बैठी हुई है। फिर हमारे लिए और रास्ता ही कौन-सा है? हम कमज़ोर हैं, इसलिए हमें मजबूर हो कर अपने को कायम रखने के लिए दगा से काम लेना पड़ता है; मगर तुम इतना घबराती क्यों हो ? तुम्हें यहाँ किसी बात की तकलीफ न होगी। इस्लाम औरतों के हक का जितना लिहाज़ करता है, उतना और कोई मज़हब नहीं करता। और मुसलमान मर्द तो अपनी औरतों पर जान देता है। मेरे यह नौजवान दोस्त (जामिद) तुम्हारे सामने खड़े हैं, इन्हीं के साथ तुम्हारा निकाह कर दिया जाएगा। बस, आराम से ज़िन्दगी के दिन बसर करना।

औरत–मैं तुम्हें और तुम्हारे धर्म को घृणित समझती हूँ। तुम कुत्ते हो। इसके सिवा तुम्हारे लिए कोई दूसरा काम नहीं। खैरियत इसी में है कि मुझे जाने दो; नहीं तो मैं अभी शोर मचा दूँगी, और तुम्हारा सारा मौलवीपन निकल जाएगा।

काज़ी–अगर तुमने ज़बान खोली, तो तुम्हें जान से हाथ धोना पड़ेगा। बस, इतना समझ लो।

औरत–आबरू के सामने जान की कोई हकीकत नहीं। तुम मेरी जान ले सकते हो; मगर आबरू नहीं ले सकते।

काज़ी–क्यों नाहक ज़िद करती हो ?

औरत ने दरवाज़े के पास जा कर कहा–मैं कहती हूँ, दरवाज़ा खोल दो।

जामिद जब तक चुपचाप खड़ा था। ज्यों ही स्त्री दरवाज़े की तरफ चली, और काज़ी साहब ने उसका हाथ पकड़ कर खींचा, जामिद ने तुरन्त दरवाज़ा खोल दिया और काज़ी साहब से बोला–इन्हें छोड़ दीजिए।

काज़ी–क्या बकता है ?

जामिद–कुछ नहीं। खैरियत इसी में है कि इन्हें छोड़ दीजिए।

लेकिन अब काज़ी साहब ने उस महिला का हाथ न छोड़ा, और ताँगे वाला भी उसे पकड़ने के लिए बढ़ा, तो जामिद ने एक धक्का दे कर काज़ी साहब को धकेल दिया, और उस स्त्री का हाथ पकड़े हुए कमरे से बाहर निकल गया। ताँगे वाला पीछे लपका, मगर जामिद ने उसे इतने ज़ोर से धक्का दिया कि वह औंधे मुँह जा गिरा। एक क्षण में जामिद और स्त्री, दोनों सड़क पर थे।

जामिद—आपका घर किस मुहल्ले में है ?

औरत—अहियागंज में।

जामिद—चलिए, मैं आपको पहुँचा आऊँ।

औरत—इससे बड़ी और क्या मेहरबानी होगी। मैं आपकी इस नेकी को कभी न भूलूँगी। आपने आज मेरी आबरू बचा ली, नहीं तो मैं कहीं की न रहती। मुझे अब मालूम हुआ कि अच्छे और बुरे सब जगह होते हैं। मेरे पति का नाम पंडित राजकुमार है।

उसी वक्त एक ताँगा सड़क पर आता दिखायी दिया। जामिद ने स्त्री को उस पर बिठा दिया, और खुद बैठना ही चाहता था कि ऊपर से काज़ी साहब ने जामिद पर लट्ठ चलाया और डंडा ताँगे से टकराया। जामिद ताँगे में आ बैठा और ताँगा चल दिया।

अहियागंज में पंडित राजकुमार का पता लगाने में कठिनाई न पड़ी। जामिद ने ज्यों ही आवाज़ दी, वह घबराये हुए बाहर निकल आए और स्त्री को देख कर बोले—तुम कहाँ रह गई थीं, इंदिरा ? मैंने तो तुम्हें स्टेशन पर कहीं न देखा। मुझे पहुँचने में ज़रा देर हो गई थी। तुम्हें इतनी देर कहाँ लगी ?

इंदिरा ने घर के अंदर कदम रखते ही कहा—बड़ी लम्बी कथा है; ज़रा दम लेने दो, तो बता दूँगी। बस, इतना ही समझ लो कि आज अगर इस मुसलमान ने मेरी मदद न की होती तो आबरू चली गई थी।

पंडित जी पूरी कथा सुनने के लिए और भी व्याकुल हो उठे। इंदिरा के साथ वह भी घर में चले गए; पर एक ही मिनट के बाद बाहर आ कर जामिद से बोले—भाई साहब, शायद आप बनावट समझें; पर मुझे आपके रूप में इस समय अपने इष्टदेव के दर्शन हो रहे हैं। मेरी ज़बान में इतनी ताकत नहीं कि आपका शुक्रिया अदा कर सकूँ। आइए, बैठ जाइए।

जामिद—जी नहीं, अब मुझे इजाज़त दीजिए।

पंडित—मैं आपकी इस नेकी का क्या बदला दे सकता हूँ ?

जामिद—इसका बदला यही है कि इस शरारत का बदला किसी गरीब मुसलमान से न लीजिएगा, मेरी आप से यही दरख्वास्त है।

यह कह कर जामिद चल खड़ा हुआ, और उस अँधेरी रात के सन्नाटे में शहर के बाहर निकल गया। उस शहर की विषाक्त वायु में साँस लेते हुए उसका दम घुटता था ! वह जल्द से जल्द शहर से भाग कर अपने गाँव में पहुँचना चाहता था, जहाँ मज़हब का नाम सहानुभूति, प्रेम और सौहार्द्र था। धर्म और धार्मिक लोगों से उसे घृणा हो गई थी।

समर-यात्रा

आज सवेरे ही से गाँव में हलचल मची हुई थी। कच्ची झोपड़ियाँ हँसती हुई जान पड़ती थीं। आज सत्याग्रहियों का जत्था गाँव में आएगा। कोदई चौधरी के द्वार पर चँदोवा तना हुआ है। आटा, घी, तरकारी, दूध और दही जमा किया जा रहा है। सबके चेहरों पर उमंग है, हौसला है, आनन्द है। वही बिंदा अहीर, जो दौरे के हाकिमों के पड़ाव पर पाव-पाव भर दूध के लिए मुँह छिपाता फिरता था, आज दूध और दही के दो मटके अहिराने से बटोर कर रख गया है। कुम्हार, जो घर छोड़ कर भाग जाया करता था, मिट्टी के बर्तनों का अटम लगा गया है। गाँव के नाई-कहार सब आप ही आप दौड़े चले आ रहे हैं। अगर कोई प्राणी दुखी है, तो वह नोहरी बुढ़िया है। वह अपनी झोंपड़ी के द्वार पर बैठी हुई अपनी पचहत्तर साल की बूढ़ी सिकुड़ी हुई आँखों से यह समारोह देख रही है और पछता रही है। उसके पास क्या है, जिसे ले कर कोदई के द्वार पर जाए और कहे—मैं यह लाई हूँ। वह तो दानों को मुहताज है।

मगर नोहरी ने अच्छे दिन भी देखे हैं। एक दिन उसके पास धन, जन—सब कुछ था। गाँव पर उसी का राज्य था। कोदई को उसने हमेशा नीचे दबाए रखा। वह स्त्री हो कर भी पुरुष थी। उसका पति घर में सोता था, वह खेत में सोने जाती थी। मामले-मुकदमे की पैरवी खुद ही करती थी। लेना-देना सब उसी के हाथों में था लेकिन वह सब कुछ विधाता ने हर लिया; न धन रहा, न जन रहे—अब उनके नामों को रोने के लिए वही बाकी थी। आँखों से सूझता न था, कानों से सुनाई न देता था, जगह से हिलना मुश्किल था। किसी तरह ज़िंदगी के दिन पूरे कर रही थी और उधर कोदई के भाग उदय हो गए थे। अब चारों ओर से कोदई की पूछ थी—पहुँच थी। आज जलसा भी कोदई के द्वार पर हो रहा है। नोहरी को अब कौन पूछेगा?

यह सोच कर उसका मनस्वी हृदय मानो किसी पत्थर से कुचल उठा। हाय ! अगर भगवान ने उसे इतना अपंग न कर दिया होता, तो आज झोंपड़े को लीपती, द्वार पर बाजे बजवाती, कढ़ाव चढ़ा देती, पूड़ियाँ बनवाती और जब वह लोग खा चुकते; तो अँजुली भर रुपये उनकी भेंट कर देती।

उसे वह दिन याद आया, जब वह अपने बूढ़े पति को ले कर यहाँ से बीस कोस महात्मा जी के दर्शन करने गई थी। वह उत्साह, वह सात्विक प्रेम, वह श्रद्धा, आज उसके हृदय में आकाश के मटियाले मेघों की भाँति उमड़ने लगी।

कोदई ने आ कर पोपले मुँह से कहा—भाभी, आज महात्मा जी का जत्था आ रहा है, तुम्हें भी कुछ देना है?

नोहरी ने चौधरी को कटार भरी हुई आँखों से देखा। निर्दयी मुझे जलाने आया है। मुझे नीचा दिखाना चाहता है। जैसे आकाश पर चढ़ कर बोली—मुझे जो कुछ देना है, वह उन्हीं लोगों को दूँगी। तुम्हें क्यों दिखाऊँ !

कोदई ने मुस्करा कर कहा—हम किसी से कहेंगे नहीं। सच कहते हैं भाभी, निकालो वह पुरानी हाँड़ी ! अब किस दिन के लिए रखे हुए हो? किसी ने कुछ नहीं दिया। गाँव की लाज कैसे रहेगी ?

नोहरी ने कठोर दीनता के भाव से कहा—जले पर नमक न छिड़को, देवर जी ! भगवान ने दिया होता, तो तुम्हें कहना न पड़ता। इसी द्वार पर एक दिन साधु-संत, जोगी-जती, हाकिम-सूबा सभी आते थे; मगर सब दिन बराबर नहीं जाते !

कोदई लज्जित हो गया। उसके मुख की झुर्रियाँ मानो रेंगने लगीं। बोला—तुम तो हँसी-हँसी में बिगड़ जाती हो भाभी ! मैंने तो इसलिए कहा था कि पीछे से तुम यह न कहने लगो—मुझसे तो किसी ने कुछ कहा ही नहीं।

यह कहता हुआ वह चला गया। नोहरी वहीं बैठी उसकी ओर ताकती रही। उसका वह व्यंग्य सर्प की भाँति उसके सामने बैठा हुआ मालूम होता था।

नोहरी अभी बैठी हुई थी कि शोर मचा—जत्था आ गया! पश्चिम में गर्द उड़ती हुई नज़र आ रही थी, मानो पृथ्वी उन यात्रियों के स्वागत में अपने राज-रत्नों की वर्षा कर रही हो। गाँव के सब स्त्री-पुरुष सब काम छोड़-छोड़ कर उनका अभिवादन करने चले। एक क्षण में तिरंगी पताका हवा में फहराती दिखाई दी, मानो स्वराज्य ऊँचे आसन पर बैठा हुआ सबको आशीर्वाद दे रहा हो।

स्त्रियाँ मंगल-गान करने लगीं। ज़रा देर में यात्रियों का दल साफ नज़र आने लगा। दो-दो आदमियों की कतारें थीं। हर एक की देह पर खद्दर का कुर्त्ता था, सिर पर गाँधी टोपी, बगल में थैला लटकता हुआ, दोनों हाथ खाली, मानो स्वराज्य का आलिंगन करने को तैयार हों। फिर उनका कण्ठ-स्वर सुनाई देने लगा। उनके मरदाने गलों से एक कौमी

तराना निकल रहा था, गर्म, गहरा, दिलों में स्फूर्ति डालने वाला—

एक दिन वह था कि हम सारे जहाँ में फर्द थे,
एक दिन यह है कि हम-सा बेहया कोई नहीं।
एक दिन वह था कि अपनी शान पर देते थे जान,
एक दिन यह है कि हम-सा बेहया कोई नहीं।

गाँव वालों ने कई कदम आगे बढ़ कर यात्रियों का स्वागत किया। बेचारों के सिरों पर धूल जमी हुई थी, ओंठ सूखे हुए, चेहरे सँवलाये; पर आँखों में जैसे आज़ादी की ज्योति चमक रही थी।

स्त्रियाँ गा रही थीं, बालक उछल रहे थे और पुरुष अपने अँगोछों से यात्रियों को हवा कर रहे थे। इस समारोह में नोहरी की ओर किसी का ध्यान न गया, वह अपनी लठिया पकड़े सबके पीछे सजीव आशीर्वाद बनी खड़ी थी, उसकी आँखें डबडबायी हुई थीं, मुख से गौरव की ऐसी झलक आ रही थी, मानो वह कोई रानी है, मानो यह सारा गाँव उसका है, वे सभी युवक उसके बालक हैं। अपने मन में उसने ऐसी शक्ति, ऐसे विकास, ऐसे उत्थान का अनुभव कभी न किया था।

सहसा उसने लाठी फेंक दी और भीड़ को चीरती हुई यात्रियों के सामने आ खड़ी हुई, जैसे लाठी के साथ ही उसने बुढ़ापे और दुःख के बोझ को फेंक दिया हो ! वह एक पल अनुरक्त आँखों से आज़ादी के सैनिकों की ओर ताकती रही, मानो उनकी शक्ति को अपने अंदर भर रही हो। तब वह नाचने लगी, इस तरह नाचने लगी, जैसे कोई सुन्दरी नवयौवना प्रेम और उल्लास के मद से विह्वल हो कर नाचे। लोग दो-दो, चार-चार कदम पीछे हट गए, छोटा-सा आँगन बन गया और उस आँगन में वह बुढ़िया अपना अतीत नृत्य कौशल दिखाने लगी। इस अलौकिक आनन्द के रेले में वह अपना सारा दुःख और संताप भूल गई। उसके जीर्ण अंगों में जहाँ सदा वायु का प्रकोप रहता था, वहाँ न जाने इतनी चपलता, इतनी लचक, इतनी फुरती कहाँ से आ गई थी ! पहले कुछ देर तो लोग मजाक़ से उसकी ओर ताकते रहे जैसे बालक बंदर का नाच देखते हैं, फिर अनुराग के इस पावन प्रवाह ने सभी को मतवाला कर दिया। उन्हें ऐसा जान पड़ा कि सारी प्रकृति एक विराट व्यापक नृत्य की गोद में खेल रही है।

कोदई ने कहा—बस करो भाभी, बस करो।

नोहरी ने थिरकते हुए कहा—खड़े क्यों हो? आओ न, ज़रा देखूँ कैसा नाचते हो !

कोदई बोले—अब बुढ़ापे में क्या नाचूँ ?

नोहरी ने रुक कर कहा—क्या तुम आज भी बूढ़े हो ? मेरा बुढ़ापा तो जैसे भाग गया। इन वीरों को देख कर भी तुम्हारी छाती नहीं फूलती ? हमारा ही दुःख-दर्द

हरने के लिए तो इन्होंने यह परन ठाना है। इन्हीं हाथों से हाकिमों की बेगार बजाई है, इन्हीं कानों से उनकी गालियाँ और घुड़कियाँ सुनी हैं। अब तो उस ज़ोर-ज़ुलुम का नाश होगा—हम और तुम क्या अभी बूढ़े होने जोग थे ? हमें पेट की आग ने जलाया है। बोलो ईमान से, यहाँ इतने आदमी हैं, किसी ने इधर छह महीने से पेट-भर रोटी खायी है ? घी किसी को सूँघने को मिला है ! कभी नींद-भर सोये हो ! जिस खेत का लगान तीन रुपये देते थे, अब उसी के नौ-दस देते हो। क्या धरती सोना उगलेगी ? काम करते-करते छाती फट गई। हमीं हैं कि इतना सह कर भी जीते हैं। दूसरा होता, तो या तो मार डालता, या मर जाता। धन्य हैं महात्मा और उनके चेले कि दीनों का दुःख समझते हैं, उनके उद्धार का जतन करते हैं। और तो सभी हमें पीस कर हमारा रक्त निकालना जानते हैं।

यात्रियों के चेहरे चमक उठे, हृदय खिल उठे। प्रेम की डूबी हुई ध्वनि निकली—

एक दिन था कि पारस थी यहाँ की सरज़मीन,
एक दिन यह है कि यों बे-दस्तोपा कोई नहीं।

कोदई के द्वार पर मशालें जल रही थीं। कई गाँवों के आदमी जमा हो गए थे। यात्रियों के भोजन कर लेने के बाद सभा शुरू हुई। दल के नायक ने खड़े हो कर कहा—

भाइयो, आपने आज हम लोगों का जो आदर-सत्कार किया, उससे हमें यह आशा हो रही है कि हमारी बेड़ियाँ जल्द ही कट जाएँगी। मैंने पूरब और पश्चिम के बहुत से देशों को देखा है, और मैं तजरबे से कहता हूँ कि आपमें जो सरलता, जो ईमानदारी, जो श्रम और धर्मबुद्धि है, वह संसार के और किसी देश में नहीं। मैं तो यही कहूँगा कि आप मनुष्य नहीं, देवता हैं। आपको भोग-विलास से मतलब नहीं, नशा-पानी से मतलब नहीं, अपना काम करना और अपनी दशा पर संतोष रखना, यह आपका आदर्श है, लेकिन आपका यही देवत्व, आपका यही सीधापन आपके हक में घातक हो रहा है। बुरा न मानिएगा, आप लोग इस संसार में रहने के योग्य नहीं। आपको तो स्वर्ग में कोई स्थान पाना चाहिए था। खेतों का लगान बरसाती नाले की तरह बढ़ता जाता है, आप चूँ नहीं करते। अमले और अहलकार आपको नोचते रहते हैं, आप ज़बान नहीं हिलाते। इसका यह नतीजा हो रहा है कि आपको लोग दोनों हाथों लूट रहे हैं, पर आपको खबर नहीं। आपके हाथों से सभी रोज़गार छिनते जाते हैं, आपका सर्वनाश हो रहा है, पर आप आँखें खोल कर नहीं देखते। पहले लाखों भाई सूत कात कर, कपड़े बुन कर गुज़र करते थे। अब सब कपड़ा विदेश से आता है। पहले लाखों आदमी यहीं नमक बनाते थे। अब नमक बाहर से आता है। यहाँ नमक बनाना जुर्म है। आपके देश में इतना नमक है कि

सारे संसार का दो सौ साल तक उससे काम चल सकता है, पर आप सात करोड़ रुपये सिर्फ नमक के लिए देते हैं। आपके ऊसरों में, झीलों में नमक भरा पड़ा है, आप उसे छू नहीं सकते। शायद कुछ दिनों में आपके कुओं पर भी महसूल लग जाए। क्या आप अब भी यह अन्याय सहते रहेंगे ?

एक आवाज़ आई—हम किस लायक हैं ?

नायक—यही तो आपका भ्रम है। आप ही की गरदन पर इतना बड़ा राज्य थमा हुआ है। आप ही इन बड़ी-बड़ी फौजों, इन बड़े-बड़े अफसरों के मालिक हैं; मगर फिर भी आप भूखों मरते हैं, अन्याय सहते हैं। इसलिए कि आपको अपनी शक्ति का ज्ञान नहीं। यह समझ लीजिए कि संसार में जो आदमी अपनी रक्षा नहीं कर सकता, वह सदैव स्वार्थी और अन्यायी आदमियों का शिकार बना रहेगा ! आज संसार का सबसे बड़ा आदमी अपने प्राणों की बाज़ी खेल रहा है। हज़ारों जवान अपनी जान हथेली पर लिए आपके दुःखों का अंत करने के लिए तैयार हैं। जो लोग आपको असहाय समझ कर दोनों हाथों से आपको लूट रहे हैं, वे कब चाहेंगे कि उनका शिकार उनके मुँह से छिन जाए? वे आपके इन सिपाहियों के साथ जितनी सख्तियाँ कर सकते हैं, कर रहे हैं; मगर हम लोग सब कुछ सहने को तैयार हैं। अब सोचिए कि आप हमारी कुछ मदद करेंगे ? मरदों की तरह निकल कर अपने को अन्याय से बचाएँगे या कायरों की तरह बैठे हुए तकदीर को कोसते रहेंगे ? ऐसा अवसर फिर शायद कभी न आए। अगर इस वक्त चूके, तो फिर हमेशा हाथ मलते रहिएगा। हम न्याय और सत्य के लिए लड़ रहे हैं; इसलिए न्याय और सत्य ही के हथियारों से हमें लड़ना है। हमें ऐसे वीरों की ज़रूरत है, जो हिंसा और क्रोध को दिल से निकाल डालें और ईश्वर पर अटल विश्वास रख कर धर्म के लिए सब कुछ झेल सकें ! बोलिए, आप क्या मदद कर सकते हैं ?

कोई आगे नहीं बढ़ता। सन्नाटा छाया रहता है।

एकाएक शोर मचा—पुलिस ! पुलिस आ गई !!

पुलिस का दारोगा कांस्टेबलों के एक दल के साथ आ कर सामने खड़ा हो गया। लोगों ने सहमी हुई आँखों और धड़कते हुए दिलों से उनकी ओर देखा और छिपने के लिए बिल खोजने लगे।

दारोगा जी ने हुक्म दिया—मार कर भगा दो इन बदमाशों को।

कांस्टेबलों ने अपने डंडे सँभाले; मगर इसके पहले कि वे किसी पर हाथ चलाएँ, सभी लोग हुर्र हो गए ! कोई इधर से भागा, कोई उधर से। भगदड़ मच गई। दस मिनट में वहाँ गाँव का एक आदमी भी न रहा। हाँ, नायक अपने स्थान पर अब भी खड़ा था और जत्था उसके पीछे बैठा हुआ था; केवल कोदई चौधरी नायक के

समीप बैठे हुए थिर आँखों से भूमि की ओर ताक रहे थे।

दारोगा ने कोदई की ओर कठोर आँखों से देख कर कहा—क्यों रे कोदइया, तूने इन बदमाशों को क्यों ठहराया यहाँ ?

कोदई ने लाल-लाल आँखों से दारोगा की ओर देखा और ज़हर की तरह गुस्से को पी गए। आज अगर उनके सिर गृहस्थी का बखेड़ा न होता, लेना-देना न होता तो वह भी इसका मुँहतोड़ जवाब देते। जिस गृहस्थी पर उन्होंने अपने जीवन के पचास साल होम कर दिए थे, वह इस समय एक विषैले सर्प की भाँति उनकी आत्मा में लिपटी हुई थी।

कोदई ने अभी कोई जवाब न दिया था कि नोहरी पीछे से आ कर बोली—क्या लाल पगड़ी बाँध कर तुम्हारी जीभ ऐंठ गई है ? कोदई क्या तुम्हारे गुलाम हैं कि 'कोदइया-कोदइया' कर रहे हो ? हमारा ही पैसा खाते हो और हमीं को आँखें दिखाते हो ? तुम्हें लाज नहीं आती ?

नोहरी इस वक्त दोपहरी की धूप की तरह काँप रही थी। दारोगा एक क्षण के लिए सन्नाटे में आ गया। फिर कुछ सोच कर और औरत के मुँह लगना अपनी शान के खिलाफ समझ कर कोदई से बोला—यह कौन शैतान की खाला है, कोदई ! ख़ुदा का खौफ न होता तो इसकी ज़बान तालू से खींच लेता।

बुढ़िया लाठी टेक कर दारोगा की ओर घूमती हुई बोली—क्यों ख़ुदा की दुहाई दे कर ख़ुदा को बदनाम करते हो? तुम्हारे ख़ुदा तो तुम्हारे अफसर हैं, जिनकी तुम जूतियाँ चाटते हो। तुम्हें तो चाहिए था कि डूब मरते चुल्लू भर पानी में ! जानते हो, ये लोग जो यहाँ आए हैं, कौन हैं ? ये वे लोग हैं, जो हम गरीबों के लिए अपनी जान तक होमने को तैयार हैं। तुम उन्हें बदमाश कहते हो ! तुम जो घूस के रुपये खाते हो, जुआ खेलाते हो, चोरियाँ करवाते हो, डाके डलवाते हो, भले आदमियों को फँसा कर मुट्ठियाँ गरम करते हो और अपने देवताओं की जूतियों पर नाक रगड़ते हो, तुम इन्हें बदमाश कहते हो !

नोहरी की तीक्ष्ण बातें सुन कर बहुत-से लोग जो इधर-उधर दबक गए थे, फिर जमा हो गए। दारोगा ने देखा, भीड़ बढ़ती जाती है, तो अपना हंटर ले कर उन पर पिल पड़े। लोग फिर तितर-बितर हो गए। एक हंटर नोहरी पर भी पड़ा। उसे ऐसा मालूम हुआ कि कोई चिनगारी सारी पीठ पर दौड़ गई। उसकी आँखों तले अँधेरा छा गया, पर अपनी बची हुई शक्ति को एकत्र करके ऊँचे स्वर से बोली—लड़को, क्यों भागते हो ? क्या नेवता खाने आए थे या कोई नाच-तमाशा हो रहा था ? तुम्हारे इसी लेंड़ीपन ने इन सबों को शेर बना रखा है। कब तक यह मार-धाड़, गाली-गुफ्तार सहते रहोगे?

एक सिपाही ने बुढ़िया की गरदन पकड़ कर ज़ोर से धक्का दिया। बुढ़िया दो-तीन कदम पर औंधे मुँह गिरा चाहती थी कि कोदई ने लपक कर उसे सँभाल

लिया और बोला—क्या एक दुखिया पर गुस्सा दिखाते हो यारो ? क्या गुलामी ने तुम्हें नामर्द भी बना दिया है ? औरतों पर, बूढ़ों पर, निहत्थों पर वार करते हो, यह मरदों का काम नहीं है।

नोहरी ने ज़मीन पर पड़े-पड़े कहा—मर्द होते, तो गुलाम ही क्यों होते? भगवान् ! आदमी इतना निर्दयी भी हो सकता है ? भला अँगरेज़ इस तरह बेदरदी करे तो एक बात है। उसका राज है। तुम तो उसके चाकर हो, तुम्हें राज तो न मिलेगा, मगर राँड माँड में ही खुश ! इन्हें कोई तलब देता जाए, दूसरों की गरदन भी काटने में इन्हें संकोच नहीं !

अब दारोगा ने नायक को डाँटना शुरू किया—तुम किसके हुक्म से इस गाँव में आए ?

नायक ने शांत भाव से कहा—खुदा के हुक्म से।

दारोगा—तुम रिआया के अमन में खलल डालते हो ?

नायक—अगर तुम्हें उनकी हालत बताना उनके अमन में खलल डालना है तो बेशक हम उनके अमन में खलल डाल रहे हैं।

भागने वालों के कदम एक बार फिर रुक गए। कोदई ने उनकी ओर निराश आँखों से देख कर काँपते हुए स्वर में कहा—भाइयो, इस बखत कई गाँवों के आदमी यहाँ जमा हैं। दारोगा ने हमारी जैसे बेआबरुई की है, क्या उसे सह कर तुम आराम की नींद सो सकते हो ? इसकी फरियाद कौन सुनेगा ? हाकिम लोग क्या हमारी फरियाद सुनेंगे ? कभी नहीं। आज अगर हम लोग मार डाले जाएँ, तो भी कुछ न होगा। यह है हमारी इज़्ज़त और आबरू ? थुड़ी है इस ज़िंदगी पर !

समूह स्थिर भाव से खड़ा हो गया, जैसे बहता हुआ पानी मेंड़ से रुक जाए। भय का धुआँ जो लोगों के हृदय पर छा गया था, एकाएक हट गया। उनके चेहरे कठोर हो गए। दारोगा ने उनके तेवर देखे, तो तुरन्त घोड़े पर सवार हो गया और कोदई को गिरफ्तार करने का हुक्म दिया। दो सिपाहियों ने बढ़ कर कोदई की बाँह पकड़ ली। कोदई ने कहा—घबड़ाते क्यों हो, मैं कहीं भागूँगा नहीं। चलो, कहाँ चलते हो ?

ज्यों ही कोदई दोनों सिपाहियों के साथ चला, उसके दोनों जवान बेटे कई आदमियों के साथ सिपाहियों की ओर लपके कि कोदई को उनके हाथों से छीन लें। सभी आदमी विकट आवेश में आ कर पुलिस वालों के चारों ओर जमा हो गए।

दारोगा ने कहा—तुम लोग हट जाओ वरना मैं फायर कर दूँगा। समूह ने इस धमकी का जवाब 'भारत माता की जय !' से दिया और एकाएक दो-दो कदम और आगे खिसक आए।

दारोगा ने देखा, अब जान बचती नहीं नज़र आती है। नम्रता से बोला—नायक साहब, ये लोग फसाद पर आमादा हैं। इसका नतीजा अच्छा न होगा।

नायक ने कहा—नहीं, जब तक हममें एक आदमी भी यहाँ रहेगा, आपके ऊपर

कोई हाथ न उठा सकेगा। आपसे हमारी कोई दुश्मनी नहीं है। हम और आप–दोनों एक ही पैरों के तले दबे हुए हैं। यह हमारी बदनसीबी है कि हम, आप दो विरोधी दलों में खड़े हैं।

यह कहते हुए नायक ने गाँव वालों को समझाया–भाइयो, मैं आपसे कह चुका हूँ, यह न्याय और धर्म की लड़ाई है और हमें न्याय और धर्म के हथियार से ही लड़ना है। हमें अपने भाइयों से नहीं लड़ना है। हमें तो किसी से भी लड़ना नहीं है। दारोगा की जगह कोई अँगरेज़ होता, तो भी हम उसकी इतनी ही रक्षा करते। दारोगा ने कोदई चौधरी को गिरफ्तार किया है। मैं इसे चौधरी का सौभाग्य समझता हूँ। धन्य हैं वे लोग जो आज़ादी की लड़ाई में सजा पाएँ। यह बिगड़ने या घबड़ाने की बात नहीं है। आप लोग हट जाएँ और पुलिस को जाने दें।

दारोगा और सिपाही कोदई को ले कर चले। लोगों ने जयध्वनि की–'भारत माता की जय।'

कोदई ने जवाब दिया–राम-राम भाइयो, राम-राम। डटे रहना मैदान में। घबड़ाने की कोई बात नहीं है। भगवान् सबका मालिक है।

दोनों लड़के आँखों में आँसू भरे आए और कातर स्वर में बोले–हमें क्या कहे जाते हो, दादा?

कोदई ने उन्हें बढ़ावा देते हुए कहा–भगवान् का भरोसा मत छोड़ना और वह करना जो मरदों को करना चाहिए। भय सारी बुराइयों की जड़ है। इसे मन से निकाल डालो, फिर तुम्हारा कोई कुछ नहीं कर सकता। सत्य की कभी हार नहीं होती।

आज पुलिस के सिपाहियों के बीच में कोदई को निर्भयता का जैसा अनुभव हो रहा था, वैसा पहले कभी न हुआ था। जेल और फाँसी उसके लिए आज भय की वस्तु नहीं, गौरव की वस्तु हो गई थी ! सत्य का प्रत्यक्ष रूप आज उसने पहली बार देखा मानो वह कवच की भाँति उसकी रक्षा कर रहा हो।

गाँव वालों के लिए कोदई का पकड़ लिया जाना लज्जाजनक मालूम हो रहा था। उनकी आँखों के सामने उनके चौधरी इस तरह पकड़ लिए गए और वे कुछ न कर सके। अब वे मुँह कैसे दिखाएँ ! हर एक के मुख पर गहरी वेदना झलक रही थी जैसे गाँव लुट गया !

सहसा नोहरी ने चिल्ला कर कहा–अब सब जने खड़े क्या पछता रहे हो ? देख ली अपनी दुर्दशा, या अभी कुछ बाकी है ! आज तुमने देख लिया न कि हमारे ऊपर कानून से नहीं लाठी से राज हो रहा है ! आज हम इतने बेशरम हैं कि इतनी दुर्दशा होने पर भी कुछ नहीं बोलते ! हम इतने स्वार्थी, इतने कायर न होते, तो

उनकी मजाल थी कि हमें कोड़ों से पीटते? जब तक तुम गुलाम बने रहोगे, उनकी सेवा-टहल करते रहोगे, तुम्हें भूसा-चोकर मिलता रहेगा, लेकिन जिस दिन तुमने कंधा टेढ़ा किया, उसी दिन मार पड़ने लगेगी। कब तक इस तरह मार खाते रहोगे ? कब तक मुर्दों की तरह पड़े गिद्धों से अपने आपको नोचवाते रहोगे ? अब दिखा दो कि तुम भी जीते-जागते हो और तुम्हें भी अपनी इज़्ज़त-आबरू का कुछ ख़याल है। जब इज़्ज़त ही न रही तो क्या करोगे खेती-बारी करके, धर्म कमा कर ? जी कर ही क्या करोगे ? क्या इसीलिए जी रहे हो कि तुम्हारे बाल-बच्चे इसी तरह लातें खाते जाएँ, इसी तरह कुचले जाएँ ? छोड़ो यह कायरता ! आखिर एक दिन खाट पर पड़े-पड़े मर जाओगे। क्यों नहीं इस धरम की लड़ाई में आ कर वीरों की तरह मरते ! मैं तो बूढ़ी औरत हूँ, लेकिन और कुछ न कर सकूँगी, तो जहाँ ये लोग सोएँगे वहाँ झाड़ू तो लगा दूँगी, इन्हें पंखा तो झलूँगी।

कोदई का बड़ा लड़का मैकू बोला—हमारे जीते-जी तुम जाओगी काकी, हमारे जीवन को धिक्कार है ! अभी तो हम तुम्हारे बालक जीते ही हैं। मैं चलता हूँ उधर ! खेती-बारी गंगा देखेगा।

गंगा उसका छोटा भाई था। बोला—भैया, तुम यह अन्याय करते हो। मेरे रहते तुम नहीं जा सकते। तुम रहोगे, तो गिरस्ती सँभालोगे। मुझसे तो कुछ न होगा। मुझे जाने दो।

मैकू—इसे काकी पर छोड़ दो। इस तरह हमारी-तुम्हारी लड़ाई होगी। जिसे काकी का हुक्म हो वह जाए।

नोहरी ने गर्व से मुस्करा कर कहा—जो मुझे घूस देगा, उसी को जिताऊँगी।

मैकू—क्या तुम्हारी कचहरी में भी वही घूस चलेगी, काकी ? हमने तो समझा था, यहाँ ईमान का फैसला होगा !

नोहरी—चलो रहने दो। मरती दाईं राज मिला है, तो कुछ तो कमा लूँ।

गंगा हँसता हुआ बोला—मैं तुम्हें घूस दूँगा, काकी। अबकी बाज़ार जाऊँगा, तो तुम्हारे लिए पूर्वी तमाखू का पत्ता लाऊँगा।

नोहरी—तो बस तेरी ही जीत है, तू ही जाना।

मैकू—काकी, तुम न्याय नहीं कर रही हो।

नोहरी—अदालत का फैसला कभी दोनों फरीक ने पसन्द किया है कि तुम्हीं करोगे ?

गंगा ने नोहरी के चरण छुए, फिर भाई से गले मिला और बोला—कल दादा को कहला भेजना कि मैं जाता हूँ।

एक आदमी ने कहा—मेरा भी नाम लिख लो भाई—सेवाराम।

सबने जय-घोष किया। सेवाराम आ कर नायक के पास खड़ा हो गया।

दूसरी आवाज़ आई—मेरा नाम लिख लो—भजनसिंह।

सबने जय-घोष किया। भजनसिंह जा कर नायक के पास खड़ा हो गया।

भजनसिंह दस-पाँच गाँवों में पहलवानी के लिए मशहूर था। यह अपनी चौड़ी छाती ताने, सिर उठाये नायक के पास खड़ा हुआ, तो जैसे मंडप के नीचे एक नये जीवन का उदय हो गया।

तुरन्त ही तीसरी आवाज़ आई—मेरा नाम लिखो—घूरे।

यह गाँव का चौकीदार था। लोगों ने सिर उठा-उठाकर उसे देखा। सहसा किसी को विश्वास न आता था कि घूरे अपना नाम लिखाएगा।

भजनसिंह ने हँसते हुए पूछा—तुम्हें क्या हुआ है, घूरे ?

घूरे ने कहा—मुझे वही हुआ है, जो तुम्हें हुआ है। बीस साल तक गुलामी करते-करते थक गया।

फिर आवाज़ आई—मेरा नाम लिखो—काले खाँ।

वह ज़मींदार का सहना था, बड़ा ही ज़ाबिर और दबंग। फिर लोगों को आश्चर्य हुआ।

मैकू बोला—मालूम होता है, हमको लूट-लूटकर घर भर लिया है, क्यों?

काले खाँ गम्भीर स्वर में बोला—क्या जो आदमी भटकता रहे, उसे कभी सीधे रास्ते पर न आने दोगे, भाई। अब तक जिसका नमक खाता था, उसका हुक्म बजाता था। तुमको लूट-लूटकर उसका घर भरता था। अब मालूम हुआ कि मैं बड़े भारी मुगालते में पड़ा हुआ था। तुम सब भाइयों को मैंने बहुत सताया है। अब मुझे माफी दो।

पाँचों रँगरूट एक-दूसरे से लिपटते थे, उछलते थे, चीखते थे, मानो उन्होंने सचमुच स्वराज्य पा लिया हो, और वास्तव में उन्हें स्वराज्य मिल गया था। स्वराज्य चित्त की वृत्तिमात्र है। ज्यों ही पराधीनता का आतंक दिल से निकल गया, आपको स्वराज्य मिल गया। भय ही पराधीनता है, निर्भयता ही स्वराज्य है। व्यवस्था और संगठन तो गौण है।

नायक ने उन सेवकों को सम्बोधित करके कहा—मित्रो ! आप आज आज़ादी के सिपाहियों में आ मिले, इस पर मैं आपको बधाई देता हूँ। आपको मालूम है, हम किस तरह लड़ाई करने जा रहे हैं ? आपके ऊपर तरह-तरह की सख्तियाँ की जाएँगी, मगर याद रखिए, जिस तरह आज आपने मोह और लोभ का त्याग कर दिया है, उसी तरह हिंसा और क्रोध का भी त्याग कर दीजिए। हम धर्म संग्राम में जा रहे हैं। हमें धर्म के रास्ते पर जमा रहना होगा। आप इसके लिए तैयार हैं ?

पाँचों ने एक स्वर में कहा—तैयार हैं !

नायक ने आशीर्वाद दिया—ईश्वर आपकी मदद करे।

उस सुहावने-सुनहले प्रभात में जैसे उमंग घुली हुई थी। समीर के हलके-हलके झोंकों में, प्रकाश की हलकी-हलकी किरणों में उमंग सनी हुई थी। लोग जैसे दीवाने हो गए थे मानो आज़ादी की देवी उन्हें अपनी ओर बुला रही हो। वही खेत-खलिहान हैं, वही बाग-बगीचे हैं, वही स्त्री-पुरुष हैं पर आज के प्रभात में जो आशीर्वाद है, जो वरदान है, जो विभूति है, वह और कभी न थी। वही खेत-खलिहान, बाग-बगीचे, स्त्री-पुरुष आज एक नयी विभूति में रँग गए हैं।

सूर्य निकलने के पहले ही कई हज़ार आदमियों का जमाव हो गया था। जब सत्याग्रहियों का दल निकला तो लोगों की मस्तानी आवाज़ों से आकाश गूँज उठा। नये सैनिकों की विदाई, उनकी रमणियों का कातर धैर्य, माता-पिता का आर्द्र गर्व सैनिकों के परित्याग का दृश्य लोगों को मस्त किए देता था।

सहसा नोहरी लाठी टेकती हुई आ कर खड़ी हो गई।

मैकू ने कहा—काकी, हमें आशीर्वाद दो।

नोहरी—मैं तुम्हारे साथ चलती हूँ, बेटा ! कितना आशीर्वाद लोगे ?

कई आदमियों ने एक स्वर से कहा—काकी, तुम चली जाओगी, तो यहाँ कौन रहेगा ?

नोहरी ने शुभ-कामना से भरे हुए स्वर में कहा—भैया, जाने के तो अब दिन ही हैं, आज न जाऊँगी, दो-चार महीने बाद जाऊँगी। अभी जाऊँगी, तो जीवन सफल हो जाएगा। दो-चार महीने में खाट पर पड़े-पड़े जाऊँगी, तो मन की आस मन में ही रह जाएगी। इतने बालक हैं, इनकी सेवा से मेरी मुकुत बन जाएगी। भगवान् करे, तुम लोगों के सुदिन आएँ और मैं अपनी ज़िंदगी में तुम्हारा सुख देख लूँ।

यह कहते हुए नोहरी ने सबको आशीर्वाद दिया और नायक के पास जा कर खड़ी हो गई।

लोग खड़े देख रहे थे और जत्था गाता हुआ जाता था।

एक दिन वह था कि हम सारे जहाँ में फ़र्द थे,
एक दिन यह है कि हम-सा बेहया कोई नहीं।

नोहरी के पाँव ज़मीन पर न पड़ते थे, मानो विमान पर बैठी हुई स्वर्ग जा रही हो।

सद्गति

दुखी चमार द्वार पर झाड़ू लगा रहा था और उसकी पत्नी झुरिया, घर को गोबर से लीप रही थी। दोनों अपने-अपने काम से फुर्सत पा चुके थे, तो चमारिन ने कहा—तो जाके पंडित बाबा से कह आओ न। ऐसा न हो कहीं चले जायँ।

दुखी—हाँ जाता हूँ, लेकिन यह तो सोच, बैठेंगे किस चीज पर?

झुरिया—कहीं से खटिया न मिल जायेगी? ठकुराने से माँग लाना।

दुखी—तू तो कभी-कभी ऐसी बात कह देती है कि देह जल जाती है। ठकुरानेवाले मुझे खटिया देंगे ! आग तक तो घर से निकलती नहीं, खटिया देंगे! कैथाने में जाकर एक लोटा पानी माँगूँ तो न मिले। भला खटिया कौन देगा! हमारे उपले, सेंठे, भूसा, लकड़ी थोड़े ही हैं कि जो चाहे उठा ले जायँ। ले अपनी खटोली धोकर रख दे। गरमी के तो दिन हैं। उनके आते-आते सूख जायेगी।

झुरिया—वह हमारी खटोली पर बैठेंगे नहीं। देखते नहीं कितने नेम-धरम से रहते हैं।

दुखी ने जरा चिंतित होकर कहा—हाँ, यह बात तो है। महुए के पत्ते तोड़कर एक पत्तल बना लूँ तो ठीक हो जाय। पत्तल में बड़े-बड़े आदमी खाते हैं। वह पवित्तर है। ला तो डंडा, पत्ते तोड़ लूँ।

झुरिया—पत्तल मैं बना लूँगी, तुम जाओ। लेकिन हाँ, उन्हें सीधा भी तो देना होगा। अपनी थाली में रख दूँ ?

दुखी—कहीं ऐसा गजब न करना, नहीं तो सीधा भी जाय और थाली भी फूटे! बाबा थाली उठाकर पटक देंगे। उनको बड़ी जल्दी किरोध चढ़ आता है। किरोध में पंडिताइन तक को छोड़ते नहीं, लड़के को ऐसा पीटा कि आज तक टूटा हाथ लिये फिरता है। पत्तल में सीधा भी देना, हाँ। मुदा तू छूना मत। झूरी गोंड़ की लड़की

को लेकर साह की दूकान से सब चीजें ले आना। सीधा भरपूर हो। सेर भर आटा, आध सेर चावल, पाव भर दाल, आध पाव घी, नोन, हल्दी और पत्तल में एक किनारे चार आने पैसे रख देना। गोंड़ की लड़की न मिले तो भुर्जिन के हाथ-पैर जोड़कर ले जाना। तू कुछ मत छूना, नहीं गजब हो जायेगा।

इन बातों की ताकीद करके दुखी ने लकड़ी उठाई और घास का एक बड़ा-सा गट्ठा लेकर पंडितजी से अर्ज करने चला। खाली हाथ बाबाजी की सेवा में कैसे जाता। नजराने के लिए उसके पास घास के सिवाय और क्या था। उसे खाली देखकर तो बाबा दूर ही से दुत्कारते।

पं. घासीराम ईश्वर के परम भक्त थे। नींद खुलते ही ईशोपासन में लग जाते। मुँह-हाथ धोते आठ बजते, तब असली पूजा शुरू होती, जिसका पहला भाग भंग की तैयारी थी। उसके बाद आध घण्टे तक चन्दन रगड़ते, फिर आईने के सामने एक तिनके से माथे पर तिलक लगाते। चन्दन की दो रेखाओं के बीच में लाल रोरी की बिन्दी होती थी। फिर छाती पर, बाहों पर चन्दन की गोल-गोल मुद्रिकाएँ बनाते। फिर ठाकुरजी की मूर्ति निकालकर उसे नहलाते, चन्दन लगाते, फूल चढ़ाते, आरती करते, घंटी बजाते। दस बजते-बजते वह पूजन से उठते और भंग छानकर बाहर आते। तब तक दो-चार जजमान द्वार पर आ जाते ! ईशोपासन का तत्काल फल मिल जाता। वही उनकी खेती थी।

आज वह पूजन-गृह से निकले, तो देखा दुखी चमार घास का एक गट्ठा लिये बैठा है। दुखी उन्हें देखते ही उठ खड़ा हुआ और उन्हें साष्टांग दंडवत् करके हाथ बाँधकर खड़ा हो गया। यह तेजस्वी मूर्ति देखकर उसका हृदय श्रद्धा से परिपूर्ण हो गया ! कितनी दिव्य मूर्ति थी। छोटा-सा गोल-मटोल आदमी, चिकना सिर, फूले गाल, ब्रह्मतेज से प्रदीप्त आँखें। रोरी और चंदन देवताओं की प्रतिभा प्रदान कर रही थी। दुखी को देखकर श्रीमुख से बोले—आज कैसे चला रे दुखिया ?

दुखी ने सिर झुकाकर कहा—बिटिया की सगाई कर रहा हूँ महाराज। कुछ साइत-सगुन विचारना है। कब मर्जी होगी ?

घासी—आज मुझे छुट्टी नहीं। हाँ साँझ तक आ जाऊँगा।

दुखी—नहीं महराज, जल्दी मर्जी हो जाय। सब सामान ठीक कर आया हूँ। यह घास कहाँ रख दूँ ?

घासी—इसे गाय के सामने डाल दे और जरा झाड़ू लेकर द्वार तो साफ कर दे। यह बैठक भी कई दिन से लीपी नहीं गई। उसे भी गोबर से लीप दे। तब तक मैं भोजन कर लूँ। फिर जरा आराम करके चलूँगा। हाँ, यह लकड़ी भी चीर देना।

खलिहान में चार खाँची भूसा पड़ा है। उसे भी उठा लाना और भुसौली में रख देना।

दुखी फौरन हुक्म की तामील करने लगा। द्वार पर झाड़ू लगाई, बैठक को गोबर से लीपा। तब बारह बज गये। पंडितजी भोजन करने चले गये। दुखी ने सुबह से कुछ नहीं खाया था। उसे भी जोर की भूख लगी; पर वहाँ खाने को क्या धरा था? घर यहाँ से मील भर था। वहाँ खाने चला जाय, तो पंडितजी बिगड़ जायँ। बेचारे ने भूख दबाई और लकड़ी फाड़ने लगा। लकड़ी की मोटी-सी गाँठ थी; जिस पर पहले कितने ही भक्तों ने अपना जोर आजमा लिया था। वह उसी दम-खम के साथ लोहे से लोहा लेने के लिए तैयार थी। दुखी घास छीलकर बाजार ले जाता था। लकड़ी चीरने का उसे अभ्यास न था। घास उसके खुरपे के सामने सिर झुका देती थी। यहाँ कस-कसकर कुल्हाड़ी का भरपूर हाथ लगाता; पर उस गाँठ पर निशान तक न पड़ता था। कुल्हाड़ी उचट जाती। पसीने में तर था, हाँफता था, थककर बैठ जाता था, फिर उठता था। हाथ उठाये न उठते थे, पाँव काँप रहे थे, कमर न सीधी होती थी, आँखों तले अँधेरा हो रहा था, सिर में चक्कर आ रहे थे, तितलियाँ उड़ रही थीं, फिर भी अपना काम किये जाता था। अगर एक चिलम तम्बाकू पीने को मिल जाती, तो शायद कुछ ताकत आती। उसने सोचा, यहाँ चिलम और तम्बाकू कहाँ मिलेगी। ब्राह्मनों का पूरा है। ब्राह्मन लोग हम नीच जातों की तरह तम्बाकू थोड़े ही पीते हैं। सहसा उसे याद आया कि गाँव में एक गोंड़ भी रहता है। उसके यहाँ जरूर चिलम-तमाखू होगी। तुरत उसके घर दौड़ा। खैर मेहनत सुफल हुई। उसने तमाखू भी दी और चिलम भी दी; पर आग वहाँ न थी। दुखी ने कहा—आग की चिन्ता न करो भाई। मैं जाता हूँ, पंडितजी के घर से आग माँग लूँगा। वहाँ तो अभी रसोई बन रही थी।

यह कहता हुआ वह दोनों चीज़ें लेकर चला आया और पंडितजी के घर में बरौठे के द्वार पर खड़ा होकर बोला—मालिक, रचिके आग मिल जाय, तो चिलम पी लें।

पंडितजी भोजन कर रहे थे। पंडिताइन ने पूछा—यह कौन आदमी आग माँग रहा है ?

पंडित—अरे वही ससुरा दुखिया चमार है। कहा है थोड़ी-सी लकड़ी चीर दे। आग तो है, दे दो।

पंडिताइन ने भँवें चढ़ाकर कहा—तुम्हें तो जैसे पोथी-पत्रे के फेर में धरम-करम किसी बात की सुधि ही नहीं रही। चमार हो, धोबी हो, पासी हो, मुँह उठाये घर में चला आये। हिन्दू का घर न हुआ, कोई सराय हुई। कह दो दाढ़ीजार से चला जाय, नहीं तो इस लुआठे से मुँह झुलस दूँगी। आग माँगने चले हैं।

पंडितजी ने उन्हें समझाकर कहा—भीतर आ गया, तो क्या हुआ? तुम्हारी कोई चीज तो नहीं छुई। धरती पवित्र है। जरा-सी आग दे क्यों नहीं देती, काम तो हमारा ही कर रहा है। कोई लोनिया यही लकड़ी फाड़ता, तो कम-से-कम चार आने लेता।

पंडिताइन ने गरजकर कहा—वह घर में आया क्यों !

पंडित ने हारकर कहा—ससुरे का अभाग था और क्या !

पंडिताइन—अच्छा, इस बखत तो आग दिये देती हूँ, लेकिन फिर जो इस तरह घर में आयेगा, तो उसका मुँह ही जला दूँगी।

दुखी के कानों में इन बातों की भनक पड़ रही थी। पछता रहा था, नाहक आया। सच तो कहती हैं। पंडित के घर में चमार कैसे चला आये? बड़े पवित्तर होते हैं यह लोग, तभी तो संसार पूजता है, तभी तो इतना मान है। भर-चमार थोड़े ही हैं। इसी गाँव में बूढ़ा हो गया; मगर मुझे इतनी अकल भी न आई।

इसलिए जब पंडिताइन आग लेकर निकलीं, तो वह मानो स्वर्ग का वरदान पा गया। दोनों हाथ जोड़कर जमीन पर माथा टेकता हुआ बोला—पड़ाइन माता, मुझसे बड़ी भूल हुई कि घर में चला आया। चमार की अकल ही तो ठहरी। इतने मूरख न होते, तो लात क्यों खाते? पंडिताइन चिमटे से पकड़कर आग लाई थीं। पाँच हाथ की दूरी से घूँघट की आड़ से दुखी की तरफ आग फेंकी। आग की बड़ी-सी चिनगारी दुखी के सिर पर पड़ गयी। जल्दी से पीछे हटकर सिर के झोटे देने लगा। उसने मन में कहा—यह एक पवित्तर ब्राह्मन के घर को अपवित्तर करने का फल है। भगवान ने कितनी जल्दी फल दे दिया। इसी से तो संसार पंडितों से डरता है। और सबके रुपये मारे जाते हैं ब्राह्मन के रुपये भला कोई मार तो ले ! घर भर का सत्यानाश हो जाय, पाँव गल-गलकर गिरने लगे।

बाहर आकर उसने चिलम पी और फिर कुल्हाड़ी लेकर जुट गया। खट-खट की आवाजें आने लगीं।

उस पर आग पड़ गई, तो पंडिताइन को उस पर कुछ दया आ गई। पंडितजी भोजन करके उठे, तो बोलीं—इस चमरवा को भी कुछ खाने को दे दो, बेचारा कब से काम कर रहा है। भूखा होगा।

पंडितजी ने इस प्रस्ताव को व्यावहारिक क्षेत्र से दूर समझकर पूछा—रोटियाँ हैं?

पंडिताइन—दो-चार बच जाएँगी।

पंडित—दो-चार रोटियों में क्या होगा ? चमार है, कम-से-कम सेर भर चढ़ा जायेगा।

पंडिताइन कानों पर हाथ रखकर बोलीं—अरे बाप रे ! सेर भर ! तो फिर रहने दो।

पंडितजी ने अब शेर बनकर कहा—कुछ भूसी-चोकर हो तो आटे में मिलाकर दो ठो लिट्टी ठोंक दो। साले का पेट भर जायेगा। पतली रोटियों से इन नीचों का पेट नहीं भरता। इन्हें तो जुआर का लिट्टा चाहिए।

पंडिताइन ने कहा—अब जाने भी दो, धूप में कौन मरे।

दुखी ने चिलम पीकर फिर कुल्हाड़ी सँभाली। दम लेने से जरा हाथों में ताकत आ गई थी। कोई आध घण्टे तक फिर कुल्हाड़ी चलाता रहा। फिर बेदम होकर वहीं सिर पकड़ के बैठ गया।

इतने में वही गोंड़ आ गया। बोला—क्यों जान देते हो बूढ़े दादा, तुम्हारे फाड़े यह गाँठ न फटेगी। नाहक हलकान होते हो।

दुखी ने माथे का पसीना पोंछकर कहा—अभी गाड़ी भर भूसा ढोना है भाई!

गोंड़—कुछ खाने को मिला कि काम ही कराना जानते हैं। जाके माँगते क्यों नहीं ?

दुखी—कैसी बात करते हो चिखुरी, ब्राह्मन की रोटी हमको पचेगी !

गोंड़—पचने को पच जायेगी, पहले मिले तो। मूँछों पर ताव देकर भोजन किया और आराम से सोये, तुम्हें लकड़ी फाड़ने का हुक्म लगा दिया। जमींदार भी कुछ खाने को देता है। हाकिम भी बेगार लेता है, तो थोड़ी बहुत मजूरी देता है। यह उनसे भी बढ़ गये, उस पर धर्मात्मा बनते हैं।

दुखी—धीरे-धीरे बोलो भाई, कहीं सुन लें तो आफत आ जाय।

यह कहकर दुखी फिर सँभल पड़ा और कुल्हाड़ी की चोट मारने लगा। चिखुरी को उस पर दया आई। आकर कुल्हाड़ी उसके हाथ से छीन ली और कोई आध घंटे खूब कस-कसकर कुल्हाड़ी चलाई; पर गाँठ में एक दरार भी न पड़ी। तब उसने कुल्हाड़ी फेंक दी और यह कहकर चला गया—तुम्हारे फाड़े यह न फटेगी, जान भले निकल जाय।

दुखी सोचने लगा, बाबा ने यह गाँठ कहाँ रख छोड़ी थी कि फाड़े नहीं फटती। कहीं दरार तक तो नहीं पड़ती। मैं कब तक इसे चीरता रहूँगा। अभी घर पर सौ काम पड़े हैं। कार-परोजन का घर है, एक-न-एक चीज घटी ही रहती है; पर इन्हें इसकी क्या चिंता? चलूँ जब तक भूसा ही उठा लाऊँ। कह दूँगा, बाबा, आज तो लकड़ी नहीं फटी, कल आकर फाड़ दूँगा।

उसने झौवा उठाया और भूसा ढोने लगा। खलिहान यहाँ से दो फरलांग से कम न था। अगर झौवा खूब भर-भर कर लाता तो काम जल्द खत्म हो जाता; फिर झौवे को उठाता कौन? अकेले भरा हुआ झौवा उससे न उठ सकता था। इसलिए थोड़ा-थोड़ा लाता था। चार बजे कहीं भूसा खत्म हुआ। पंडितजी की नींद भी खुली। मुँह-हाथ धोया, पान खाया और बाहर निकले। देखा, तो दुखी झौवा सिर पर रखे सो रहा है। जोर से बोले—अरे, दुखिया तू सो रहा है ? लकड़ी तो अभी ज्यों की त्यों पड़ी हुई है। इतनी देर तू करता क्या रहा ? मुट्ठी भर भूसा ढोने में सांझ कर दी ! उस पर सो रहा है। उठा ले कुल्हाड़ी और लकड़ी फाड़ डाल। तुझसे जरा-सी लकड़ी नहीं फटती। फिर साइत भी वैसी ही निकलेगी, मुझे दोष मत देना ! इसी

से कहा है कि नीच के घर में खाने को हुआ और उसकी आँख बदली।

दुखी ने फिर कुल्हाड़ी उठाई। जो बातें पहले से सोच रखी थीं, वह सब भूल गईं। पेट पीठ में धँसा जाता था, आज सबेरे जलपान तक न किया था। अवकाश ही न मिला। उठना ही पहाड़ मालूम होता था। जी डूबा जाता था, पर दिल को समझाकर उठा। पंडित हैं, कहीं साइत ठीक न विचारें, तो फिर सत्यानाश ही हो जाय। जभी तो संसार में इतना मान है। साइत ही का तो सब खेल है। जिसे चाहे बिगाड़ दें। पंडितजी गाँठ के पास आकर खड़े हो गये और बढ़ावा देने लगे—हाँ, मार कसके, और मार—कसके मार—अबे जोर से मार—तेरे हाथ में तो जैसे दम ही नहीं है—लगा कसके, खड़ा सोचने क्या लगता है—हाँ—बस फटा ही चाहती है ! दे उसी दरार में !

दुखी अपने होश में न था। न-जाने कौन-सी गुप्तशक्ति उसके हाथों को चला रही थी। वह थकान, भूख, कमजोरी सब मानो भाग गई। उसे अपने बाहुबल पर स्वयं आश्चर्य हो रहा था। एक-एक चोट वज्र की तरह पड़ती थी। आध घण्टे तक वह इसी उन्माद की दशा में हाथ चलाता रहा, यहाँ तक कि लकड़ी बीच से फट गई—और दुखी के हाथ से कुल्हाड़ी छूटकर गिर पड़ी। इसके साथ वह भी चक्कर खाकर गिर पड़ा। भूखा, प्यासा, थका हुआ शरीर जवाब दे गया।

पंडितजी ने पुकारा—उठके दो-चार हाथ और लगा दे। पतली-पतली चैलियाँ हो जायँ। दुखी न उठा। पंडितजी ने अब उसे दिक करना उचित न समझा। भीतर जाकर बूटी छानी, शौच गये, स्नान किया और पंडिताई बाना पहनकर बाहर निकले! दुखी अभी तक वहीं पड़ा हुआ था। जोर से पुकारा—अरे क्या पड़े ही रहोगे दुखी, चलो तुम्हारे ही घर चल रहा हूँ। सब सामान ठीक-ठीक है न ? दुखी फिर भी न उठा।

अब पंडितजी को कुछ शंका हुई। पास जाकर देखा, तो दुखी अकड़ा पड़ा हुआ था। बदहवास होकर भागे और पंडिताइन से बोले—दुखिया तो जैसे मर गया।

पंडिताइन हकबकाकर बोलीं—वह तो अभी लकड़ी चीर रहा था न ?

पंडित—हाँ लकड़ी चीरते-चीरते मर गया। अब क्या होगा ?

पंडिताइन ने शान्त होकर कहा—होगा क्या, चमरौने में कहला भेजो मुर्दा उठा ले जायँ।

एक क्षण में गाँव भर में खबर हो गई। पूरे में ब्राह्मनों की ही बस्ती थी। केवल एक घर गोंड़ का था। लोगों ने इधर का रास्ता छोड़ दिया। कुएँ का रास्ता उधर ही से था, पानी कैसे भरा जाय ! चमार की लाश के पास से होकर पानी भरने कौन जाय। एक बुढ़िया ने पण्डितजी से कहा—अब मुर्दा फेंकवाते क्यों नहीं? कोई गाँव में पानी पीयेगा या नहीं।

इधर गोंड़ ने चमरौने में जाकर सबसे कह दिया—खबरदार, मुर्दा उठाने मत जाना। अभी पुलिस की तहकीकात होगी। दिल्लगी है कि एक गरीब की जान ले

ली। पंडितजी होंगे, तो अपने घर के होंगे। लाश उठाओगे तो तुम भी पकड़े जाओगे।

इसके बाद ही पंडितजी पहुँचे; पर चमरौने का कोई आदमी लाश उठा लाने को तैयार न हुआ, हाँ दुखी की स्त्री और कन्या दोनों हाय-हाय करती वहाँ चलीं और पंडितजी के द्वार पर आकर सिर पीट-पीटकर रोने लगीं। उनके साथ दस-पाँच और चमारिनें थीं। कोई रोती थी, कोई समझाती थी, पर चमार एक भी न था। पण्डितजी ने चमारों को बहुत धमकाया, समझाया, मिन्नत की; पर चमारों के दिल पर पुलिस का रोब छाया हुआ था, एक भी न मिनका। आखिर निराश होकर लौट आये।

आधी रात तक रोना-पीटना जारी रहा। देवताओं का सोना मुश्किल हो गया। पर लाश उठाने कोई चमार न आया और ब्राह्मन चमार की लाश कैसे उठाते ! भला ऐसा किसी शास्त्र-पुराण में लिखा है ? कहीं कोई दिखा दे।

पंडिताइन ने झुँझलाकर कहा—इन डाइनों ने तो खोपड़ी चाट डाली। सभों का गला भी नहीं पकता।

पंडित ने कहा—रोने दो चुड़ैलों को, कब तक रोयेंगी। जीता था, तो कोई बात न पूछता था। मर गया, तो कोलाहल मचाने के लिए सब-की-सब आ पहुँचीं।

पंडिताइन—चमार का रोना मनहूस है।

पंडित—हाँ, बहुत मनहूस।

पंडिताइन—अभी से दुर्गन्ध उठने लगी।

पंडित—चमार था ससुरा कि नहीं। साध-असाध किसी का विचार है इन सबों को।

पंडिताइन—इन सबों को घिन भी नहीं लगती।

पंडित—भ्रष्ट हैं सब।

रात तो किसी तरह कटी; मगर सबेरे भी कोई चमार न आया। चमारिनें भी रो-पीटकर चली गईं। दुर्गन्ध कुछ-कुछ फैलने लगी।

पंडितजी ने एक रस्सी निकाली। उसका फन्दा बनाकर मुरदे के पैर में डाला और फन्दे को खींचकर कस दिया। अभी कुछ-कुछ धुँधलका था। पंडितजी ने रस्सी पकड़कर लाश को घसीटना शुरू किया और गाँव के बाहर घसीट ले गये। वहाँ से आकर तुरन्त स्नान किया, दुर्गापाठ पढ़ा और घर में गंगाजल छिड़का।

उधर दुखी की लाश को खेत में गीदड़ और गिद्ध, कुत्ते और कौए नोच रहे थे। यही जीवन-पर्यन्त की भक्ति, सेवा और निष्ठा का पुरस्कार था।

नमक का दारोगा

जब नमक का नया विभाग बना और ईश्वरप्रदत्त वस्तु के व्यवहार करने का निषेध हो गया तो लोग चोरी-छिपे इसका व्यवहार करने लगे। अनेक प्रकार के छल-प्रपंचों का सूत्रपात हुआ कोई घूस से काम निकालता था, कोई चालाकी से। अधिकारियों के पौ-बारह थे। पटवारीगिरी का सर्वसम्मानित पद छोड़-छोड़ कर लोग इस विभाग की बरकंदाज़ी करते थे। इसके दारोगा पद के लिए तो वकीलों का भी जी ललचाता था। यह वह समय था जब अँगरेज़ी शिक्षा और ईसाई मत को लोग एक ही वस्तु समझते थे। फ़ारसी का प्राबल्य था। प्रेम की कथाएँ और शृंगार रस के काव्य पढ़ कर फारसी दां लोग सर्वोच्च पदों पर नियुक्त हो जाया करते थे। मुंशी वंशीधर भी जुलेखा की विरहकथा समाप्त करके मजनूँ और फरहाद के प्रेम-वृत्तांत को नल और नील की लड़ाई और अमेरिका के आविष्कार से अधिक महत्त्व की बातें समझते हुए रोज़गार की खोज में निकले। उनके पिता एक अनुभवी पुरुष थे। समझाने लगे—बेटा ! घर की दुर्दशा देख रहे हो। ऋण के बोझ से दबे हुए हैं। लड़कियाँ हैं, वह घास-फूस की तरह बढ़ती चली जाती हैं। मैं कगारे पर का वृक्ष हो रहा हूँ, न मालूम कब गिर पड़ूँ ! अब तुम्हीं घर के मालिक-मुख्तार हो। नौकरी में ओहदे की ओर ध्यान मत देना, यह तो पीर का मज़ार है। निगाह चढ़ावे और चादर पर रखनी चाहिए। ऐसा काम ढूँढ़ना जहाँ कुछ ऊपरी आय हो। मासिक वेतन तो पूर्णमासी का चाँद है, जो एक दिन दिखायी देता है और घटते-घटते लुप्त हो जाता है। ऊपरी आय बहता हुआ स्रोत है जिससे सदैव प्यास बुझती है। वेतन मनुष्य देता है, इसी से उसमें वृद्धि नहीं होती। ऊपरी आमदनी ईश्वर देता है, इसी से उसकी बरकत होती है, तुम स्वयं विद्वान् हो, तुम्हें क्या समझाऊँ? इस विषय में विवेक की बड़ी आवश्यकता है। मनुष्य को देखो, उसकी आवश्यकता को देखो और अवसर देखो, उसके उपरांत

जो उचित समझो, करो। गरज़ वाले आदमी के साथ कठोरता करने में लाभ ही लाभ है लेकिन बेगरज़ को दाँव पर पाना ज़रा कठिन है। इन बातों को निगाह में बाँध लो। यह मेरी जन्म भर की कमाई है।

इस उपदेश के बाद पिता जी ने आशीर्वाद दिया। वंशीधर आज्ञाकारी पुत्र थे। ये बातें ध्यान से सुनीं और तब घर से चल खड़े हुए। इस विस्तृत संसार में उनके लिए धैर्य अपना मित्र, बुद्धि अपनी पथप्रदर्शक और आत्मावलम्बन ही अपना सहायक था। लेकिन अच्छे शकुन से चले थे, जाते ही जाते नमक विभाग के दारोगा पद पर प्रतिष्ठित हो गए। वेतन अच्छा और ऊपरी आय का तो ठिकाना ही न था। वृद्ध मुंशी जी को सुख-संवाद मिला तो फूले न समाये। महाजन कुछ नरम पड़े, कलवार की आशा लता लहलहाई। पड़ोसियों के हृदय में शूल उठने लगे।

जाड़े के दिन थे और रात का समय। नमक के सिपाही, चौकीदार नशे में मस्त थे। मुंशी वंशीधर को यहाँ आए अभी छह महीनों से अधिक न हुए थे, लेकिन इस थोड़े समय में ही उन्होंने अपनी कार्यकुशलता और उत्तम आचार से अफसरों को मोहित कर लिया था। अफसर लोग उन पर बहुत विश्वास करने लगे। नमक के दफ्तर से एक मील पूर्व की ओर जमुना बहती थी, उस पर नावों का एक पुल बना हुआ था। दारोगा जी किवाड़ बंद किये मीठी नींद से सो रहे थे। अचानक आँख खुली तो नदी के प्रवाह की जगह गाड़ियों की गड़गड़ाहट तथा मल्लाहों का कोलाहल सुनायी दिया। उठ बैठे। इतनी रात गए गाड़ियाँ क्यों नदी के पार जाती हैं ? अवश्य कुछ न कुछ गोलमाल है। तर्क ने भ्रम को पुष्ट किया। वरदी पहनी, तमंचा जेब में रखा और बात की बात में घोड़ा बढ़ाये हुए पुल पर आ पहुँचे। गाड़ियों की एक लम्बी कतार पुल के पार जाती देखी। डाँट कर पूछा—किसकी गाड़ियाँ हैं।

थोड़ी देर तक सन्नाटा रहा। आदमियों में कुछ कानाफूसी हुई तब आगे वाले ने कहा—पंडित अलोपीदीन की।

'कौन पंडित अलोपीदीन !'

'दातागंज के।'

मुंशी वंशीधर चौंके। पंडित अलोपीदीन इस इलाके के सबसे प्रतिष्ठित ज़मींदार थे। लाखों रुपये का लेन-देन करते थे, इधर छोटे से बड़े कौन ऐसे थे जो उनके ऋणी न हों? व्यापार भी बड़ा लम्बा-चौड़ा था। बड़े चलते-पुरज़े आदमी थे। अँगरेज़ अफसर उनके इलाके में शिकार खेलने आते और उनके मेहमान होते। बारहों मास सदाव्रत चलता था।

मुंशीजी ने पूछा—गाड़ियाँ कहाँ जाएँगी ? उत्तर मिला—कानपुर। लेकिन इस

प्रश्न पर कि इनमें क्या है, सन्नाटा छा गया। दारोगा साहब का संदेह और भी बढ़ा। कुछ देर तक उत्तर की बाट देख कर वह ज़ोर से बोले—क्या गूँगे हो गए हो ? हम पूछते हैं, इनमें क्या लदा है ?

जब इस बार भी कोई उत्तर न मिला तो उन्होंने घोड़े को एक गाड़ी से मिला कर बोरे को टटोला। भ्रम दूर हो गया। यह नमक के ढेले थे।

पंडित अलोपीदीन अपने सजीले रथ पर सवार, कुछ सोते कुछ जागते चले आते थे। अचानक कई गाड़ीवानों ने घबराये हुए आ कर जगाया और बोले—महाराज ! दारोगा ने गाड़ियाँ रोक दी हैं और घाट पर खड़े आपको बुलाते हैं।

पंडित अलोपीदीन का लक्ष्मी जी पर अखंड विश्वास था। वह कहा करते थे कि संसार का तो कहना ही क्या, स्वर्ग में भी लक्ष्मी का ही राज्य है। उनका यह कहना यथार्थ ही था। न्याय और नीति सब लक्ष्मी के ही खिलौने हैं, इन्हें वह जैसे चाहती हैं नचाती हैं। लेटे ही लेटे गर्व से बोले—चलो हम आते हैं। यह कह कर पंडित जी ने बड़ी निश्चिंतता से पान के बीड़े लगा कर खाये। फिर लिहाफ ओढ़े हुए दारोगा के पास आ कर बोले—बाबू जी आशीर्वाद ! कहिए, हमसे ऐसा कौन-सा अपराध हुआ कि गाड़ियाँ रोक दी गईं? हम ब्राह्मणों पर तो आपकी कृपा-दृष्टि रहनी चाहिए।

वंशीधर रुखाई से बोले—सरकारी हुक्म !

पंडित अलोपीदीन ने हँस कर कहा—हम सरकारी हुक्म को नहीं जानते और न सरकार को। हमारे सरकार तो आप ही हैं। हमारा और आपका तो घर का मामला है, हम कभी आपसे बाहर हो सकते हैं ? आपने व्यर्थ का कष्ट उठाया। यह हो नहीं सकता कि इधर से जाएँ और इस घाट के देवता को भेंट न चढ़ावें। मैं तो आपकी सेवा में स्वयं ही आ रहा था। वंशीधर पर ऐश्वर्य की मोहिनी वंशी का कुछ प्रभाव न पड़ा। ईमानदारी की नयी उमंग थी। कड़क कर बोले—हम उन नमकहरामों में नहीं हैं, जो कौड़ियों पर अपना ईमान बेचते फिरते हैं। आप इस समय हिरासत में हैं। आपका कायदे के अनुसार चालान होगा। बस, मुझे अधिक बातों की फुर्सत नहीं है। जमादार बदलूसिंह ! तुम इन्हें हिरासत में ले चलो, मैं हुक्म देता हूँ।

पंडित अलोपीदीन स्तम्भित हो गए। गाड़ीवानों में हलचल मच गई। पंडित जी के जीवन में कदाचित् यह पहला ही अवसर था कि पंडित को ऐसी कठोर बातें सुननी पड़ीं। बदलूसिंह आगे बढ़ा, किन्तु रोब के मारे यह साहस न हुआ कि उनका हाथ पकड़ सके। पंडित जी ने धर्म को धन का ऐसा निरादर करते कभी न देखा था। विचार किया कि यह अभी उद्दंड लड़का है। माया-मोह के जाल में अभी नहीं पड़ा। अल्हड़ है, झिझकता है। बहुत दीन-भाव से बोले—बाबू साहब, ऐसा न कीजिए,

हम मिट जाएँगे। इज़्ज़त धूल में मिल जाएगी। हमारा अपमान करने से आपके हाथ क्या आएगा? हम किसी तरह आपसे बाहर थोड़े ही हैं !

वंशीधर ने कठोर स्वर में कहा—हम ऐसी बातें नहीं सुनना चाहते।

अलोपीदीन ने जिस सहारे को चट्टान समझ रखा था, वह पैरों के नीचे खिसकता हुआ मालूम हुआ। स्वाभिमान और धन-ऐश्वर्य को कड़ी चोट लगी। किन्तु अभी तक धन की सांख्यिक शक्ति का पूरा भरोसा था। अपने मुख़्तार से बोले—लाला जी, एक हज़ार के नोट बाबू साहब की भेंट करो, आप इस समय भूखे सिंह हो रहे हैं।

वंशीधर ने गरम हो कर कहा—एक हज़ार नहीं, एक लाख भी मुझे सच्चे मार्ग से नहीं हटा सकते।

धर्म की इस बुद्धिहीन दृढ़ता और देव-दुर्लभ त्याग पर मन बहुत झुँझलाया। अब दोनों शक्तियों में संग्राम होने लगा। धन ने उछल-उछल कर आक्रमण करने शुरू किये। एक से पाँच, पाँच से दस, दस से पंद्रह और पंद्रह से बीस हज़ार तक नौबत पहुँची, किन्तु धर्म अलौकिक वीरता के साथ इस बहुसंख्यक सेना के सम्मुख अकेला पर्वत की भाँति अटल, अविचलित खड़ा था।

अलोपीदीन निराश हो कर बोले—अब इससे अधिक मेरा साहस नहीं। आगे आपको अधिकार है।

वंशीधर ने अपने जमादार को ललकारा। बदलूसिंह मन में दारोगा जी को गालियाँ देता हुआ पंडित अलोपीदीन की ओर बढ़ा। पंडित जी घबड़ा कर दो-तीन कदम पीछे हट गए। अत्यंत दीनता से बोले—बाबू साहब, ईश्वर के लिए मुझ पर दया कीजिए। मैं पच्चीस हज़ार पर निपटारा करने को तैयार हूँ।

'असम्भव बात है।'

''तीस हज़ार पर?'

'किसी तरह भी सम्भव नहीं।'

'क्या चालीस हज़ार पर भी नहीं ?'

'चालीस हज़ार नहीं, चालीस लाख पर भी असम्भव है। बदलूसिंह, इस आदमी को अभी हिरासत में ले लो। अब मैं एक शब्द भी नहीं सुनना चाहता।'

धर्म ने धन को पैरों तले कुचल डाला। अलोपीदीन ने एक हृष्ट-पुष्ट मनुष्य को हथकड़ियाँ लिए हुए अपनी तरफ आते देखा। चारों ओर निराश और कातर दृष्टि से देखने लगे। इसके बाद मूर्छित हो कर गिर पड़े।

दुनिया सोती थी पर दुनिया की जीभ जागती थी। सबेरे देखिए तो बालक-वृद्ध सबके मुँह से यही बात सुनायी देती थी। जिसे देखिए वही पंडित जी के इस व्यवहार पर

टीका-टिप्पणी कर रहा था, निंदा की बौछारें हो रही थीं, मानो संसार से अब पापी का पाप कट गया। पानी को दूध के नाम से बेचने वाला ग्वाला, कल्पित रोज़नामचे भरने वाले अधिकारी वर्ग, रेल में बिना टिकट सफर करने वाले बाबू लोग, जाली दस्तावेज़ बनाने वाले सेठ और साहूकार—यह सब के सब देवताओं की भाँति गर्दनें चला रहे थे। जब दूसरे दिन पंडित अलोपीदीन अभियुक्त हो कर कांस्टेबलों के साथ, हाथों में हथकड़ियाँ, हृदय में ग्लानि और क्षोभ भरे, लज्जा से गर्दन झुकाये अदालत की तरफ चले तो सारे शहर में हलचल मच गई। मेलों में कदाचित् आँखें इतनी व्यग्र न होती होंगी। भीड़ के मारे छत और दीवार में कोई भेद न रहा।

किंतु अदालत में पहुँचने की देर थी। पंडित अलोपीदीन इस अगाध वन के सिंह थे। अधिकारी वर्ग उनके भक्त, अमले उनके सेवक, वकील-मुख्तार उनके आज्ञापालक और अरदली, चपरासी तथा चौकीदार तो उनके बिना मोल के गुलाम थे। उन्हें देखते ही लोग चारों तरफ से दौड़े। सभी लोग विस्मित हो रहे थे। इसलिए नहीं कि अलोपीदीन ने क्यों यह कर्म किया, बल्कि इसलिए कि वह कानून के पंजे में कैसे आए। ऐसा मनुष्य जिसके पास असाध्य साधन करने वाला धन और अनन्य वाचालता हो, वह क्यों कानून के पंजे में आए? प्रत्येक मनुष्य उनसे सहानुभूति प्रकट करता था। बड़ी तत्परता से इस आक्रमण को रोकने के निमित्त वकीलों की एक सेना तैयार की गई। न्याय के मैदान में धर्म और धन में युद्ध ठन गया। वंशीधर चुपचाप खड़े थे। उनके पास सत्य के सिवा न कोई बल था, न स्पष्ट भाषण के अतिरिक्त कोई शस्त्र। गवाह थे, किंतु लोभ से डावाँडोल।

यहाँ तक कि मुंशी जी को न्याय भी अपनी ओर से कुछ खिंचा हुआ दीख पड़ता था। वह न्याय का दरबार था, परन्तु उसके कर्मचारियों पर पक्षपात का नशा छाया हुआ था। किंतु पक्षपात और न्याय का क्या मेल ? जहाँ पक्षपात हो, वहाँ न्याय की कल्पना भी नहीं की जा सकती। मुकदमा शीघ्र ही समाप्त हो गया। डिप्टी मजिस्ट्रेट ने अपनी तजवीज़ में लिखा—पंडित अलोपीदीन के विरुद्ध दिये गए प्रमाण निर्मूल और भ्रमात्मक हैं। वह एक बड़े भारी आदमी हैं। यह बात कल्पना के बाहर है कि उन्होंने थोड़े लाभ के लिए ऐसा दुस्साहस किया हो। यद्यपि नमक के दारोगा मुंशी वंशीधर का अधिक दोष नहीं, लेकिन यह बड़े खेद की बात है कि उसकी उद्दंडता और विचारहीनता के कारण एक भलेमानुस को कष्ट झेलना पड़ा। हम प्रसन्न हैं कि वह अपने काम से सजग और सचेत रहता है, किंतु नमक से मुकदमे की बढ़ी हुई नमकहलाली ने उसके विवेक और बुद्धि को भ्रष्ट कर दिया। भविष्य में उसे होशियार रहना चाहिए।

वकीलों ने यह फैसला सुना और उछल पड़े। पंडित अलोपीदीन मुस्कराते हुए बाहर निकले। स्वजन बांधवों ने रुपयों की लूट की। उदारता का सागर उमड़ पड़ा।

उसकी लहरों ने अदालत की नींव तक हिला दी। जब वंशीधर बाहर निकले तो चारों ओर से उनके ऊपर व्यंगबाणों की वर्षा होने लगी। चपरासियों ने झुक-झुक कर सलाम किये। किंतु इस समय एक-एक कटु वाक्य, एक-एक संकेत उनकी गर्वाग्नि को प्रज्वलित कर रहा था। कदाचित् इस मुकदमे में सफल हो कर वह इस तरह अकड़ते हुए न चलते। आज उन्हें संसार का एक खेदजनक विचित्र अनुभव हुआ। न्याय और विद्वत्ता, लम्बी-चौड़ी उपाधियाँ, बड़ी-बड़ी दाढ़ियाँ और ढीले चोंगे—एक भी सच्चे आदर के पात्र नहीं हैं।

वंशीधर ने धन से बैर मोल लिया था, उसका मूल्य चुकाना अनिवार्य था। कठिनता से एक सप्ताह बीता होगा कि मुअत्तली का परवाना आ पहुँचा। कार्यपरायणता का दंड मिला। बेचारे भग्न हृदय, शोक और खेद से व्यथित घर को चले। बूढ़े मुंशी जी तो पहले ही से कुड़बुड़ा रहे थे कि चलते-चलते इस लड़के को समझाया था, लेकिन इसने एक न सुनी। सब मनमानी करता है। हम तो कलवार और कसाई के तगादे सहें, बुढ़ापे में भगत बन कर बैठें और वहाँ बस वही सूखी तनख्वाह ! हमने भी तो नौकरी की है और कोई ओहदेदार नहीं थे, लेकिन काम किया, दिल खोल कर किया और आप ईमानदार बनने चले हैं। घर में चाहे अँधेरा हो, मस्जिद में अवश्य दीया जलायेंगे। खेद ऐसी समझ पर ! पढ़ना-लिखना सब अकारथ गया। इसके थोड़े ही दिनों बाद जब मुंशी वंशीधर इस दुरवस्था में घर पहुँचे और बूढ़े पिता जी ने समाचार सुना तो सिर पीट लिया। बोले—जी चाहता है कि तुम्हारा और अपना सिर फोड़ लूँ। बहुत देर तक पछता-पछता कर हाथ मलते रहे। क्रोध में कुछ कठोर बातें भी कहीं और यदि वंशीधर वहाँ से टल न जाते जो अवश्य ही यह क्रोध विकट रूप धारण करता। वृद्धा माता को भी दुःख हुआ। जगन्नाथ और रामेश्वर यात्रा की कामनाएँ मिट्टी में मिल गईं। पत्नी ने तो कई दिन तक सीधे मुँह से बात भी नहीं की।

इसी प्रकार एक सप्ताह बीत गया। संध्या का समय था। बूढ़े मुंशी जी बैठे राम-नाम की माला जप रहे थे। इसी समय उनके द्वार पर सजा हुआ रथ आ कर रुका। हरे और गुलाबी परदे, पछाहियें बैलों की जोड़ी, उनकी गर्दनों में नीले धागे, सींगें पीतल से जड़ी हुईं। कई नौकर लाठियाँ कंधों पर रखे साथ थे। मुंशी जी अगवानी को दौड़े। देखा तो पंडित अलोपीदीन हैं। झुक कर दंडवत् की और लल्लो-चप्पो की बातें करने लगे—हमारा भाग्य उदय हुआ जो आपके चरण इस द्वार पर आए। आप हमारे पूज्य देवता हैं, आपको कौन-सा मुँह दिखावें, मुँह में तो कालिख लगी हुई है। किन्तु क्या करें, लड़का अभागा कपूत है, नहीं तो आपसे क्यों मुँह छिपाना पड़ता ? ईश्वर निस्संतान चाहे रक्खे पर ऐसी संतान न दे।

अलोपीदीन ने कहा—नहीं भाई साहब, ऐसा न कहिए।

मुंशी जी ने चकित हो कर कहा—ऐसी संतान को और क्या कहूँ?

अलोपीदीन ने वात्सल्यपूर्ण स्वर में कहा—कुलतिलक और पुरखों की कीर्ति उज्ज्वल करने वाले संसार में ऐसे कितने धर्मपरायण मनुष्य हैं, जो धर्म पर अपना सब कुछ अर्पण कर सकें?

पंडित अलोपीदीन ने वंशीधर से कहा—दारोगा जी, इसे खुशामद न समझिए, खुशामद करने के लिए मुझे इतना कष्ट उठाने की ज़रूरत न थी। उस रात को आपने अपने अधिकार-बल से मुझे अपनी हिरासत में लिया था, किंतु आज मैं स्वेच्छा से आपकी हिरासत में आया हूँ। मैंने हज़ारों रईस और अमीर देखे, हज़ारों उच्च पदाधिकारियों से काम पड़ा किन्तु मुझे परास्त किया तो आपने। मैंने सबको अपना और अपने धन का गुलाम बना कर छोड़ दिया। मुझे आज्ञा दीजिए कि आपसे कुछ विनय करूँ।

वंशीधर ने अलोपीदीन को आते देखा तो उठ कर सत्कार किया, किंतु स्वाभिमान सहित। समझ गए कि यह महाशय मुझे लज्जित करने और जलाने आए हैं। क्षमा-प्रार्थना की चेष्टा नहीं की, वरन् उन्हें अपने पिता की यह ठकुरसुहाती की बात असह्य-सी प्रतीत हुई। पर पंडित जी की बातें सुनीं तो मन की मैल मिट गई। पंडित जी की ओर उड़ती हुई दृष्टि से देखा। सद्भाव झलक रहा था। गर्व ने अब लज्जा के सामने सिर झुका दिया। शर्माते हुए बोले—यह आपकी उदारता है जो ऐसा कहते हैं। मुझसे जो कुछ अविनय हुई है, उसे क्षमा कीजिए। मैं धर्म की बेड़ी में जकड़ा हुआ था, नहीं तो वैसे मैं आपका दास हूँ। जो आज्ञा होगी, वह मेरे सिर-माथे पर।

अलोपीदीन ने विनीत भाव से कहा—नहीं, तट पर आपने मेरी प्रार्थना नहीं स्वीकार की थी, किंतु आज स्वीकार करनी पड़ेगी।

वंशीधर बोले—मैं किस योग्य हूँ, किंतु जो कुछ सेवा मुझसे हो सकती है उसमें त्रुटि न होगी।

अलोपीदीन ने एक स्टाम्प लगा हुआ पत्र निकाला और उसे वंशीधर के सामने रख कर बोले—इस पद को स्वीकार कीजिए और अपने हस्ताक्षर कर दीजिए। मैं ब्राह्मण हूँ, जब तक यह सवाल पूरा न कीजिएगा, द्वार से न हटूँगा।

मुंशी वंशीधर ने उस कागज़ को पढ़ा तो कृतज्ञता से आँखों में आँसू भर आए। पंडित अलोपीदीन ने उनको अपनी सारी जायदाद का स्थायी मैनेजर नियत किया था। छह हज़ार वार्षिक वेतन के अतिरिक्त रोज़ाना खर्च अलग, सवारी के लिए घोड़ा, रहने को बँगला, नौकर-चाकर मुफ्त। कम्पित स्वर में बोले—पंडित जी, मुझमें इतनी सामर्थ्य नहीं है कि आपकी उदारता की प्रशंसा कर सकूँ। किंतु ऐसे उच्च पद के योग्य नहीं हूँ।

अलोपीदीन हँस कर बोले—मुझे इस समय एक अयोग्य मनुष्य की ही ज़रूरत है।

वंशीधर ने गम्भीर भाव से कहा–यों मैं आपका दास हूँ। आप जैसे कीर्तिवान, सज्जन पुरुष की सेवा करना मेरे लिए सौभाग्य की बात है। किंतु मुझमें न विद्या है, न बुद्धि, न वह स्वभाव जो इन त्रुटियों की पूर्ति कर देता है। ऐसे महान् कार्य के लिए एक बड़े मर्मज्ञ अनुभवी मनुष्य की ज़रूरत है।

अलोपीदीन ने कलमदान से कलम निकाली और उसे वंशीधर के हाथ में दे कर बोले–न मुझे विद्वत्ता की चाह है, न अनुभव की, न मर्मज्ञता की, न कार्य-कुशलता की। इन गुणों के महत्त्व का परिचय खूब पा चुका हूँ। अब सौभाग्य और सुअवसर ने मुझे वह मोती दे दिया है जिसके सामने योग्यता और विद्वत्ता की चमक फीकी पड़ जाती है। यह कलम लीजिए, अधिक सोच-विचार न कीजिए, दस्तखत कर दीजिए। परमात्मा से यही प्रार्थना है कि वह आपको सदैव वही नदी के किनारे वाला बेमुरौवत, उद्दंड, कठोर परन्तु धर्मनिष्ठ दारोगा बनाये रखे!

वंशीधर की आँखें डबडबा आईं। हृदय के संकुचित पात्र में इतना एहसान न समा सका। एक बार फिर पंडित जी की ओर भक्ति और श्रद्धा की दृष्टि से देखा और काँपते हुए हाथ से मैनेजरी के कागज़ पर हस्ताक्षर कर दिये।

अलोपीदीन ने प्रफुल्लित हो कर उन्हें गले लगा लिया।

जीवन-सार

मेरा जीवन सपाट, समतल मैदान है, जिसमें कहीं-कहीं गड्ढे तो हैं, पर टीलों, पर्वतों, घने जंगलों, गहरी घाटियों और खंडहरों का स्थान नहीं है। जो सज्जन पहाड़ों की सैर के शौकीन हैं उन्हें तो यहाँ निराशा ही होगी। मेरा जन्म संवत 1967 में हुआ। पिता डाकखाने में क्लर्क थे, माता मरीज़। एक बड़ी बहन भी थी। उस समय पिताजी शायद, 20 रुपये पाते थे। 40 तक पहुँचते-पहुँचते उनकी मृत्यु हो गई। यों वह बड़े विचारशील, जीवन-पथ पर आँखें खोलकर चलनेवाले आदमी थे; लेकिन आखिरी दिनों में एक ठोकर खा ही गये और खुद तो गिरे ही थे, उसी धक्के में मुझे भी गिरा दिया। पन्द्रह साल की अवस्था में उन्होंने मेरा विवाह कर दिया और विवाह करने के साल ही भर बाद परलोक सिधारे। उस समय मैं नवें दरजे में पढ़ता था। घर में मेरी स्त्री थी, विमाता थी, उनके दो बालक थे, और आमदनी एक पैसे की नहीं। घर में जो कुछ लेई-पूँजी थी, वह पिताजी की छः महीने की बीमारी और क्रियाकर्म में खर्च हो चुकी थी। और मुझे अरमान था, वकील बनने का और एम. ए. पास करने का। नौकरी उस जमाने में भी इतनी ही दुष्प्राप्य थी, जितनी अब है। दौड़-धूप करके शायद दस-बारह की कोई जगह पा जाता; पर यहाँ तो आगे पढ़ने की धुन थी—पाँव में लोहे की नहीं, अष्टधातु की बेड़ियाँ थीं और मैं चढ़ना चाहता था पहाड़ पर!

पाँव में जूते न थे। देह पर साबित कपड़े न थे। महँगी अलग—10 सेर के जौ थे। स्कूल से साढ़े तीन बजे छुट्टी मिलती थी। काशी के क्वींस काजेल में पढ़ता था। हेडमास्टर ने फीस माफ कर दी। इम्तहान सिर पर था। और मै। बाँस के फाटक पर एक लड़के को पढ़ाने जाता था। जाड़े के दिन थे। चार बजे पहुँचता था। पढ़ाकर छः बजे छुट्टी पाता।

वहाँ से मेरा घर देहात में पाँच मील पर था। तेज चलने पर भी आठ बजे से पहले घर न पहुँच सकता। और प्रातः काल ही आठ बजे फिर घर से चलना पड़ता था, कभी वक्त पर स्कूल न पहुँचता। रात को भोजन करके कुप्पी के सामने पढ़ने बैठता और न जाने कब सो जाता। फिर भी हिम्मत बाँधे हुए था।

मैट्रिकुलेशन तो किसी तरह पास हो गया, पर आया सेकेंड डिवीजन में और क्वींस कालेज में भरती होने की आशा न थी। फ़ीस केवल अव्वल दरजेवाले की ही मुआफ़ हो सकती थी। संयोग से उसी साल हिन्दू कालेज खुल गया। मैंने इस नये कालेज में पढ़ने का निश्चय किया। प्रिंसिपल थे मि. रिचर्डसन। उनके मकान पर गया। वह पूरे हिन्दुस्तानी वेश में थे। कुरता और धोती पहने फर्श पर बैठे कुछ लिख रहे थे। मगर मिज़ाज को तबदील करना इतना आसान न था। मेरी प्रार्थना सुनकर—आधी ही कहने पाया था—बोले कि घर में कालेज की बातचीत नहीं करता, कालेज में आओ। खैर, कालेज में गया। मुलाकात तो हुई; पर निराशाजनक। फ़ीस मुआफ़ न हो सकती थी। अब क्या करूँ? अगर प्रतिष्ठित सिफारिशें ला सकता, तो शायद मेरी प्रार्थना पर कुछ विचार होता; लेकिन देहाती युवक को शहर में जानता ही कौन था?

रोज घर से चलता कि कहीं से सिफारिश लाऊँ, पर बारह मील की मंज़िल मारकर शाम को घर लौट आता। किससे कहूँ? कोई अपना पुछत्तर न था।

कई दिनों के बाद एक सिफारिश मिली। एक ठाकुर इन्द्रनारायण सिंह अब हिन्दू कालेज की प्रबन्ध-कारिणी सभा में थे। उनसे जाकर रोया। उन्हें मुझ पर दया आ गई। सिफ़ारिशी चिट्ठी दे दी। उस समय मेरे आनन्द की सीमा न रही। खुश होता हुआ घर आया दूसरे दिन प्रिंसिपल से मिलने का इरादा था; लेकिन घर पहुँचते ही मुझे ज्वर आ गया। और दो सप्ताह से पहले न हिला। नीम का काढ़ा पीते-पीते नाक में दम आ गया। एक दिन द्वार पर बैठा था कि मेरे पुरोहितजी आ गये। मेरी दशा देखकर समाचार पूछा और तुरन्त खेतों में जाकर एक जड़ खोद लाये और उसे धोकर सात दाने कालीमिर्च के साथ पिसवाकर मुझे पिला दिया। उसने जादू का असर किया। ज्वर चढ़ने में घण्टे ही भर की देर थी। इस औषध ने, मानों जाकर उसका गला ही दबा दिया। मैंने पण्डितजी से बार-बार उस जड़ी का नाम पूछा पर उन्होंने न बताया, कहा—नाम बता देने से असर जाता रहेगा।

एक महीने बाद मैं फिर मि. रिचर्डसन से मिला और सिफ़ारिशी चिट्ठी दिखाई। प्रिंसिपल ने मेरी तरफ तीव्र नेत्रों से देखकर पूछा—इतने दिनों कहाँ थे?

'बीमार हो गया था।'

'क्या बीमारी थी?'

मैं इस प्रश्न के लिए तैयार न था। अगर ज्वर बताता हूँ तो शायद साहब मुझे

झूठा समझें। ज्वर मेरी समझ में हल्की-सी चीज़ थी, जिसके लिए इतनी लम्बी गैरहाजिरी अनावश्यक थी। कोई ऐसी बीमारी बतानी चाहिए, जो अपनी कष्टसाध्यता के कारण दया को भी उभारे। उस वक्त मुझे किसी और बीमारी का नाम याद न आया। ठाकुर इन्द्रनारायण सिंह से जब मैं सिफ़ारिश के लिए मिला था, तो उन्होंने अपने दिल की धड़कन की बीमारी की चर्चा की थी। वह शब्द मुझे याद आ गया।

मैंने कहा—पैलपिटेशन आफ हार्ट, सर!

साहब ने विस्मित होकर मेरी ओर देखा और कहा—अब तुम बिल्कुल अच्छे हो?

'जी, हाँ।'

'अच्छा, प्रवेश-पत्र भरकर लाओ।'

मैंने समझा बेड़ा पार हुआ। फार्म लिया, खानापूरी की और पेश कर दिया। साहब उस समय कोई क्लास ले रहे थे। तीन बजे मुझे फार्म वापस मिला। उस पर लिखा था—इसकी योग्यता की जाँच की जाए।

यह नई समस्या उपस्थित हुई। मेरा दिल बैठ गया। अँग्रेजी के सिवा ओर किसी विषय में पास होने की मुझे आशा न थी और बीजगणित और रेखागणित से तो रूह काँपती थी। जो कुछ याद था, वह भी भूल-भाल गया था; लेकिन दूसरा उपाय ही क्या था? भाग्य का भरोसा करके क्लास में गया और अपना फार्म दिखाया। प्रोफेसर साहब बंगाली थे, अँग्रेजी पढ़ा रहे थे। वाशिंगटन इवनिंग का रिपिवान विंकिल था। मैं पीछे की कतार में जाकर बैठ गया और दो-ही-चार मिनिट में मुझे ज्ञात हो गया कि प्रोफ़ेसर साहब अपने विषय के ज्ञाता हैं। घण्टा समाप्त होने पर उन्होंने आज के पाठ पर मुझसे कई प्रश्न किए और फ़ार्म पर 'संतोषजनक' लिख दिया।

दूसरा घण्टा बीजगणित का था इसके प्रोफेसर भी बंगाली थे। मैं ने अपना फ़ार्म दिखाया। नई संस्थाओं में प्रायः वही छात्र आते हैं, जिन्हें कहीं जगह नहीं मिलती। यहाँ भी यही हाल था। क्लासों में अयोग्य छात्र भरे हुए थे। पहले रेलों में जो आया, वह भरती हो गया। भूख में साग-पात सभी रूचिकर होता है। अब पेट भर गया था। छात्र चुन-चुनकर लिये जाते थे। इन प्रोफेसर साहब ने गणित में मेरी परीक्षा ली और मैं फेल हो गया। फ़ार्म पर गणित के खाने में 'असंतोषजनक' लिख दिया।

मैं इतना हताश हुआ कि फ़ार्म लेकर फिर प्रिंसिपल के पास न गया। सीधा घर चला गया। गणित मेरे लिए गौरीशंकर की चोटी थी। कभी उस पर न चढ़ सका। इंटरमीडिएट में दो बार गणित में फेल हुआ और निराश होकर इम्तहान देना छोड़ दिया। दस-बारह साल के बाद जब गणित की परीक्षा में अख्तियारी हो गई तो मैंने दूसरे विषय लेकर उसे आसानी से पास कर लिया। उस समय तक यूनिवर्सिटी के इस नियम ने, कितने युवकों की आकांक्षाओं का खून किया, कौन कह सकता है।

खैर मैं निराश होकर घर तो लौट आया; लेकिन पढ़ने की लालसा अभी तक बनी हुई थी। घर बैठकर क्या करता? किसी तरह गणित को सुधारूँ और कालेज में भरती हो जाऊँ, यही धुन थी। इसके लिए शहर में रहना जरूरी था। संयोग से एक वकील साहब के लड़कों को पढ़ाने का काम मिल गया। पाँच रुपये वेतन ठहरा। मैंने दो रुपये में अपना गुजर करके तीन रुपये घर पर देने का निश्चय किया। वकील साहब के अस्तबल के ऊपर एक छोटी-सी कच्ची कोटरी थी। उसी में रहने की आज्ञा ले ली! एक टाट का टुकड़ा बिछा दिया। बाजार से एक छोटा-सा लैम्प लाया और शहर में रहने लगा। घर से कुछ बरतन भी लाया। एक वक्त खिचड़ी पका लेता और बरतन धो-माँजकर लाइब्रेरी चला जाता। गणित का तो बहाना था, उपन्यास आदि पढ़ा करता। पण्डित रतननाथ दर का 'फसाना-ए-आजाद' उन्हीं दिनों पढ़ा। 'चन्द्रकान्ता-सन्तति।' भी पढ़ी। बंकिम बाबू के उर्दू अनुवाद, जितने पुस्तकालय में मिले सब पढ़ डाले। जिन वकील साहब के लड़कों को पढ़ाता था, उनके साले मेरे साथ मैट्रिकुलशन में पढ़ते थे। उन्हीं की सिफारिश से मुझे यह पद मिला था। उनसे दोस्ती थी इसलिए जब जरूरत होती पैसे उधार ले लिया करता था। वेतन मिलने पर हिसाब हो जाता था। कभी दो रुपये हाथ आते, कभी तीन।जिस दिन वेतन के दो-तीन रूपए दे आता। दूसरे दिन से फिर उधार लेना शुरू कर देता; लेकिन कभी-कभी उधार माँगने में भी संकोच होता और दिन-का-दिन निराहार व्रत रखना पड़ जाता!

इस प्रकार चार-पाँच महीने बीते। इसी बीच एक बज़ाज से दो-ढाई रूपये के कपड़े लिये थे। रोज उधर से निकलता था। उसे मुझ पर विश्वास हो गया था। जब महीने-दो-महीने निकल गये और मैं रुपये न चुका सका, तो मैंने उधर से निकलना ही छोड़ दिया। चक्कर देकर निकल जाता। तीन साल के बाद रुपये अदा कर सका। उसी जमाने में शहर का एक बेलदार मुझसे कुछ हिन्दी पढ़ने आया करता था। वकील साहब के पिछवाड़े उसका मकान था। 'जान लो भैया' उसका सखुन तकिया था। हम लोग उसे 'जान लो भैया' ही कहा करते थे। एक बार मैंने उससे भी आठ आने पैसे उधार लिये थे। वह पैसे उसने मुझसे मेरे गाँव में जाकर पाँच साल बाद वसूल किये। मेरी अब भी पढ़ने की इच्छा थी; लेकिन दिन-दिन निराश होता जाता था। जी चाहता था, कहीं नौकरी कर लूँ। पर नौकरी कैसे मिलती है और कहाँ मिलती है, यह न जानता था।

जाड़ों के दिन थे पास एक कौड़ी न थी। दो दिन एक-एक पैसे का चबेना खाकर काटे थे। मेरे महाजन ने उधार देने से इन्कार कर दिया, या संकोचवश मैं उससे माँग न सका था। चिराग जल चुके थे। मैं एक बुकसेलर की दुकान पर एक किताब बेचने गया था। चक्रवर्ती गणित की कुंजी थी। दो साल हुए खरीदी थी। अब तक उसे बड़े जतन से रखे हुए था; पर आज चारों ओर से निराश होकर मैंने उसे बेचने

का निश्चय किया। किताब दो रुपये की थी; लेकिन एक पर सौदा ठीक हुआ। मैं रुपया लेकर दूकान से उतरा ही था कि एक बड़ी-बड़ी मूँछों वाले सौम्य पुरुष ने, जो उस दूकान पर बैठे हुए थे, मुझसे पूछा—तुम कहाँ पढ़ते हो?

मैंने कहा—पढ़ता तो कहीं नहीं हूँ; पर आशा करता हूँ कि कहीं नाम लिखा लूँगा।

'मैट्रिकुलेशन पास हो?'

'जी हाँ।'

'नौकरी करने की इच्छा तो नहीं है?'

'नौकरी कहीं मिलती ही नहीं।'

वह सज्जन एक छोटे-से स्कूल के हैडमास्टर थे। इन्हें एक सहकारी अध्यापक की जरूरत थी। अठारह रुपये वेतन था। मैंने स्वीकार कर लिया। अठारह रुपये उस समय मेरी निराशा-व्यथित कल्पना की ऊँची-से-ऊँची उड़ान से भी ऊपर थे। मैं दूसरे दिन हेडमास्टर साहब से मिलने का वादा करके चला, तो पाँव जमीन पर न पड़ते थे। यह सन् 1899 की बात है। परिस्थितियों का सामना करने को तैयार था और गणित में अटक न जाता, तो अवश्य आगे जाता; पर सबसे कठिन परिस्थिति यूनिवर्सिटी की मनोविज्ञान-शून्यता थी, जो उस समय ओर उसके कई साल बाद तक उस डाकू का-सा व्यवहार करती थी, जो छोटे-बड़े सभी को एक ही खाट पर सुलाता है।

मैंने पहले-पहले 1907 में गल्पें लिखनी शुरू कीं। डाक्टर रवीन्द्रनाथ की कई गल्पें मैंने अंग्रेज़ी में पढ़ी थीं और उनका उर्दू अनुवाद उर्दू पत्रिकाओं में छपवाया था। उपन्यास तो मैंने 1901 ही से लिखना शुरू किया। मेरा एक उपन्यास 1902 में निकला और दूसरा 1904 में; लेकिन गल्प 1907 से पहले मैंने एक भी न लिखी। मेरी पहली कहानी का नाम था, 'संसार में सबसे अनमोल रत्न'। वह 1907 में 'जमाना' में छपी। उसके बाद मैंने चार-पाँच कहानियाँ और लिखीं। पाँच कहानियों का संग्रह 'सोजेवतन' के नाम से 1909 में छपा। उस समय बंग-भंग का आन्दोलन हो रहा था। कांग्रेस में गर्म दल की सृष्टि हो चुकी थी। इन पाँचों कहानियों में स्वदेश-प्रेम की महिमा गाई गई थी।

उस वक्त मैं शिक्षा-विभाग में सब डिप्टी-इन्सपेक्टर था और हमीरपुर के जिले में तैनात था। पुस्तक को छपे छः महीने हो चुके थे। एक दिन मैं रात को अपनी रावटी में बैठा हुआ था कि मेरे नाम पर जिलाधीश का परवाना पहुँचा, कि मुझसे तुरन्त मिलो। जाड़ों के दिन थे। साहब दौरे पर थे। मैंने बैलगाड़ी जुतवाई और रातों-रात

30-40 मील तय करके दूसरे दिन साहब से मिला। साहब के सामने 'सोजे वतन' की एक प्रति रखी हुई थी। मेरा माथा ठनका। उस वक्त मैं 'नवाबराय' के नाम से लिखा करता था। मुझे इसका कुछ-कुछ पता मिल चुका था कि खुफिया पुलिस इस किताब के लेखक की खोज में है। समझ गया, उन लोगों ने मुझे खोज निकाला और इसी की जवाबदेही करने के लिए मुझे बुलाया है।

साहब ने मुझसे पूछा—यह पुस्तक तुमने लिखी है? मैंने स्वीकार किया।

साहब ने मुझसे एक-एक कहानी का आशय पूछा और अन्त में बिगड़कर बोले—तुम्हारी कहानियों में 'सिडीशन' भरा हुआ है। अपने भाग्य को बखानो कि अंग्रेजी अमलदारी में हो। मुगलों का राज्य होता तो तुम्हारे दोनों हाथ काट लिये जाते। तुम्हारी कहानियाँ एकांगी हैं, तुमने अँग्रेजी सरकार की तौहीन की है, आदि। फैसला यह हुआ कि मैं 'सोज़े वतन' की सारी प्रतियाँ सरकार के हवाले कर दूँ और साहब की अनुमति के बिना कभी कुछ न लिखूँ। मैंने समझा, चलो सस्ता छूटे। एक हजारप्रतियाँ छपी थीं। अभी मुश्किल से 300 बिकी थीं। शेष 700 प्रतियाँ मैंने 'ज़माना कार्यालय' से मँगवाकर साहब की सेवा में अर्पण कर दीं।

मैंने समझा था, बला टल गई; किन्तु अधिकारियों को इतनी आसानी से सन्तोष न हो सका। मुझे बाद को मालूम हुआ कि साहब ने इस विषय में जिले के अन्य कर्मचारियों से परामर्श किया। सुपरिटेण्डेन्ट पुलिस, दो डिप्टी कलेक्टर और डिप्टी इंस्पेक्टर—जिनका मैं मातहत था—मेरी तकदीर का फैसला करने बैठे। एक डिप्टी कलेक्टर साहब ने गल्पों से उद्धरण निकालकर सिद्ध किया कि इनमें आदि से अन्त तक सिडीशन के सिवा और कुछ नहीं है। और सिडीशन भी साधारण नहीं; बल्कि संक्रामक। पुलिस के देवता ने कहा—ऐसे खतरनाक आदमी को जरूर सख्त सजा देनी चाहिए। डिप्टी-इंस्पेक्टर साहब मुझसे बहुत स्नेह करते थे। इस भय से कि कहीं मुआमला तूल न पकड़ ले, उन्होंने यह प्रस्ताव किया कि वह मित्रभाव से मेरे राजनीतिक विचारों की थाह लें और उस कमेटी में रिपोर्ट पेश करें। उनका विचार था कि मुझे समझा दें और रिपोर्ट में लिख दें, कि लेखक केवल क़लम का उग्र है और राजनीतिक आन्दोलन से उसका कोई सम्बन्ध नहीं है। कमेटी ने उसके प्रस्ताव को स्वीकार किया। हालाँकि पुलिस के देवता उस वक्त भी पैंतरे बदलते रहे।

सहसा कलेक्टर साहब ने डिप्टी इंस्पेक्टर से पूछा—आपको आशा है, कि वह आपसे अपने दिल की बातें कह देगा?

'आप मित्र बनकर उसका भेद लेना चाहते हैं। यह तो मुखबिरी है। मैं इसे कमीनापन समझता हूँ।'

डिप्टी साहब अप्रतिभ होकर हकलाते हुए बोले—मैं तो हुजूर के हुक्म...

साहब ने बात काटी—नहीं, यह मेरा हुक्म नहीं है। मैं ऐसा हुक्म नहीं देना चाहता।

अगर पुस्तक में लेखक का सिडीशन साबित हो सके, तो खुली अदालत में मुकदमा चलाइए, नहीं धमकी देकर छोड़ दीजिए। 'मुँह में राम, बगल में छुरी' मुझे पसन्द नहीं।

जब यह वृत्तान्त डिप्टी इंस्पेक्टर साहब ने कई दिन पीछे खुद मुझसे कहा, तो मैंने पूछा—क्या आप सचमुच मेरी मुखबिरी करते?

वह हँसकर बोले—असम्भव! कोई लाख रुपये भी देता, तो न करता। मैं तो केवल अदालती कार्रवाई रोकना चाहता था, और वह रुक गई। मुकदमा अदालत में आता, तो सजा हो जाना यकीनी था। यहाँ आपकी पैरवी करनेवाला भी कोई न मिलता; मगर साहब हैं शरीफ़ आदमी।

मैंने स्वीकार किया—बहुत ही शरीफ़।

मैं हमीरपुर ही में था कि मुझे पेचिश की शिकायत पैदा हो गई। गर्मी के दिनों में देहातों में कोई हरी तरकारी मिलती न थी। एक बार कई दिन तक लगातार सूखी घुँइयाँ खानी पड़ीं। यों मैं घुंइयों को बिच्छू समझता हूँ और तब भी समझता था; लेकिन न जाने क्योंकर यह धारणा मन में हो गई कि अजवाइन से घुंइयाँ का बादीपन जाता रहता है। खूब अजवाइन खा लिया करता। दस-बारह दिन तक किसी तरह का कष्ट न हुआ। मैंने समझा, शायद बुन्देलखण्ड की पहाड़ी जलवायु ने मेरी दुर्बल पाचन शक्ति को तीव्र कर दिया; लेकिन एक दिन पेट में दर्द हुआ और सारे दिन मैं मछली की भाँति तड़पता रहा। फँकियाँ लगाईं; मगर दर्द न कम हुआ। दूसरे दिन से पेचिश हो गई; मल के साथ आँव आने लगा; लेकिन दर्द जाता रहा।

एक महीना बीत चुका था। मैं एक कस्बे में पहुँचा, तो वहाँ के थानेदार साहब ने मुझसे थाने में ही ठहरने और भोजन करने का आग्रह किया। कई दिन से मूँग की दाल खाते और पथ्य करते-करते ऊब उठा था। सोचा क्या हरज है, आज यहीं ठहरो। भोजन तो स्वादिष्ट मिलेगा! थाने में ही अड्डा जमा दिया। दारोगा जी ने जमींकंद का सालन पकवाया, पकौड़ियाँ, दही-बड़े, पुलाव। मैंने एहतियात से खाया—जमींकंद तो मैंने केवल दो फाँकें खाईं, लेकिन खा-पीकर जब थाने के सामने दारोगाजी के फूस से बँगले में लेटा, तो दो-ढाई घण्टे के बाद पेट में फिर दर्द होने लगा। सारी रात और अगले दिन-भर कराहता रहा। सोडे की दो बोतलें पीने के बाद कै हुई, तो जाकर चैन मिला। मुझे विश्वास हो गया, यह जमींकन्द की कारस्तानी है। घुंइयाँ से पहले मेरी कुट्टी हो चुकी थी। अब जमींकंद से भी बैर हो गया। तबसे इन दोनों चीजों की सूरत देखकर मैं काँप जाता हूँ। दर्द तो फिर जाता रहा; पर पेचिश ने अड्डा जमा लिया। पेट में चौबीसों घंटे तनाव बना रहता। अफरा हुआ करता। संयम

के साथ चार-पाँच मील टहलने जाता, व्यायाम करता, पथ्य से भोजन करता, कोई-न-कोई औषधि भी खाया करता; किन्तु पेचिश टलने का नाम न लेती थी, और देह भी घुलती जाती थी। कई बार कानपुर आकर दवा कराई, एक बार महीने-भर प्रयाग में डॉक्टरी और आयुर्वेदिक औषधियों का सेवन किया; पर कोई फायदा नहीं।

तब मैंने तबादला कराया। चाहता था रोहेलखंड; पर पटका गया बस्ती के जिले में, और हलका वह मिला जो नेपाल की तराई है। सौभाग्य से वहीं मेरा परिचय स्व. पं. मन्नन द्विवेदी गजपुरी से हुआ, जो डोमरियागंज से तहसीलदार थे। कभी-कभी उनके साथ साहित्य-चर्चा हो जाती थी; लेकिन यहाँ आकर पेचिश और बढ़ गई। तब मैंने छः महीने की छुट्टी ली; और लखनऊ के मेडिकल कालेज से निराश होकर काशी के एक हकीम से इलाज कराने लगा। तीन-चार महीने बाद कुछ थोड़ा-सा फायदा तो मालूम हुआ, पर बीमारी जड़ से न गई। जब फिर बस्ती पहुँचा, तो वही हालत हो गई। तब मैंने दौरे की नौकरी छोड़ दी और बस्ती हाई स्कूल में स्कूल-मास्टर हो गया। फिर यहाँ से तबदील होकर गोरखपुर पहुँचा। पेचिश पूर्ववत जारी रही। फिर यहाँ मेरा परिचय महावीर प्रसाद जी पोद्दार से हुआ, जो साहित्य के मर्मज्ञ, राष्ट्र के सच्चे सेवक और बड़े ही उद्योगी पुरुष हैं। मैंने बस्ती से ही 'सरस्वती' में कई गल्पें छपवाई थीं। पोद्दार जी की प्रेरणा से मैंने फिर उपन्यास लिखा और 'सेवासदन' की सृष्टि हुई। वहीं मैंने प्राइवेट बी. ए. भी पास किया। 'सेवासदन' का जो आदर हुआ, उससे उत्साहित होकर मैंने 'प्रेमाश्रम' लिख डाला और गल्पें भी बराबर लिखता रहा।

कुछ मित्रों की, विशेषकर पोद्दारजी की सलाह से मैंने जल-चिकित्सा आरम्भ की; लेकिन तीन-चार महीने के स्नान और पथ्य का मेरे दुर्भाग्य से यह परिणाम हुआ कि मेरा पेट बढ़ गया और मुझे रास्ता चलने में भी दुर्बलता मालूम होने लगी। एक बार कई मित्रों के साथ मुझे एक जीने पर चढ़ने का अवसर पड़ा। और लोग धड़धड़ाते हुए चले गये, पर मेरे पाँव ही न उठते थे। बड़ी मुश्किल से हाथों का सहारा लेते हुए ऊपर पहुँचा। उसी दिन मुझे अपनी कमजोरी का यथार्थ ज्ञान हुआ। समझ गया, अब थोड़े दिनों का मेहमान हूँ, जल-चिकित्सा बन्द कर दी।

एक दिन संध्या समय उर्दू बाजार में श्री दशरथप्रसाद जी द्विवेद्वी, सम्पादक, 'स्वदेश' से मेरी भेंट हो गई। कभी-कभी उनसे साहित्य-चर्चा होती रहती थी। उन्होंने मेरी पीली सूरत देखकर खेद के साथ कहा—बाबूजी, आप तो बिल्कुल पीले पड़ गये हैं, कोई इलाज कराइए।

मुझे अपनी बीमारी का जिक्र बुरा लगता था। मैं भूल जाना चाहता था कि मैं बीमार हूँ। जब दो-चार महीने ही का जिन्दगी से नाता है, तो क्यों न हँसकर मरूँ? मैंने चिढ़कर कहा—मर ही तो जाऊँगा भई, या और कुछ! मैं मौत का स्वागत करने को तैयार हूँ। द्विवेद्वीजी बेचारे लज्जित हो गये। मुझे पीछे से अपनी उग्रता

पर बड़ा खेद हुआ। यह 1921 की बात है। असहयोग आन्दोलन जोरों पर था। जलियाँवाला बाग का हत्याकांड हो चुका था। उन्हीं दिनों महात्मा गाँधी ने गोरखपुर का दौरा किया। गाजीमियाँ के मैदान में ऊँचा प्लेटफार्म तैयार किया गया। दो लाख से कम जमाव न था। क्या शहर, क्या देहात, श्रद्धालु जनता दौड़ी चली आती थी। ऐसा समारोह मैंने अपने जीवन में कभी न देखा था। महात्मा जी के दर्शनों का यह प्रताप था, कि मुझ-जैसा मरा हुआ आदमी भी चेत उठा। उसके दो ही चार दिन बाद मैंने अपनी 20 साल की नौकरी से इस्तीफा दे दिया।

अब देहात में चलकर कुछ प्रचार करने की इच्छा हुई। पोद्दार जी का देहात में एक मकान था। हम और वह दोनों वहाँ चले गये और चर्खे बनवाने लगे। वहाँ जाने के एक ही सप्ताह बाद मेरी पेचिश कम होने लगी। यहाँ तक कि एक महीने के अन्दर मल के साथ आँव का आना बन्द हो गया। फिर मैं काशी चला आया और अपने देहात में बैठकर कुछ प्रचार और कुछ साहित्य सेवा में जीवन को सार्थक करने लगा। गुलामी से मुक्त होते ही मैं नौ साल के जीर्ण रोग से मुक्त हो गया।

इस अनुभव ने मुझे कट्टर भाग्यवादी बना दिया है। अब मेरा दृढ़ विश्वास है कि भगवान् की जो इच्छा होती है, वही होता है, और मनुष्य का उद्योग भी इच्छा के बिना सफल नहीं होता।

❑❑❑